本专著出版受中央高校基本科研
业务费资助，HUST: 2016AC020

马克·吐温作品中的身份转换策略研究

郭晶晶 著

A STUDY OF
IDENTITY PLAY
IN MARK TWAIN'S WORKS

WUHAN UNIVERSITY PRESS
武汉大学出版社

图书在版编目(CIP)数据

马克·吐温作品中的身份转换策略研究/郭晶晶著.—武汉:武汉大学出版社,2020.12(2022.4 重印)

ISBN 978-7-307-22004-1

Ⅰ.马…　Ⅱ.郭…　Ⅲ.马克·吐温(Mark Twain 1835-1910)—文学研究　Ⅳ.I712.064

中国版本图书馆 CIP 数据核字(2020)第 239902 号

责任编辑:罗晓华　　　责任校对:汪欣怡　　　版式设计:韩闻锦

出版发行:**武汉大学出版社**　　(430072　武昌　珞珈山)

(电子邮箱:cbs22@whu.edu.cn 网址:www.wdp.com.cn)

印刷:武汉邮科印务有限公司

开本:720×1000　1/16　印张:17.25　字数:248 千字　插页:1

版次:2020 年 12 月第 1 版　　2022 年 4 月第 2 次印刷

ISBN 978-7-307-22004-1　　定价:50.00 元

前　　言

　　马克·吐温是美国现实主义文学奠基人之一。他的作品的文学价值不仅体现在作品的思想内容上，还体现在作者所采用的独特的、微妙的文本策略上，在这些文本策略的背后往往蕴涵着深刻的思想和厚重的人文关怀。

　　对身份问题的探讨是马克·吐温作品中的一条显性的主题脉络，而且，对身份的探讨又始终与阶级、种族和性别的社会伦理观念交织在一起，并互为转换。然而，迄今为止，国内很少有对马克·吐温作品中身份问题研究的学术专著，也未见从伦理角度对阶级、种族和性别问题进行综合考察的研究成果。因此，本书从马克·吐温作品中的身份转换和伦理表达之间的关系入手，主要选取了涉及阶级、种族和性别身份转换的四部小说和一些有代表性的短篇故事，将它们视为一个超大文本，在文学伦理学批评视域里讨论马克·吐温采用的种种身份转换策略，辨析社会个体所处的伦理环境对其伦理身份的建构以及伦理观念的形成所产生的影响。在此基础上，本书进一步探讨马克·吐温对阶级、种族和性别问题的关注和思考，揭示在看似轻松、游戏式的身份转换策略背后蕴涵的马克·吐温对身份的思考和理解，对自由、平等和公正等的追求。

　　通过这一研究，本书力图达到以下目的：

　　第一，对马克·吐温的阶级观、种族观和性别观进行一个综合考察，既注重作品解读与 19 世纪美国社会语境的结合，又注重马克·吐温思想的相互关联和动态发展。马克·吐温的阶级观、种族观和性别观一直都是学界颇有争议的问题。本书在前人研究成果的基础上，以马克·吐温作品中各种身份转换为切入点和突破口，对涉及这些问题的作品进行具体综合阐释和系统研究，探讨这些作品揭示的身份问题，进而考察马克·吐温在 19 世纪美国社会转型期对阶级、种族及性别问题的关注和思考以及马克·吐温的思想观念的流变。

第二，以身份转换为切入点，探讨这一情节元素背后蕴涵的伦理表达。虽然一直以来学界对马克·吐温及其作品争论不休，马克·吐温作品中表现的伦理倾向却是不容质疑的。然而，学界对马克·吐温作品中的伦理问题却仍然停留在认识的层面，实质性的研究明显不足，将马克·吐温的伦理取向和审美取向结合起来的深度研究更是少见。本书以身份转换为切入点，将马克·吐温文本中的身份转换置于阶级、种族和性别环境中进行全面的研究，讨论马克·吐温是如何利用其独特的文本策略，表达对不同阶级、不同种族和男女两性之间的伦理关系的看法，对美好人格和公平、公正的追求。

第三，本书不仅对马克·吐温作品中的伦理思想进行探讨，同时也对其中的叙事技巧进行研究，从而全面地把握马克·吐温作品的文学价值，避免因为对其作品独特的文本策略的忽视而造成的种种误读。通过将马克·吐温作品中的身份转化这一文本策略与伦理表达结合起来，本书在展现马克·吐温作品的艺术魅力、挖掘其审美价值的同时，力求接近作者真实的思想表达。

作为一名伟大的作家，马克·吐温在其作品中表现的不仅仅是对美国现实社会中种种问题的关注，更重要的是表现了对人类共同面对的问题的思考。通过把美国社会存在的现实问题作为一个观察点，马克·吐温抓住了人类迈向现代化进程中所面临的共同问题，那就是在一个以经济利益为目标的现代社会，如何实现人类的平等、公正的问题。

笔　者

2020 年 8 月

目　　录

引　论

马克·吐温（1835—1910）是 19 世纪美国杰出的现实主义作家，美国批判现实主义文学的奠基人。他因独具特色的语言风格和创作手法、犀利的笔触和深刻的思想在世界文坛享有盛名。自 19 世纪 60 年代登上美国文坛开始，马克·吐温一生笔耕不辍，创作了许多经典作品，以文学叙事的形式反映和思考美国社会现实问题。美国哥伦比亚大学英语教师布兰德·马休斯是如此评价马克·吐温的："……没有哪位作家像他这样充分地展现了美国的方方面面，无人能与他丰富多彩的风格相提并论，他的那些脍炙人口的佳作也鲜有望其项背者。"① 不仅如此，马克·吐温在展现美国社会生活的同时，也在关注和思考不同群体间的关系以及人的本质等终极问题。其作品的文学价值不仅仅在于其思想内涵，也在于其采用的独特的、微妙的文本策略。在其作品幽默语言表述的字里行间和独特的情节安排背后，往往蕴涵着深刻的思想和厚重的人文关怀。

自从马克·吐温涉足文坛，学界对他本人及其作品的研究和批评就一直没有停止过。虽然读者眼中的马克·吐温非常简单，他诙谐、幽默、滑稽，但又不乏真实，批评家眼中的马克·吐温却没有那么简单。他们有的把他看成爱说笑的滑稽家，有的则把他看成社会讽刺家；有的说他是乐观主义者，有的则认为他是悲观厌世者；有的说他是极具创造力的天才，有的却把他看成屈从于上流社会文学趣味的庸人。…… 对

---

① Brander Matthews. *Biographical Criticism to Mark Twain's Works* (Vol. 1). *The Innocents Abroad*. New York and London: Harper & Brothers, 1899: xxxii.

马克·吐温到底是个什么样的作家这个问题，直到今天人们还在争论不休。对其作品的研究和批评也是仁者见仁，智者见智。可以说，在历经一百多年的发展、争论、发现和重新审视后，马克·吐温研究和批评已经形成一个严密的学术体系并呈现出多元化的趋势。随着更多有关马克·吐温的史料及其文本资源的发现，评论界对于马克·吐温及其作品的认识越来越趋近客观、完整和全面。

然而，即便如此，要给一位如此复杂多样的作家一个准确的定位绝非易事，要穷尽其文学作品的丰富内涵也几乎不可能。经过一代又一代批评家不断的解读，马克·吐温的作品仍然显示出无限广阔的阐释空间。中国学者董衡巽曾言：

> 马克·吐温像任何大作家一样，是一个矛盾的多面体。不同观点的产生，从根本上来说，是由于马克·吐温本身存在的各个不同的侧面和不同时代的评者对这些侧面的强调，我们只有把各个不同侧面都下工夫研究一番，才有可能避免偏颇，把握整体。①

马克·吐温其人的复杂性和多面性以及其作品思想内涵的丰富性为马克·吐温研究提供了无限的阐释空间。因此，在前人研究成果的基础上，笔者尝试用一种新的批评方法，从一个不同的侧面，对马克·吐温的作品进行一个较为全面的分析和阐释，力争对马克·吐温研究起到一点推进作用。

第一节　马克·吐温研究在国外

马克·吐温的创作生涯始于 19 世纪 60 年代，初期作品以幽默小品和故事为主。当马克·吐温凭借其短篇故事《卡拉维拉斯县的跳蛙》（"The Celebrated Jumping Frog of Calaveras County"，1865）和一部长篇

---

① 董衡巽．马克·吐温画像．上海：上海文艺出版社，1991：17.

游记《傻子国外旅行记》（*The Innocents Abroad*，1869）登上美国文坛时，立刻受到读者的欢迎，并引起评论界不小的震动。起初在人们心目中，马克·吐温只是一个有着美国民族特色的幽默作家。在当时东部文学界的代表人物威廉·迪恩·豪威尔斯（William Dean Howells）与他结为好友，并在《大西洋月刊》（*The Atlantic Monthly*）上陆续推出他的关于密西西比河领航员生涯的系列回忆文章以后，马克·吐温开始引起学术界越来越多的关注。

早期的马克·吐温批评主要是介绍式的评论。其中的代表论著有：威廉·迪恩·豪威尔斯的《我的马克·吐温》（*My Mark Twain*，1910）、默尔·约翰逊（Mere Johnson）的《马克·吐温作品参考书目》（*A Bibliography of the Works of Mark Twain*，1910）、阿尔伯特·毕杰罗·佩恩（Albert Bigelow Paine）的《马克·吐温传记》（*Mark Twain*，*A Biography*：*The Personal and Literary Life of Samuel Langhorne Clemens*，1912）和《马克·吐温书信选》（*Mark Twain's Letters*，1917）、爱德华·瓦根克内希特（Edward Wagenknecht）的《马克·吐温其人及其作品》（*Mark Twain*：*The Man and His Work*，1935）和沃尔特·布莱尔（Walter Blair）的《原汁原味的美国幽默》（*Native American Humour*，1937）。在这些研究者中，阿尔伯特·毕杰罗·佩恩因得到马克·吐温的女儿克拉拉·克莱门斯（Clara Clemens）的特许，成为马克·吐温文学遗产的执行人之一（马克·吐温的女儿克拉拉·克莱门斯是另一位执行人）。他利用手中掌握的资源，于1912年推出三卷本巨著《马克·吐温传记》，该书被称为"迄今为止所出版的里程牌式的研究中最雄心勃勃的一本马克·吐温传记"[1]。阿尔伯特·毕杰罗·佩恩对马克·吐温著作及手稿的整理、编辑和出版，确实使相关资料得以保留。但是，他提供的文本的缺陷也是显而易见的。他没能客观地对待手中掌握的材料，对一些问题或者躲躲闪闪，或者随意删减。这种粗暴对待马克·吐温文学遗产的做法，使研究者无法领略马克·吐温作品的艺术魅

---

[1]　Rasmussen K. *Mark Twain A to Z*. New York：Facts on File，Inc.，1995：351.

力，无法准确把握马克·吐温的思想动态，在一定程度上妨碍了马克·吐温研究与批评的健康、深入发展。

20 世纪 20 年代和 30 年代，范·威克·布鲁克斯（Van Wyck Brooks）和伯纳德·德沃托（Bernard DeVoto）的论战是马克·吐温批评史上具有里程碑意义的事件。范·威克·布鲁克斯在 1920 年发表的《马克·吐温的严峻考验》（*The Ordeal of Mark Twain*）一书中，运用精神分析学说对马克·吐温提出了全面的批评和责难。他指出马克·吐温本来是一位具有非凡天赋的优秀艺术家，却在 19 世纪美国令人窒息的宗教环境和对金钱的追逐中，屈从于东部上层阶级的文学趣味，致使其艺术天性遭到扼杀。范·威克·布鲁克斯试图证明，童年的马克·吐温已经开始表现出双重性格。他认为，马克·吐温生长于一个信奉加尔文教的家庭，度过了一个没有爱和温情的童年。为了赢得母亲的关注和赞许，他不得不与自己的艺术天性做斗争。家庭之外的环境也同样糟糕。马克·吐温的家乡密苏里州的汉尼拔（Hannibal，Missouri）地处开发不久的中西部，是“文化的沙漠”，即使是天才的种子在这里也无法生根、发芽、开花、结果。在密西西比河上当领航员的四年是马克·吐温一生中最美好的一段时光，因为他既能赚钱满足家人的愿望，又能够充分发挥自己的个性。可惜好景不长，内战的爆发终结了他的领航生涯。到西部以后，他又一次屈从于投机发财的社会风气，放弃了对艺术的追求，变成了一个幽默家。在范·威克·布鲁克斯看来，做一位幽默家是马克·吐温对自我的放弃，对家庭期许和社会要求的屈从。

范·威克·布鲁克斯进一步指出，马克·吐温与奥丽维亚·兰登（Olivia Langdon）的婚姻，以及他的好友威廉·迪恩·豪威尔斯对他的影响，是阻碍马克·吐温成为一位伟大艺术家的另一个重要因素。他嘲笑奥丽维亚·兰登是马克·吐温的“第二个母亲”，指责她根本看不到马克·吐温的才能，而是一再根据自己平庸的艺术趣味对马克·吐温的作品指手画脚，甚至随意进行删改。马克·吐温为了博得妻子的欢心，不得不一次又一次牺牲自己的艺术品位，去迎合她那个自诩高雅实则庸俗的社会圈子。范·威克·布鲁克斯还认为，作为马克·吐温的“赎罪神父"，威廉·迪恩·豪威尔斯在驯化马克·吐温的西部野性方面发挥了决定性的作用。马克·吐温虽然本能地反对威廉·迪恩·豪威尔斯的艺术观点，但是他的软弱性导致他对威廉·迪恩·豪威尔斯言听计从。在自身软弱、矛盾个性的作用下，马克·吐温最终屈服于他们对他的改造，扼杀了自己的创造才能。范·威克·布鲁克斯最后总结道：

马克·吐温是一个受到扭曲的灵魂，成长受到挫折的牺牲品。精神分析学家已经介绍过无数例子，这个事实可以说明他晚年的懊丧。他受到了阻碍，人格被分裂了，而且我们看到，他甚至违反了自己的本性，因此他身上的诗人、艺术家本性萎缩成了愤世嫉俗者，整个人成了精神虚弱者。①

《马克·吐温的严峻考验》发表后在当时的批评界引起巨大反响，既有赞许之声，也有责难之言。客观地说，范·威克·布鲁克斯提出的问题确实存在。马克·吐温的某些作品的确存在一些问题，明显是在仓促之际匆匆完成的，这已是不争的事实；他后期确实表现出悲观厌世的情绪，这也是不容回避的问题。而且，范·威克·布鲁克斯并不单纯是针对马克·吐温的。作为一位有追求、有独立见解的批评家，其目的是想打破清教主义对文学创作的束缚，抵制商业化社会对文学艺术的腐蚀。因此，他对马克·吐温的批评是值得深思的。

然而，范·威克·布鲁克斯的分析也明显存在着严重问题。首先，他没有全面考察有关马克·吐温的材料，而是先提出一个假设，然后选取有利于自己观点的材料。其次，他所依据的材料主要是阿尔伯特·毕杰罗·佩恩撰写的《马克·吐温传记》。但众所周知，这本传记本身就有不可信之处。最后，范·威克·布鲁克斯否定西部幽默的价值，将它与传统的文学形式对立起来，这说明他本人并没有摆脱"斯文传统"

---

① Van W. Brooks. *The Ordeal of Mark Twain*. New York: E. P. Dutton, 1920: 25.

的影响①。这一切都难以保证范·威克·布鲁克斯批评的客观性和公允性。

因此，范·威克·布鲁克斯的观点自然引来了一片反击之声。在回击范·威克·布鲁克斯的批评声中，伯纳德·德沃托是最有影响力，也是对其抨击最为猛烈的一个。伯纳德·德沃托于 1932 年推出了《马克·吐温的美国》（*Mark Twain's America*）一书，针对范·威克·布鲁克斯的责难，逐条进行了反驳。针对范·威克·布鲁克斯西部是"文化的沙漠"的推断，伯纳德·德沃托指出，投身到西部开发的各族人民都有自己的文化传统，他们在拓荒活动中形成不同于东部的西部文化。正是这种多元的文化背景孕育和造就了马克·吐温这位独具特色的西部幽默作家。针对范·威克·布鲁克斯对马克·吐温的妻子和威廉·迪恩·豪威尔斯的责难，伯纳德·德沃托指出，他们对马克·吐温手稿的修改主要是删除其中粗糙、庸俗的部分和可能冒犯他人的词句，这对马克·吐温来说是有益无害的。针对范·威克·布鲁克斯对幽默的轻视，伯纳德·德沃托指出了西部幽默的独特魅力，对马克·吐温的幽默中蕴涵的人性深度及其涵盖的美国生活的广度给予了高度的评价。

伯纳德·德沃托的观点得到了多数批评家的认可，但《马克·吐温的美国》一书也有明显的不足。这本书主要论述西部文化语境对马克·吐温的影响，其目的是针对范·威克·布鲁克斯的某些缺乏根据的假设进行反驳。因此，在涉及马克·吐温作品艺术质量的不平衡和后期悲观情绪等对马克·吐温的总体评价的重大问题上，伯纳德·德沃托要么没有涉及，不予理会，要么轻描淡写，一笔带过。这不能不说是一种遗憾。

经过布鲁克斯—德沃托论战，后人发掘了大批马克·吐温的资料和手稿，这对重新认识和评价马克·吐温及其作品起到了很好的推动作用。到 1935 年马克·吐温诞辰一百周年时，尽管学术界还有分歧存在，但大家在四个问题上基本达成共识：第一，马克·吐温是典型的美国作

---

① 参见：董衡巽．马克·吐温的历史命运．读书，1985（11）：23.

家，其创作具有西部民间特色。对此，美国极具影响力的文学史家弗农·派灵顿（Vernon L. Parrington）作出了精辟的阐释："他是个真正的美国作家——在美国土生土长，用自己的思想、自己的眼睛和自己的语言创作。在他身上，欧洲的东西一点看不见，封建文化的碎片一片也不剩。他是地方的、西部的，又是美国大陆的作家。"① 第二，他的《哈克贝利·费恩历险记》，无论是从思想内容还是从艺术魅力来看，都是一部伟大的小说。第三，马克·吐温的作品受到不同年龄、不同文化层次的读者喜欢。他不拘小节、亦庄亦谐的风格能够吸引广大读者，而其思想的严肃深刻又使他进入了严肃文学的殿堂。第四，马克·吐温拥有独特的语言风格和卓越的艺术才能。他的语言来自于生活、来自于群众。他按照自身的趣味加以锤炼，使之成为独具特色的美国文学语言②。

20 世纪 40 年代以后，批评家和学者们逐渐摆脱两派之争，开始对马克·吐温及其作品进行全方位的、有深度的研究，马克·吐温研究和批评到达了一个新的高度。

由于马克·吐温特殊的文学地位、他本人的传奇经历和复杂的人格特点，长期以来，对马克·吐温的生平及其与马克·吐温文学创作的关系的研究一直都是学界的一个热门话题。根据笔者目前收集到的资料来看，这个时期出版的马克·吐温传记和评传就有近五十本之多。这里仅选择其中有代表性的做一个简单介绍。

贾斯廷·卡普兰（Justin Kaplan）所著的《克莱门斯先生和马克·吐温》（*Mr. Clemens and Mark Twain*：*A Biography*，1966）和大卫·利维（David W. Levy）的《马克·吐温：美国人最喜爱的作家的心理分裂》（*Mark Twain*：*The Divided Mind of America's Best-Loved Writer*，2011）着重探讨了马克·吐温性格的双重性和矛盾性。贾斯廷·卡普兰的另一

---

① Vernon L. Parrington. *The Beginnings of Critical Realism in America*：*Main Currents in American Thought*（Vol. 3）. New York：Harcourt，Brace and Co.，1958：86.

② 关于对马克·吐温的这四点共识，参见：董衡巽. 马克·吐温的历史命运. 读书，1985（11）：25.

部著作《马克·吐温和他的世界》（*Mark Twain and His World*，1983）则再现了马克·吐温的一生及当时的社会、学术及政治环境。埃弗雷特·爱默生（Everett M. Emerson）的《马克·吐温和他的文学生涯》（*Mark Twain: A Literary Life*，2000 年）及《真实的马克·吐温：萨缪尔·克莱门斯的文学生涯》（*The Authentic Mark Twain: A Literary Biography of Samuel L. Clemens*，1984）主要探讨了马克·吐温的生平和他的文学创作之间的关系。著名的传记作家弗瑞德·卡普兰（Fred Kaplan）的《非凡的马克·吐温》（*The Singular Mark Twain: A Biography*，2003）是马克·吐温研究的一部力作。该书全面地、完整地再现了马克·吐温的一生，为这位具有非凡个性特征的作家塑造了一幅生动的画像。弗瑞德·卡普兰展示了马克·吐温不断进步的种族思想，摘下了一直加在他头上的种族主义者的帽子。他还详述了马克·吐温一生中黑暗的一面——紧紧缠绕着这个家庭并且造成他的悲观情绪的疾病和死亡，马克·吐温糟糕的、令其失去巨大财富的商业意识，以及马克·吐温对轻视和背叛近乎偏执的敏感。凯伦·莱斯特拉（Karen Lystra）的《危险的亲密关系：马克·吐温晚年不为人知的故事》（*Dangerous Intimacy: The Untold Story of Mark Twain's Final Years*，2004）揭示了马克·吐温晚年的家庭生活、情感纠葛及其对马克·吐温的心理和创作的影响。这些传记或评传各有侧重，为全面了解和把握这个美国人最热爱的但在美国文学史上却备受争议的作家提供了丰富的资料。

在马克·吐温去世一百周年之际，大量马克·吐温研究的新成果被推出，之前的一些重要研究成果也被再版。杰罗姆·洛文（Jerome Loving）的《马克·吐温：塞缪尔·克莱门斯历险记》（*Mark Twain: The Adventures of Samuel L. Clemens*，2010）重点介绍了作为幽默家和讽刺家的马克·吐温，让读者对他的智慧、痛苦以及悲剧有了新的了解和认识。可以说，马克·吐温一生中最令人困惑，因而引起人们极大关注的是他生命中的最后十年。哈姆林·希尔（Hamlin Hill）的《马克·吐温：上帝的愚人》（*Mark Twain: God's Fool*，2010）分三个时期（1900—1904，1904—1907，1907—1910），从经商活动、创作活动和家庭生活三个方面介绍了马克·吐温晚年生活的不幸。劳拉·斯坎德拉·特伦布雷（Laura Skandera-Trombley）的《马克·吐温的另一个女人：马克·吐温晚年的隐秘故事》（*Mark Twain's Other Woman：The Hidden Story of His Final Years*，2010）可以说是纪念马克·吐温逝世一百周年向喜爱马克·吐温的读者献上的一份厚礼。长期以来，尽管流传着各种各样关于马克·吐温的传记，但是没有人真正了解马克·吐温的妻子去世后这个家庭到底发生了什么。经过十六年的研究，劳拉·斯坎德拉·特伦布雷发掘了一些从未与公众见面的文件和书信，其中包括马克·吐温的秘书兼管家和看护人伊莎贝尔·里昂（Isabel Lyon）的日记，向读者展示了发生在马克·吐温和伊莎贝尔·里昂之间鲜为人知的故事。迈克尔·谢尔登（Michael Shelden）的《身穿白衣的马克·吐温：晚年大冒险》（*Mark Twain：Man in White：The Grand Adventure of His Final Years*，2010）挖掘了以前尚未出版的一些资料，如马克·吐温的日记、信件和马克·吐温自己记录的长达 400 页的文献，这些资料记录了这位传奇作家的暮年生活。通过以前从未公开过的马克·吐温的珍贵照片、趣闻轶事和难忘引语等，迈克尔·谢尔登再现了这位非凡的作家以及美国文学中一段难忘的历史。这些著作的出版再次将马克·吐温研究推向一个新的高潮。

这些传记打破了早年比较单一的马克·吐温形象，向读者展示了一个多面立体的马克·吐温及其悲喜交加的丰富人生。和早期印象式和个人回忆式传记不同，这些传记或评传大多是在发掘新的文献材料的基础上，经过多年的研究而完成，具有更强的学术性。

除了传记和评传外，这段时期也出现了大量马克·吐温作品研究的专著和论文。尤其是 20 世纪 60 年代中期以后，随着欧美新的学术理论的涌现，马克·吐温研究呈现出多样化和专业化的趋势，研究内容和研究范围不断加深和拓展。这里，笔者将从以下五个方面对 20 世纪 40 年代以后的马克·吐温作品研究进行一个较为全面的综述。

一、创作艺术研究

马克·吐温独具特色的创作艺术是其作品的魅力所在，是马克·吐温批评的一个长盛不衰的话题。而在对其创作艺术研究方面，幽默历来是一个研究焦点。作为一个生长于美国西部的作家，马克·吐温的幽默与西部的渊源是不容质疑的。但这并不意味着对这一问题的看法没有任何分歧。其主要分歧在于西部文化对马克·吐温到底产生了怎样的影响。20世纪20年代和30年代的大论战中，范·威克·布鲁克斯和伯纳德·德沃托就曾经站在完全不同的立场就马克·吐温的幽默与西部的关系表达了完全不同的观点。对于阿尔伯特·毕杰罗·佩恩和后来的康斯坦斯·鲁尔克（Constance Rourke）来说，马克·吐温的幽默主要是西部幽默的发展，产生于与边疆的对抗。用阿尔伯特·毕杰罗·佩恩的话来说，"这是一场无望的决斗，严肃地对待它就只有放弃"①。斯迪芬·芬德（Stephen Fender）就马克·吐温与西部的关系和边疆对他的影响提出了不同的看法。他以马克·吐温的家乡为中心，将地理意义上的东部和西部与其文明程度结合起来，重新定义了东部和西部。在此基础上，斯迪芬·芬德指出，马克·吐温在西部生活的阶段正是他文学创作的起始阶段，西部历史的缺失、文化的匮乏和生活上的无源之感"使他有可能形成较狂热的幽默，并导致了他各个方面的风格问题"②。而东部更为稳定和优越的生活使马克·吐温可以对西部的生活进行重新审视，并"以真正的自由和精力，以及较为全面的控制力"将之凝聚为优美生动的篇章。

对于马克·吐温的幽默的本质，詹姆斯·考克斯（James Cox）与阿尔伯特·毕杰罗·佩恩有着相似的看法。他说："要成为一个纯粹的幽默家，马克·吐温永远不可能是严肃的。"③ 不同的是，詹姆斯·考克斯从西部对马克·吐温幽默的影响的研究范式中摆脱出来，把重点放

---

①　Albert Bigelow Paine. *Mark Twain，A Biography*. New York and London：Harper & Brothers，1912：454.

②　Stephen Fender. The Prodigal in a Far Country Chawing of Husks：Mark Twain's Search for a Style in the West. *The Modern Language Review*，1976，LXXI：755.

③　James M. Cox. *Mark Twain：The Fate of Humor*. Princeton：Princeton UP，1966：61.

在对其作品的研究上。在《马克·吐温：幽默的宿命》（*Mark Twain：the Fate of Humor*，1966）一书中，他将视角聚焦于马克·吐温从《卡拉维拉斯县的跳蛙》的发表到《神秘的陌生人》（*The Mysterious Stranger*，1916）的出版之间众多的文本，考察了马克·吐温采用的各种形式的幽默，从而追踪其发展脉络。詹姆斯·考克斯没有讨论幽默背后的严肃话题，而把重点放在幽默本身，探讨幽默是如何将严肃的问题、将马克·吐温的的一生和他那个年代的情感转化成一种能够引起读者情不自禁地大笑的叙事。詹姆斯·考克斯指出，在这些突然爆发的哈哈大笑中我们会不知不觉地发现一个作家的伟大灵魂。青年时期的马克·吐温就梦想着在一个奴隶制社会看到自由的存在，而进入暮年的他在一个自由的国度看到的仍然是奴隶制的废而不除。因此詹姆斯·考克斯断言，马克·吐温的幽默源自他认识到自己是个爱做梦的傻瓜。这一观点与威廉·迪恩·豪威尔斯的观点不谋而合。威廉·迪恩·豪威尔斯曾经指出，马克·吐温的幽默是"在《独立宣言》的理念上孕育的蓄奴民主的可笑、荒唐和不和谐的产物"①。斯图亚特·哈钦森（Stuart Hutchinson）在其著作中肯定了詹姆斯·考克斯的某些观点，但同时指出，詹姆斯·考克斯忘记了一个事实，那就是：马克·吐温的幽默是美国式的，不可能是纯粹的幽默。他指出，"马克·吐温的幽默固然是对生活中的乐事和趣事的表达，但正如所有伟大的幽默，它也是面对（社会变迁提出的）无法解决的矛盾和困惑的一种反应"②。为了证明这一观点，他研究了马克·吐温的主要作品，这些作品涉及新大陆、旧大陆、种族、奴隶制、帝国主义、美国文学形式的可能性，以及幽默受到的局限等问题，而贯穿这些问题的一条主线是美国人对自我身份和民族身份的寻找。除此之外，也有批评家发现马克·吐温的幽默包含黑色

① William Dean Howells. *My Mark Twain：Reminiscences and Criticisms*. New York and London：Harper & Brothers，1910：180.

② Stuart Hutchinson. *Mark Twain：Humor on the Run*. Amsterdam：The Netherlands，1994：8.

幽默要素，将其视为美国黑色幽默创作传统的一部分①。

从这些研究成果来看，对马克·吐温的幽默风格的讨论大多集中于他的几部主要著作上。但是，亨利·纳什·史密斯（Henry Nash Smith）却在马克·吐温 1866 年发表在报纸上的一篇小文章《主日沉思》中，发现了其中存在的双重语言结构②。以此为切入点，他重新梳理了马克·吐温的幽默与"斯文传统"的关系，指出了马克·吐温幽默的美国特色。这一发现将马克·吐温研究由原来的经典、主要著作研究引向长期以来被忽视的某些作品。

除了幽默以外，马克·吐温采用的隐喻、叙事话语以及叙事策略等也引起了学者的关注。从艾略特开始，马克·吐温对隐喻的使用，尤其是对密西西比河这一隐喻的使用及其意义，一直都是批评家关注的一个焦点，他们提出了几乎所有可能的解释。约翰·伯德（John Bird）在《马克·吐温和隐喻》（*Mark Twain and Metaphor*，2007）一书中的观点让读者耳目一新。该书不仅仅是对马克·吐温语言的研究，它以梦的学说为理论依据，从心理层面挖掘了马克·吐温作品中隐喻的使用，从而揭示马克·吐温的态度和思想。亨利·旺纳姆（Henry B. Wonham）的《马克·吐温与荒谬故事创作艺术》（*Mark Twain and the Art of the Tall Tale*）和詹姆斯·爱德华·卡洛（James Edward Caron）的博士论文《马克·吐温与 19 世纪美国的荒谬故事》（"Mark Twain and the Tall Tale Imagination in Nineteenth Century America"）都探讨了马克·吐温和荒

①　参见：Scott Byrd. A Separate War：Camp and Black Humor in Recent American Fiction. *The USF Language Quarterly*，1968（7）. Koji Numasawa. Black Humor：An American Aspect. *Studies in English Literature*，1968（44）. Stanly Trachtenberg. Counterhumor：Comedy in Contemporary American Fiction. *Georgia Review*，1973（27）. Patricia M. Mandia. *Comedic Pathos：Black Humor in Twain's Fiction*. Jefferson and London：McFarland & Company，Inc. ，1991. Walter Blair & Hamlin Hill. *America's Humor：From Poor Richard to Doonesbury*. New York：Oxford University Press，1978.

②　Henry Nash Smith. Two Ways of Viewing the World. *Mark Twain：The Development of a Writer*. Cambridge：Harvard UP，1962：1.

谬故事的关系。前者侧重于马克·吐温讲述荒谬故事的技巧，而后者则把马克·吐温的创作放在 19 世纪美国荒谬故事传统中进行考察。大卫·苏维尔（David R. Sewell）的《马克·吐温的语言：话语、对话和语言的多样性》(*Mark Twain's Languages*：*Discourse*，*Dialogue and Linguistic Variety*，1987）一书运用巴赫金的小说话语理论详细分析了马克·吐温小说的语言特色和风格。这些研究都从不同角度对马克·吐温作品的艺术价值进行了挖掘，让读者领略到马克·吐温作品的独特艺术魅力。

马克·吐温创作艺术的文化渊源也吸引了部分学者。除了以上提到的美国西部文化对马克·吐温创作艺术的影响外，也有学者提出黑人文化传统、欧洲文化及其文学传统与马克·吐温的文学创作之间的渊源关系。谢莉·费希尔·菲什金（Shelley Fisher Fishkin）指出，当整个美国都在讥笑黑人使用的土话时，马克·吐温却发现黑人使用的土话和黑人讲故事的方式别具魅力，表现出很强的生命力和丰富的文学潜能，并将其从黑人那里习得的语言和叙事技巧融入自己的创作，改变了美国文学的发展方向①。虽然大多数学者认为马克·吐温是一位土生土长的、地地道道的、完全摆脱了欧洲传统的美国作家，霍华德·贝兹霍尔德（Howard Baetzhold）却对此提出了异议。他在《马克·吐温与约翰牛》(*Mark Twain and John Bull*：*The British Connection*，1970）中概括分析了马克·吐温与英国历史、文学以及文化的纽带关系。这些研究成果让我们看到不同文化在文学创作中的互相借鉴、传承和交融。

二、社会历史研究

立足于特定的社会、历史、文化语境探讨作家的创作思想及文学产

---

① 参见：Shelley Fisher Fishkin, ed. *A Historical Guide to Mark Twain*. New York：Oxford UP, 2002：135. 关于马克·吐温和黑人文化传统的渊源参见：Shelley Fisher Fishkin. *Was Huck Black? Mark Twain and African-American Voices*. New York：Oxford UP, 1993.

生的背景，或者考察特定的社会文化思潮对作家的影响及其在文学中的反映，是一种历史悠久而且至今仍然为中外学者广泛使用的文学研究方法。在马克·吐温研究中，运用社会历史研究的方法也产生了一些重要成果。由马克·吐温研究专家谢莉·费希尔·菲什金主编的《马克·吐温历史导读》（*A Historical Guide to Mark Twain*，2002）是社会历史研究方面的一部代表作①。该书收录了七位知名学者在马克·吐温研究方面的学术成果，将马克·吐温的一生及马克·吐温的作品放在 19 世纪美国社会历史语境中进行考察，对马克·吐温的思想发展过程及其在作品中的反映进行了较为客观的分析。全书以发展的观点，从宗教、商业、种族、性别、社会阶级和帝国主义等维度，探讨了在 19 世纪特殊的社会文化语境下马克·吐温的矛盾、彷徨和挣扎，这些社会因素对马克·吐温创作思想的影响，以及马克·吐温在反映这些社会问题时采用的应对策略。这本著作不仅帮助我们以变化的眼光客观地看待马克·吐温及其作品，也展示了 19 世纪美国社会的全貌，是了解马克·吐温和19 世纪美国的一部佳作。

除此之外，也有学者从社会历史的角度对马克·吐温的某种思想进行专门研究。例如，哈罗德·布什（Harold K. Bush）将研究重点放在马克·吐温的宗教思想上。他在《马克·吐温和马克·吐温时代的精神危机》（*Mark Twain and Spiritual Crisis of His Age*，2007）一书中指出，批评家往往只看到马克·吐温对宗教的嘲笑和批判，而忽略了马克·吐温创作时期的社会现实，忽视了马克·吐温在精神上的追求。哈罗德·布什强调 19 世纪后半期出现在美国的各种宗教现象对马克·吐温产生了极大的吸引力，这些事件影响了他的文学生产。他解释说，虽然马克·吐温时代宗教的力量仍然强大，但也出现了精神剧变和危机。生物科学和心理科学的发展、对《圣经》文本的批评、移民群体的大量涌

① Shelley Fisher Fishkin, ed. *A Historical Guide to Mark Twain*. New York: Oxford UP, 2002.

入、内战的创伤等都对美国的宗教生活产生了影响。城市宗教奋兴运动，普世教会运动，超自然现象如灵学、超心理学等，都一拥而入，填补了当时的精神空白。20世纪70年代和80年代的不可知论的快速发展也反映在马克·吐温的生活和作品中。所以，马克·吐温的作品反映的是他那个时代美国人的信仰的巨变。哈罗德·布什的研究对马克·吐温及其文学生产提供了一个新的、更加复杂的注解，同时也是对一个时代的文化回顾①。

三、种族问题研究

在种族问题上，马克·吐温历来是一位备受争议的作家。把他当成反种族主义战士而大加推崇的人数众多，而把他当成种族主义者进行指责的也大有人在。甚至他的同一部小说《哈克贝利·费恩历险记》（*The Adventures of Huckleberry Finn*，1884）会因为政治不正确而被禁，又会因为有种族主义之嫌而受到攻击。亚瑟·G.派迪特（Arthur G. Pettit）则指出了马克·吐温对黑奴的双重态度。他认为，马克·吐温在蓄奴环境中成长，他接受的种族歧视的教育决定了他在种族问题上的立场，这在他早期的言论中留下了明显的痕迹。虽然自1867年后马克·吐温在公开场合对黑奴问题的立场有所转变，但是，"马克·吐温努力在公众面前消除早年所受教育形成的偏见，可在私下里，他就未必如此了"②。

对马克·吐温种族思想的种种不同看法，究其原因，主要是由两个因素引起的：第一，批评家自身的因素。批评家所处的历史语境和所持的不同立场决定了他们不同的观点。如果说在早期持种族主义观点的人看来，马克·吐温因为揭露了种族主义而应该遭到攻击的话，那么到了

---

① 参见：Harold K. Bush. *Mark Twain and Spiritual Crisis of His Age*. Tuscaloosa：University of Alabama Press，2007.

② Arthur G. Pettit. Mark Twain and the Negro，1867-1869. *Journal of Negro History*，1971，LVI：89.

20世纪后期，在持后殖民主义观点的人看来，马克·吐温的作品又因为亵渎和侮辱非裔美国人难逃责难。这种分歧是时代潮流变迁导致的。第二，马克·吐温复杂而微妙的叙事技巧是造成这一问题的另一个重要的原因①。谢莉·费希尔·菲什金对马克·吐温种族思想的发展过程进行了详细的梳理。她解释说，马克·吐温从小生活在蓄奴社会，其父亲就曾经担任陪审员将三个废奴主义者打入监狱。在这样的环境中，马克·吐温对蓄奴制自然没有任何怀疑。即便如此，他从小就对黑人抱有同情心，再加上受到主张废奴的兰登家庭和身边的废奴主义者的影响，他对种族问题的看法慢慢发生了改变，以至于他后来的思想甚至"让同龄人中一些思想进步人士都会感到震惊"②。因此，在马克·吐温一生中的后三十五年美国种族关系最为恶劣的时期，他只能"通过讽刺和反讽来揭露种族主义，而这种策略常常导致读者的误读，甚至完全曲解马克·吐温的真实意图"③。乔斯林·查德威克（Jocelyn Chadwick）也表达了类似的观点："马克·吐温复杂的讽刺再加上读者的偏见——不是马克·吐温的偏见——使得读者无法领略马克·吐温种族观的动态发展。"④

尽管学界对马克·吐温的种族思想的关注主要反映在他对白人和黑人的关系问题上，事实上，马克·吐温在作品中也揭露了针对犹太人和印第安人的种族主义。谢莉·费希尔·菲什金指出，"整体来看，马克·吐温一生对印第安人抱有极大的仇视心理，对强化印第安人身上某

①　关于马克·吐温的叙事策略造成对其作品中种族问题误读的批评，参见：Shelley Fisher Fishkin, ed. *A Historical Guide to Mark Twain*. New York：Oxford UP, 2002. Jocelyn Chadwick-Joshua. *The Jim Dilemma：Reading Race in Huckleberry Finn*. Jackson：UP of Mississippi, 1998. 持类似观点的批评家还有 David Lionel Smith 和 Forrest Robinson 等。

②　Shelley Fisher Fishkin, ed. *A Historical Guide to Mark Twain*. New York：Oxford UP, 2002：127.

③　Shelley Fisher Fishkin, ed. *A Historical Guide to Mark Twain*. New York：Oxford UP, 2002：135.

④　参见：Jocelyn Chadwick-Joshua. *The Jim Dilemma：Reading Race in Huckleberry Finn*. Jackson, Miss.：UP of Mississippi, 1998.

些负面的刻板形象难辞其咎"①。海伦·哈里斯（Helen L. Harris）也注意到马克·吐温对印第安人隐隐约约的敌意，对马克·吐温作为"被压迫者的发言人"这一定位提出了质疑。这样的观点让我们注意到马克·吐温对待种族问题的另一面，了解了他的性格的多面性和心理的复杂性。

四、性别问题研究

20世纪90年代以前，马克·吐温作品中的性别问题一直是一个相对被忽视的问题，没有得到足够的重视。这一时期大多数的争论主要集中在马克·吐温与女性的关系问题上，尤其是他是否在作品中刻画了有趣的女性形象，他是否对家庭成员以及与其交往的女性作家产生过有害的影响②。而且，对这些问题，批评家们也颇有争议。一部分批评家③附和了范·威克·布鲁克斯的看法，认为女性扼杀了马克·吐温的艺术创作力。但是，20世纪70年代，随着女性主义批评的兴起，出现了另一种完全不同的声音。一些批评家④（主要是女权主义批评家）认为马克·吐温压制了家庭成员的个性发展，迫使女性在他的生活中扮演谦恭和卑微的配角；指责他让女性在其作品中充当俗旧刻板的角色，并且剥夺她们参与社会活动的权利。客观地说，以上两种观点都不免失之偏颇。

---

① Shelley Fisher Fishkin, ed. *A Historical Guide to Mark Twain*. New York：Oxford UP, 2002：154

② Shelley Fisher Fishkin. Mark Twain and Women. In：Forrest G. Robinson, ed. *The Cambridge Companion to Mark Twain*. Cambridge：Cambridge UP, 1995：52-73.

③ 主要是男性批评家。例如，贾斯廷·卡普兰在《克莱门斯先生与马克·吐温》一书中，曾指责马克·吐温大人逼迫破产的丈夫到世界各地演讲来偿还债务，而且认为马克·吐温为了迎合女儿苏西·克莱门斯的趣味，创作出《圣女贞德传》和《王子与贫儿》这种低劣、煽情的作品。

④ 如玛丽·艾伦·高德（Mary Ellen Goad）、朱迪斯·弗莱尔（Judith Fryer）、乔伊丝·沃伦（Joyce Warren）、伊曼纽埃尔·迪尔（Emmanuel Deal）以及维尔玛·加西亚（Wilma Garcia）等。威廉·迪恩·豪威尔斯和伯纳德·德沃托也注意到与男性形象相比，马克·吐温创作的女性形象显得比较单薄。

　　到了 20 世纪 90 年代，对马克·吐温的性别观的研究取得了很大进展。谢莉·费希尔·菲什金、苏珊·哈里斯（Susan K. Harris）和皮特·斯通利（Peter Stoneley）等学者的研究①打破了以前的研究僵局，将该问题的研究向前推进了一大步。这些学者采用多种方式，通过各种材料——从马克·吐温早期生活和他最著名的作品到他晚年生活和未曾发表的手稿——获取例证，对上述问题进行了深入的、卓有成效的研究。劳拉·斯坎德拉·特伦布雷（Laura E. Skandera-Trombley）、苏珊·哈里斯和约翰·库利（John Cooley）利用手中掌握的最新材料，对马克·吐温和女性的关系问题、他们之间的相互影响以及马克·吐温对女性特质和职责的看法进行了更为深入的研究，作出了重新评估。另外一些研究则对马克·吐温作品中的性问题和性别问题作出了全新阐释。皮特·斯通利的《马克·吐温和女性美学》（*Mark Twain and the Feminine Aesthetic*, 1992）一书是马克·吐温作品性别问题研究的一部佳作。他的研究不仅仅局限于马克·吐温的小说文本，还结合马克·吐温其他涉及性别话语的"非文学"文本（"non-literary" texts），如新闻报道和信件等，对其中的女性价值和特征作了深入的探讨，并据此指出，马克·吐温是男性作家中对女性审美既大力张扬又有所保留的典型代表。虽然该书研究的是女性审美，但作者将它与种族、阶级和政治交织在一起，为我们呈现了一个"公开反专制，私下反民主；支持非裔美国人的事

---

　　① 参见：Shelley Fisher Fishkin, ed. *A Historical Guide to Mark Twain*. New York: Oxford UP, 2002. Laura E. Skandera-Trombley. *Mark Twain in the Company of Women*. Philadelphia: University of Pennsylvania Press, 1994. Peter Stoneley. *Mark Twain and the Feminine Aesthetic*. Cambridge: Cambridge UP, 1991. J. D. Stahl. *Mark Twain, Culture and Gender*. Athens: University of Georgia Press, 1994. John Cooley. *Mark Twain's Aquarium: The Samuel Clemens—Angelfish Correspondence*, *1905-1910*. Athens: University of Georgia Press, 1991. Susan K. Harris, *The Courtship of Olivia Langdon and Mark Twain*. Cambridge: Cambridge UP, 1997. 这些仅仅是 20 世纪 90 年代至 21 世纪初出版的关于马克·吐温和女性的著作和文章中一部分具有代表性的成果。

业，却强调他们的无害性；赞同妇女解放运动却维护中产阶级女性纯洁"① 的马克·吐温形象。约翰·丹尼尔·斯特尔（John Daniel Stahl）的《马克·吐温、文化和性别》（*Mark Twain, Culture and Gender*，1994）是另一部有独到见解的著作。因为作者的英国人身份，他选取马克·吐温以欧洲为背景的作品，借助心理学、性别研究和文化理论考察了马克·吐温是如何借用欧洲的阶级观念来看待美国的性别、身份和社会的。他指出，马克·吐温使用欧洲社会的术语、象征符号与欧洲历史意在探讨其中蕴涵的父子关系、父亲的合法性、女性政治、性别权利等社会现象，并且表达了在男女两性之间架起沟通的桥梁，甚至摧毁他们之间的障碍的愿望。斯特尔认为正是借助欧洲背景，马克·吐温才能游刃有余地利用手中掌握的材料，揭示美国社会性别的不确定性和模糊性。苏珊·哈里斯在另一篇文章《马克·吐温与性别》（"Mark Twain and Gender"）中，将马克·吐温对待性的态度和性别观放在一个大的历史语境下进行考察。她认为，马克·吐温诞生时，"女性崇拜"在美国正占据支配地位，而在马克·吐温辞世时，"新女性"已经以不可阻挡之势出现在美国历史舞台，这种特殊的历史语境无疑影响到马克·吐温的性观念和性别观念，造就了一个在性和性别问题上既保守又开明的矛盾的马克·吐温。应该说，苏珊·哈里斯的看法是比较客观和公正的。

随着性别观念的更新和新理论的崛起，马克·吐温的性心理，其作品中的易装，甚至同性恋问题，也开始受到关注。亚历山大·琼斯（Alexander E. Jones）在他的文章《马克·吐温与性爱》（"Mark Twain and Sexuality"）中，就试图将马克·吐温的性心理矛盾与他晚年对人类的谴责联系起来②。在劳拉·斯坎德拉·特伦布雷研究的基础上，琳达·莫瑞斯（Linda A. Morris）以玛乔丽·加伯（Marjorie Garber）提出

---

① Peter Stoneley. *Mark Twain and the Feminine Aesthetic*. Cambridge：Cambridge UP, 1991：159.

② 参见：Alexander E. Jones. Mark Twain and Sexuality. PMLA, 1956, LXXI：595-616.

的易装理论和朱迪斯·巴特勒（Judith Butler）提出的性别操演理论为基础，对马克·吐温作品中的易装（cross-dressing）和性别越界（gender transgression）进行了探讨①。她认为马克·吐温作品中的易装者和越界者对性别的挑战不像许多批评家所认为的那样是暂时的、最终总是以二元关系的恢复为结局。事实上，马克·吐温利用易装和其他形式的性别越位颠覆了传统的性别角色划分和定位。这是到目前为止，对马克·吐温作品中的易装和性别越界研究最为全面的一部专著，作者提供了一些很好的史料来证明自己的观点，但遗憾的是，作者对问题的分析不够深入和透彻。此外，一些学者还对马克·吐温早年和其他男性之间的关系及其作品中的同性恋问题进行了探讨②。虽然有些观点有些偏颇，但也应看到，这些分析往往角度新颖，观点独特，具有一定的启发性。

五、身份问题研究

在马克·吐温研究中，身份问题是一个绕不过的话题。学界对马克·吐温作品中身份问题的探讨主要有两种倾向。

第一，结合马克·吐温的经历从个人心理的角度探讨人的本质和身份的神秘性。例如，布拉德福德·史密斯（Bradford Smith）指出，马克·吐温通过使用扮装（disguise）、欺骗（deception）、自欺（self deception）和伪装（make-believe）等手段，意在表现个体身份及其神秘性，从而探讨掩藏在社会身份背后个体身份的本质。他结合马克·吐温的生活经历，尤其是马克·吐温与哥哥之间的关系和马克·吐温的漂泊经历指出，马克·吐温通过小说人物的塑造表现了自己意欲挣脱身份

①　参见：Laura E. Skandera-Trombley. Mark Twain's Cross-Dressing Oeuvre. *College Literature*, 1997, 24（2）：82-96. Linda A. Morris. *Gender Play in Mark Twain: Cross-Dressing and Transgression*. Missouri：University of Missouri Press, 2007.

②　参见：Andrew J. Hoffman. Mark Twain and Homosexuality. *American Literature*, 1995, 67（1）：23-49. Linda A. Morris. The Eloquent Silence in "Hellfire Hotchkiss". *The Mark Twain Annual*, 2005（3）：43-51. Hamlin Hill, ed. Afterword to *Wapping Alice*. Berkeley：Friends of the Bancrosft Library, 1981：78.

束缚，尝试不同生活的愿望①。布拉德福德·史密斯的文章非常简短，但是内容丰富，观点新颖，极具启发性。另外，结合马克·吐温生活中父亲的缺失，探讨其作品中的父亲角色、父子关系和寻父主题也是身份研究中非常重要的一部分②。

　　第二，从 19 世纪美国特殊的社会文化语境出发，讨论马克·吐温作品对身份的文化阐释。马克·吐温作品中的易装现象非常普遍，它既是性别研究又是身份研究的一个切入点。苏珊·吉尔曼（Susan Gillman）的《神秘的双胞胎：马克·吐温作品中的冒名顶替与身份问题》（Dark Twins：Imposture and Identity in Mark Twain's America，1989）是此类研究中具有代表性的著作。苏珊·吉尔曼是第一个开始关注马克·吐温作品中易装现象的西方学者，在她之前，批评家们普遍认为马克·吐温对身份的关注仅仅是源于自己特殊的人生经历。在其专著中，苏珊·吉尔曼对此提出了异议。她指出，批评家一直公认的马克·吐温个人心理问题一定与世纪之交的美国社会有着千丝万缕的关系。她考察了马克·吐温的整个写作生涯，特别是马克·吐温一生中最有争议的晚年，将马克·吐温及其作品置于当时的历史语境，探讨马克·吐温最私密的个人身份和公众眼中的作家身份之间的相互影响以及公众对种族、性别和科学的态度。苏珊·吉尔曼指出，在马克·吐温 19 世纪 90 年代及之后的作品中，尤其是当时还鲜为人知的易装故事手稿中，马克·吐温对种族和性别差异的揭露的背后是法律在种族身份、父亲身份的确认和强奸案的裁决中所起的作用。另外，唯心主义的伪科学和心理"科学"也为马克·吐温最后二十年创作的奇幻和科幻小说提供了基本的

---

①　Bradford Smith. Mark Twain and the Mystery of Identity. *College English*，1963，24（6）：425-430.

②　在这个问题上，西方学者常常将马克·吐温的个人经历和 19 世纪的社会文化背景结合在一起进行讨论。参见：John Daniel Stahl. American Myth in European Disguise：Fathers and Sons in *The Prince and the Pauper*. *American Literature*，1986，58（2）：203-216. John Daniel Stahl. *Mark Twain，Culture and Gender：Envisioning America Through Europe*. Georgia：University of Georgia Press，1994.

文化词汇。因此，马克·吐温是 19 世纪美国文化的代表，他对身份的关注是与美国如影相随的关于自由、种族和身份问题产生的焦虑和不安的表征。另外，约翰·丹尼尔·斯特尔的《马克·吐温、文化和性别》也涉及马克·吐温作品中的文化身份问题。

需要指出的是，有些研究虽然侧重点不是身份问题，但是却涉及马克·吐温作品中的身份因素，如上文提到的从易装讨论性别问题。乔·富尔顿（Joe B. Fulton）的《马克·吐温的伦理现实主义：种族、阶级和性别审美》（*Mark Twain's Ethical Realism：The Esthetics of Race，Class，and Gender*，1997）一书也是如此。虽然作者的目的是探讨马克·吐温是如何将审美与伦理关怀融入其小说创作之中的，但其分析的小说大多涉及身份互换问题。在该书中，乔·富尔顿首先说明了马克·吐温的伦理取向与现实主义之间的关系（乔·富尔顿将其称为 ethical realism），指出马克·吐温的伦理观来自于他与各种各样和自己身份不同的人的接触和交往。然后，他用巴赫金的对话理论解读了马克·吐温作品中不同阶级、不同种族和男女两性之间的对话关系，从中发现了马克·吐温希望走进他人世界的愿望与马克·吐温的现实主义之间的关系，并且肯定了这种伦理思想将对读者产生的引导作用。

除了英美等国在马克·吐温批评方面作出的广泛而深入的研究以外，苏联的学者也对马克·吐温及其作品表现出极大的兴趣，但显然，这种研究兴趣和研究导向与苏联的社会意识形态有着紧密的联系。苏联学者往往从社会政治角度把马克·吐温看成反封建、反资本主义、反帝国主义的战士，从而发掘马克·吐温作品的思想内容和文学价值，有着明显的政治倾向性。例如，波布洛娃曾经这样评价《汤姆·索亚历险记》："马克·吐温创造了英勇反抗'有礼仪'的资产阶级市侩社会、反抗那'丑恶窒闷的楼房'里的生活的两个儿童的现实主义形象，并以此概略地描绘了他以后全部作品中颇为重要的、人民和资产阶级这两个美国的对立。"①不同意识形态在马克·吐温研究中的碰撞还导致了

---

① 波布洛娃. 马克·吐温评传. 张由今，译. 北京：作家出版社，1958：69.

苏联和美国学者之间的一场有趣的争论。这场争论由 1959 年 8 月 18 日载于苏联《文学报》上的一篇题为《普罗克勒斯提斯床上的马克·吐温》的文章引起。由于当时在莫斯科举办的美国展览会上马克·吐温作品的缺席，文章作者雅恩·别列兹尼兹基从自己国家主流意识形态出发，指出："最初的遗忘相当准确地显示了美国官方与美国这位最伟大的作家的关系。他们试图把他忘掉。到了不得不注意他的时候，他们就竭力剪去这位大作家的毛发，抹去他讽刺艺术的耀眼的强烈色彩，消除马克·吐温作品揭露社会的震撼力量，归根结底是要把他装扮成一个心肠慈悲、头脑简单的嘲弄专家。"① 随之，遭到攻击的新版《马克·吐温自传》的编者查尔斯·奈德发表文章《查尔斯·奈德的反批评》，对其进行了反击。

这场争论反映的不仅仅是两位批评家对马克·吐温的基本看法的分歧，而是两种不同的批评方向和方法。对于美国学者而言，马克·吐温首先是一个幽默作家、一个作家，而不是政论家；而对于苏联人而言，马克·吐温的首要价值在于他的社会批评。这在某种程度上反映了两种批评导向各自不同的问题。同时也提出了在马克·吐温研究中如何将审美价值和社会批评功能结合起来的问题。

从以上综述可以看出，国外在马克·吐温研究方面，无论是从艺术性还是从思想性方面都取得了丰硕的成果，尤其是在马克·吐温诞辰一百周年的时候，又有一批新的成果问世，大大地拓展和深化了马克·吐温研究。但是，从这些研究成果可以发现两种倾向。第一，由于文化传统和意识形态的局限性，西方研究更重视审美价值，对思想性方面的挖掘还有欠缺的地方，如对马克·叶温作品中的阶级问题、资本主义民主政治的虚伪性和帝国主义殖民扩张等问题的探讨还非常不够。第二，西方学者倾向于把马克·吐温的作品看成 19 世纪社会文化文本，挖掘作

---

① 雅恩·别列兹尼兹基. 普罗克勒斯提斯床上的马克·吐温. 参见：董衡巽. 马克·吐温画像. 上海：上海文艺出版社，1991：176.

品中的文化因素及其反映的文化现象。这种研究往往在文本阐释方面比较薄弱，具体文本分析较少。

第二节　马克·吐温研究在中国

在中国，对马克·吐温作品的接受很早就开始了。较早的译介有1905 年《志学报》刊发的由严通依照日文版译出的讽刺小品《俄皇独语》（"The Czar's Soliloquy"）①、刊登在 1906 年《绣像小说》上由吴祷根据日文版的原译加以重译的短篇小说《山家奇遇》（"The Californian's Tale"）② 和 1931 年由上海湖风书局出版的李兰翻译的《夏娃日记》（*Eve's Diary*）。在此之后，马克·吐温的经典作品如《汤姆·索亚历险记》（*The Adventures of Tom Sawyer*，1874）、《哈克贝里·费恩历险记》（*The Adventures of Huckleberry Finn*，1885）的中译本也陆续出现。百年来，马克·吐温的译介工作已经取得很大进展。迄今为止，马克·吐温的主要长篇作品和中短篇作品都有了中译本，有些还有多种译本。2002 年，河北教育出版社出版了由多位名家翻译的《马克·吐温十九卷集》，几乎囊括了马克·吐温的所有作品。

除了作品翻译以外，国外评介马克·吐温的文章以及马克·吐温的传记也陆续被翻译成中文。其中具有代表性的译介有波布洛娃的《马克·吐温评传》（张由今译，作家出版社，1958），张友松翻译的洁丽·艾伦的文章《马克·吐温童年生活的片段》（1980）、洁丽·艾伦的《马克·吐温传奇》（张友松、陈玮译，中国青年出版社，1983），董衡巽主编翻译的《马克·吐温画像》（上海文艺出版社，1991），秦小雅等翻译的苏西·克莱门斯的《我的爸爸马克·吐温》（海燕出版

---

① 马祖毅，等. 中国翻译通史（全一卷古代部分）. 武汉：湖北教育出版社，2006：498.

② 吴祷，重译. 参见：樽本照雄. 新编增补清末民初小说目录. 贺伟，译. 济南：齐鲁书社，2002：618.

社，2001），江苏文艺出版社、江苏人民出版社和天津人民出版社的三种版本的《马克·吐温自传》等。这些译介为中国学者从事马克·吐温研究提供了巨大的便利和帮助。

在译介的基础上，马克·吐温批评也在不断地展开和深化。尤其是改革开放以来，马克·吐温研究取得了令人瞩目的成绩，出现了大量研究成果。这里，笔者主要从思想性和艺术性两方面对其进行简单的综述。

从 1949 年中华人民共和国成立到改革开放初期这段时间，出于意识形态的考虑，马克·吐温研究强调对资本主义社会的丑恶和腐朽的揭露，留下了较严重的左倾批判的痕迹。例如，1950 年，茅盾先生在《剥落"蒙面强盗"的面具》（《人民文学》，1950 年第 12 期）一文中指出："马克·吐温的作品之所以使得华尔街的大亨们如此地'痛心疾首'……大概是因为他无情地暴露了美国统治集团的面目。"老舍的文章《马克·吐温——金元帝国的揭露者》（《世界文学》，1960 年第 10 期）、陈嘉的《马克·吐温——美帝国主义的无情揭露者》（《江海学刊》，1960 年第 12 期）、许可权的《一本面对人民的好书——读马克·吐温的〈王子与贫儿〉》（《外国文学研究》，1979 年第 3 期）等都肯定了马克·吐温的批判精神及其作品的批判性。即使在改革开放以后，这种批评模式在相当一段时间内仍然占有一定的地位。

马克·吐温的种族观研究也走过了类似的道路。在改革开放之前，马克·吐温往往被视为反对种族歧视的斗士。20 世纪 80 年代以后，尤其是进入 21 世纪以后，学界开始对马克·吐温的种族观给出更为客观、更为全面的评价。早在 1999 年，张军学的博士论文《马克·吐温文化研究和解读》便借用巴赫金的狂欢理论探讨了马克·吐温在种族问题上表现的人文关怀，并且指出马克·吐温作品中惯用的文本策略往往导致对马克·吐温的误读。吴兰香在 2009 年和 2010 年先后发表的两篇论文（《"教养决定一切"——《傻瓜威尔逊》的种族观研究》（《外国文学评论》，2009 年第 3 期）、《马克·吐温早期游记中的种族观》

（《解放军外国语学院学报》，2010 年第 4 期）均比较公允地对马克·吐温的种族观进行了分析，而且将研究范围从小说拓展到游记①。马克·吐温笔下的印第安人形象也是马克·吐温种族观研究的一部分。《19 世纪美国白人文学经典中的印第安形象》（邹惠玲，《外国文学研究》2006 年第 5 期）的作者认为，马克·吐温在作品里表现出"对印第安人的强烈的种族仇恨"，是"白人殖民主义话语构建的积极参与者"。对此，杨金才和于雷指出，"要充分把握马克·吐温文学创作的'印第安症候'，还必须将研究触角伸向马克·吐温的文本真实之外，看看'种族模板'在多大程度上是被作者'构建'了"。并且进一步说明，在对马克·吐温的种族观作出评价的时候，必须注意他使用"侮辱性"字眼时"究竟是站在自己的叙述立场之上，还是在采用主流意识形态的问题化视角"②。他们倡导的这种解读方式不仅适用于马克·吐温种族思想研究，也同样适用于对马克·吐温的阶级观念、性别观念等思想的解读和阐释。

　　马克·吐温的中国观是我国学者一直以来特别关注的一个问题。周渭渔和张廷琛曾先后撰文充分肯定马克·吐温在对待华人在美遭受迫害的问题上所表现的人道主义立场③。但也有论者发掘出马克·吐温中国观的另一面。他们认为由于历史文化语境和社会心理的局限，马克·吐温笔下的中国人形象也或多或少带有作家好奇、轻视、排斥的心理偏

　　①　关于马克·吐温游记中的种族观，参见：余纯洁.《苦行记》：19 世纪美国种族主义的文学镜像.乐山师范学院学报，2014（4）.吴兰香.从马克·吐温的苦行记看十九世纪中期的在美华人的境遇.辽宁教育行政学院学报，2010（1）.

　　②　杨金才，于雷.中国百年来马克·吐温研究的考察与评析.南京社会科学，2011（8）：137.该篇综述对百年来中国的马克·吐温研究进行了全面的梳理，并且在综述的同时进行了很有见地的评析，指出了马克·吐温研究的不足和今后研究需要注意的地方，对深化马克·吐温研究提供了建设性意见。

　　③　参见：周渭渔.马克·吐温作品的人民性.华中师院学报，1981（1）.张廷琛.马克·吐温与中国.外国文学研究集刊（第 4 辑）.北京：中国社会科学出版社，1982.

见①。《马克·吐温的中国观》一文在肯定马克·吐温的人道主义胸怀的同时，指出了马克·吐温对中国的观测带上了"东方主义"色彩。针对这篇文章，青年学者于雷撰文对其做出了回应。于雷认为，《马克·吐温的中国观》的作者在证明自己的观点时"策略化"地误读了马克·吐温的演说"我也是义和团"，并指出在为马克·吐温的作品粘贴"东方主义"标签时，应该对其"非东方主义"的层面给予充分关注②。另外，他在另一篇论文《马克·吐温要把中国人赶出美国吗?》（《外国文学》，2011 年第 1 期）中把"我也是义和团"这篇演说作为叙事文本，将目光聚焦于其中的逻辑悖论，指出马克·吐温在文本的字面表述中实际暗藏了叙述立场的运动以及逻辑重心的确定。最后得出结论：马克·吐温对中国人民反帝斗争的支持和对华人的同情是诚挚的，并非"东方主义"阴霾下的混杂物。这是一场发人深省的对话，也是一次有益的探讨，对于如何更加全面、客观地评价马克·吐温的种族观给出了很好的建议，并对将来的马克·吐温研究提供了有益的启示。

在国外研究成果的基础上很多学者也注意到马克·吐温晚年表现的悲观厌世思想，并对其形成原因进行了多方面的探讨。张廷琛指出，马克·吐温"一面无情抨击社会弊端，一面探求着一个理想的社会以及到达这一理想社会的道路"，但他的探索都以失败而告终，这最终导致"他的希望与幻想逐步走向破灭"③。因此，"马克·吐温晚年悲观厌世的主要原因是他对自己改造世界的理想的幻灭"④。除此之外，马克·吐温晚年个人生活的不幸和 19 世纪后期的社会环境也被看成造成马

---

① 参见：崔丽芳．马克·吐温的中国观．外国文学评论，2003（4）．邓树桢．马克·吐温的中国情结．台北：天星出版社，1999.

② 于雷．马克·吐温的"东方主义"再思考．南京理工大学学报，2009（2）：21-24.

③ 张廷琛．梦中醒来的悲哀——论马克·吐温晚年悲观情绪产生的原因．国外文学，1987（3）：99，100.

④ 张廷琛．梦中醒来的悲哀——论马克·吐温晚年悲观情绪产生的原因．国外文学，1987（3）：105.

克·吐温悲观主义思想的两个主要原因①。

近几年来，对马克·吐温研究还在不断加深和拓展，新的研究成果还在不断出现。例如，郭巍和王建平于 2015 年先后发表论文对马克·吐温在《夏威夷来信》中表现的殖民主义思想进行了探讨②。前者主要聚焦马克·吐温早期的夏威夷书写，揭示马克·吐温的报告和演讲在美国对夏威夷的殖民过程中所起的助推作用。后者则以《夏威夷来信》为起始点，结合马克·吐温后期关于夏威夷题材的各种文本，较为全面地探讨了马克·吐温作品中"明确使命感"的形成和演变过程，并结合 19 世纪美国社会发展、文化观念和种族意识，揭示了文学生产与国家政治之间的关系。

虽然在英美国家，对马克·吐温作品的艺术价值的研究百年来一直热度不衰，在中国的情况并不乐观。由于 20 世纪 80 年代前马克·吐温研究的意识形态化，学界对马克·吐温作品的艺术价值的探讨，比对其思想性的挖掘要滞后很多。徐宗英、郑诗鼎的文章《马克·吐温再研究》（《西南师范学院学报》，1985 年第 3 期）在 1985 年就呼吁对马克·吐温进行再研究。他们在国内外马克·吐温研究的基础上，勾画了一个追求公平与正义，但在现实世界中又陷入彷徨和迷茫的马克·吐温。更为重要的是，他们强调了"西部幽默"在马克·吐温作品中的核心地位。虽然这种观点并不新鲜，却是"马克·吐温批评过程中诗学的回归"③。相比之下，沈培的文章《马克·吐温创作的三个时期》（《外国文学研究》，1986 年第 3 期）更为系统地研究了马克·吐温在不同的创作阶段表现出来的幽默艺术，强调马克·吐温的幽默既辛辣、

---

① 参见：王友贵. 陌生的马克·吐温. 西南师范大学学报，1992（1）. 陈慧姝. 马克·吐温晚年悲观主义及其产生原因初探. 学理论，2010（31）.

② 参见：郭巍. 马克·吐温的夏威夷书写与美国殖民空间生产. 外国文学评论，2015（2）. 王建平.《夏威夷来信》中的"明确使命感". 外国文学评论，2015（3）.

③ 杨金才，于雷. 中国百年来马克·吐温研究的考察与评析. 南京社会科学，2011（8）：136.

尖锐又轻松、滑稽和诙谐的特点。董衡巽的文章《马克·吐温短篇小说三篇》(《外国文学》,1988 年第 1 期)言简意赅,让读者领略了马克·吐温"寓庄于谐""正话反说""整体戏谑"的幽默特色以及"在笑中发现悲"的本事。苏晖的论文《纪实与虚构的互应:从马克·吐温的自传看其小说黑色幽默特点的形成》(《广播电视大学学报(哲学社会科学版)》,2011 年第 3 期)在肯定马克·吐温小说黑色幽默特点的基础上,结合马克·吐温自传对其成因进行了分析。张龙海、张武的论文《"景"与"情"的交融》(《外国文学》,2016 年第 6 期)在国内外已有研究的基础上,详细地分析了《哈克贝里·费恩历险记》中风景描写和故事叙事之间的水乳交融的关系,显示了马克·吐温经典作品的永久魅力。

值得一提的是,近年来,一些学者在马克·吐温诗学研究方面独辟蹊径,出现了颇有价值的研究成果。例如,青年学者于雷的论文《催眠·骗局·隐喻——《山家奇遇》的未解之谜》就是马克·吐温研究中集审美与思想于一体的一篇具有开拓性的论文。该文通过对《山家奇遇》从催眠手法到骗局意识及其隐喻功能的递进模式进行分析,证明这个故事"凭借其独特的文本形式凸显了 19 世纪中期美国淘金梦的麻痹性、欺骗性和荒诞性"①。该论文将作品的独特艺术手法与之表现的淘金梦的虚妄结合起来,读起来给人耳目一新的感觉。张军学在博士论文的基础上完成的专著《马克·吐温狂欢话语研究》运用巴赫金的狂欢理论,结合马克·吐温的漂泊经历,探讨了马克·吐温作品中不同种族之间和男女两性之间的对话关系,以及马克·吐温文本的多声部特征和复杂性,是近年来马克·吐温研究的另一个突破。

与西方学界相比,国内学界对马克·吐温的研究有很大的区别,也有很大的差距。总体来看,马克·吐温研究在我国出现了大量的研究成

---

① 于雷.催眠·骗局·隐喻——《山家奇遇》的未解之谜.外国文学批评,2009(2):70.

果，呈现了多元化发展的趋势，但同时也存在一些明显的不足。第一，在研究视角和研究方法上有着单一化、标签式特点。很多论文在研究视角上有跟风的嫌疑，在研究方法上机械套用理论，人云亦云，这导致大量低水平的重复研究。而马克·吐温作品中的很多问题，如宗教问题、性别问题、身份问题以及父子关系、父亲缺失和寻父等背后的文化内涵等却少有涉及，即使是有所涉及也存在着巨大的阐释空间。第二，对马克·吐温作品的艺术性和诗学意义研究不足。早在1929年曾虚白就给马克·吐温的文学特色作出了恰如其分的定位。他说："凡是他的作品，因此，都有双层的性质，它说的是这样，它的意思却是指着言外深奥的地方。他实在是穿着小丑衣服的人生哲学家。"[1]　马克·吐温的言外之意恰恰隐藏在他独特的叙事方式、语言技巧等之中。因此对马克·吐温作品艺术性的忽视不仅导致无法全面领略马克·吐温作品的文学魅力，还常常因为对马克·吐温的创作风格和思想内涵缺乏整体把握，而导致对其思想的误读。第三，研究作品过于集中，缺乏对马克·吐温作品的整体关照。由于马克·吐温的思想经历了一个不断变化的发展过程，而且文本之间有着连续性和关联性，因此这种解读难免存在以偏概全的问题，难以对马克·吐温的文本进行整体的把握。近年来，对马克·吐温作品的研究虽然在广度上有所拓展，但是，一些非经典作品和马克·吐温晚年创作但生前并未出版的一些关于性别问题的作品还少有人问津。这导致马克·吐温研究缺乏整体性，势必影响对马克·吐温评价的公正性和客观性。虽然国内有大量的马克·吐温研究论文发表，但是除了张军学的研究专著以及两篇博士论文外[2]，国内尚无其他有价值的对马克·吐温进行全面研究的专著问世。这一切说明，国内马克·吐温研究还有很大的空间，在研究范围和研究深度上需要进一步拓展和加深。

---

[1]　曾虚白．美国文学 ABC．上海：世界书局，1929：92.

[2]　于健．中国古典意象视域中的马克·吐温小说意象研究．东北师范大学，2019．易乐湘．马克·吐温青少年题材小说的多主题透视．上海师范大学，2007.

第三节　本书的研究对象与选题价值

研读马克·吐温的作品不难发现，在每一部重要作品中，身份都是他关注的焦点。他以各种文学形式，从传奇故事到滑稽故事，从侦探故事到寓言故事，从小说到戏剧，从虚构文学到纪实文学，对身份问题进行了孜孜不倦的探讨和思考。可以说，"马克·吐温思想的核心就是身份观"①。他对身份的探讨有时是指个体身份，有时是指性别、种族和阶级等社会伦理身份，而大多数时候两种身份交织在一起，互相佐证、互相补充。不仅如此，他探讨身份问题所采用的策略与其幽默的创作手法一脉相承，体现了其作品独具特色的艺术魅力。"它（身份）是马克·吐温幽默的基础，他的幽默之所以伟大而持久，原因之一就是它（幽默）以戏谑的方式在探讨一个有着严肃的甚至悲剧意义的主题。"②

在马克·吐温的文学作品中，他采用了很多策略来探讨身份问题，易装是其中至关重要的一种。他对易装最为有趣的描写可能要数《哈克贝利·费恩历险记》中戏剧性的一幕了：逃到杰克逊岛的哈克装扮成女孩回到镇上去了解情况，结果却被朱迪·洛芙德斯（Judith Loftus）不动声色地用计谋识破而暴露了真实身份。在这部作品中还有其他的易装情节，如"国王"在戏仿莎士比亚戏剧中扮演朱丽叶；故事结尾处吉姆扮成莎莉姨妈从菲尔普斯农庄逃跑。不难看出，这些易装具有超越当时的场景而产生的戏剧效果之外的深层含义。易装在《傻瓜威尔逊》中同样突出，不同的是，这里出现的易装和性别模仿被赋予了更加严肃的画外音。在《傻瓜威尔逊》中表象和事实常常混淆不清：白肤色的女性按照法律却被划分为实实在在的黑人；黑种男孩和白种男孩被调换以后长达二十年竟无人觉察。在这种背景下，性别易装与种族问题及种

---

① Bradford Smith. Mark Twain and the Mystery of Identity. *College English*, 1963, 24（6）：425.

② Bradford Smith. Mark Twain and the Mystery of Identity. *College English*, 1963, 24（6）：426.

族越界紧紧纠缠在一起。罗克珊扮成黑人男性为的是逃脱奴隶主的迫害，她的儿子或装扮成年轻女子，或装扮成老妇人，目的则是为了行窃。"他们的易装实际上具有超越小说人物本身动机以外的意义。"①玛乔丽·加伯（Marjorie Garber）指出："叙事文本中穿异性服装者的出乎意料的出现肯定意味着性别划分以外的其他分类危机。"② 《傻瓜威尔逊》中的易装及由此产生的性别混乱，尤其是当这种混乱主要是由两个混血儿引起的时候，凸显了该小说对社会公认的种族二元论的巨大挑战。在《哈克贝利·费恩历险记》中也是如此，因为在这两部作品中，对一种主要社会范式的消解无疑会导致对另一种社会范式的消解。与这两部小说有所不同，在《圣女贞德传》中，易装被置于历史语境之中，并且成为天主教会对贞德定罪并施以火刑的唯一理由。

　　易装并非仅仅出现在马克·吐温的小说中，也出现在他创作的其他形式的文学作品中。在其创作生涯中，尤其是创作后期，马克·吐温不断地在已发表和未发表的短篇故事和戏剧中呈现一个个易装者形象，例如，《中世纪传奇》和《南希·杰克逊娶了凯特·威尔逊》中女扮男装的康拉德和南希，《沃平来的爱丽丝》和三幕戏剧《他死了吗?》中男扮女装的爱丽丝和年轻画家米勒特，等等。

　　除了易装，马克·吐温还使用了类似易装的其他身份伪装（disguise）策略。例如，在《傻瓜威尔逊》中身份截然不同的两个孩子——一个白人小主人，一个混血小黑奴——被黑人母亲调包；在《王子与贫儿》中，两个分别出生于帝王之家和平民家庭的孩子因为偶然相遇而互换服装，结果却引起了一场变革；在《申请爵位的美国人》中，具有平民意识的伯克利子爵放弃身份而"扮演"平民；在《亚瑟王朝廷上的美国佬》中，19 世纪的美国工匠"穿越"到 6 世纪的英国，扮演骑士、统治者和魔术师的角色，在他的陪同下亚瑟王微服私

---

　　① 　Linda A. Morris. *Gender Play in Mark Twain*：*Cross-Dressing and Transgression*. Missouri：University of Missouri Press，2007：2.

　　② 　Marjorie Garber. *Vested Interests*：*Cross-Dressing and Cultural Anxiety*. New York：Routledge，1992：17.

访，险遭不测，等等。

在其探讨身份问题的作品中，马克·吐温还为读者呈现了众多双胞胎形象（twinning）和成对人物形象（pairs）。例如，《一对怪异的孪生兄弟》中的连体双胞胎安吉罗和路易盖（在《傻瓜威尔逊》中他们被分成两个人）。和这对真正的双胞胎类似，王子和贫儿、小书僮和汤姆少爷都出生于同一天。他们虽然身份迥异，但长相酷似。用爱德华王子的话来说：“要是光着身子走出去，谁也分不清哪个是你，哪个是太子。”① 至于小书僮和汤姆少爷，连汤姆少爷的父亲都无法分辨他们哪个是自己的儿子，哪个是黑人孩子。除此之外，还有成对出现却截然不同的人物形象，如《一千零二夜》中同一天出生、性格截然不同的国王之“女”法蒂玛和宰相之“子”塞利姆；《地狱之火霍奇基斯》中的假小子雷切尔和娘娘腔奥斯卡。

总之，身份作为一条主线，贯穿在马克·吐温众多作品之中。而身份转换作为马克·吐温探讨身份问题的主要策略，在其作品中反复出现，并以不同的方式用来揭示身份问题。本书的研究重点就是这些身份转换策略，以及借助这些身份转换策略，马克·吐温想要表达的思想观点。

需要说明的是，本书探讨的身份转换主要是指具有某种阶级身份、种族身份或性别身份的社会个体，跨越固有的身份界线，扮演原本不属于自己的社会角色。因此，这里的身份转换实际上是一种身份越位现象。由于马克·吐温作品中的身份转换往往和双胞胎形象及成对人物形象联系在一起，所以后者在本书的研究中也有所涉及。

另外，马克·吐温对身份问题的探讨并不是对个体身份的孤立探讨，他总是将作品中的人物置于某种具体的伦理环境中，探讨具体伦理环境中的伦理的人。而且个体身份往往与性别、种族和阶级等问题产生深层次的关联。

---

① 马克·吐温. 王子与贫儿. 张友松，译. 上海：上海译文出版社，2008：14.

有鉴于此，本书选取涉及阶级身份、种族身份和性别身份转换的下列四部长篇小说和一些代表性的短篇故事作为主要研究文本。这四部长篇小说是：《王子与贫儿》（*The Prince and the Pauper*，1882）、《申请爵位的美国人》（*The American Claimant*，1892）、《傻瓜威尔逊》（*Pudd'nhead Wilson*，1894）以及《圣女贞德传》（*Personal Recollections of Joan of Arc*，1896）。代表性的短篇故事是：《一对怪异的孪生兄弟》（"Those Extraordinary Twins"，1894）、《中世纪传奇》（"A Medieval Romance"，1870）、《一匹马的故事》（"A Horse's Tale"，1906）、《南希·杰克逊娶了凯特·威尔逊》（"How Nancy Jackson Married Kate Wilson"）或《外表像男人的女孩的弗洛伊德故事》（"Freud Story of the Girl Who Was Ostensibly a Man"，1902）、《地狱之火霍奇基斯》（"Hellfire Hotchkiss"，1897）、《沃平来的爱丽丝》（"Wapping Alice"，1898）和《一千零二夜》（"The 1002 Arabian Night"，1883），等等。为了避免将身份转换扩大化，笔者选取的文本中的身份转换要么持续较长时间，要么无法逆转。通过对身份转换进行分析和解读，本书力图达到如下目的：通过分析马克·吐温采用的种种身份转换策略，探析其中表现的马克·吐温对伦理的关注和思考，并进一步揭示在种种看似轻松、游戏式的身份转换背后蕴涵的对身份的思索和理解，对人之本性的追问，以及对完美人格与平等、公正等伦理的追求。

综上所述，对身份问题的探讨是马克·吐温作品的一条显性的主题脉络，而且，对身份的探讨又始终与阶级、种族和性别的社会伦理观念交织在一起，并互为转换。然而，迄今为止，国内尚未出现对马克·吐温作品中身份问题研究的学术专著，也未见从伦理角度对阶级、种族和性别问题进行综合考察的研究成果，本书试图在这方面做一些开拓性的工作。本书的选题价值在于：

第一，本书是对马克·吐温的阶级观、种族观和性别观的一个综合考察，既注重作品解读与 19 世纪美国社会语境的结合，又注重马克·吐温思想的相互关联和动态发展。马克·吐温的阶级观、种族观和性别观一直都是学界颇有争议的问题。本书在前人研究成果的基础上，以马克·吐温作品中各种身份转换为切入点和突破口，对涉及这些问题的作品进行具体阐释和系统研究，探讨这些作品揭示的身份问题，进而考察马克·吐温在 19 世纪美国社会转型期对阶级、种族及性别问题的关注和思考。本书既注重当下的阅读经验，又接受外来信息，使解读马克·吐温文本一方面倾向于读者的理解和权利，另一方面又强调文本的内在与外在的互文关联。由于马克·吐温创作时间长达四十年之久，而且这个时期正是美国社会文化转型期，所以他的早期和晚期作品表达的思想并不完全一致，如果孤立地看待势必以偏概全。因此，本书将马克·吐温有关身份转换的文本视为一个超大文本来解读，力求全面地、客观地反映马克·吐温对阶级身份、种族身份、性别身份和个体身份的理解和阐释，对阶级、种族和性别问题的看法。

第二，本书以身份转换为切入点，探讨这一情节元素背后蕴涵的伦理表达，这是对马克·吐温研究的一个拓展。虽然一直以来学界对马克·吐温及其作品争论不休，马克·吐温作品中表现的伦理倾向却是不容质疑的。他的好友威廉·迪恩·豪威尔斯曾经强调，在马克·吐温幽默的背后蕴涵的是他的"伦理智慧"（ethical intelligence），是马克·吐温对人类良知（human conscience）充满激情的表达①。可以说，伦理表达是马克·吐温现实主义的一部分。尽管如此，学界对马克·吐温作品中的伦理问题仍然停留在认识的层面，实质性的研究明显不足，将马克·吐温的伦理取向和审美取向结合起来的深度研究更是少见。本书以身份转换为切入点，将马克·吐温文本中的身份转换置于阶级、种族和性别环境中进行全面的研究，讨论马克·吐温是如何利用其独特的文本策略，表达对不同阶级、不同种族和男女两性之间的伦理关系的看法，对美好人格和公平、公正的追求。作为批判现实主义作家，马克·吐温对现实的批判是有目共睹的，但是作为一个具有人文情怀的梦想家，马克·吐温在批判现实中的种种问题的时候，又是如何表达他的伦理理想的，这将是本书研究的一个重点。通过这种尝试，笔者希望能够对马

---

① William Dean Howells. Mark Twain. *The Century*, 1882（24）：780-783.

克·吐温作品中表达的伦理思想进行一个比较全面的阐释。

第三，本书不仅是对马克·吐温作品中伦理思想的探讨，也是对马克·吐温作品叙事技巧的研究，是将文学作品的思想表达和艺术特色相结合的一种综合研究。作为一位在世界享有盛名的文学家，马克·吐温作品的价值不仅仅在于其思想价值，更体现于其文本非凡的艺术魅力。因此，只有将马克·吐温作品的艺术特色与思想表达相结合，才能真正全面地把握马克·吐温作品的文学价值。不仅如此，由于马克·吐温作品独特的文本策略，在阐释其作品思想表达的过程中常常产生误读，因此，对马克·吐温的文本策略的研究也是准确把握其思想的前提。通过将马克·吐温作品中的身份转换这一文本策略与伦理表达结合起来，本书在展现马克·吐温作品的艺术魅力，挖掘其审美价值的同时，力求接近作者真实的思想表达。通过身份转换探讨马克·吐温的伦理表达，不仅可以兼顾马克·吐温作品反映的伦理环境和社会问题，又可以避免因为关注作品内在意识形态和伦理价值，而忽略马克·吐温作品的艺术魅力。这是将马克·吐温作品的思想价值和审美价值相结合的一种尝试。

第四节　本书的研究方法与基本思路

本书的研究焦点是马克·吐温作品中身份转换这一情节元素所蕴涵的伦理表达，它涵盖阶级、种族和性别等诸多问题，这些问题既涉及伦理问题，也涉及社会权力和社会制度等问题。为了避免单一批评方法可能导致的片面性和局限性，本书将以文学伦理学批评方法为主导，结合其他批评方法，如女性主义批评、社会历史批评、后殖民批评等，在文本细读的基础上，对马克·吐温作品中涉及身份转换的文本进行多角度、多层面的研究，阐释身份转换背后隐含的伦理诉求和人文关怀。

在文学伦理学批评的理论体系和术语使用中，伦理的基本含义同伦理学中伦理的含义有所不同，它"主要指文学作品中在道德行为基础上形成的抽象的道德准则与规范"①。道德是伦理的基础，伦理是对道德的概括和总结。作为道德准则和规范，伦理超出了个人道德，是人们所共同"认同、遵守和维护的集体的和社会的道德准则与道德标准"②。所以，文学伦理学批评中的伦理是一个广义的概念，它包括了政治伦理、种族伦理和性别伦理等。

"文学伦理学批评是一种从伦理视角阅读、分析和阐释文学的批评方法"③，而本书研究的一个中心问题是马克·吐温作品中的身份转换与伦理表达之间的关系，这为文学伦理学批评方法的运用提供了可行性。在文学伦理学批评方法中，"伦理的核心内容是人与人、人与社会以及人与自然之间形成的被接受和认可的伦理关系，以及在这种关系的基础上形成的道德观念和维系这种秩序的各种规范"④。马克·吐温作品中的身份转换大多涉及阶级之间、种族之间和两性之间的身份转换，是对阶级关系、种族关系和性别关系的揭示，而这些关系是人与人、人与社会之间最基本的关系。马克·吐温的作品不仅再现了贵族阶级与底层平民、白人与黑人、男人与女人之间的伦理关系，也书写了社会个体在种种社会伦理中的挣扎和选择，在极度恶劣的伦理环境中的沉沦，展示了身份转换对现有伦理秩序的挑战及其结果。这一切无疑使文学伦理学批评在解读马克·吐温文本的实践中具有广泛的可操作性。

采用文学伦理学批评方法探讨文学中的伦理问题，不仅需要回到伦理现场考察现实伦理，还可以探讨作者在虚构的文学世界中的伦理建构及其表达的伦理理想。这也是采用文学伦理学批评方法与采用社会伦理学对文学作品进行阐释的一个最大的区别。由于19世纪美国社会文化转型这一特殊历史环境，马克·吐温作品中表现的伦理关系，其中有一些是现实的投射，反映的是19世纪的道德伦理规范和标准，有一些则是马克·吐温在对原有的阶级、种族、性别关系和伦

① 聂珍钊. 文学伦理学批评导论. 北京：北京大学出版社，2014：254.
② 聂珍钊. 文学伦理学批评导论. 北京：北京大学出版社，2014：254.
③ 聂珍钊. 文学伦理学批评导论. 北京：北京大学出版社，2014：5.
④ 聂珍钊. 文学伦理学批评导论. 北京：北京大学出版社，2014：13.

理的反思基础上的一种伦理构想。马克·吐温作品中的身份转换是以阶级、种族和性别的二元划分为基础的，这种身份划分是维护伦理体系、建立伦理秩序的基础。但是，由于马克·吐温生活的时代是美国社会的转型期，美国的政治、经济、社会结构和意识形态都在发生一系列变化，这些变革冲击着人们的阶级、种族和性别观念，引起他们对原有的伦理体系的重新审视。因此，马克·吐温笔下的身份转换有一个共同点，那就是它们往往发生在不同阶级、不同种族和不同性别之间，是对正常生活轨道的脱离，对原有身份次序的颠倒。在文学伦理学批评理论的指导下，本书不仅要考察 19 世纪的伦理环境和伦理关系，并且将尝试分析身份转换所蕴涵的解构和建构的双重特性，探讨马克·吐温是如何借助身份转换解构阶级、种族、性别差异，质疑原有的社会伦理，同时在虚构的文学世界里建构自己的伦理理想。因此，本书研究马克·吐温作品中身份转换所揭示的伦理问题，这不仅仅是一种社会伦理学史料性的实证研究，还是将马克·吐温作品的艺术价值和伦理价值结合起来的一种综合性研究。希望这种尝试可以更加准确地把握社会时代的脉搏和马克·吐温的思想动态，为马克·吐温作品的阐释提供一个新的视角。

需要特别指出的是，文学伦理学批评具有很强的包容性，可以和其他一些重要的批评理论和批评方法有效地结合起来，对文学作品进行解读，对作品中的文学现象进行阐释。所以，本书在采用文学伦理学批评方法进行研究的时候，并不排斥其他批评理论和批评方法。由于马克·吐温思想的丰富性以及本书涉及的内容的广泛性，本书将采用文学伦理学批评方法回到 19 世纪的伦理现场，考察马克·吐温作品展现的 19 世纪的社会伦理现实，探讨马克·吐温是如何通过身份转换表达对那个时代的政治伦理、种族伦理和性别伦理的看法和思考。同时，本书还将结合文本细读，在不同的章节辅以女性主义批评、社会历史批评、后殖民批评等方法，对马克·吐温的作品进行多方位的解读，以探讨其中蕴藏的丰富内涵以及不同问题之间的相互关联性。

鉴于马克·吐温关注的是不同伦理环境中的人的身份，除了引论和结语部分外，本书前三章分别从阶级、种族和性别三个不同的角度探讨马克·吐温文本中的身份转换，在第四章中对已经讨论的问题进行归纳、总结、提炼和升华。本书具体的研究思路如下：

第一章以《王子与贫儿》和《申请爵位的美国人》为主要研究对象，探讨马克·吐温对阶级问题的认识和思考。对马克·吐温来说，不同阶级之间的身份互换/转换是一种创作策略，同时也是一种伦理表达方式。因此，本章将聚焦身份转换，力图发现马克·吐温对阶级社会的看法以及马克·吐温表达的伦理诉求。第二章以《傻瓜威尔逊》为主要研究对象，以其中的"调包计"这一种族实验为切入点，探讨马克·吐温对种族伦理的关注和思考。因为在该文本中傻瓜威尔逊侦破凶杀案的指纹术指向的是人的个体性，所以本章还将通过阐释指纹术探讨马克·吐温对个体人的看法和认识。第三章以《圣女贞德传》和几个有代表性的短篇故事为研究对象，重点讨论这些文本中众多不同于刻板、定式化的女性形象（包括少数与其形成强烈对比的男性形象）。通过展示多姿多彩的女性形象，本章旨在挖掘马克·吐温的性别观和性别伦理理想。这三个部分呈现出平行、互补关系，将从不同方面揭示马克·吐温对身份的看法以及马克·吐温的伦理理想。结合 19 世纪美国的社会文化背景和马克·吐温的其他作品，第四章将从文化环境改造、个体身份建构和社会伦理关系重构三个方面，揭示马克·吐温如何通过身份转换表达社会变革的愿望，并勾画出马克·吐温在其文学世界里构建的身份乌托邦。

总之，本书将把马克·吐温作品中的身份转换放置在阶级、种族和性别环境中进行一个全面的研究，力求发现这些文本之间存在的主题连贯性和文本延展性。通过再现处于社会关系中弱势一方的下层平民、黑人和女性在主流文化和不平等的伦理环境中的身份困境，悲惨的生活境遇，以及他们摆脱身份困扰的抗争，本书将揭示身份转换暴露的伦理危机，探讨马克·吐温通过身份转换策略所表达的对阶级、种族和性别问题的看法，以及对身份的认识。在分析作为一个现实主义作家，马克·吐温是如何反映 19 世纪的阶级、种族和性别问题的同时，本书还将探讨作为一个理想主义者，马克·吐温又是如何解构 19 世纪美国不合理的伦理体系，并在一个虚构的文学世界中构建一个身份乌托邦，从而展现他对主流意识形态的批判，对建立在平等、公正基础上的社会伦理关系、伦理秩序以及个体身份的理想化的构想。

第一章　阶级身份转换：对比、揭露与变革

　　"身份转换"是马克·吐温小说中常见的叙事情节元素，而在所有这些身份转换当中，阶级身份的转换显得尤为重要和突出。这一方面是因为阶级身份的转换在马克·吐温小说中普遍存在，同时也是因为马克·吐温小说中的其他与身份转换有关的叙事元素，如易装、调包等，都与阶级身份转换有着紧密的内在关联。伟大的马克思主义者列宁曾经深刻地指出，"所谓阶级，就是这样一些大的集团，这些集团在历史上一定社会生产体系中所处的地位不同，对生产资料的关系（这种关系大部分是在法律上明文规定了的）不同，在社会劳动组织中所起的作用不同，因而领得自己所支配的那份社会财富的方式和多寡也不同。所谓阶级，就是这样一些集团，由于它们在一定社会经济结构中所处的地位不同，其中一个集团能够占有另一个集团的劳动"①。如果从这个角度来理解马克·吐温小说中的阶级层级，以及不同阶级之间的对比和斗争便不难发现，阶级区别其实普遍存在于性别与种族区别之中。在男权社会中，男性正是利用对于女性的意识形态霸权实现了对社会话语权与社会资源的绝对控制，而白人也正是凭借不公正的种族制度使黑人处于自己的奴役之下。从这个意义上说，对马克·吐温小说中阶级身份转换进行分析不仅有助于我们了解马克·吐温对于社会制度、阶级对比、社会财富分配等诸多社会问题的独到见解，而且对于我们更加深入地了解马克·吐温小说中的种族身份问题和性别身份问题也将有着

---

① 　列宁. 列宁选集（第 4 卷）. 北京：人民出版社，1972：10.

莫大的助益。

马克·吐温的很多作品都涉及阶级问题，通过身份转换的方式探讨阶级问题的作品也不鲜见。其中最为突出的要算《王子与贫儿》了。虽然很多评论家都同意瓦尔特·布莱尔（Walter Blair）的观点，认为"这本书意在吸引儿童读者，因此它的风格和内容对美国的成人读者就不再具有吸引力"①，但是，马克·吐温却并没有因为该书的主要目标受众是儿童读者，就可以回避现实生活中客观存在的因阶级差异而派生出的一系列社会问题。恰恰相反，正因为这是一部以儿童为主人公的儿童文学作品，所以更有利于马克·吐温借助心性相较成人更为单纯的儿童揭露出阶级区分的内在实质。这部小说的两个主人公分属社会阶级结构的两级，一个是一呼百应的王子，一个是一无所有的贫儿，马克·吐温通过两人之间的身份互换，将分属两个阶级的个体置于完全不同的环境，为他们提供了新的生活体验和看待问题的不同视角，促成了他们的共同成长。在《申请爵位的美国人》和《亚瑟王朝廷上的美国佬》（*A Connecticut Yankee in King Arthur's Court*, 1889）中，马克·吐温也使用了类似的方法，不同的是，在这两部作品中马克·吐温使用的不是身份互换，而是同一个人的身份转换。《申请爵位的美国人》讲述了一个抱有民主思想的英国贵族青年伯克利子爵（Viscount Berkeley）的理想破灭的故事。伯克利从英国来到美国，在一场突发大火事故中，他放弃证明自己贵族身份的一切，更名换姓，本以为可以凭借自己的一身本领自食其力，从底层做起，结果却发现他的技能根本没有用武之地。丢掉爵位的他只能到处碰壁，连基本的生活都难以维持，最后成了一个地地道道的流浪汉，别人眼里的下等人。在屡屡碰壁后，他不得不屈服于现

---

① Walter Blair. *Mark Twain and "Huck Finn"*. Berkeley：University of California Press，1962：189. 类似然而更为苛刻的评论见：Frank Baldanza. *Mark Twain：An Introduction and Interpretation*. New York：Barnes and Noble，1961：70-74. Robert A. Wiggins. *Mark Twain：Jackleg Novelist*. Seattle：University of Washington Press，1964：72-77. Bernard DeVoto. *Mark Twain's America*. Boston：Houghton Mifflin，1932：269-272.

实，回到原来的生活轨迹。在《亚瑟王朝廷上的美国佬》中，作者则使用了时空穿越的方式，把一个 19 世纪能干的美国工匠汉克·摩根（Hank Morgan）送到 6 世纪的亚瑟王朝廷。他以宰相的身份辅佐亚瑟王，利用自己的先进思想和掌握的科学技术对腐朽、落后的奴隶主贵族政体进行了一系列轰轰烈烈的改革。在这个大的叙事背景下，又切入了亚瑟王和他的宰相微服私访的章节。

这些作品虽然各有侧重，但都以身份转换为媒介，从不同方面对阶级问题进行了探讨。本章将聚焦于《王子与贫儿》，结合《申请爵位的美国人》和《亚瑟王朝廷上的美国佬》两部作品，分析马克·吐温小说中的阶级身份转换，以及马克·吐温通过阶级身份转换所表达的对阶级问题的思考。

第一节　阶级对比与身份转换

作为一个对各种社会不公有着深切关注与深刻思考的作家，马克·吐温在他的作品中从不讳言不同社会阶级之间的矛盾与差异，以及由此引发的诸多社会问题。除了《王子与贫儿》，他的很多其他作品，例如《申请爵位的美国人》《亚瑟王朝廷上的美国佬》《竞选州长》《百万英镑》等，都属于这一类作品，而马克·吐温对于阶级问题的思考，又在他小说中关于阶级身份转换的内容中得到了突出的展示。

一、阶级差异的呈现

自从 18 世纪启蒙主义运动以来，西方思想界对一个问题逐渐形成了共识，那就是人是生而平等的。美国的开国元勋们还将"人人生而平等"（all men are created equal）写进了《独立宣言》（1776 年）。可以说，"等贵贱，均贫富"是人类社会在进入阶级社会之后一直在追逐的一个社会发展目标。但是，理论与理想是一回事，冰冷的现实又是另外一回事。自从人类被划分为不同的社会阶级之后，每个人都势必从属于某一特定的社会阶级。不同阶级占有的社会资源与社会权利的不同，又在很大程度上决定了人类个体一生的命运。人类的不平等，从一定意义上说，正是由于阶级的不平等所造成的。

更重要的是，在进入阶级社会之后，阶级往往是先于人类个体存在的。这也就意味着，每个人都势必诞生于特定的社会阶级之中。所以，阶级差别是由人类所创造的，但是同时又回过头来左右了人类个体的命运，而且这种左右命运的力量从人类个体诞生之初就施加于他们的身上。达官贵人、资本财阀的子女生而享有荣华富贵，而贫苦人家的孩子则先天就肩负着贫困的原罪。这一点在《王子与贫儿》中有着清楚的体现。

《王子与贫儿》发表于 1881 年，以 16 世纪的英国为背景。对于这部小说，马克·吐温本人推崇备至，称其为一部"严肃的、庄重的"作品，并且考虑要匿名发表，以免他作为幽默家的名声遮蔽了作品的深度。它的问世"立即得到了批评家的广泛认可"①。马克·吐温的朋友威廉·迪恩·豪威尔斯相信，"该书的叙事魅力和隐藏的道德力量将让那些认为马克·吐温的作品中只有诙谐和滑稽的人们大吃一惊"②。除了其道德因素，这部小说在马克·吐温时代受到广泛赞誉的另一个原因就是它近乎完美的情节安排。评论家们称其为马克·吐温作品中结构安排最无懈可击的一部③。然而，随着最初的热度的消退，这部作品渐渐地淡出批评家的视野，被搁置到孩子们的书架上。亚瑟·沃克尔（Arthur Vogelback）在解释这一现象时说，这是因为《王子与贫儿》遵

---

① Arthur Vogelback. *The Prince and the Pauper*: A Study in Critical Standard. *American Literature*, 1942（1）：48-54.

② 转引自：Hobson Quinn. Mark Twain and the Romance of Youth. *American Fiction*: *An Historical and Critical Survey*. Yew York: D. Appleton Century, 1936：243-256. William Dean How Howells. *New York Daily Tribune*, 1881, October 25：6.

③ 参见：Howard G. Baetzhold. *Mark Twain and John Bull*. Bloomington: Indiana University Press, 1970：59. Arthur Hobson Quinn. *American Fiction*: *An Historical and Critical Survey*. New York: D. Appleton-Century, 1936：249. Robert Regan. *Unpromising Heroes*: *Mark Twain and His Characters*. Berkeley and Los Angeles: University of California Press, 1961：143.

循了 19 世纪 80 年代保守的文学理想①。无论后世批评家如何看待这部作品，笔者想说的是，它的伦理价值和结构特点是毋庸置疑的。这部作品几乎包含了马克·吐温晚期作品所有主要结构特征，"正是因为它'精妙的结构'特点，该作品更加清楚地展现了马克·吐温的伦理表达与审美关怀之间的高度融合"②。

该小说的第一章非常特别。这一章从篇幅上看，可以说是短得出奇。短短一页纸，寥寥数百字，便构成了这部名著的开篇。将如此之短的篇幅作为一部长篇小说的一章，不仅在马克·吐温小说中是绝无仅有的，而且即便放眼世界文学史，也极为罕见。然而，马克·吐温如此运笔，自然也有他的特别用心之处。他的目的就在于告诉读者最为重要的信息，同时尽量减少枝蔓，以免对读者关注的焦点形成干扰。而这个焦点便是与《独立宣言》背道而驰的"人人生而不平等"。

穷人康第家的孩子汤姆·康第（Tom Canty，后文简称汤姆）与都铎家族，也就是英国王室的孩子爱德华·都铎（Edward Tudor，后文简称爱德华）诞生于同一天，然而两人的命运与受到的对待却存在着天壤之别。爱德华王子是家人乃至英国人期待已久的孩子，一出生就"浑身裹着绫罗绸缎"③。被大臣和贵妇簇拥着、伺候着，整个英格兰都因为英国王子——未来的国王的诞生而放假庆祝，人们大摆筵席，唱歌跳舞，"不分昼夜地一连像这样狂欢了好几天"（p. 1）。而作为穷人家的孩子，汤姆则是一个不受欢迎的孩子，"浑身裹着破布烂絮"（p. 1-p. 2），家人因其诞生而唉声叹气，因为他的出生使得家里多了一张吃饭的嘴，"徒然给这家穷人增加了麻烦"（p. 2）。汤姆与爱德华都只是刚刚出生的婴儿，但是，他们在诞生之初所受到的待遇与给他人造

①　Arthur Vogelback. *The Prince and the Pauper*：A Study in Critical Standard. *American Literature*，1942（1）：54.

②　Joe B. Fulton. *Ethical Realism*：The Aesthetics of Race，Class and Gender. Columbia：University of Missouri Press，1997：28.

③　马克·吐温. 王子与贫儿. 张友松，译. 上海：上海译文出版社，2008：1. 以下该文本引文均出自该译本（略有改动），只随文注明页码，不再一一注释。

成的影响显然形成了鲜明的对比。尽管他们本人对此没有丝毫认知，但是，不同社会阶级之间的不平等已经借由两个初生的婴儿得到了清楚而透彻的展现。排比句式的使用、对比的手法、简短的叙述更加凸显了分属两个不同阶级的个体早在出生前就已经决定了的命运。

在阶级社会中，一个人生而从属于某一个特定的阶级，而不同的阶级之间也存在着巨大的鸿沟。在《王子与贫儿》中，马克·吐温借由汤姆与爱德华之间的一番对话揭示了这一点。由于机缘巧合，身为贫民的汤姆和王子爱德华在王宫相遇：

"你叫什么名字，小伙子？"
"禀告王子，贱名汤姆·康第。"
"这名字有些古怪哩。住在什么地方？"
"禀告王子，我住在旧城里。住在垃圾大院，在布丁巷外面。"
(p. 11)

如果对对话双方一无所知，而单凭说话者的语气与对话的内容来判断的话，很难相信这是两个年龄相同的孩子之间的对话。在这段对话中，一问一答，显然王子操控了对话。不仅如此，爱德华的语气非常生硬，在"住在什么地方？"一句中省略了人称代词，明显带有父权制家长才有的不可置疑的口气，而汤姆语气极为卑微，尽管使用的语言不可避免地带有低微出身的痕迹，但这算是他所属阶级知道的最有礼貌的语言了。两人的对话明显带有阶级差别、尊卑之分。尽管这两个孩子年龄相同、外表相似，但是他们各自不同的身份成为阻碍二人平等交往的鸿沟。

这种阶级身份的鸿沟也导致了他们的生活环境和生活境遇的天壤之别。当贫儿和王子相互结识并且成为伙伴后，他们都用惊讶、陌生而艳羡的态度倾听着对方讲述各自的生活状态。对于汤姆而言，他做梦都想亲眼看一看真正的王子，这是他生平最大的愿望，甚至是他"生活中唯一的精神寄托"(p. 5)。当他亲眼目睹了金碧辉煌的宫廷，以及衣着华贵的王子时，眼前的一切让他感到难以置信，如入梦境。而当爱德华得知汤姆可以在街上看马戏，在夏天可以和小伙伴们一起在水渠和河流中嬉戏时，他兴奋地表示："我宁可失去我父亲的王国，也要享受一次这样的快乐！"（p.5）当得知汤姆的两个姐姐没有仆人帮她们穿衣洗漱，甚至只能共用一件衣服时，爱德华惊讶得目瞪口呆。他甚至还建议穷得连饭都吃不饱的汤姆，在他们这个年纪应该学一些拉丁文，最好是希腊文。由于该小说是一部儿童文学作品，所以，马克·吐温在揭露不同阶级生活方式的巨大差距时是借用两个儿童形象作为叙事者，使得文本平添了几分欢乐与童趣。但是，仔细加以品味的话，不难读出其中所包含的心酸与控诉。

可见，当一个人诞生于某个社会阶级之后，他一生的宿命——是尊贵还是低贱，是锦衣玉食还是贫苦一生也就随之决定。汤姆出生于社会底层，因此，他必须接受贫穷的命运。他白天必须出去乞讨，晚上只能回到乱哄哄的贫民窟，回到那间甚至没有一张属于自己的床铺的屋子。如果讨不到钱，他还要遭受父亲和祖母的殴打。这是童年时期的汤姆的生活状态，也是他一生命运的缩影。但是，身为王子的爱德华却注定一生享受荣华富贵，甚至连穿衣、吃饭都不用自己动手。稍有不适，周围的人们就会对他嘘寒问暖，而他的一句无心之语，甚至可以左右他人的生死。

事实上，对于这种由于阶级出身而导致的截然不同的命运，马克·吐温在他的小说中多有涉及，例如《傻瓜威尔逊》中同一天出生的汤姆和小书。他们一出生就注定一个是白人少爷，一个是黑人奴隶。一个过着锦衣玉食的生活，衣来伸手、饭来张口，稍不如意就对伺候他的人拳打脚踢；另一个则生来就是伺候人的命，稍不小心就会挨打受骂，甚至性命难保。《百万英镑》也通过衣衫褴褛、饥肠辘辘的流浪汉亨利·亚当斯和富甲天下、拿百万英镑来打赌的贵族兄弟表现了不同阶级的差距。在《亚瑟王朝廷上的美国佬》中马克·吐温更是花了大量笔墨揭露贵族阶级的骄横跋扈与奴隶及平民的唯命是从、逆来顺受，贵族阶级的生命、财产的神圣不可侵犯与奴隶及平民生命的一文不值。

阶级出身不仅会导致一个人一生不同的命运，甚至可以成为一个家族、一个血脉谱系的宿命。马克·吐温在《申请爵位的美国人》中很清楚地说明了这一点。英国贵族罗斯莫尔伯爵（the Earl of Rossmore）家有一对亲兄弟，哥哥离开英国到美国去历险，并被误认为客死他乡。于是，弟弟取代哥哥获得了爵位和家族财富的继承权，而哥哥则成为了流落美国的一介平民。从此，哥哥的后人在异国过着极端艰苦的生活，而弟弟的后人却在英国享受着锦衣玉食与高官厚禄。作为罗斯莫尔伯爵家族的继承人，弟弟的后人一出生就拥有了巨额的财富，拥有两万两千英亩的土地，统辖着两千户的人家，每年有二十万磅的收入。而同为一个家族后裔的哥哥的后裔却穷困潦倒，作为贫穷的普通市民，他们甚至连回到英国的路费和申请要回爵位的诉讼费都交不起，只能听任本应属于自己的财富和爵位被他人掠夺。在《申请爵位的美国人》中我们可以清楚地看到，在阶级社会中，阶级不仅是人类个体的宿命，甚至是家族的宿命。

马克·吐温不仅在自己的作品中对人类社会的阶级划分进行了展示，同时也谈到了自己对于人类社会阶级分野的看法。在马克·吐温看来，阶级之间的不平等首先涉及一个社会公正的问题。为此，马克·吐温还刻意地使用了一些特定的叙事手法。不管是《王子与贫儿》，还是《申请爵位的美国人》，或是《亚瑟王朝廷上的美国佬》，都可以作为明证。

首先，马克·吐温在小说中非常擅长使用"福斯塔夫式的背景"，他不会将自己的描述仅限于某一个特定的社会群体及其生活场景，而是采用俯瞰式的视角，对社会进行全景式的扫描，这一方面为他塑造各色人物，展开复杂的戏剧冲突提供了广阔而丰富的社会背景，同时也有利于揭示不同阶级的人群生活状况的差异，从而展现社会的不公。在《王子与贫儿》中，马克·吐温为读者展示了一个上至宫廷，下至底层街头的广阔的社会场景。在装饰精美豪华的宫廷中，国王、王子与贵族们衣着华贵，被仆人们簇拥，而在社会底层生活场景中，穷人们拥挤在破旧的小屋中起居，每天都要为如何填饱肚子而发愁。而在《申请爵位的美国人》和《亚瑟王朝廷上的美国佬》中，既有对英国贵族奢华生活场景的描写，也有对美国/英国普通平民艰难的生活境遇的如实反映：伯克利和他的父亲住在豪华的庄园里，远在美国的罗斯莫尔伯爵的真正继承人写来的要求归还财产和爵位的信件似乎是他们生活中唯一的困扰，而在大洋彼岸，塞勒斯（Colonel Mulberry Sellers）却生活窘迫，连燃气费和电话费都付不起；亚瑟王与王室成员生活极为奢靡、荒唐，而奴隶和平民生活却极度悲惨，甚至是朝不保夕。

其次，为了突出这种差异与不公，马克·吐温在这两部小说中都使用了类似电影蒙太奇式的写作手法，即将对不同阶级人群生活状况的描写穿插进行，在《王子与贫儿》中，宫廷生活场景与社会底层生活场景总是交替出现，而在《申请爵位的美国人》和《亚瑟王朝廷上的美国佬》中英国贵族的生活场景和美英两国平民的生活场景也是如此。而且，在《王子与贫儿》中，马克·吐温显然是刻意地平衡了自己对于两个不同的生活场景的写作比重，每种生活场景都是占用三章的篇幅，然后交替出现。这种写作手法无疑通过鲜明的对比告诉读者，虽然大家都是人类社会的一员，理应享受同等的作为人的权利，但是事实是在社会上存在着太多的不公。

二、身份转换：阶级对比的独特表达方式

马克·吐温在小说中对阶级社会的阶级分野以及由此导致的社会不公，以及其他一系列社会问题进行了深刻的揭示。但是，通过文学作品来反映阶级社会的阶级分化及其引发的种种社会不公绝对不是马克·吐温的专利。事实上，有很多作家，例如托尔斯泰、巴尔扎克、狄更斯等，他们对阶级社会所产生的种种社会不公的关注和描写的力度相较于马克·吐温可谓是有过之而无不及。但是，与这些作家的作品相比，马克·吐温的小说有一个独到的特点，那就是通过不同社会阶级成员的身份互换，或者是同一个人物形象的身份转换的戏剧化情节来描写阶级分化的现状，并在其中寄托自己的对于阶级身份问题的一些独到思考。事实上，通过阅读马克·吐温的小说文本便不难发现，身份转换正是马

克·吐温描写阶级分化现象的一个重要切入点，这也使得马克·吐温小说对于人类阶级社会的描写呈现出独特的风貌。

按照哈罗德·布鲁姆（Harold Bloom）的说法，"所有时代的诗人都在为一首不断发展着的伟大诗篇而作出贡献"①，但是每一个作家都会感受到前辈作家所树立的丰碑和高标而带来的压力，哈罗德·布鲁姆将这种压力称为"影响的焦虑"。作为一个有着社会责任感与洞察力的作家，马克·吐温对阶级问题始终给予了高度的关注。但是，作为一个作家，他也肯定会意识到对于这样一个被前辈多次触及的题材，要想写出自己的特点，着实并不容易。而身份转换则是他克服影响的焦虑的一个重要手段。正是通过这一手段，马克·吐温一方面得以在他的作品中对阶级问题保持高度的关注，同时也使得他的作品对于各种阶级对比和阶级不公现象的描绘显示出与众不同的色彩。

身份转换使得马克·吐温小说对于人类阶级社会的描绘呈现出一种明显的陌生化的色彩。通过对比描写来刻画社会分化与不公，这是任何一部涉及阶级社会描写的作品必然会采用的方法。马克·吐温的前辈作家在处理这类问题时大抵采取的方法是塑造一个游走于不同阶级之间的人物形象，并借他的行动和视角来串联起若干个不同的阶级生活场景，借此形成对比。例如《亨利四世》（Henry IV）中的福斯塔夫、《高老头》（Le Père Goriot）里的拉斯蒂涅，以及《复活》里的聂赫留多夫，大抵都是充当的这一角色。马克·吐温则不同，他不是让一个人物游走于不同阶级之中，而是通过身份转换这一情节，使得一个本不属于某阶级的人物突然成为该阶级的一分子，这种"身处其中"为其提供了细致观察对方的便利。身为贫民的汤姆与王子爱德华因为一场偶然的机缘突然互换了身份，汤姆从一个众人唾弃鄙视的小乞丐转眼变成了众星捧月的王子，而爱德华则仅仅因为穿上了汤姆的破烂衣装，就被门卫当作乞丐赶出了宫廷，从此开始了一段备受屈辱的流浪历程。伯克利初到美

---

① 哈罗德·布鲁姆. 影响的焦虑. 徐文博，译. 南京：江苏教育出版社，2006：19.

国时凭借他的贵族身份和华贵的衣装，处处受人尊敬；而当他在大火中趁乱换上了一套底层市民的衣装，抛弃原有身份，改名换姓，并且丢弃了随身的财物，变得一贫如洗后，就开始了为了填饱肚子而犯难的艰苦生活，体味到了身为贵族时从未体会到的生活的艰辛。亚瑟王和他的宰相微服私访却被当成奴隶被买卖、关押，险遭绞刑。这种因身份的变化而串联起不同阶级生活场景的写法显然与传统的写作方法有着明显的区别，容易引起读者的新鲜感，对同一人物处于一个自己从未接触的阶级生活场景中将会经历怎样的命运产生好奇，从而吸引读者的眼球，引起读者继续读下去的兴趣。

事实上，这种陌生化的写作方式不仅能吸引读者的眼球，而且有助于马克·吐温利用一双陌生化的眼睛来描写不同阶级的生活场景。对于那些刚刚接触一个陌生的阶级生活场景的文学人物而言，他们眼前看到的一切都是新鲜而陌生的，这就使得他们对于眼前发生的一切都事无巨细地保持着高度的关注。和那些对本阶级的生活状貌已经熟稔无比的人物形象相比，他们无疑是更加合适的叙事者。当汤姆初入宫廷时，眼前的一切都让他感到震惊，他从来没有见过如此华丽的建筑，如此精美的家具陈设，他是带着好奇而陌生的眼光，以及足够的新鲜感将一切尽收眼底，读者也能顺着汤姆的眼睛了解到宫廷中的一切。对于王子爱德华来说也是如此，由于他从来没有踏出过皇宫一步，所以当他流落伦敦街头时，街头上的一切对他而言都是新鲜的，而如果换做汤姆，对眼前的一切早已熟识，自然会视若无睹。通过身份转换，让一双陌生的眼睛，在向读者详细描写不同阶级的生活场景的基础上，令其形成鲜明的对比，这样处理无疑使得文本的叙述显得更加合理，减少了全知叙事者为了叙述的详尽而过多介入文本的弊端，显示出马克·吐温高妙的写作手法。

同样的情况也发生在伯克利的身上。与汤姆和爱德华互换身份不同，伯克利先后经历了两种不同的身份，即从贵族到平民。在介绍英国的贵族生活场景时，马克·吐温采取的是全知叙事视角，由全知的叙事者向读者介绍了罗斯莫尔伯爵家奢靡华贵的生活。但是，当伯克利成为一名身无分文的平民之后，马克·吐温便让他充当叙事者，由他来向读者讲述美国底层平民的生活状况，从破旧的工厂、拥挤的小旅馆、简陋的餐桌，一直到权贵和他人的冷漠和白眼。马克·吐温显然是一个对于叙事者的使用有着明确的自觉意识的作家。由于汤姆与爱德华都只是孩子，他们对于社会现状的描述更多时候是停留于现象与表面。但是，伯克利是一个成年人，而且接受过高等教育，所以，他对于自己之前并未密切接触过的平民阶层的描述就多了一些理性而有深度的思考。这就使得马克·吐温可以借由伯克利这个叙事者，更加清楚直接地阐述自己对于阶级问题的理性思考。而且，为了让伯克利能够合乎情理地表露自己的这些思考，马克·吐温专门让巴罗（Barrow）翻看了伯克利的日记，正是在这些日记里，伯克利写下了自己对于美国平民社会的思考，一开始他在日记本中雄心勃勃地写道："我说过了我要从底部开始，我遵守了自己的诺言。"① 然后，随着他对平民社会的了解逐渐深入，他发现，即便是同在一个屋檐下的无产阶级，"其实也是不平等的"，依然存在着等级尊卑的秩序，而随着他和平民接触越来越多，他也认识到平民身上的一些陋习和缺点，"他们有优点、美德，可也有其他一些品性"（p. 456），并且意识到美国的所谓民主共和国只是在表面上"所有人都是平等的""但是财富和地位是有等级差别的"（p. 457）。可以说，从一开始对平民生活充满了过分美化的想象与好奇，到接触到活生生的现实生活后发现现实远不如自己想象的那么美好，再到意识到平民身上也存在缺点和陋习，意识到了美国所谓民主社会的虚伪所在，伯克利对人类阶级社会的认识是逐渐走向深入的，这些思考既是伯克利的思考，无疑也是马克·吐温本人对于阶级社会的思考。

身份变化不仅使得马克·吐温对于阶级差异与阶级矛盾的描写具有了一种陌生化的色彩，还平添了一些幽默和生趣。幽默是马克·吐温小说的一个突出特征，这一点已是学界的公论。马克·吐温本人也将幽默

---

① 马克·吐温. 申请爵位的美国人. 选自：吴钧陶主编. 马克·吐温十九卷集（11）. 石家庄：河北教育出版社，2002：441.

当作一个至高无上的艺术追求，他曾坦言，在他心目中，"幽默故事是真正的艺术品，精巧细腻、委婉含蓄的高级艺术品，只有艺术家才能驾驭"①。事实上，大多数描写阶级对比和阶级矛盾的作品都充满了哀伤与悲悯的色彩，无论是《复活》中聂赫留多夫游走于监狱与底层居民区中的见闻，还是《高老头》里伏盖公寓里贫苦民众的生活，都很容易引起读者的喟叹与哀悯。但是身份转换这一情节设置，却使得马克·吐温笔下的阶级对比平添了几分喜剧色彩。汤姆成为王子后，对宫廷生活的规范一无所知，把漱口水当作了饮料，在冗长的宫廷接待过程中打起了瞌睡，甚至将传国御玺用来砸核桃。爱德华沦为平民后却依然不改王子的生活作派，要求别人不得在自己面前坐下，要他们为自己穿衣喂食，而且还用王子的口吻训斥他们，最后被流浪汉们封为"白痴国王"，给他扣上一个白铁盆当王冠，给他裹了一床破烂毯子当王袍，又往他手里塞了一个烙铁当权杖。伯克利来到美国后，本来指望靠着自己在牛津大学学到的一身本领白手起家，为人类作出杰出的贡献，结果没想到社会根本不需要他的技能，弄得他求职时碰得一鼻子灰，手头上的简单体力工作也被他做得一团糟。这些幽默的情节也使得马克·吐温对于人类社会阶级分野的描写显得独树一帜。

幽默只是马克·吐温小说的文体风格，而不是他创作的目的。马克·吐温之所以采用身份转换这一情节对于人类阶级差异进行幽默化的表述，其最终目的是对阶级差别以及由此产生的社会不公进行辛辣的嘲讽。就像伯纳德·德沃托所说的，"有人说他的幽默不触及那个时代的弊端，实际情况是：我们经过研究之后，发现他那个时代的弊端很少不被他嘲弄过、讽刺过、讥笑过"②。伯克利一开始把自己视为平民的拯救者，认为靠着自己的学识和能力能够拯救更多的人于水火。但当他面对真正的平民社会时，却发现自己以前自恃的一身本领完全没有用武之

---

① 林语堂.论幽默.西安：陕西师范大学出版社，2002：69.

② Bernard Devoto. *Mark Twain's America* ［M］. Westport：Greenwood Press，1978.

处，甚至连养活自己都成了一件难事。他闹出的那些笑话当然深刻地揭示出平民生活的艰辛，但同时也深刻地说明，达官贵人在平民面前都拥有优越感，但这优越感着实是无本之木。同样的情况也发生在爱德华的身上，当他作为一个平民时依然习惯对人颐指气使、发号施令，但每一次他拿出自己的王子作派，总是遭到他人的嘲笑调侃。他自认为掌握着决定他人命运的权力，可是一旦失去了王子的身份，以及这一身份赋予他的权力，他所有的言辞与行为都变得毫无价值。这就充分说明，达官贵人尽管自负地认为高人一等，但实质上并不比一般平民高明多少。而且，细加分析就不难发现，同为幽默的描写，马克·吐温对于汤姆成为王子后做出的一些事情就少了很多的调侃与辛辣的讽刺，而且，他与其说是在嘲笑汤姆不懂王室的规矩而闹下很多笑话，毋宁说是借由一个不懂规矩的孩子就王室所有繁文缛节在本质上的无聊进行了挖苦与调侃。尤其是在得知汤姆将王室视为至高无上的传国御玺拿来砸核桃，而且还抱怨不好使时，连那些王公贵族都止不住哈哈大笑。这就更加清楚地证明，马克·吐温通过身份转换这一情节元素所营造出的幽默感，并不是为了幽默而幽默，也不是单纯地在迎合读者，而是试图以幽默为手段，达到其控诉社会不公，以及嘲讽权贵阶层的目的。

综上所述不难发现，阶级问题是马克·吐温在小说中非常关注的一个问题，而身份转换这一情节元素则是他借以表达自己对于阶级问题的思考的一个重要途径。除此之外，马克·吐温也是试图通过身份转换，令自己的作品对于阶级社会的表现与思考具有了与其他作家作品不同的特色，而他本人最擅长的幽默与讽刺也通过这一手段表现得淋漓尽致。可以说，身份转换在马克·吐温的小说中绝非一个情节设置那么简单，它是马克·吐温借以彰显自己艺术创作的特质，表达自己思想理念的一个重要工具。

第二节　阶级对立下的社会环境与个体生成

显而易见，身份转换的情节在马克·吐温的作品中，不仅是一个重要的艺术形式，更是他借以表达自己对于阶级社会认识的一个重要工具。但是，如果运用文学伦理学批评的方法来分析马克·吐温涉及人类阶级划分的作品中的身份转换，就能够对马克·吐温小说中的身份转换，乃至对马克·吐温对于阶级社会的看法有更加深入的认识，发现马克·吐温在小说中是以阶级描写为跳板，进一步地表达他对于人类与其所属时代、所属社会之间的复杂关系的认识。

一、社会环境对个体的影响

在文学伦理学批评中，伦理环境是一个非常重要的术语，同时也是分析文学作品时的一个重要考虑因素。"伦理环境又称伦理语境，它是文学作品存在的历史空间。"① 伦理环境有时是写实的，例如现实主义和自然主义文学作品中的文学环境就是如此，像巴尔扎克的作品就基本上忠实再现了法国波旁王朝时期的伦理环境。有时伦理环境却是虚构的。在大多数的童话和幻想文学作品中所描写的神奇仙境，例如《彼得·潘》（*Peter Pan*，1911）里的永无岛、《魔戒》（*The Lord of the Rings*，1954—1955）三部曲里的中土世界便是如此。不过，马克·吐温小说中的伦理环境大部分都属于现实性质的，例如《王子与贫儿》比较真实地再现了 16 世纪初英国社会的伦理环境，而《申请爵位的美国人》则基本真实地再现了 20 世纪初美国社会的伦理环境。

伦理环境由人类社会创造，但也是先于人类个体存在的。任何人都必然诞生于特定的时代、特定的社会，换句话说，人类个体一出生就处于特定的伦理环境当中，受到这种伦理环境的影响。著名人类学家露丝·本尼迪克特（Ruth Benedict）的一段话有助于我们理解人类个体和他所从属的伦理环境的影响。露丝·本尼迪克特认为："个体生活的历史中，首要的就是对他所属的那个社群传统上手把手传下来的那些模式和准则的适应。落地伊始，社群的习俗便开始塑造他的经验和行为。到咿呀学语时，他已是所属文化的造物，而到他长大成人并能参加该文化

---

① 聂珍钊.文学伦理学批评导论.北京：北京大学出版社，2014：256.

的活动时，社群的习惯便已是他的习惯，社群的信仰便已是他的信仰，社群的戒律亦是他的戒律。"①　露丝·本尼迪克特的研究向我们清楚地说明，人的思维与行为很大程度上是受到其所属的伦理环境影响的。

　　阶级社会下不同阶级个体的思维方式是由伦理环境决定的，这一点在马克·吐温的作品中得到了明显的体现。汤姆出生于一个贫穷的底层社会家庭，马克·吐温形象地将汤姆居住的贫民区比喻为"蜂巢"（hive）。这里的"蜂巢"一是喻指生活在这里的人们只拥有狭小的居住空间，屋里甚至连一张像样的床都摆不下；二是喻指他们像蜜蜂一样，终日忙碌，辛苦不堪。其造成的结果是他们生活的唯一目的就是尽量填饱肚子，其他的一切都只是奢望而已。生活于这样的环境之中，汤姆必然是以填饱肚子以求生存作为生活的唯一目的，生活中的其他一切对他而言都是陌生而且不必要的。

　　而对于爱德华而言，他从小就是在养尊处优的宫廷中长大。作为国王的独子，也就是未来王位的唯一继承人，可以说他是处于"一人之下，万人之上"的位置，父亲对他是百般地宠爱，其他人更是对他言听计从。这就决定了爱德华无论身处何时何地，总是喜欢发号施令，让别人尊重并且屈服于自己。

　　同样的道理也适用于伯克利。作为罗斯莫尔伯爵的世袭继承人，伯克利从小衣食无忧，拥有巨额的财富，也因为自己所拥有的财富和地位受到他人的推崇和尊重。尽管他一直抱有平民化的理想，希望能够自食其力，靠自己的能力为自己创造出富裕的生活，但是，当他在美国真正成为一个一无所有的平民时，他仍然希望自己能受到他人一如既往的尊重——或者说，他觉得自己放弃财富甘愿从平民阶层开始重新奋斗的行为理应受到更多的尊重。由此不难发现，在马克·吐温的作品中，人物的性格、行为和思想，与他生于斯长于斯的伦理环境是高度一致的。

　　正因为一个人的思想、行为以及各种习惯与他所处的伦理环境息息

----

① 　露丝·本尼迪克特. 文化模式. 王炜，译. 北京：生活·读书·新知三联书店，1988：5.

相关，所以，一旦人类个体进入一个他不熟悉的伦理环境，就会出现伦理错位，个体就会对自己所处的环境感到极端的不适应。汤姆被人误认为王子之后，虽然一夜之间从一个无人问津的小乞丐变成了集万千宠爱于一身的王子，从此不用再为衣食担忧，也不用再担心遭到他人的责骂和殴打，但是汤姆并没有因此而感到快乐。由于王宫守卫森严，汤姆无法迈出王宫一步，这让习惯了满伦敦城到处戏耍溜达的汤姆很不适应，他变得很不自在，像是遭受折磨一样痛苦不堪。王宫的礼节非常烦琐，甚至复杂到吃一顿饭都要经过无数烦琐的手续，穿一件衣服都要搭上无数的配饰，耗掉半个多小时的时间，对于习惯于无拘无束、自由自在的生活的汤姆来讲，这种禁锢让他感到比挨鞭子还难受。

与汤姆形成鲜明对比的是爱德华。尽管在当初听到汤姆描述王宫外自由自在的生活时爱德华表现出了浓厚的兴趣，甚至表示宁可失去父亲的王国，也要享受一次这样的快乐（p. 5），但当他真的走出王宫后，却对王宫外的一切极其地不适应。他必须面对粗糙的食物，再也没有人伺候他饮食起居，周遭的人们对他毫不尊敬，甚至会嘲笑他、殴打他。只有在遇到了好心的落魄贵族亨顿（Miles Hendon）后，他才过上了稍微称得上安稳和舒心的生活，因为在亨顿身上，爱德华看到了自己熟悉的伦理环境的影子，例如亨顿会尊重他而行使王室的礼仪，而且亨顿本身就是贵族出身，尽管已经落魄，但是举手投足之间还是会遵从贵族的习惯。

伯克利来到美国之后，尽管实现了平民化的梦想，但是，他也对平民生活感到了极端的不适应，从住所的简陋、饮食的粗糙，到工作的辛苦，这些都让伯克利叫苦不迭。更让他难受的是，他失去了自己一向非常看重的他人的尊重。用他自己的话说，"没有奢侈的享受，没有财富，没有我已习惯的那种社会"（p. 457），这些虽然让他觉得不适应，但是还不至于无法忍受。但是，他自己也承认，"我就是想得到别人的尊重，似乎并不甘心于它的失去"（p. 457）。

汤姆是从贫穷的小乞丐变成了王子，爱德华和伯克利是从富裕的王族和贵族变成了平民，尽管他们的经历不同，甚至可以说是截然相反，但说明的却是同一个问题，那就是人一旦进入一个陌生的伦理环境，他在之前自己熟悉的伦理环境中形成的一些思维方式和习惯，就会令他对新的伦理环境产生严重的抵触，甚至是格格不入。

由是观之，小说人物对于自己所处的伦理环境的不适应其实也是马克·吐温小说幽默感的重要来源。在《王子与贫儿》中，汤姆和爱德华的身上之所以笑料百出，就是因为他们身处新的伦理环境后，仍然保留着自己在原来所处的伦理环境中养成的思维和行为习惯。汤姆每次更衣时，都要用祈求的眼神看着身边的仆人，希望他们不要帮忙，因为他从小就没有形成让别人帮自己穿衣服的习惯。可每次他一看仆人，仆人就会错了意思，扑通一声跪在他面前，帮他整理起了衣装，因为按照王室的规矩，帮王子整理衣装着实是天经地义的事情。类似的事件在汤姆成为王子之后可谓是数不胜数。王宫大臣们对于汤姆这些举动也百思不得其解，只能认为他是患上了严重的精神疾病，才会做出这些傻事。爱德华在成为乞丐之后也闹出了不少笑话。他要求别人为自己穿衣服，一旦别人在自己面前坐下便会大声斥责，因为他觉得这样做冒犯了王室的尊严，这些行为都是他在王室中养成的习惯，但一旦进入平民社会，成为一个平民，他的这些行为就只会招来耻笑。对于爱德华的这些举动，大家都认为是因为他平时太想成为王子，以至于发了疯。其实汤姆也好，爱德华也好，他们的行为并非出于疯癫，而是由于对自己所处的伦理环境的不适应所造成的。

说人是伦理环境造就的动物，一方面是说人类一旦进入一个不熟悉的新的伦理环境就会极度地不适应，另一方面也是说当身处某一伦理环境一定时间之后，就会逐渐适应新的伦理环境。汤姆在初入王宫不久尽管闹了不少笑话，但是他也逐渐适应了王宫的各种习俗和规范，而且，在他的代鞭童汉弗莱的帮助下，汤姆了解了很多"关于宫廷的人和事的非常有价值的信息"（p. 81），逐渐适应了自己王子的新身份。他开始尝试着，并且逐渐熟悉了按照王子的身份所应该遵守的伦理规范来制约自己的行为。周围的大臣们认为这是王子的精神疾病逐渐得到了缓解，其实根本原因是汤姆逐渐适应了新的伦理环境。而且，在熟悉了新的伦理身份和伦理环境之后，汤姆所表现出的能力大大超乎了自己和其他人的想象。在审理那些因为冤屈而被判处死刑的犯人时，汤姆思维敏捷、处理得体，而且体现出了足够的威严和智慧，顺利地帮他们洗刷了冤屈。连陪同的大臣们都由衷地赞叹汤姆所表现出的智慧和精神。而且，无论是在接见大臣和外国使节时，还是在驳斥玛丽公主所提议的暴政酷刑时，汤姆都大义凛然、威严十足，俨然成为一个深受臣子爱戴的王子和君王。

而爱德华在浪迹底层社会一段时间之后，也逐渐适应了周遭的环境。他逐渐明白，光靠摆出王子的威严不仅对自己的处境没有任何好处，甚至还会招致他人更多的嘲笑和谩骂。于是，他学会了说脏话，学会了怒吼，学会了在遭到攻击时厮打还手。

汤姆从一个粗鄙的乞丐变成了高贵的王子，而爱德华则从一个高贵的王子变成了一个粗鄙的乞丐，引起两人变化的根本原因，就是他们以新的身份出现所处的截然不同的环境。威廉·爱德华·莱基（William Edward Hartpole Lecky）曾说，"一个人的性格，部分取决于与生俱来的气质，部分取决于外部环境"，所以"不断变化的环境决定了一个人变成什么样的人"①。这一理念为他们的成长提供了理论依据，也体现在马克·吐温所有小说的结构模式之中。马克·吐温借由汤姆和爱德华的身份互换以及由此引发的一系列后果阐述了一个观念，那就是人是环境的动物，所谓阶级先天优越论便不攻自破。正如马克·吐温所说，"所有的高贵都是华而不实的欺骗，所有的世袭制度都是一种骗局，所有等级上的不平等都是一种合法化的犯罪和丑行"（p. 374）②。

由此可见，人是生而平等的，同时也是生而不平等的。说人是生而平等的，是因为所有人都通过自然性选择获取了人的身份，拥有同样的形体特征、行动能力和思考能力，所以人的先天是平等的。但同时人也

---

① William Edward Hartpole Lecky. *History of European Morals from Augustus to Charlemagne*. New York：D. Appleton and Company，1900，1：156-157.

② 马克·吐温：申请爵位的美国人．选自：吴钧陶主编．马克·吐温十九卷集（11）．石家庄：河北教育出版社，2002：374.

是生而不平等的，因为个体必然生活于特定的社会阶层，每个阶层具有不同的伦理环境，这种后天的伦理环境造就了人后天的不平等。当然，这种不平等只是人类社会阶级分化所导致的不良后果之一。在马克·吐温看来，真正的不良后果在于这种不平等会进一步激发人性中的一些不良因素，从而对人类的道德完善以及道德进化造成负面的影响。

二、社会不公催生的堕落与犯罪

在马克·吐温看来，阶级社会中上层阶级所谓的先天优越是无中生有的，而且，阶级分野以及由此造成的财富和权利的分配不公是罪恶的源泉，是造成一系列社会问题的重要原因。如果运用文学伦理学批评的方法来解读马克·吐温的小说，我们就不难发现，马克·吐温在小说中并没有孤立地展现阶级分化与阶级不平等，在他的作品中，阶级问题总是与人性问题有着千丝万缕的联系，或者，更具体地说，与人性中的斯芬克斯因子有着密切的关系。马克·吐温也正是借由阶级问题和人性问题之间的关联，描写了阶级不平等与贫富分化对人性造成的影响。

按照文学伦理学的观点，"人作为个体的存在，等同于一个完整的斯芬克斯因子，因此身上也就同时存在人性因子和兽性因子"①。其中，兽性因子（animal factor）是人类身上的各种动物本能，是人与生俱来的自然天性，具体体现为各种人类的生物本能和由本能催生的各种欲望，而人性因子（human factor）则是人类通过后天接受的教化和培养而形成的理性意识与伦理道德观念。每个人身上都有兽性因子，这就意味着每个人都有着各种各样的欲望，包括对金钱的欲望、对权力的欲望，等等。通常我们看到的人类所拥有的种种邪恶的思想以及邪恶的行为，大多都是在兽性因子的驱使下产生的。但是，人与动物的不同就在于，动物全凭本能和欲望行事，但人的身上存在人性因子，所以人类能够运用自己的人性因子对兽性因子形成有效的约束，用理性和伦理来指

---

① 聂珍钊. 文学伦理学批评：伦理选择与斯芬克斯因子. 外国文学研究，2011（6）：10.

导自己的行为，从而使自己的行为合乎理性与伦理。不管是在文学作品中，还是在现实生活中，人类的各种善念和善行，基本上都是人性因子发挥作用的结果。古往今来，无数先贤学者对于人到底是善还是恶发表过不同的观点，但意见却始终没有统一。但如果按照文学伦理学批评的观点，我们就能对人的善与恶有更清楚的认识。其实，坚持人本善的观点更多地是看到人类斯芬克斯因子中的人性因子，而认为人之初性本恶的观点则更多地是看到斯芬克斯因子中兽性因子的体现。从这个意义上说，人是恶的，同时也是善的，关键是人类能不能运用自己的人性因子很好地约束与控制自己的兽性因子。

人类的道德行为有赖于人性因子的指导，同时也有赖于人们主动运用自己的人性因子去控制束缚自己的兽性因子。而且，从人类文明发展的角度看，人类社会的各种进化，包括制度进化、伦理观念进化等，都应该有助于人类人性因子的强化，从而使得人性更加完善。但是，阶级社会的阶级分化以及由此导致的贫富悬殊却在某种程度上激发了人类的兽性因子，使人们的兽性因子失去了管控，阶级社会对于人类文明发展所造成的最大阻碍也正在于此。

阶级分化所造成的负面影响在马克·吐温小说中的穷人形象身上有着明显的体现。汤姆居住在"一个名叫垃圾大院的肮脏小死巷里面"（p.3），垃圾大院里布满了一个个"蜂巢"。住在"蜂巢"里的人们的主要营生是偷窃和行乞，"酗酒、胡闹和吵嘴在那儿是家常便饭""打破脑袋和饥饿是同样寻常的事情"（p.4）。爱德华曾经混迹于一个流浪汉帮会，这个帮会主要由"偷东西的、扒口袋的、骗钱的、要饭的"组成。他们四处游荡，无家可归。事实上，住在垃圾大院的底层人和那些四处游荡的流浪汉就像垃圾一样，已经被人类社会所抛弃，被排除在人的范畴之外。他们男女混居，为了任何一件小事都可以大打出手。除了外貌以外，他们与为生存而觅食和迁徙的动物已经没有什么区别了。

不可否认，这个群体的存在给社会治安造成了极大的影响。但是，没有人天生愿意做强盗和乞丐。就拿这些流浪汉来说，他们中的大多数人原本是小贩、农夫，但是，由于身处社会底层，他们没有权利去保护自己的财产和权益，他们的农场和财产被当权者肆意地夺走，最终只能靠乞讨与偷盗为生。他们的堕落是因为社会分配不公造成的。他们中也不乏好人，例如经常袒护汤姆的约克尔（Yokel），帮会首领因为汤姆是个孩子，也对他多有关照。他们走上犯罪道路更多地是出于生存的需求。

　　人类的兽性因子是与生俱来的，但人性因子却需要后天的培养。在培养人性因子的过程中，教育是至关重要的。然而遗憾的是，对这些穷人而言，填饱肚子都成了一种奢望，接受教育则更是天方夜谭了。汤姆是一个例外。和其他乞儿相比，他有着更多的知识，也拥有更加良好的道德品质。但这一切并非因为汤姆先天比其他人要强，而是因为居住在蜂巢的安德鲁神父（Father Andrew）总是"把孩子们叫到一边，暗自教他们一些正当的行为"（p. 4）。他教汤姆读书识字，还会给汤姆讲很多好听的故事。汤姆把大量时间用来聆听安德鲁神父讲的那些古老的故事和传说，这让他"脑子里渐渐装满了这些神奇的事情"（p. 5）。这些神奇的事情就是汤姆从安德鲁神父讲述的那些故事里受到的伦理启蒙。正是因为从安德鲁神父那里受到了一定的教育，汤姆才知道在泥潭里痛快地玩过以后，"要把他身上和脸上洗干净"（p. 5）①。他接受的伦理启蒙就像"道德洗礼"，让他在恶劣的环境中，能够独善其身、出污泥而不染；在富贵和权力的诱惑下能够保持自己善良的品行；在暂时充当国王的那段时间里能够秉公执法，赢得朝臣的肯定。这一切都与他从安德鲁神父那儿获得的伦理教诲分不开。马克·吐温借助汤姆这一形象，与其说是在说明接受教育的重要性，毋宁说是通过汤姆和其他没有接受教育的穷人的对比，来说明缺乏教育的危害性。

　　穷人们忙于满足生存的基本需要，无暇顾及教育与道德培育，这使得他们的人性因子处于一个薄弱的状态。但是，那些穷人的贫困并非由

---

　　①　这里的原文是："He went on playing in the mud just the same, and enjoying it, too; but instead of splashing around in the Thames solely for the fun of it, he began to find an added value in it because of the washings and cleansings it afforded."

于社会财富的总体匮乏而造成的。就在穷人们整天忍受饥饿的折磨的时候，达官贵人们却占有了大量的物质财富。汤姆生活在社会底层的时候连肚子都填不饱，但在成为王子后却能独自享用一大桌丰盛的菜肴——尽管他一个人压根就吃不完。那间用来用膳的宽大而华丽的房间里的陈设"都是大块大块的黄金做的，上面还有许多图案，几乎使这些家具成为无价之宝"（p. 37），真可谓是朱门酒肉臭，路有冻死骨。由于自己衣食无忧，这些达官贵人根本不知道民生疾苦。其实，很多小偷并非心甘情愿走上犯罪的道路，例如约克尔。他曾经是一个本分的农夫，有自己的产业和幸福的家庭。但是，在破产后，他带着妻子和孩子被迫乞讨为生。但是，王公贵族们考虑的不是怎样让自己的国民过上衣食无忧的生活，而是国家的体面。所以，他们对乞讨者进行了严厉的惩处，最终导致约克尔的妻儿被活活饿死，约克尔本人也从此走上了犯罪的道路。显然，阶级分化所导致的财富分配不均，才是将百姓逼上梁山的罪魁祸首。

如果说赤贫的状态使人们因为饥饿和贫穷而犯罪，那么，拥有了富足生活的达官贵人们是否会因为占用大量的财富而拥有高尚的道德品质呢？马克·吐温的回答显然是否定的。在他看来，赤贫固然会导致人类的兽性因子失控，巨额的财富同样可能对人性造成伤害，因为它激发了人们贪婪的欲望。兽性因子的核心是各种各样的欲望，而欲望的特点则在于它们是永远无法被完全满足的。因为一个欲望被满足之后，人们只会产生更多的、更强烈的欲望。这一点在汤姆身上得到了明显的体现。汤姆是一个非常善良的孩子，但是，他也有欲望。在混迹于社会底层时，汤姆的理想只是"亲眼看见一个真正的王子"（p. 5），去看一看自己从故事书里面读到的王子的生活。但是，在真正过上了王子养尊处优、一呼百应的生活后，汤姆的欲望也一步步地膨胀，他开始享受和迷恋财富与权力带给自己的愉悦。"他渐渐喜欢在晚间派头十足地被引着去睡觉，早晨穿衣打扮经过烦琐而庄重的仪式。他由一长串衣着华丽、光彩夺目的大官和卫士服侍着，堂堂皇皇地用餐，已经成为一种很得意的痛快事情了。"（pp. 197-198）他甚至主动将"卫士增加了一倍"，以显示更大的排场；他觉得现有的"四百个仆人还不够配合他的威风，又把他们增加了两倍"（p. 198）。一开始，他还为取代了爱德华而感到内疚，真诚地盼望他回来。但是，慢慢地，失踪的王子"在他脑子里几乎无影无踪了""成为一个不受欢迎的幽灵"（p. 199）。甚至连他最爱的母亲和姐姐也"几乎完全不再打搅他的心思了"，因为他害怕他们会暴露他的真实身份，"将他从高贵的地位拉下来，拖回去过那极度穷苦和卑贱的日子"（p. 199）。从汤姆身上的这些变化，我们可以明显地看出财富对人性的戕害，欲望对人性的戕害。

而且，正是由于贫富悬殊，穷人与富人的生活有着天壤之别，所以，为了拥有富足的生活，人性当中最阴暗、最邪恶的部分往往会被激发出来，使人犯下邪恶的罪行。这一点，无论是在《王子与贫儿》中，还是在《申请爵位的美国人》中都有着明显的体现。在《王子与贫儿》中，亨顿家原本是世袭的爵士，但是，由于他的弟弟休吾（Hugh）妄图独霸家族的财产，而且贪图原本应该嫁给大哥亚赛（Arthur）的爱迪思（Edith）小姐的陪嫁，于是设计诬陷亨顿，将亨顿赶出家门，并在亚赛因病去世后霸占了家族的财产和爱迪思小姐。当亨顿在外辗转多年回到英国，试图向休吾讨要一个说法时，休吾先是假装不认识他，否定了他的身份，接着又暗地里试图将他置之死地而后快。事实上，骨血亲情是人世间最为坚固的情感，但是，一个人居然能够为了满足自己对于财富的贪欲而罔顾亲情，马克·吐温借此清楚地表明，贫穷固然会导致罪恶，但是，对财富的贪恋和执著同样也会引发罪恶。

类似的例子还出现在《申请爵位的美国人》中。伯克利的父亲，也就是现任的罗斯莫尔伯爵其实非常清楚，自己所拥有的一切实际上都是由于侵吞了本应属于他人的财富。他自己也承认，"从道德上讲，美国流浪者是合法的罗斯莫尔伯爵"（p. 373）。但是，在面对真正的罗斯莫尔伯爵的几代继承人催促他归还财产的信件时，他都置若罔闻。在他看来，即便是要打官司，这一官司早已过了诉讼的有效期，更重要的是，真正的伯爵后代在美国生活非常贫困，"没有一个人付得起到英国的路费，或者民法的诉讼费"（p. 373）。所以他将法律当作了对自己有利的武器，认为罗斯莫尔伯爵的后代从法律上将"和狗一样没有任何权利"（p. 373）。当然，法律也只是他的工具和托词，他不愿意将财富归还给真正的主人的根本原因是他不愿意成为一个身无分文的流浪汉，而通过自己的劳动赚钱在他看来是一件肮脏而低贱的事情。

事实上，无论是《王子与贫儿》里的休吾也好，还是《申请爵位的美国人》中的罗斯莫尔伯爵也好，他们的行径与窃贼没有任何的区别。如果说财富的匮乏会让穷人犯罪的话，那么财富的富足同样也会让富人去犯罪。人们常说，金钱是罪恶之源。其实这个说法是值得商榷的。金钱本身只是一个工具，是中性的，不带有任何的道德色彩。真正让人犯罪的是人的兽性因子，是人的本性中贪婪的欲望，而金钱只是充当了这些欲望的诱发物而已。

由此便不难发现，马克·吐温对于人性的思考总是与他对于社会制度的思考联系在一起。在他的作品中，所有的罪恶都是因为社会阶级分化和财富分配的悬殊与不公而引起的。人类曾经经历过相当长时间的蒙昧时代，在这个阶段，人类社会没有制度，没有伦理，人类全凭本能行事。当人类文明得到了一定程度的发展之后，人类产生了伦理的需求和制度的需求，因为人类意识到，伦理和制度的存在能使人类社会从混乱无序的状态中解脱出来，每个人类个体都能够从制度中获益。但是，当人类进入阶级社会之后，阶级不公和财富分化又导致了新的问题，特别是贵族和资产阶级借助社会赋予自己的权力和资源，无视民生，只顾满足自己无法被填满的贪婪欲望，导致民不聊生。社会制度是为了使人类生活更加有序，但阶级分化则进一步加剧了人的恶，从根本上违背了人类设立制度与伦理规范的初衷。在《亚瑟王朝廷上的美国佬》中，马克·吐温借助正在为一个即将被处绞刑的年轻母亲①祈祷的神父之口，一针见血地指出，"制定法律的目的是为了实施正义。可有时并不能做

---

① 这位母亲为了不让襁褓中的孩子饿死，偷了一块不值钱的麻布，想用来换吃的，结果被判绞刑。

到这一点……对于她的罪行和她这不光彩的死，那条法律是负有责任的"①。

由此可见，马克·吐温并没有孤立地思考阶级问题。正如在《傻瓜威尔逊》中一样，马克·吐温在表现种族问题的同时，跳出了种族问题，探讨了人和人性问题，在反映阶级问题的作品中，马克·吐温也没有孤立地展现阶级分化与阶级不平等，在他的作品中，阶级问题总是与人性问题有着千丝万缕的联系。马克·吐温借由阶级问题和人性问题之间的关联，描写了阶级不平等与贫富分化对人性造成的影响，指出阶级分野以及由此造成的财富和权利的分配不公是罪恶的源泉，是造成一系列社会问题的重要原因。

第三节　身份转换：缩小阶级差距的构想

从学理的层面讲，不同阶级的分野造成的社会不公违背了人人平等的基本伦理，而从现实的角度看，阶级之间的不平等还容易引发一系列的社会问题，对整个社会的稳定造成严重的隐患。更为严重的是，掌握着话语权的统治阶级或者出于对自身利益的保护而对各种显而易见的社会不公置身事外、视而不见，或者出于根深蒂固的阶级观念而导致的视野的局限，对广大平民的疾苦浑然不觉、浑然不晓，从而使得由于阶级分野而导致的社会问题难以得到有效的解决。

这一点在马克·吐温的作品中可以说是比比皆是。在《王子与贫儿》中，明明百姓已经民不聊生，贫困已经成为一个非常突出的社会问题，但是制定法律者无视百姓的疾苦，为了国家的所谓体面，居然制定了禁止民众乞讨的法律。一旦发现有人乞讨，便施以严酷的刑责，如对他们施以鞭打、割耳朵的酷刑，甚至拿烧红的烙铁在他们的脸上烙上记号，然后将其作为奴隶卖掉。用那些无家可归的贫民的话说，"饿肚

---

① 马克·吐温. 亚瑟王朝廷上的美国佬. 选自：吴钧陶主编. 马克·吐温十九卷集（11）. 石家庄：河北教育出版社，2002：287.

子在英国也算是犯罪"（p. 119）。这些王公贵族在自己挥霍无度的同时，却没有给民众提供足以安生立命的基本保障，这无异于生生地将这些无路可走的贫民逼上犯罪的道路。所以，也难怪民众会发出"但愿上天的诅咒会降临在这个国家的法律上面"的控诉。在《申请爵位的美国人》中，虽然作为贵族的伯克利对普通民众，尤其是劳苦大众有着深切的同情，甚至产生了放弃一切财产，融入劳苦大众中去的愿望，但是他对于普通平民生活的了解全部来自于书本和宣讲，缺乏切身的生活体验。可以说，他所理解的平民生活，其实是出自于他臆想的、被过分美化的平民生活。他对于民生疾苦，以及造成这种民生疾苦的社会根源压根就一无所知。这也就不难理解为什么他带着平民化的梦想只身来到美国，却被现实碰得一鼻子灰，最终只能向自己的父亲求助了。生活在王宫之中、脱离社会现实的帝王就更难冲破身份赋予他们的优越感和局限性，体谅百姓的生活有多艰难。如爱德华王子，自出生以后就没有跨出过宫墙半步，他所接受的是世世代代传承下来的关于帝王和臣民之间的有尊卑之别、贵贱之分的伦理观念，对百姓的生活一无所知。《亚瑟王朝廷上的美国佬》中的亚瑟王也是如此。在微服私访的时候听到一个贫民谴责当地的领主惨无人道，占用她家租种的土地，导致一家人失去生路的时候，亚瑟王却不以为然，将其视为领主的权利；当发现无端被关押的贫民逃跑出来，亚瑟王不仅没有丝毫怜悯，反而认为必须把他们交给领主，因为"像他们这等下贱的奴才，很有可能蛮横无理地去伤害他们的领主"（p. 234）。马克·吐温借叙事者之口，一针见血地指出：

他（亚瑟王）只会看到事情的另一个方面，这是由他的出身、所受的熏陶所决定的，他的血管里充满了这种由于无知残暴而腐烂的血液，他的列祖列宗都已尽力使他浑身的血液都中了毒。无缘无故地把这些人关押起来，又使他们的亲人饱尝饥饿之苦，这样没有什么妨碍，因为他们只是农民而已，可以随意听候他们领主的发落，而且不管用的是什么可怕的手段；可是，对这些被不明不白关押起来的人来讲，一旦越狱逃走，那就是蛮横逞凶，成为任何有良知，并能对自己那个神圣的社会地位尽职之人不可容忍的事情。①

正是因为在不同阶级之间存在着难以逾越的鸿沟，又由于缺少沟通的平台，导致身处不同阶级的群体之间难以了解，尤其是处于统治地位、掌握话语权的一方难以了解他者的苦难。即使他们对这种不平等有所了解，基于本阶级所信守的伦理道德观念，他们也难以真正理解和认同他者的诉求，这就使得由于阶级分野而导致的社会问题难以解决，甚至还会变得越来越严重。

在《王子与贫儿》中，马克·吐温设计的身份互换正好在不同的阶级之间架起了一座沟通的桥梁。通过身份互换，马克·吐温让两个分属不同阶级、生活在不同的环境、有着截然不同的生活体验和伦理取向的个体，以对方的身份身处对方的环境，开始一段成长之旅。身份转换让他们能够亲眼观察、亲身体验彼此的生活，并且对彼此的状况能够感同身受，一方面达到不同阶级之间进行对话、缩小阶级差距的目的，另一方面通过身份转换，促使他们尚有局限的认知趋于全面，尚有缺陷的生活得到弥补，最终实现人格的完善。

一、易位而处：获得"慈悲的美德"

虽然马克·吐温在该小说中安排的身份互换意在让两个分属不同阶级的孩子都获得道德成长，但是，"显而易见，作者是把对爱德华的教育看作第一位的"②。因为他是掌控话语权的一方，发生在他身上的变化具有更加重要的社会意义。身份互换将王子降为贫儿，让王子体验贫儿的卑贱，体验法律的严苛，其目的在于对王子进行一次刮骨削皮的重铸，从而根除他血液中固有的阶级偏见，在此基础上，借助他拥有的话

① 马克·吐温. 亚瑟王朝廷上的美国佬. 选自：吴钧陶主编. 马克·吐温十九卷集（11）. 石家庄：河北教育出版社，2002：234.

② Howard G. Baetzhold. *Mark Twain and John Bull：The British Connection.* Bloomington：Indiana University Press，1970：59-60.

语权建构一种新的阶级关系和阶级秩序。

在故事开始之前，马克·吐温借用莎士比亚的喜剧《威尼斯商人》中鲍西娅的一段话作为该小说的序言："慈悲的美德……/ 蕴涵着双重的幸福/它既能使施惠者感到欣慰/又能降福于受惠人。/它是超乎一切的无上魅力/比君主的王冠/更能显示帝王的光彩。"① 这一独具匠心的文本安排开宗明义地表明了该小说的创作主旨。罗杰·所罗门（Roger Salomon）指出，这说明马克·吐温对英国历史上那些"规定和限制人的行为的法规"，尤其是"迫使人民互相交恶的残酷法律"②深感不安。这一说法正好在小说的"总注"中得到印证。在"总注"中，马克·吐温对英国和美国的死刑犯罪进行了对比，"在康涅狄克有十四种以上判处死刑的犯罪……然而在英国，在身心健全的人们的记忆中，判处死刑的犯罪多达两百二十三种"。这一对比以不可辩驳的事实说明了英国法律的极端严苛。因此，借用鲍西娅这段台词，马克·吐温试图表明，要想改变这一残酷的统治模式，即将成为统治者的爱德华王子必须接受伦理教诲，获得"慈悲的美德"。只有这样，他才可能在执政期间施恩于民，救民众于水火之中，从而彰显帝王的荣耀。而身份的互换则可以帮助高高在上的王子越过身份的界限，深入社会的底层。这样一来，他既可以通过自己的耳闻目睹、自己的亲身经历了解平民在严苛法律控制下的痛苦遭遇，又能够通过被统治者的眼睛，反观统治者自身及其统治，从而获得新的认知，获得道德自新，真正成为贤明的君主。正如生活在垃圾大院的汤姆从安德鲁神父那儿听故事获取伦理教诲一样，久居深宫、饱读诗书的爱德华必须通过亲身体验平民的疾苦才能获得他所需要的伦理教诲。这一点对于即将成为国王的爱德华王子至关重要，甚至可以说是他成为一代贤明君王之前要上的一堂必修课。

由于一直身处宫廷深院，爱德华王子对自己国家的社会现状和百姓

---

① 参见：*The Merchant of Venice*. In：G. Blakemore Evansed. *The Riverside Shakespeare*. Boston：Houghton Mifflin，1974：254-285.

② Roger Salomon. *Twain and the Image of History*. New Haven：Yale University Press，1961：24.

的真实生活可以说是一无所知，与贫儿的身份互换是他认识社会、认识自我的开始。当王子将自己的衣服脱下，换上贫儿的衣服时，他简直不敢相信原本分属两个世界的自己和贫儿竟然长得一模一样——"我们俩要是光着身子走出去，谁也分不清哪个是你，哪个是太子"，因为从镜子中看，他们两个"就好像是根本没有换过衣服似的"（p. 14）。也就是说，从生物意义上来看，每个社会个体实际上是没有什么区别的，将他们区别开来的是出生后强加于他们的象征不同身份的标签，如服饰、称呼等。正是这种生物本质的相似和社会身份的不同成就了两个不同阶级个体的身份互换。"通过让王子和乞儿看起来是可以互换的这一点，马克·吐温解构了社会强加给身份的高贵性和统一性。"① 脱下华丽的皇家服装，爱德华不再是先前那个神气十足的王子，俨然就是一个来自贫民窟的流浪儿。而且，随着身份的变化，爱德华随即意识到，"现在我既然穿上了你的衣裳，似乎是应该更能够体会你的委屈"（p. 14）。这种感受为爱德华的道德成长埋下了伏笔，预示着他探访民间的经历将促使他获得对平民的"了解之同情"②。

值得注意的是，王子与贫儿的身份互换与《傻瓜威尔逊》中的汤姆和小书的身份互换有所不同。在《傻瓜威尔逊》中，直到汤姆的真实身份被揭穿之前，无论是对于汤姆和小书来说，还是对于他人而言（除了罗克珊），他们都只有一种身份：白人小主子或黑人小奴隶，而爱德华王子和贫儿汤姆的身份要复杂很多。事实上，王子和贫儿的身份互换让他们各自获得了双重身份。对爱德华而言，在他的认知中，他仍然是万民敬仰的爱德华王子，他和平民之间的关系仍然是主子和奴才的关系；而对并不知情的贫民而言，爱德华就是一个流浪儿，和他们之间并无尊卑贵贱之分。正是这种身份认知上的错位扩展了爱德华的视野，

---

① Joe B. Fulton. *Ethical Realism*: *The Aesthetics of Race*, *Class*, *and Gender*. Columbia: University of Missouri Press, 1997: 31.

② 此处借陈寅恪先生的"同情之理解"（见其著《冯友兰中国哲学史上册之审查报告》）来说明马克·吐温小说人物通过"易位而处"产生同感（empathy）与同情。

丰富了他的生活体验，让他可以作为贫民去体会真实的贫民生活，同时作为王子去反观统治者及其治国方针。这种双重视角获取的全新认知将不断地冲击他已有的认知，从而使他获得伦理教诲。

在与基督教堂（Christ Church）的一群男孩相遇时，这种错位的认知让爱德华在新的环境中第一次与他的臣民发生了冲突和交战。与王子初次结识汤姆后的那次明显带有尊卑之分的对话不同，由于爱德华在这群男孩的眼里就是一个乞丐，他们对待他的态度完全模糊，甚至逾越了他们之间的身份界限：

> "好孩子们，去告诉你们的所长，就说皇太子爱德华要和他谈话。"
> 孩子们一听这话，大嚷了一阵，有一个粗鲁的小家伙说：
> "哎呀哈，你是他殿下的差人吗，叫花子？"
> 王子气得脸色通红，他马上就伸手到腰下去摸，可是腰下却什么也没有。孩子们又大声哄笑了一阵，有一个孩子说：
> "瞧见了吗？他还当是有一把剑哩——说不定他本人就是王子哩。"
> 这一句俏皮话又引起了一阵大笑。可怜的爱德华高傲地挺直身子说道：
> "我就是王子；你们受了我父王的恩惠，反而这样对待我，未免太不懂礼。"
> 孩子们听了这话又觉得非常有趣，这可以由他们的一阵大笑看得出来。首先说话的那个小伙子对他的同伴们嚷道：
> "嗬，你们这些畜生、奴才、靠太子殿下的父王施恩养活的家伙，怎么这么无礼？你们这些贱骨头快跪下，一齐跪下，拜见太子殿下的威仪和他这套王家的破烂衣裳吧！"
> 大家在一阵狂笑中一齐跪下，以开玩笑的态度向他们作弄的对象致敬。王子一脚猛踢最靠近的那个孩子，暴怒地说：
> "先赏赐你一脚，且等明天我再给你架起一个绞架来！"（pp. 17-18）

王子的居高临下没有如他期待的那样得到对方的俯首听命，而是他们的一阵嘲弄。当他们模仿王子惯用的言辞和口气作弄他的时候，他们彼此的角色反转过来。这与发生在王宫里的汤姆把朝臣和仆人谦恭的语言当成是在嘲弄他如出一辙，不同的是宫廷的朝臣和仆人对汤姆的态度是真诚的，这群孩子却并非真的谦恭。相反，他们是在以王子般居高临下的姿态嘲弄这个流浪儿，因为他们相信这个叫花子比他们的身份更加低贱，不能容忍他厚颜无耻地用主子的话来吓唬他们。这群孩子的语言和行为滑稽可笑，打破了他们之间的身份界限，颠覆了他们之间的伦理关系。作为王位的唯一继承人，爱德华王子自一出生就享有无上的尊贵，他的每一个动作、每一个眼神都是无声的命令，身边所有侍奉他的人都将他当作主子，对他阿谀奉承、言听计从。身边服侍他的人的语言以及对他的态度不断地强化他高人一等的信念。无论他想做什么，都不会遭到反对，自然也是符合伦理的。长此以往，这种外部环境就内化为一种心理状况。在这种已经被融入血液的君主和臣子之间的伦理关系的支配下，尚未认识到自己处境的爱德华忍无可忍，习惯性地用剑和绞架去威胁他们，就像他用绞刑威胁扔他出宫的卫兵一样。然而，无论是命令也好，威胁也罢，它们都失去了往日的威力，引来的是更大声的嘲笑。可见，爱德华的权威必须借助于王子身份和代表王子身份的华丽衣装和佩剑才能树立。他身上的佩剑就像国王手上的权杖一样在不断地提醒他的臣民，让他们服从他的身份赋予他的权力，同时，他身上的佩剑划定了他和他的臣民之间清晰的界限，因此，剑的丧失也就拉近了他和他的臣民之间的距离。因为无法用剑证明自己的身份，爱德华发现自己被推到阶级分界的另一边，只能任由他称之为"猪""奴才"的人摆布。

从这一堂课的学习中，他获取了关于身份和权力的新的认知，那就是，他这个王子的身份和尊贵并不是与生俱来、无法改变的，王子的权力借助于王子的身份而存在，没有臣民对王子身份的认可，王子的权力也就化为乌有。脱下代表着王子身份的华贵衣服后，爱德华的王子身份便不再被他人所认可，穿着破烂衣服的他在那群男孩眼里只不过是一个常常被他自己称之为"猪"和"奴才"的流浪儿。同时，孩子们的恶作剧也让他看到了贫民眼中的自己，他们对王子的戏仿就像一面镜子一样，照出了王子对待他们的态度，那就是，他们都是没有任何尊严的"猪"和"奴才"，是可以任意打骂的"贱骨头"。爱德华原本希望借助语言的力量，再加上时不时的拳打脚踢来将自己和他的臣民分开，没想到这一切都反转过来，戏剧性地落到了自己头上。这是对爱德华的莫大讽刺，也是一个深刻教训。当发现自己被划定在阶级的另一边，开始被嘲弄、被侮辱的时候，爱德华才可能像别人看待他那样看待自己，真正地从贫民的角度看待问题，对他们的不幸感同身受。换句话说，基督教堂的孩子对王子的"接待"让他开始认识到自己的贫儿身份和他与平民之间的平等的伦理关系，这是对爱德华的改造的第一步。只有在这种新的认知的前提下，爱德华才可能以新的视角看待将要发生在他眼前和他身上的一切。

流浪儿的身份给爱德华提供了游走于社会的最底层，耳闻目睹，甚至亲身经历贫民生活的机会。此间，让他感触最深的莫过于不合理、不人道的法律带给平民的悲惨遭遇。被抛到一群四处游走的小偷中间，爱德华开始真正地了解平民所遭受的非人对待。在跟着这群无赖和流浪汉到处游走的过程中，爱德华王子（此时的王子已经是国王了）耳闻了一个叫约克尔的人对极端恐怖的英国法律的血泪控诉：

> "后来我又讨饭——讨点儿残汤剩饭吃，结果就让他们套上脚枷，剁掉一只耳朵——瞧，这就是剩下的墩子；我又去讨饭，瞧，另外这只耳朵又只剩下这么个墩子了，可是我还是只好讨饭，后来就让他们卖出去当奴隶——我脸上这块脏地方底下，我要是洗干净的话，你们就可以看见一个通红的"奴"字……我从主人那儿逃出来了，我要是让人家逮着的话……我得让人家绞死呀！"（p. 119）

约克尔的自诉展示了英国下层社会人间地狱的画面。在这人间地狱里，"皇上的圣旨就是法律"（p. 27），不知人间疾苦的国王制定了种种严苛的法律，逼良为娼，国王的臣民们在法律的淫威下像牲畜一样苟延残喘、生不如死。爱德华亲眼目睹很多奴隶的身上都有着道道伤痕或有着残缺不全的耳朵，这些伤疤是统治者权力的表达，展示的是他们利用自己的权力维护阶级分野的企图。统治阶级将这种可怕的惩罚施加到另一个人身上是为了在社会和心理两个层面上将他们彻底放逐。"在奴隶脸上刻上'奴'字，这个奴隶就变成了一个文本，告诉人们爱德华的语言具有将人变为奴隶的能力，有将统治者无所不能和奴隶的他者身份这样一个事实书写到他们的身体上的能力。"[1] 受到贫民生活的耳濡目染，尤其是听了约克尔对英国法律的控诉，爱德华被深深地震撼了。从那些被砍掉的耳朵、被割开的鼻子、布满伤疤的身体，爱德华看到了作为贫儿的自己——一个时时刻刻都可能面对法律威胁的受害者；通过这些身体残缺的贫民的眼睛，爱德华也看到了作为国王的自己——一个"身体健全但精神和道德缺失"[2] 的施害者。所以，爱德华在体验了他者的遭遇，看到了法律的野蛮和统治者的残酷之后，对约克尔承诺道："你绝不会！"并且宣告："那条法律从今天就作废了！"（p. 120）虽然他使用的还是统治者的话语，他的"不自量力"像在基督教堂孩子们那里一样，只引起盗贼们的嘲笑和羞辱，但这是他与平民对话的开始，因为他已经开始对贫民的遭遇有了感同身受，开始认识到残酷的法律所暴露的统治者的人性缺失。这是对爱德华最好、最深刻的教育。

对马克·吐温来说，仅仅让王子看到、感受到法律的严苛，及其带给平民的灾难似乎还不够。他在写给威廉·迪恩·豪威尔斯的信中说，"我的想法是通过让法律的某些惩处条款落到国王本人头上，同时通过给他一个机会看看实施在别人身上的法律，让他认识到那个时候的法律的极其严苛。这将说明为什么爱德华六世的统治与他的前任和后任国王

---

[1]　Joe B. Fulton. *Ethical Realism*: *The Aesthetics of Race*, *Class*, *and Gender*. Columbia: University of Missouri Press, 1997: 42.

[2]　Joe B. Fulton. *Ethical Realism*: *The Aesthetics of Race*, *Class*, *and Gender*. Columbia: University of Missouri Press, 1997: 43.

的统治相比更为温和一些"①。在小说的最后几章，爱德华本人两次尝到了严酷法律的苦头。第一次侥幸逃脱，第二次是实实在在地被关进监狱。如果说之前他对法律的了解还是间接地通过听人讲述获得的，那这次却是亲眼目睹、亲身经历。尤其是在监狱里目睹两个善良的浸礼会妇女被活活烧死的那一幕，让他永生难忘。在此之前，爱德华还是在被迫学习，这一次他开始主动地和他人交谈，去了解、去询问他们被判罪的原因，"借此给自己增长见识，以后把国王的职责履行好"。当他越来越多地了解会"把英国的名声玷污了的法律"后，他终于认识到，"世上的事情都安排错了，国王有时候应该尝一尝自己的法律的滋味，学习学习仁慈才行"（p. 189）。

自从被卫兵们骂作"发了疯的小杂种"，并被扔出宫门的那一刻开始，爱德华王子就像微服私访的亚瑟王一样②，由人上人变成人下人，尝尽被欺负、被羞辱的滋味，甚至被指控偷窃而险遭绞刑。同时，他所处的完全不同的环境、他的双重身份又为他提供了一个全新的视角，去了解下层人的生活，重新认识自己，重新审视英国的统治，尤其是英国的法律。作为乞丐王子，面对各种各样的苦难和羞辱所表现出来的无力感和无助感，目睹严苛的法律对平民造成的身体和精神上的伤害，亲历法律对自己造成的威胁，这一切都将帮助爱德华真正获得"慈悲的美德"，从而施行更加人性的统治。对此，爱德华也深有感触。在重获国王身份以后，他"终身都爱把他的经历从头到尾讲给人家听……他说常常把这个宝贵的教训搬出来讲一讲，就可以使他永远下定决心，借着这些教训给人民多造一些福利"（p. 230）。每讲一次，都是对所得到的伦理教诲的一次复习，提醒他牢记流浪儿的生活和感受。

正是流落民间的经历让爱德华懂得了什么是"痛苦和压迫"，在一个严酷的时代，开始了一段仁慈的统治。"通过与他的臣民的密切交

① Henry Nash Smith & William M. Gibson, eds. *Mark Twain-Howell's Letters：The Correspondence of Samuel L. Clemens and William Dean Howells*, 1872-1910. Cambridge：Harvard UP, 1960：291-292.

② 在《亚瑟王朝廷上的美国佬》中，亚瑟王和宰相一起微服私访，结果被卖为奴，并被判绞刑，险些丧命。

往，爱德华实现了精神重铸"①，这种脱胎换骨让他获得道德上的重生。在马克·吐温看来，这是爱德华王子成为爱德华国王这一身份转换必须经过的磨练和洗礼。

在爱德华游走于民间，完成道德成长的过程中，父亲般和蔼、包容的亨顿起到了至关重要的作用。当普通百姓假装把他当成王子或国王作弄、侮辱，实则相信他是一个爱说疯话、爱做美梦的乞丐时，亨顿坚信：假装相信爱德华是国王，这个可怜的孩子的"神经病"就会慢慢好起来，最终认识到自己实际上只是一个乞丐。不明真相的臣民把他当成乞丐，让他俯下身来了解苦难和侮辱，亨顿却把他当成王子和国王，不仅替他受过、受难，保护他的身体安全，而且保护了他的完整的认知和完善的人格，在了解苦难和压迫的同时，让他懂得了慈悲、尊重和包容。正如亨顿相信的那样，"他的毛病一定会被治好！——是呀，他的头脑一定会清醒起来（made whole），恢复正常——然后他就可以成名——将来我就可以自豪地说，'是呀，他是我的……'"（p. 72）②。可以说，是两种力量联手共同造就了一个配得上他的王冠的国王。由王子到乞丐，由乞丐到国王，爱德华完成了蜕变的过程，终于如亨顿所愿，成了一个完整的人。作为被平民由流浪儿塑造而成的国王，他的完整将会带来老百姓的完整。正如他对亨顿的承诺，"我要恢复你的地位，我会使一切都归还你（made thee whole）——是呀，还不止你原有的一切哩"（p. 175）③。这"预示着他将用新的态度对待他的臣民"④，让他们不再是在物质上和精神上都有缺失的"猪"和"奴才"，而是

---

① Joe B. Fulton. *Ethical Realism*: *The Aesthetics of Race*, *Class*, *and Gender*. Columbia: University of Missouri Press, 1997: 45.

② 这句话的原文是："And he shall be cured! —ay, *made whole* and sound——then will he make himself a name——and proud shall I be to say, 'he is mine...'." 笔者认为这里的"whole"蕴涵的意义丰富，既指头脑恢复正常，也指精神上的完整。

③ 这句话的原文是："I will right you, I will *make thee whole*——yes, more than whole." 这句话中的"make thee whole"不仅仅指物质层面上把失去的都还给你，还指精神层面的完整。

④ Joe B. Fulton. *Ethical Realism*: *The Aesthetics of Race*, *Class*, *and Gender*. Columbia: University of Missouri Press, 1997: 51.

"完整"的人。

当然，完成道德成长之旅的王子在重获王位以前，还必须经历最后一次考验，那就是向自己的臣民证明自己是合法的国王。为了说明身份认可的重要性，以及获得身份认可前历经磨难的必要性，马克·吐温在爱德华王子流落民间这条伦理线上，还安排了亨顿收回被霸占的爵位和产业这条平行的伦理线。对于亨顿来说，要想夺回被霸占的爵位，他必须能够证明自己是迈尔斯·亨顿。但是，由于所有能够证明自己身份的东西都已经不复存在，唯一能够证明他的身份的就是他弟弟休吾，或者是爱迪思或家里的仆人了。在得到他们对他的身份认可前，他必须以流浪汉的身份经受各种磨难。和爱德华王子一样，亨顿的流浪也是获得认可，找回身份的旅程。最终他用父亲般的宽容和慈爱、骑士般的勇敢和牺牲精神，赢得了王子的尊重，并在国王的帮助下获得身份的认可，夺回了失去的一切。

对于爱德华来说也是如此。父亲亨利国王的驾崩让他在名义上成了国王，然而这只是在血缘上承认了他的继承权，他也必须像亨顿一样，去证明他是合法的国王，获得他的臣民的认可，而流落民间获取道德教诲就是得到认可的必要条件。当他通过流浪真正获得仁慈的美德以后，就可以回到王宫接受加冕。但是在此之前，他还要证明自己就是国王，获得臣民对他的身份认同，而唯一能够证明他的国王身份的就是贫儿汤姆了。汤姆不仅仅是爱德华缺席时的替身，也是臣民的代表。因此，汤姆对爱德华的身份的认可至关重要。汤姆不仅承认了爱德华的身份，而且通过两个人的共同回忆，为他找回了丢失的御玺，帮助他顺利登上王位。"人民承认了爱德华是国王真正的儿子，是王位的合法继承人，这与其说是因为他的皇家血统，不如说是因为他曾经化身为贫民深入他们的生活，有过去王权、受羞辱的经历。"①这在一定程度上表明马克·吐温对世袭制的反对，对民主政体的拥护。

---

① Joe B. Fulton. *Ethical Realism*: *The Aesthetics of Race*, *Class*, *and Gender*. Columbia: University of Missouri Press, 1997: 51.

毋庸讳言，马克·吐温虽然看到了君主制下阶级分野造成的极度不平等，但在这部作品中他对于君主制的批判比起后期作品要温和得多，甚至"没有任何痕迹能够反映他后期表达的应该推翻所有君主制的主张"①。通过安排即将继位的王子以流浪儿的身份游走民间遭受磨难，马克·吐温意在借助他掌控的话语权，在不同阶级之间建构一种新型的、良性的伦理关系：由统治者的高高在上、唯我独尊到深入民间、体恤民情；由家长式的一言堂到统治者和被统治者之间的对话；由王位的单纯血缘传承到得到人民的认可。用这种方式，马克·吐温表达了他朴素的民主思想。

二、转换身份：从"贫儿"到"王子"

当身份互换将尊贵的王子爱德华推到社会底层，接受苦难生活的磨砺，获取新的认知，为施行仁政打下基础的时候，汤姆则由一个小乞丐变成了王子/国王。在新的环境里，作为一个"乞丐国王"，他以贫儿的视角审视着王子/国王这一身份与伴随而来的权力，并利用身份互换为他带来的话语权，逐步修正着统治话语，搭建不同阶级间的对话平台。同时他也在学习约束自己的本能和欲望，抵御权力和富贵的诱惑，不断丰富和完善自我，从一个主要由自然情感所支配的低贱的"乞丐"转变为具有道德情感的高贵的"王子"。

汤姆到王宫后的主要收获就是懂得了王位和王权的真正含义，那就是，尊贵的身份虽然带来权力，但"权力并不必然带来自由"②，因为身份也是一种束缚，意味着责任。来到王宫之前，汤姆生活中最大的，甚至唯一的愿望就是亲眼见到王子，苦难的生活带给他的唯一安慰就是梦到自己能够获得帝王的尊荣，因为在他的认知中，帝王的身份意味着无上的权力，有了权力就可以随心所欲，将他人呼来唤去。这种认知是

---

① Howard G. Baetzhold. *Mark Twain and John Bull*: *The British Connection*. Bloomington: Indiana University Press, 1970: 65.

② Tom H. Towers. Mark Twain's Once and Future King. *Studies in American Fiction*, 1978, 6 (2): 197.

他做乞丐时从统治者身上获取的。入宫以后，王子的身份确实给他带来了权力，但是被推到王子的位置还不到一天，他就发现自己"成了一个俘虏，也许永远要被囚禁在这个金漆的笼子里，做一个孤孤单单、没有朋友的王子"（p. 28）。突然的好运让他一夜之间成为梦寐以求的王子，但他必须常常面对宫廷里的繁文缛节，再也不能无拘无束地到处闲逛。事实上，贵为王子，他根本没有太多自由，甚至连声明自己不是爱德华·都铎的想法都被先王的话语压制住了。成了国王以后，情况并没有改变。他发现"他不过是个名义上的国王"（p. 88），是服务于他人的工具。他必须按照先王留下的圣谕，在"舅父"赫德福勋爵及其他大臣的指点下行事。他每天的大部分时间干的都是些"当国王分内的苦事"，甚至他从事的娱乐活动都失去了原本的意义，因为它们"都有许多限制和礼节上的规矩，使人感到受到了束缚"（p. 94）。他每天必须经历的繁复的礼仪突出地说明了国王的生活受到种种严格的限制：他被试食官、餐巾官、司酒、几百个侍从包围着，他们时时刻刻都在"监督"（oversee）着他日常生活的每一个细节。无论是穿衣或是吃饭，除了张嘴或者伸胳膊、伸腿以外，他就像一个木偶一样任由伺候他的人按照程序和惯例来完成。如果他不幸犯了错误，就要招致别人的议论（p. 95）。所以，在他看来，这些人不是在伺候他，而是时时处处监管着他。

最可笑的一幕发生在汤姆用膳时突然出现鼻痒的那个场面。因为在宫廷里，一切都要依惯例行事，所以汤姆用膳时鼻子痒起来，痒得眼泪都流出来了，而他却不知所措。而面对他的遭遇，围在身边伺候的一大群朝臣、侍从们竟然束手无策，没有一个人知道该如何处理这件棘手的突发事件，"因为英国的历史上从来没有任何记载可以帮助他们度过这一关"（p. 39）。这里，马克·吐温用了一个极端的例子，揭示统治这个社会的规矩之繁多。这些规矩听起来确实可笑，但它们反映了严格的封建责任体系，其目的是将君主和他的臣民隔离开来，以维护阶级社会的伦理秩序。正是这些一代又一代传承下来的不可更改的惯例和规则将处于阶级社会不同层次的个体的身份固化下来，形成一张牢不可破的网，保护着统治者的统治地位不受外界风云变幻、世事变化的纷扰。身份互换让汤姆这个贫儿进入这个权力体系，并利用手中掌控的权力，将这个坚不可摧的统治体系撕开一条裂缝，让统治阶级能够听到平民的声音，让他们之间的对话成为可能。

如果说，在爱德华经历磨难逐步成长的过程中，亨顿为他树立了"道德典范"①，用自己的行动告诉他什么叫仁慈和宽容，在汤姆由一个懵懂少年转变为一个具有道德情感的完整的人的过程中，代鞭童（whipping boy）汉弗莱的身份也给了他重要的启示。按照宫廷规矩，任何人也不能对太子的御体施行体罚，如果太子的功课学得不好而需要责罚，就由代鞭童代罚。马克·吐温在文本中专门给出一个注释说明代鞭童的由来：在历史上，詹姆斯一世和查理二世小的时候都曾有过代鞭童，"所以我就为了我的需要，给我这位小王子设了一个代鞭童"（p. 90）。显然，马克·吐温的需要并不仅仅是情节发展的需要，他还需要"代鞭童"这个身份的意指让这个"乞丐国王"了解统治者和被统治者之间互相依存的关系。"代鞭童准确地体现了汤姆的双重角色，凸显了王权所固有的自我和他者的相互关系。"② 一方面，代鞭童的职责就是代王子挨鞭子：只要王子在做功课的时候出了差错，就由代鞭童替他受惩罚。如果把贫儿在宫廷的生活看成接受教诲的过程，那么他在学习的过程中犯了错，地位低下的他者就要因为他的错误而受苦。推而广之，在封建专制社会结构体系中，统治者犯错，人民遭殃③。另一方面，贫儿又不能停止学习，因为已经是国王而不再是王子的汤姆如果因为被"枯燥无味的学习弄得心烦""随意颁布命令"而停止学习，代鞭童就失去了工作。因为对于代鞭童而言，代鞭是他的职责，也是他的生

① John E. Bassett. *"Heart of Identity in My Realism" and Other Essays on Howells and Twain.* West Cornwall, Conn.: Locust Hill Press, 1991: 141.

② Joe B. Fulton. *Ethical Realism: The Aesthetics of Race, Class, and Gender.* Columbia: University of Missouri Press, 1997: 45.

③ Joe B. Fulton. *Ethical Realism: The Aesthetics of Race, Class, and Gender.* Columbia: University of Missouri Press, 1997: 46.

活（p. 90）。从代鞭童那儿汤姆"获得了许多很有价值的知识"
（p. 92）。他真正认识到：所有的国王都只不过是名义上的国王而已。
他知道他在宫廷里是不能随心所欲的，必须严格遵循规定的程序，因为
他人的命运由他的行为所决定。这一点是爱德华没有认识到的。而事实
上，这种依存关系决定了王权的有限性①。国王虽然拥有至尊地位，却
不能恣意妄为，权力的边界要由权力指向的对象来限定。作为统治者，
只有认识到这一点，人民的诉求才会在更大程度上得到认可和满足。这
也是为什么爱德华王子必须要到民间接受教育的原因，因为只有经过这
样的学习，作为统治者的爱德华才会真正懂得统治者犯错、人民遭殃的
道理；懂得权力的使用是有一定限制的，不可任意妄为。也只有这样他
才配得上王者的称号。

做乞丐的经历已经让汤姆懂得了权力的危害性，做王子和国王的经
历又让他及时了解了权力的有限性。这保证了他学会控制自己的自由意
志（free will）②，慎用手中的权力。正是由于他及时地认识到权力的危
害性和有限性，在掌握生杀予夺的大权时，他才能够约束自己，避免滥
用权力。汤姆第一次行使国王的权力就表现出非凡的智慧、仁慈的美
德，表现出对个人意愿和王权的理性掌控。听说有几个人正被押往刑
场，本性善良的汤姆动了恻隐之心。对这几个即将被处死刑的人的关切
让他暂时忘记了自己只不过是国王的替身，而不是真正的国王，所以他
脱口而出："把他们带到这里来！"（p. 96）没想到他发出去的命令立即
被执行，这让他第一次意识到他的命令竟然有如此威力，发现自己终于
可以像想象中那样，"对所有人发号施令，说，'你去干这个，你去干
那个'，谁也不敢阻挡我的意旨"（p. 96），并因此感到十分得意。令人

---

①　例如第一次见面的时候，得知汤姆的奶奶经常虐待他，出于对他这个刚刚
结识的小伙伴的同情和善意，爱德华王子打算让他的父王把她关进伦敦塔。汤姆提
醒他，伦敦塔是专关大人物的。在某种意义上来说，把一个虐待孙子的女人关进伦
敦塔是权力的滥用，爱德华没有意识到这一点，但汤姆却意识到了。

②　在文学伦理学批评中，自由意志指人的不受约束的意志，其动力主要来自
人的各种欲望。由于自由意志追求的是绝对自由，它必须受到理性意志的约束。

欣慰的是，此时的汤姆已经认识到，他虽然手握无上的权力，但它并不是用来证明统治者的无上荣耀，而是用来服务于人民。由于汤姆曾经经历过苦难的生活，他非常不愿意看到可怜的贫民被处死，尤其是当他认出其中一人是曾经在寒风刺骨的新年的第一天跳下泰晤士河救人的一个好心人时，他更加为他感到难过。然而，尽管对他充满同情，汤姆并没有因为这个人曾经的善行而罔顾法律条款，武断撤回对他的判决，而是给犯人申诉的机会。在了解他确实是被冤枉之后果断下令："把犯人释放了吧——这是国王的意旨！"（p.101）这道命令打动了在场所有的人，有人感慨道："他这样突然采取果断的手段处置这件事情，跟他本来的天性多么像呀！"（p.102）其实，这话只说对了一半。从表面上看，汤姆确实有爱德华王子的气魄和风范，但从内在本质上看，他和爱德华并不一样。正如前述，爱德华王子发号施令前不会听取他者的意见，发出命令时也不会考虑到这会给他者带来什么样的后果。而汤姆不同，他在发号施令前，给了当事人澄清事实的机会。他听到了民声，并且借自己的权力传递了民声，他表达的是民意而非个人意志。在两母女涉嫌的巫术案中，他的表现更是可圈可点，大有所罗门判案的风范。他利用自己的智慧巧妙提问，努力找出证据链中的破绽。因为这个女人被指控使用从魔鬼那儿得到的魔力引起了一场暴风雨，汤姆抓住其中的荒谬之处，声称自己很想看到她是如何做到这一点的，怂恿她唤起一场暴风雨，并承诺如果她能够展示自己的魔力，将免掉她和她的孩子的死罪。自然，无论他怎样鼓动，这个女人都无法满足他的好奇心。据此汤姆断定她是无辜的。这一逻辑推理就是基于换位思考，因为汤姆坚信："如果我的母亲处于她的地位，也有魔鬼的本领，那她就一定片刻都不迟疑，马上唤起暴风雨，把全国都毁得一塌糊涂，只要她施展魔法，就可以挽救我被判死刑的命。"（p.105）可见，他能作出正确的判断，是因为他能够与他人交换位置，设身处地地从他人的角度考虑问题。因此，作为一个"乞丐国王"，汤姆利用手中掌握的话语权在坚不可摧的封建专制统治的夹缝里，播下了实施仁政的种子。

在国王缺席期间，汤姆所表现出的能力大大超乎了自己和其他人的想象。无论是审判冤案或是处理其他事务，他都表现出机智的应变能力，并且推出了仁慈的施政纲领，成为一个受人拥戴的明君。他之所以能代理国王处理好国事，扮演好明君的角色，就是因为他作为"乞丐国王"的特殊身份，因此他懂得慈悲的美德，也懂得国王身份和王权的本质。一方面，他知道国王拥有无上的权力，但他更懂得"统治者犯错，人民遭殃"的道理，因此他能够慎用权力；另一方面，他虽然知道国王拥有无上的权力，但他更懂得王权是受到限制的，国王不过是名义上的国王，国王是被人民认可代理行使王权的"替身"而已。正如他出巡时所看到的，他只不过是老百姓按照自己心目中国王的样子为国王画的肖像（effigy）的"一份活标本"（p. 203），老百姓将肖像与汤姆本人进行比对、鉴别，当"大家都看出那肖像和他本人非常相似"的时候，就发出旋风般的喝彩表示认可。也就是说，被推选出来的国王必须符合老百姓心目中的标准，得到他们的认可，正如爱德华在加冕之前，他的身份必须得到认可一样。虽然只是国王的替身，汤姆成功地实现了角色转换，从一个一无所知、一无所有的"乞丐"，转变成一个高贵的"王子"。同时，他从平民视角获取的对身份和王权的认识，以及对统治者和被统治者之间相互依存关系的认识，也通过他作为国王的身份，在某种程度上传递给了统治集团。可以说，王宫里的贫儿就是饱尝世事艰难后脱胎换骨的王子，他施行的仁政也是未来真正的国王将要实施的统治方式。

汤姆在对权力的掌控上很好地平衡了个人意志和民意的关系，交出了一份出色的答卷。那么在面对权力和富贵的诱惑时，汤姆是否也能同样交出一份出色的答卷呢？这对汤姆来说也是一种考验。虽然刚刚进宫的时候，汤姆因为受到约束、失去自由而备受煎熬，随着对新的身份和新的环境的慢慢适应，他开始留恋国王的生活，有一段时间甚至想抹掉自己的过去。他试图忘记流落在民间的爱德华王子，试图忘记深爱着自己的母亲。在象征着走向权力和地位的巅峰的出巡中，当老百姓欢迎他的呼声变得越来越高，汤姆也自认为地位慢慢巩固的时候，他开始享受甚至陶醉于身份带给他的一切，"他觉得人生最有意义的事情莫过于当国王，做全国崇拜的偶像"（p. 202）。正当他"有一种飘飘荡荡的感觉"（p. 203）的时候，母亲那张"苍白而吃惊的面孔"一下子把他从对权力的憧憬中拖回到现实中，"一种极不愉快的惊慌失措的感觉侵袭他的全身"（p. 203），面对母亲对自己深情的呼唤，他脱口而出："我不认识你，你这个女人！"（p. 204）而且听任母亲被卫兵粗暴地推开。但是，当他说出了这番话之后，他的心灵马上就被羞愧与悔恨所充斥，"他突然感到一阵耻辱，把他的得意情绪完全化成了灰烬"（p. 204）。由于荣华富贵的诱惑，汤姆希望否认自己的真实身份，永远取代真正的国王。但是，他的良知让他意识到自己背叛亲情、窃取爱德华身份的行为是多么地卑鄙与无耻。所以，尽管出巡的行列"经过的地方越来越华丽，民众的欢呼也越来越响亮"，但是汤姆既看不见也听不见，因为"皇家的身份已经失去了它优雅甜蜜的滋味，它的浮华变成了责难"，民众山呼海啸般的万岁声"听起来就像远处传来的波涛声一样，因为另一个近得多的声音将前一个压住了——那是他自己受到折磨的良知所发出的声音，它不断地重复着这一句可耻的话：'我不认识你，你这个女人'"（p. 205）。虽然极不情愿地用手"遮住眼睛"（p. 203），他还是通过母亲的眼睛看清了那个真实的自己。这一认知非同小可，一下子把他从荣耀的顶峰抛到耻辱的谷底，曾经拥有的一切即刻化为过眼烟云。在经过良心的折磨、内心的斗争后，他发出了"但愿上帝让我摆脱这种束缚吧"的感慨。出巡中母亲出现的这一幕预示着代理国王已经完成了自己的使命，最终将把权力移交给真正的国王。

正是因为此前遭受了良心的谴责，经历了人性因子和兽性因子的较量，汤姆的良知被激发起来，意识到了自己所犯的错误，所以，当爱德华冲进加冕仪式的会场，试图夺回王位时，汤姆抵御住了权力带来的强烈诱惑，在没有任何人相信爱德华，借机除掉他实在是易如反掌的情况下，汤姆不仅公开承认了爱德华的真实身份，而且还想方设法说服众人，并且帮助爱德华证明了他的合法身份，从而圆满地完成了他的道德成长之旅。

处于不同阶层的两个个体——王子和贫儿在交换身份后，各自在不同的环境中经过历练，完善自己，经过一个轮回又重新走到了一起，完成了两个不同个体之间的完全交融，实现了个体的完整性。他们都经历了极度的贫困和凌辱，也经历了极端的富贵和尊崇，学会了从贫民和国王的双重视角看待王位和王权，看待贫民和贫民的处境，学会了利用手中掌握的话语权去表达民声民意。身份互换在不同阶级之间形成一种对话机制，引发了一场有意义的社会变革，促成了一个更加仁慈和公正的政体的出现。身份转换也让两个孩子摆脱了环境对自己的束缚，获取了对自己和他人的新的认知，让他们共同演绎了一场道德成长剧。在身份互换以后，马克·吐温刻意地平衡了对王子与贫儿的经历的写作比重，让两人的经历交替出现，而且马克·吐温将对阶级问题的探讨和个体道德的成长紧紧结合在一起。这种写作手法告诉读者，解决社会问题不仅依靠更为合理的社会制度，也需要每个社会成员的自我完善。

马克·吐温之所以利用《王子与贫儿》这个文本中的两个孩子的身份互换来达到不同阶级间的沟通和对话，从而实现社会变革的目的，是因为他认识到阶级的对立和差异是由根深蒂固的阶级观念所造成，不可能在他的时代有所改变，所以马克·吐温将变革的希望寄托于未来，寄托于两个单纯的孩子，因为他们还没有被根深蒂固的阶级观念完全束缚。所以在《王子与贫儿》中马克·吐温设计了两个孩子的身份互换，让分属社会阶级结构两级的他们进行阶级间的相互体验和关怀，达到化解阶级矛盾、缩小阶级差异的目的。这是马克·吐温借助文学文本进行的一种变革尝试，表达了马克·吐温民主政治的愿望和理想以及对未来的美好期待。

马克·吐温一生都致力于对形形色色的社会不公和不平等的揭露和鞭挞。首先，他借助不同阶级之间的身份互换/转换，对不同阶级的生活状况进行了全景式的描写和鲜明的对比，展示了阶级分野及阶级分野下上层阶级和下层平民之间的巨大悬殊，揭示了人类社会阶级分化所导致的不平等，以及极度不平等所诱发的兽性因子泛滥。其次，在马克·吐温的作品中，身份转换不仅是一种重要的艺术形式，更是借以表达作者对于阶级社会认识的一个重要工具。通过转换身份后每个个体的不同经历以及发生在他们各自身上的变化，马克·吐温阐释了自己对人与环境之间关系的理解，那就是人是环境的动物，阶级社会中上层阶级所谓的先天优越根本是无稽之谈，他们的优越源自于固化了的阶级划分，以及基于阶级划分的优越环境。最后，通过身份转换，马克·吐温让分属不同阶级的个体跨越他们之间原本划分得非常清楚的身份界限，在不同阶级之间搭起了沟通的平台，将不同阶级的个体置于一个全新的环境、全新的伦理关系之中，让他们去观察、去经历不同的生活，从而得到伦理教诲，促使他们转变和成长，实现不同阶级之间的对话，从而达到缩小阶级差距、解决社会问题的目的。

更重要的是，马克·吐温在探讨阶级身份与人类个体的关系时明显表露出一种观念，那就是任何一种阶级身份都会对个体的视野、思想观念和健全人格的形成造成限制和阻碍。例如在《王子与贫儿》中，虽然爱德华王子和汤姆都是本性纯良的好孩子，但是受制于自己的阶级身份，他们的身上也都存在着一些瑕疵。爱德华身上时不时显现出骄横任性、目无一切的性格特点，由于身居宫廷，他对民间疾苦一无所知，对宫廷外的人和事常常做出令人啼笑皆非的评价。汤姆丝毫没有礼仪观念，文化知识极度欠缺，由于习惯于到处游荡的生活而不愿受到任何形式的约束，等等。王子与贫儿分别处于社会阶层的顶端和底层，但他们的阶级身份对他们同样造成了很多不良影响。这也就意味着，一个人在追求自我完善的过程中，必须对自己的阶级身份可能造成的不良影响有所自知，进而才可能有效地克服这些不良影响。马克·吐温在《王子与贫儿》中让爱德华王子和汤姆易位而处，实际上也是让他们通过感受不同的阶级身份，进而更清楚地认识这个世界，认识自己。需要指出的是，马克·吐温小说中这种易位而处的情节结构，以及通过类似情节所表达的社会个体与个体的社会身份之间关系的思考，并不仅仅体现在阶级身份转换之中，在性别、种族等方面同样有所体现。而且，马克·吐温还在自己关于性别、种族等问题的书写与思考中，将自己的一些思考进一步地引向了深入。因此，虽然马克·吐温小说中直接描写阶级问题的作品并不多，但是这些作品对于我们理解马克·吐温的其他作品却有着非常重要的意义。

当然，作为身处 19 世纪上层社会的作家，马克·吐温自然也像他的作品中的人物一样，很难摆脱自己所处时代、环境和自己的身份地位带给他的局限性。在他的笔下，无论是爱德华王子还是亚瑟王，不管他们在怎样的环境中，总会表现出一种与生俱来的高贵，面对邪恶势力从不低头屈服，永远保持大义凛然的王者风范。另外，马克·吐温虽然认识到阶级之间的差距和不平等，但他无法真正地了解阶级与阶级矛盾的本质，而是把消除阶级差距、实现阶级平等的希望寄托在上层阶级和少数统治者的良心发现上。例如在《百万英镑》中贵族兄弟中的一个不仅为流浪汉提供了工作，还把自己的养女许配给他；在《申请爵位的美国人》中不同阶级的两个家庭最终消除偏见和隔阂，通过联姻的形式走到一起。这种安排固然表达了马克·吐温对人类和人性的信心，但是把统治者的自省和感化统治阶级看成缩小阶级差距、解决阶级矛盾的途径却不太现实。但是，话又说回来，作家毕竟不是政治家，他们的责任在于发现社会问题，揭露社会问题，建构理想的社会伦理关系。从这个角度来看，马克·吐温不仅做到了，而且他的思想远远超出了他那个时代的认知。

第二章　种族身份转换与种族差异的消解

　　阶级问题是世界各国文学普遍关注的问题，而对种族问题的关注则是美国文学的一个重要特色。1619 年 8 月，当一艘装载着 20 名非洲黑人的船只在弗吉尼亚州詹姆士城登陆时，罪恶的奴隶贸易也从此开始。奴隶贸易虽然促进了北美大陆的经济发展，但也成为美国历史上一块无法抹去的污点。美国建国以后，"人人生而平等"虽然被写进了宪法，但却成为无法兑现的空头支票。在白人高贵、黑人低贱的意识形态基础上，美国政府不断制定各种带有种族歧视的法律条文，剥夺黑人的公民身份和权利。这种状况一直持续到美国内战前夕，甚至到重建后的 19 世纪 90 年代，黑人的处境都没有得到改善。正如美国学者卢瑟·利德基所言："在美国文化当中最为持久的矛盾，也许就是个人自由、平等、机会和正义的官方信条，与事实上而非法律上对黑人的种族歧视同时并存。"① 也正是由于种族问题的客观存在与普遍存在，对于 19 世纪、20 世纪的美国作家而言，要想在创作中绕开种族问题，几乎是一件不可能的事情。

　　马克·吐温是一个非常关注种族问题的作家。他从小就生活在视奴隶制为"神圣的事"的美国南方蓄奴州。他的父亲和伯父都曾拥有过奴隶，黑奴丹尼尔大叔的忠诚、善良和奴隶制下黑人的痛苦遭遇与悲惨命运，给他留下了深刻的印象②。因此也不难理解，马克·吐温为什

---

① 转引自：张聚国. 一部研究美国黑人政治思想历程的力作. http：//www.eol.cn／，2005-12-25.

② 参见：马克·吐温. 马克·吐温自传. 选自：吴钧陶主编. 马克·吐温十九卷集（15）. 石家庄：河北教育出版社，2002：7.

么在《傻瓜威尔逊》《哈克贝利·费恩历险记》和《一个真实的故事》等作品中，都将犀利的笔锋投向美国社会长期存在的黑人种族问题。

在马克·吐温诸多涉及种族问题的作品中，《傻瓜威尔逊》显得尤其特殊。与其他涉及种族问题的作品不同，在这部小说中，马克·吐温采用了"调包计"这一特殊的叙事元素对种族问题进行了探讨。这部小说的两个主人公，一个是白人家的小少爷汤姆·德里斯科尔（Thomas a Becket Driscoll），一个是女黑奴的儿子"小书僮"（Valet de Chamber）。马克·吐温通过"调包计"的情节设计，将分属两个种族的个体置于完全不同的环境，从而考察环境对社会个体的伦理观念和人格形成的影响。从形式上看，种族身份的"调包"和阶级身份的转换有着异曲同工之妙，但就其内蕴而言，两者也有着些许的区别。这种区别主要体现在两个方面：第一，与阶级身份相比，种族身份显然更为固化。一个出生于特定阶级的人经历世事沧桑，其阶级身份未尝没有变化的可能，但其所属的种族却是无法变更的。第二，也是更重要的，恰恰由于种族身份的无法变更，一个人因其种族身份而引发的与他人、社会之间的利害关系与矛盾冲突也变得更加尖锐和激烈，甚至是不可调和的，这也更有利于马克·吐温借助种族问题这一切入点，对个体与社会、个体与特定时代的伦理环境之间的关系进行更加彻底的思考和更加尖锐的控诉。因此，我们完全可以把马克·吐温小说中的种族身份调包看作阶级身份转换的一种深化。

本章将以《傻瓜威尔逊》为主要研究对象，展示导致"调包计"的种族伦理环境，探讨"调包计"揭示的种族问题以及马克·吐温通过"调包计"所表达的对种族问题的思考。同时，本章还将结合马克·吐温的另一篇短篇故事《一对怪异的孪生兄弟》，利用这两个文本间的关联性以及"双胞胎"的身份隐喻，挖掘马克·吐温在表达种族观的同时表达的对个体身份的认识，以及对和谐的种族关系和完整的人格理想的追求。

第一节　马克·吐温笔下的种族划分与种族伦理

内战前的美国仍然是种族主义盛行的社会，尤其在美国南方，黑人奴隶处于社会的最底层，被剥夺了人格和尊严，被视为可以任意使唤的牛马、任意买卖的货物。他们的命运甚至比牛马还不如，动辄被鞭打、被折磨，还会受到私刑处死的威胁。随着美国工业化的进展，蓄奴制阻碍了美国的资本主义发展，北方工业资产阶级为了自身的利益，向南方蓄奴者宣战。然而，美国人民付出了重大牺牲，胜利果实却被资产阶级所侵夺。1862 年，美国颁布了《解放黑人奴隶宣言》，宣布黑人奴隶获得解放和自由；几年之后，《第十五条修订案》（1870 年）规定联邦或州政府不得因种族、肤色或先前的被奴役状态而否定或限制美国公民的选举权。上述法律规定了黑人的公民权和选举权，旨在保护其合法利益。在大多数黑人的眼里，随着保护黑人选举权法案的颁布，他们的利益将得到保护，他们的社会地位也会随之或多或少地得到提高，他们与白人之间的关系也应得到一定程度的改善。

然而，到了 19 世纪 90 年代，《吉姆·克劳法》（ Jim Crow Laws ）的通过再次将黑人推入奴隶制的深渊。《吉姆·克劳法》宣称"在前联邦的南方各州公共场所强制实行种族隔离政策"，并宣称其目的是为黑人创建独立、平等的社会地位，但实际上这不过是一场虚伪的政治表演。《吉姆·克劳法》不仅将黑人限制在所谓的"黑人的地盘"，而且通过一系列选举方面的限制措施在政治领域也对黑人的权利进行了限制。因此，19 世纪 90 年代美国黑人与白人之间的关系日趋恶化。由此可以看出，作为种族隔离法的受害者，黑人永远也不可能得到白人的认可，更不可能获得与白人平等的社会地位。尽管美国颁布了《第十五条修订案》，但是这部法律不仅没有解决黑人的问题，更糟糕的是，它还更加强调黑人与白人之间的差异，扩大了他们之间的距离。

从小生活在奴隶制盛行的美国南方，马克·吐温能够深切地感受到白人与黑人之间紧张的关系及非人的奴隶制对个体的腐蚀和伤害。写于

1894 年，而将其背景设置在 19 世纪 30 年代内战前的美国小镇，《傻瓜威尔逊》这部小说反映了南北战争前和 19 世纪 90 年代两个时期的美国种族关系问题的内在联系①，真实地再现了马克·吐温时期的种族划分、种族伦理以及在不人道的种族伦理下个体身份的迷失。

一、荒唐的血统论及其实质

《傻瓜威尔逊》这部小说一开始，就将读者带到美国南方的一个蓄奴制下的道生码头镇（Dawson's Landing）。与小说中的身份伪装相契合，作者将罪恶的奴隶制放置在田园诗般的场景中。19 世纪 30 年代的道生码头镇分布着一些舒适朴实的木质结构房屋。每所房屋都有粉刷雪白的外墙、长满花草的院子，再加上一只睡在花箱里的猫。小镇傍山临水，前面被密西西比河环绕，后面被高山拥抱，这些山从山脚到山顶完全被森林覆盖，好一片伊甸园似的富足和安宁！然而，在宁静的环境中，作者却不动声色地引入该小说的一个重要主题：种族问题。"道生码头是一个拥有奴隶的市镇，镇背后是一大片富饶的地区，利用奴隶的劳动种着庄稼，养着猪。这个小镇幽静、舒适而安乐，它有五十年的历史，正在慢慢地发展——发展得实在很缓慢，不过还是在不停地发展。"② 马克·吐温将残酷的奴隶制置于伊甸园一样的场景中，其中一个重要的潜台词就是奴隶制像原罪一样始于美洲大陆开发之初，并在不

---

① 参见：Susan Gillman. *Dark Twins*：*Imposture and Identity in Mark Twain's America*. Chicago：University of Chicago Press，1989：55. 在苏珊·吉尔曼看来，这部小说向读者暗示，限制异族通婚和划分混血儿后代的种族法规在奴隶解放后不仅没有消失，在 19 世纪 90 年代，当反黑人心理以法律的和法律以外的多种形式受到压制的时候，这些法规却通过更加严格地界定什么是"白"被重新制定。写于19 世纪 90 年代的这部小说，其背景却被设定在 19 世纪 30 年代，马克·吐温似乎在暗示这两个时期种族问题的内在联系。因此，或许可以说，马克·吐温更想谈的不是三十年前已经废除的奴隶制，而是故事创作的那个时代日益严重的种族主义。

② Mark Twain. *Pudd'nhead Wilson and Those Extraordinary Twins*. London：Penguin Books Ltd.，1894：57. 本书中对《傻瓜威尔逊》的引用皆出自该书。译文主要参考张友松的译本《傻瓜威尔逊》（南昌：百花洲文艺出版社，1996 年），笔者稍有改动。以后的引文将只标注页码。

经意间道出了这样一个事实：小镇的舒适满足实际上是建立在黑奴的艰辛劳动之上。同时这段话似乎也在暗示：虽然缓慢但是正在进行的悄无声息的变化必将打破小镇的舒适和安逸。伊甸园般的场景与罪恶的奴隶制这两者的并置为该小说的潜文本——衣服成为身份、种族和性别的标志做了一个铺垫，为通过互换衣服实施调包计从而威胁到小镇貌似稳定的社会结构和种族伦理埋下伏笔。

在这个小镇上只住着两种人：白人和黑人。白人中以古老的弗吉尼亚贵族的子孙（the First Families of Virginia）① 地位最为显赫。他们拥有高贵的姓氏，在道生码头镇位尊权重，他们的话就是法律，容不得半点质疑。这一群体的主要代表有：约克·莱塞斯特·德列斯考尔（York Leicester Driscoll）法官、潘布洛克·霍华德（Pembroke Howard）律师、塞西尔·柏莱·埃塞克斯上校（Colonel Cecil Burleigh Essex）和法官的弟弟——投机商波赛·诺散布兰·德列斯考尔（Percy Northumberland Driscoll）。

小镇上的另一个群体就是黑人了。说到黑人，人们会自然而然地想到他们都有着黝黑的皮肤，其实不然。在这个小镇，白人与黑人的划分并不取决于他们皮肤的颜色，而是他们的出身。这一族群的代表是罗克珊（Roxana）和她连姓氏都不配有的儿子"小书僮"（Valet de Chamber，后文简称"小书"）。

人的身份是一个人在社会中存在的标识，它意味着权利、责任和义务。对伦理身份的确认会对道德行为主体产生约束。通过对小镇种族群体的刻意划分，作者凸显了种族身份对不同群体的伦理规范。这是一种以法律规范伦理而非以生物学显性特征进行规范的伦理身份的划分。虽然这两个族群的身份和地位有天壤之别，其外貌却并无多大差异。当大卫·威尔逊（David Wilson）把头探出窗户去观察街上正在进行的一场

---

① 弗吉尼亚是美洲建立的第一个聚居地，自 18 世纪初就已经明显地出现了地主贵族模式的生活方式，是英国地主阶级制度在北美的移植。正是基于这种以贵族内部通婚为特点的有意识的封建形式，古老的弗吉尼亚家族的观念才得以延续和发展。

热闹的交谈时，他本以为会看到两个黑奴，结果却不然。虽然两个交谈的人确实都是奴隶，但只有一个是黑人。"从罗克珊的说话口气听起来，一个陌生人可能认为她也是黑人（"to be black"），其实她不是（"but she was not"），她只有十六分之一的黑人血统，而这十六分之一又没有在外表上显露出来"（p. 63）。这句话的表述方式意蕴深刻，非常巧妙地使其具有了多义性①。"to be black"既可以看成她的生物特征——陌生人会以为她"皮肤漆黑"，也可以理解成她的种族身份——陌生人会以为"她是一个黑人"。于是，"but she was not"自然也具有了两层含义。"'其实她不是'这句话暴露了用来强化种族差异的生物学特征与企图颠覆生物学特征的外表特征之间微妙但又非常重要的区别。"②这里叙事者似乎并未把罗克珊看成黑人，但他不得不承认她的言语和行为都符合约定俗成的黑人形象，从而肯定了语言和环境在个体身份建构中所起的作用。接着，叙事者又从罗克珊的内在气质方面进一步颠覆了种族差异。罗克珊不仅肤色异常洁白，面容姣好，而且"有一副庄严的体态和身材""她的姿态和举止有一种高贵、端庄和优雅"（p. 64）。高贵、端庄和优雅的姿态和举止并不是黑人的典型特征，可见，无论从哪一点来看，她都符合白人的审美标准，跟任何一个白人一样"白"，可旁观者一眼就可以看出她是一个黑人、一个奴隶，那是因为她头上围着的一条格子花头巾，这是"最有力的、最固执的种族标示"③。于是，这种可以看见的、标准的黑人的穿戴习惯就把她排除在白人之外，否定了她的高贵和雍容，因为，她体内"那十六分之一的黑人血统却胜过（overvote）其余的十六分之十五"（p. 64）。罗克珊看起来与其他白人无异，但是按照当时的血统论规定，她体内微乎其微的黑人血液也

① 这句话的原文是："From Roxy's manner of speech a stranger would have expected her to be black, but she was not. "

② Garrett Nichols. Clo'es could do de like o'dat: Race, Place, and Power in Mark Twain's *The Tragedy of Pudd'nhead Wilson*. *The Southern Literature Journal*, 2013, 46（1）: 113.

③ Linda A. Morris. Beneath the Veil: Clothing, Race, and Gender in Twain's *Pudd'nhead Wilson*. *Studies in American Fiction*, 1999, 27（1）: 39.

足以将她归类到黑人那一边去。这里，作者有意选用了"overvote"这个词，意在告诉读者，黑人和白人的身份并非单纯由他们的生理属性决定，而是一种社会建构，是由法律规定和维护的。由于生理因素的隐蔽性，法律和习俗就共同规定了对黑人的着装要求，使其成为划分白人和黑人的明显的标识，从而将他们分隔在两个世界。

和罗克珊一样，虽然她的儿子小书和白人小主人汤姆（Thomas a Becket Driscoll）同一天出生，"他那蓝蓝的眼睛、淡黄色的髦发，跟他的白种同伴一样，甚至连那白种孩子的父亲也只能根据孩子的衣服来区别他们"（p. 64），但是，他身上的三十二分之一的黑人血统仍然敌不过三十二分之三十一的白种血统。"根据法律和习惯（by a fiction of law and custom），他也是一个黑人、一个奴隶"（p. 64）。"fiction"一词的使用也颇有深意。根据《美国传统词典》（American Heritage Dictionary）的解释，在法律上，"fiction"的意思是"something untrue that is intentionally represented as true by the narrator"。显然，"fiction"一词的使用暗示了关于种族划分的法规是基于想象而非事实，并没有充足的证据证明其合理性。十六分之一甚至是三十二分之一的黑人血统决定了一个人的黑奴身份，这听起来似乎有点匪夷所思，再加上马克·吐温暗带调侃和讥讽的语气确实会让读者感到难以置信。但是，考察一下美国历史上的种族问题和关于种族划分的法律法规就会发现，马克·吐温对罗克珊及其儿子基于体内的黑人血液而获得的身份并没有夸大，更不是轻松的玩笑，而是对当时荒谬的种族划分的真实反映。

在非洲奴隶被贩卖到美洲大陆的早期，种族划分自然不是问题，只需要根据肤色这种显性外貌特征即可断定一个人的种族身份，从而确立种族关系，建立基于这种种族关系的社会秩序。然而，黑白混血儿人数的增长加大了种族划分的难度，威胁到已经建立的种族伦理秩序。"据1869年的人口调查，美国840万黑人中，有59万黑白混血儿。这还是一个低估的数字，混血儿的实际人数比这个数目还要多。"① 随着混血

---

① 刘祚昌. 美国内战史. 北京：人民出版社，1978：18.

儿的增多，用肤色来确定个体的种族身份就变得困难起来，一代又一代的混血儿的诞生使种族划分变得越来越复杂，仅仅靠肤色来确定身份已经不再可靠。为了巩固白人和黑人之间统治和被统治、奴役和被奴役的关系，就需要借助新的策略更加准确地确立种族身份，维护种族伦理和社会秩序。

血统论就是白人统治者用来加强对黑人的奴役，保护其自身利益所采取的一种新的策略。根据血统论原则（descent rule 或 ancestry rule），混血儿的后代的身份应该由其黑人祖先的身份来界定。早在独立战争前的殖民地时期，用血缘的分数值来计算种族属性的做法就已经开始，并且一度成为划分黑人和白人的主要原则，其目的是限制不同种族间的通婚，因为通婚后混血儿的出生模糊了种族间原本清晰可见的界限，威胁到奴隶制的根基。美国南北战争之前，划分种族属性的比例非常明确。按照规定："如果一个人体内有四分之一或者八分之一的黑人血统，那么他将被认定为黑人。"① 也就是说，如果一个人的前两代或三代祖先中有一个黑人或黑白混血人，那么他将被认定为黑人。到了内战时期，为了更好地推动反种族通婚法的实施，美国社会制定了更加精确地区分黑人和白人的法律法规。如果有人不幸符合血统法规的规定，那么他将被推到肤色分界线黑人的那一边。内战末到重建时期，人们原本乐观地认为那些关于种族划分的法规会有所松动，种族关系会有所改善，可是这些曾经主要用来维护奴隶制的法律，又开始用到更加宽广的意识形态领域，为白人至上的思想摇旗呐喊。例如，到 20 世纪初，1861 年的十七个南方蓄奴州中的十六个州通过了反种族通婚法；到 1930 年美国四十八个州中的二十四个仍然视种族通婚为非法；同时，为了划分种族身份的目的，种族界限更加严格，某些州甚至提出了更为狭隘且严格的种族界限划分标准。例如，1970 年，在美国的路易斯安那州，法律上界定一个人为黑人的依据依然是他体内三十二分之一的黑人血统。乔治·

---

① 参见：Susan Gillman. *Dark Twins*: *Imposture and Identity in Mark Twain's America*. Chicago：University of Chicago Press，1989：81.

弗雷德里克松（George Fredrickson）指出，"美国南方大部分州实际上实行的是'一滴血法则'（one drop rule），这就意味着只要一个人的祖先当中有人有黑人血统，不管他体内黑人血统比例为多少，在法律上他都会被认定为黑人"①。也就是说，一个人要么是纯白人，要么就是黑人，所有混血儿都被判定为黑人。这样一来，在无意识中，这些"聪明"的白人制造了大批的"白人奴隶"。

种族划分的目的是为了建立种族伦理秩序，以法律的手段从道德上、心理上不仅控制黑人的行为，还控制他们的思想，让他们心甘情愿地匍匐在白人的脚下，其实质是人为地制造不平等，从而达到一个族群凌驾于另一个族群，并且将其牢牢操控的目的。于是，一个人一旦被法律划定为黑人，他和白人奴隶主之间依附与被依附、控制与被控制的关系就形成了。在白人奴隶主眼中，黑人是不具备人性的劣等种族。他们像牲口一样，只是白人主子的私人财产，可以任由奴隶主处置。马克·吐温在其自传中曾这样记载："我记得有一次，一个白人为了一件小事就杀死了一个黑人，但没人把这当回事，我是指那个被杀的奴隶，人们倒是对奴隶主不无同情，觉得他失去了一件值钱的财产。"② 在白人眼里，奴隶只不过是任由他们驱使和鞭打的牲畜、榨取利益的对象和满足兽欲的工具。米歇尔·米勒·托普（Michael Miller Topp）在《美国的种族与种族身份》一文中这样描述了黑人的悲惨遭遇：

奴隶制是建立在强制和残酷的基础之上的，奴隶主通过暴力来控制黑奴，鞭打是家常便饭，对胆敢反抗的黑奴施行肢解也是常有的事。女黑奴不仅要面对这些惩罚，还要经常遭遇性虐待。逃跑的女奴哈里特·

① 关于路易斯安那州的种族划分，参见：Virginia R. Dominguez. *White by Definition：Social Classification in Creole Louisianna*. New Brunswick, N. J.：Rutgers UP, 1986. 关于"一滴血法则"，参见：George Fredrickson. *White Supremacy*. New York：Oxford University Press, 1981：130.

② Mark Twain. *The Autobiography of Mark Twain*. New York：Harper Trade, 1959：70.

雅各布斯（Harriet Jocobs）曾写下关于她被主人强奸失去贞洁的可怕经历。对待反抗的奴隶，奴隶主常常将他们卖到远离家人的其他地方，或者将其配偶或孩子卖掉，以示惩罚。据估计，五分之一的奴隶的婚姻因为夫妻双方的一人被卖而破裂，三分之一的孩子因为被卖而离开家庭。①

　　在《傻瓜威尔逊》开篇里，发生在德列斯考尔家的事正是这种种族关系的真实写照。一天，白人奴隶主德列斯考尔家里丢失了一小笔钱，于是，他决定查出窃贼来教训教训家里的黑奴。在再三追问无果的情况下，主人威胁道，如果还没有人招认，就将四个黑奴统统卖到"大河的下游"②。当然，马克·吐温用不无讽刺的语气说道，"他对待奴隶和别的动物一向是相当厚道的"（p.20），因而后来大发慈悲，没有把他们卖到大河的下游，而只是在当地出卖。

　　被当作商品出卖是黑奴必须面对的再自然、再普遍不过的事情了。事实上，每一个黑奴都难逃被买卖的命运。作为奴隶主的私有财产，被卖是理所当然，被赦免是奴隶主的慈悲。所以，当德列斯考尔老爷家偷窃或未偷窃的黑奴被他们的主人赦免的时候，"犯人们马上扑倒在地，发狂似地表示感谢。他们吻他的脚，嘴里说他们一直到死也忘不了他的恩典……因为他像一个上帝似地伸出了那只强有力的手，替他们关上了地狱之门"（p.68）。显然，白人就像高高在上主宰黑人命运的神一样，对黑人拥有生杀予夺的权力，而黑人只是匍匐在这些神的脚下的可怜虫，他们可以得到白人的"恩宠"，也可以被贬下地狱。白人将这种伦理关系视为理所当然。因而，在宽恕这些黑人以后，"他（德列斯考

① Michael Miller Topp. Race and Ethical Identity in the United States. In: Ronald H. Bayor, ed. *Race and Ethnicity in America*. New York: Columbia UP, 2003: 80.

② 道生码头镇是密苏里州的一个小镇，处在美国南部和北部之间，虽然密苏里州也是蓄奴州之一，那里的黑奴被剥夺了政治上和经济上的权利，甚至连最起码的人的尊严也被剥夺殆尽，但比起南方种植园中过着人间地狱般生活的黑奴，他们的处境还算稍微好点。

尔）自己也知道他做了一件高尚而仁慈的好事，私下里因为自己的宽宏大量而感到很欣慰；那一晚，他把这件事写在日记本上，这样，在多少年以后，他的儿子可能读到它，并受到感动而干出一些宽大和仁慈的事情"（p. 68）。这一段叙事明显地使用了马克·吐温一直以来应用得得心应手的讽刺手法道出了一个事实，那就是对于这种种族伦理关系，无论是白人还是黑人都是坚信不疑的。

在奴隶制社会，黑人的商品价值往往决定着他们的命运。在故事的结尾处，假汤姆杀死法官的真相被揭穿，他的真实身份也因此被暴露。按照法律，他应该被判处无期徒刑，结果他奴隶身份的商品价值却挽救了他，让他得到"赦免"，被波赛先生的债主们卖到大河的下游。他被赦免的理由是：汤姆的父亲死的时候，这个家庭已经处于入不敷出的状态，他的财产和庄园只够偿还巨大债务的 60%。因此，原来的债主就提出：

由于那种不该由他们负责的错误，没有把这个冒充的继承人跟其余的财产一起盘存，因此使他们遭受了巨大的损失。他们有权要求，这八年来，"汤姆"已是他们的合法财产，在这么长的时期中，由于他没有替他们工作，他们已损失很多，因此不应该再遭受这种损失，如果一开始就把他交给他们，他们会把他卖掉，他也就不能谋杀德列斯考尔法官了，所以真正犯了谋杀罪的并不是他，而是那次错误的盘存，才发生这件凶杀案。（p. 173）

这种荒唐可笑、令人啼笑皆非的辩护词居然得到了州长的认可。在这种玩笑似的结局中，马克·吐温用他特有的嘲讽、挖苦的方式告诉读者：在标榜自由、平等的美国，黑奴被沦为白人的私有财产，被物化、被商品化，他们唯一的价值取决于他/她们的经济价值，除此之外，他们一文不值；既为财产，黑人便被排除在"人"的范畴之外，毫无人格可言，无需像对待人一样对待他们，所以适用于美国公民的法律自然不适用于他们；美国的法律在对待黑人的问题上是具有任意性的，其基本原则是保护白人的利益不受损失。正如约翰·布兰德（John Brand）所言，"从伦理的角度来看，道生码头镇就像一个无人居住的地方，在那里，维持居住秩序的力量，即法律，根本就不存在，途经此地的过路人必须自己制定自己的规则"①。更准确地说，从道德和立法的角度来看，"道生码头镇不是缺少法律，而是现有的法律缺少道德权威"②。

二、主流种族话语下黑人的迷失

黑人被奴役、被物化的卑贱地位是白人追逐经济利益最大化的结果，又因为人们对种族的错误认知而得以强化。在19世纪中后期，种族主要还是被看成"一个生物学概念，一个人种问题"③，是一成不变的本质性东西。在这种认识的影响下，生理遗传特征，如肤色、血统等被视为种族构成和划分的决定性因素。基于这种种族认知模式，白人还建构了一套"白人至上"的神话，从审美心理和文化期待上将白色与高贵等同起来，将黑色与低劣视为一体。

这种关于种族属性的看法在美国历史上影响深远。正如戴维·史密斯（David L. Smith）所言，"黑人低劣这一观念在启蒙运动的后继者中非常普遍，影响极大，已被定格为一种乏味的、不假思索的台词"④。美国开国元勋托马斯·杰弗逊（Thomas Jefferson）就认为黑人"在体格和心智方面天生不如白人"⑤。他们"愚钝、缺乏想象力，表达不出

---

① John Brand. The Incipient Wilderness：A Study of *Pudd'nhead Wilson*. *Western American Literature*，1972：125.

② Joe B. Fulton. *Mark Twain's Ethical Realism：The Aesthetics of Race*，*Class and Gender*. Columbia & London：University of Missouri Press，1997：122.

③ Michael Omi，Howard Winant. *Racial Formation in the United States*，*from the 1960s to the 1990s*. New York & London：Routledge，1994：63.

④ David L. Smith. Huck, Jim and American Racial Discourse. In：Eric J. Sundquist，ed. *Mark Twain：A Collection of Critical Essays*. Eaglewood Cliffs：Prentice-Hall，1994：90.

⑤ 转引自：Shelley Fisher Fishkin. Mark Twain and Race. In：*A Historical Guide to Mark Twain*. New York：Oxford UP，2002：128.

'高于平白叙述之上的任何一种思想'"①。林肯虽然领导美国废除了奴隶制，但他也难以摆脱种族优越论的影响。1862 年，在白宫就遣返美国黑人回非洲问题对几个黑人领袖讲话时，他明确地表示，白人和黑人属于不同的种族，他们之间存在着本质上的差别②。因而，解决他们之间矛盾的最好办法就是把他们限制在自己的位置上。以上种种认识和说辞将种族隔离和种族压迫合理化、伦理化，于是马克·吐温利用身份置换来打破这种固化的伦理观念，从而在文本内颠覆现有的种族伦理体制的种族话语语境。

在这种话语语境的熏陶下，白人高贵、黑人卑贱这一理念已经深入白人和黑人的骨髓。它不仅仅是白人的认知，也内化为黑人的认知。在其潜移默化的影响下，"黑人的思想和灵魂已经完全被'漂白'（whitewashed）"③，他们虽然惧怕甚至痛恨白人的残忍无道，但在不知不觉中已经接受和认可白人的观念和行为，并且以此作为自己的行为准则，甚至和白人站在同一阵线来诋毁自己的族群。

罗克珊就是一个生活在"白人至上"文化下的矛盾体，一个被扭曲的畸形人。从外表上看，她与白人无异，然而她的血统却决定了她的黑奴身份；她皮肤白皙却言辞粗俗；她对白人主子恭敬温顺，而对黑人工友却傲慢狂妄。在不合理的种族伦理下的困惑、挣扎、屈从和斗争让她成为马克·吐温作品中一个性格丰满的黑人女性形象。

作为一个黑奴，她比一般黑奴更有见识、更有智慧。她不仅了解黑人的悲惨遭遇，对自己和孩子的命运感到恐惧，还看透了白人对待黑奴的残酷和不人道。在德列斯考尔老爷威胁要将偷钱的家奴卖到大河下游

---

① 转引自：Shelley Fisher Fishkin. Mark Twain and Race. In: *A Historical Guide to Mark Twain.* New York: Oxford UP, 2002: 129.

② 转引自：Susan Gillman. "Sure Identifiers": Race, Science and the Law in *Pudd'nhead Wilson.* In: Susan Gillman & Forrest G. Robinson, eds. Mark Twain's Pudd'nhead Wilson: Race, Conflict and Culture. Durham and London: Duke UP, 1990: 93.

③ Stanley Brodwin. Blackness and the Adamic Myth in Mark Twain's *Pudd'nhead Wilson. Texas Studies in Literature and Language*, 1973, 15 (1): 174.

的那个晚上，罗克珊被深深的恐惧和愤怒所占据。她一方面担心儿子会面临同样的命运，另一方面又对主宰着黑奴命运的白人主子充满了仇恨。她对熟睡的白人小主人自语道："我恨你的老子，他一点没有良心，对黑人们，他总是没有良心的，我恨他，我会把他干掉的！"（p.24）在其他黑奴因为德列斯考尔老爷大发慈悲，于是视他如神灵而顶礼膜拜、感恩不尽的时候，在德列斯考尔老爷为自己的"慈悲"而沾沾自喜，甚至将它纪录下来以传后世的时候，罗克珊剥去了白人"慈悲"的外衣，看穿了他们的真面目、真肺肠。

　　然而，在以白为贵、以黑为贱的社会意识形态的熏陶下，罗克珊也和其他黑人一样在不知不觉中接受了这种主流话语，这导致了他们的身份焦虑和"身份焦虑所带来的自我厌恶感"①。因为自己休内那十六分之一的黑人血统，在白人面前，罗克珊会情不自禁地感到低他们一等，表现得"老老实实、服服帖帖"（p.64）。又因为体内那十六分之十五的白人血统，在其他黑人面前，她会表现得十分傲慢和狂妄，常常用白人的话语称镇上的其他黑人为"漆黑肮脏的下流胚"（p.63），声称"跟你这么黑的黑鬼来往，我还不如干点儿别的好"（p.63），还扬言，"如果我是你的东家，我就要把你卖到大河的下游，你太没规矩啦"（p.63）。这俨然就是一副白人种族主义者的嘴脸，她的这套话语是黑人的自我贬低、自我轻视的表现。自己的儿子受辱后怯于挑战意大利双胞胎的行为使她更加坚信黑人生来就卑微、懦弱，指责儿子是个"不中用的下流坯子"，并将他的懦弱归咎于他身上那"黑人血统在作怪"（p.158）。对她来说，德列斯考尔法官敢于向意大利兄弟发出挑战则是白人高贵勇敢的最好诠释。他们两人面对羞辱的不同反应让她更加坚信白人和黑人天生具有不同的特质，儿子不幸受到黑人血统影响的事实让她痛心疾首。"这只怪你身上有黑奴的种才使你这么窝囊。你身上有三十一份是白种，只有一份是黑种，偏巧那可怜的小小的一份就成了你的

---

　　① 参见：张立新.难言之痛——美国文学与文化中的黑人文化身份焦虑与自我憎恨.山东外语教学，2008（3）：91.

'灵魂',那不值得挽救,就连铲出来抛在沟里也不配。你玷污了你的出身。"(p.157)她对儿子的指责说明她已经完全接受了主流文化的种族思想,成为"白人至上"的种族观念的捍卫者。

由于面容姣好,罗克珊十八岁时就被白人当成了泄欲的工具,并且生下一个孩子。这个身份高贵的男人除了给了她一个没有身份,甚至连姓氏都没有的孩子以外,什么也没有给她。对此,她不仅没有感到屈辱和愤怒,反倒以孩子父亲的白种身份和高贵的门第而引以为荣。当儿子问及谁是自己的父亲时,罗克珊不无得意地说,"提起你父亲,我保管没什么叫你丢脸的。他在这整个镇上是数一数二的高贵人物"(p.66)。接着,叙事者用一半同情、一半嘲讽的口吻说,"在这种飘飘然的得意心理鼓舞之下,她年轻时那些消失了的幸福的感觉又回到她脑子里来了,她的姿态流露出一种尊严和高贵的意味,假使她目前的环境稍微相称一点的话,她那股劲头真可以算是皇后般的气派"(p.67)。罗克珊对黑人血统的鄙视及对白人血统的崇拜说明她已经被彻底洗脑,她的态度折射出黑人对主流白人父权伦理的盲从。通过对罗克珊的描述,马克·吐温揭示了白人种族主义思想对黑人思想的操控和灵魂的毒害,展示了黑人的可怜和可悲之处。

和罗克珊一样,她的儿子假汤姆也是种族伦理下的另一个畸形人。在知道自己的真实身份之前,他是一个傲慢无比的富家少爷,一副十足的白人主子的派头。对伺候他的"小书"招之即来、挥之即去,稍有不满就拳脚相加;对从小一直照顾她的罗克珊也是动辄辱骂,毫无半点温情可言。在得知自己的真实身份后,他的世界立刻轰然坍塌,长期建构起来的白人身份也在瞬间土崩瓦解。在知道自己的身份真相后的最初一个星期里,他的"黑人"心理使他羞于伸出手来和遇见的熟人握手;他会"不由自主地站在人行道旁边,给那些白种的无赖和流氓让路"(p.118);他不敢以平等的身份和白种人平起平坐;当真正的白人主人"小书"服侍他的时候,他会感到不安,甚至脸红。这种黑人心理就是黑人对自己卑贱身份的认同,是黑人的自我贬低和自我鄙视。而同一个人在两种不同身份下的不同表现则说明,一个人的思想和行为并不是由其生理属性所决定,而是由其身份及对身份的认知所决定。对于黑人来说,不是他们的生理属性决定了他们的低贱和愚昧,而是他们一出生就背负的黑奴身份将他们变得如此。

不幸的是,无论是罗克珊和她的儿子,还是其他千千万万个被压迫、被奴役的黑人都没有认识到这一点。长期浸染在"白人优越论"、"白人至上"的语境之中,黑人已经完全接受了种族社会的伦理道德观念,渐渐被白人驯化。"黑人的自我贬低和自我鄙视是一种令人震惊的反应。"① 对马克·吐温来说,这是黑人的最终悲剧所在。黑人对白人编造的种族优越论的认同,导致他们自身民族身份的丧失,致使黑人从蓄奴制的受害者无意中成为维护蓄奴制的同谋和帮凶②。

从以上分析可以看出,借助道生码头镇和生活在镇上的两个截然不同的族群以及他们之间的伦理关系,马克·吐温真实地再现了内战前后美国南方的种族划分和种族伦理及其带给黑人的灾难。通过两个混血儿的种族身份划定,以及他们在白人世界的迷失,马克·吐温讽刺了由血的分值数决定种族划分的荒谬性,揭露了这种种族划分以及建立在种族划分基础上的种族伦理带给黑人的伤害,为"调包计"的发生做好了铺垫。

第二节 "身份调包"及其结果

在奴隶制社会,白人和黑人之间是奴役和被奴役、统治和被统治的关系,这种关系构成了种族伦理的全部内容。当白人将黑人当成自己的私有财产的时候,已然违背了"人与人生而平等"的理念。在那些自诩为神的白人把自己凌驾于黑人之上,无视黑人作为人的尊严和权利的时候,他们忽略了一点:这些匍匐在他们脚下的黑奴并非无知无识、任

---

① Leslie Fiedler. Free as Any Cretur…". In: H. N. Smith, ed. *Mark Twain: A Collection of Critical Essays*. Eaglewood Cliffs, N J.: Prentice-Hall, 1963: 137.

② Stanley Brodwin. Blackness and the Adamic Myth in Mark Twain's *Pudd'nhead Wilson*. *Texas Studies in Literature and Language*, 1973, 15 (1): 174.

人宰割的动物。虽然残酷的奴隶制驯服了他们，让他们对自己所蒙受的歧视和侮辱麻木不仁、逆来顺受。但当服从和忍耐也不能自保的时候，反抗就成为另一个选择。

在马克·吐温的时代，除了大规模的黑奴起义以及集体策划的其他反抗行动以外，个体逃亡是在公开的、有领导、有组织的斗争之外的一种自保和抗争形式。在美国东北部反奴隶制巡回演讲中，几百个曾经被奴役的非裔美国人讲诉了他们的逃亡故事。据小亨利·路易斯·盖茨（Henry Louis Gates，Jr.）所说，"内战结束之前，一百多个非裔美国人撰写了长到可以成书的奴隶叙事"①。1703—1944 年间，这种叙事就更多。据估计，"1006 个被解放的奴隶通过访谈、写文章和著书的方式讲诉过他们逃亡的故事"②。"易装"则是这些逃亡故事中大家所熟知的一个重要组成部分③。在那些已经出版的众多奴隶叙事中，有两本特别引人注目。一本是 1860 年出版的由克拉夫特夫妇（William and Ellen Craft）共同撰写的《跋涉千里寻自由》（*Running a Thousand Miles for Freedom*），纪录了皮肤白皙的艾伦·克拉夫特（Ellen Craft）乔装打扮成欧洲裔的美国南方种植园主，和装扮成她的（他的）奴隶的丈夫一起逃亡的故事。另一本是由哈里特·雅各布斯（Harriet Jacobs）以琳达·布伦特（Linda Brent）为笔名撰写的以女扮男装为特点的奴隶叙事《一个女奴的生平记事》（*Incidents in the Life of a Slave Girl*，1861），该

---

① Henry Louis Gates Jr. , ed. *Classic Slave Narratives*. New York：Penguin, 1987：ix.

② Henry Louis Gates Jr. , ed. *Classic Slave Narratives*. New York：Penguin, 1987：ix.

③ 这里的"易装"触及的是性别问题，也是种族问题，正如玛乔丽·加伯所说，"一个易装者在文本中的突然的、出乎预料的，或者作为一种辅助形式而出现，主题上来看似乎又与性别差异或者性别的模糊无关，那就是暗示了其他范畴的危机"（参见：Marjorie Garber. *Vested Interest*：*Cross-dressing and Anxiety*. New York：Routledge, 1992：16-17）。因此，涉及种族问题的易装和本书中将要讨论的调包有相同的意义。

书被小亨利·路易斯·盖茨称为"19世纪中期一部重要的黑人女性自传"①。

马克·吐温在有关种族问题的作品中也反映了19世纪黑人为争取基本的生存权而采取逃亡或者/和"易装"策略的历史事实。《哈克贝利·费恩历险记》中的吉姆就是一个例子。在《傻瓜威尔逊》中，罗克珊也曾经因为不堪忍受繁重的体力劳动、挨饿和鞭打而奋起反击，最后不得不易装逃亡。不仅如此，她还导演了一出美国版的"狸猫换太子"，帮助儿子逃脱黑奴的命运。本节将聚焦于"调包计"，探讨通过这一种族实验，马克·吐温所表达的对种族身份和种族伦理的看法以及对主流种族话语的质疑。

一、"调包" 对主流种族话语的解构

福柯曾说，死亡的威胁承认并且暴露了权力的极限，面对死亡而进行的反抗"一定会打乱历史的进程，切断长长的因果链，迫使一个人宁愿铤而走险也不愿委曲求全"②。长期以来，在白人主导的种族伦理话语规训下的黑奴，如同他们的白人主子所期望的那样，任人欺辱，苟延残喘地活着，当他们最基本的生存权受到威胁的时候，他们的忍耐就到了极限。德列斯考尔老爷威胁"要把你们卖到大河下游去"那句话最终导致了罗克珊铤而走险，实施调包计，因为对黑奴来说，"大河下游"就是人间地狱的代名词，"卖到大河下游"比死还要可怕。和黑人女作家托妮·莫里森笔下那些无力决定自己和孩子的命运而又不甘受制于命运的黑人母亲一样，为了逃脱比死还可怕的厄运，罗克珊决定做出自我毁灭式的抗争。既然不可能逃脱束缚黑人的种族霸权，她决定把握自己的命运，用死亡来摆脱黑人的宿命，这种选择至少是一种对自我以及所处局面的控制。

---

① Henry Louis Gates Jr. , ed. *Classic Slave Narratives*. New York：Penguin, 1987：xvi.

② Michael Foucault. On Revolution. In：James Bernauer, Trans. *Philosophy and Social Criticism*, 1981, 8（1）：5.

　　然而，这种毁灭式的抗争给了她一次新生的机会，让她意识到种族身份的欺骗性，看清了种族身份的本质，并且利用自己的发现对种族伦理秩序发起了挑战。在结束生命之前，罗克珊决定先给自己和儿子换上体面的衣服。就在给儿子换上小少爷的衣服的一瞬间，她有了一个惊人的发现：剥光衣服的两个孩子就像一对双胞胎，长得一模一样，恐怕"连他（汤姆）的爸爸也弄不清哪一个才是自己的儿子"（p.71）。也就是说，从外表上来看，两个孩子就像外人无法辨别的一对双胞胎，而从法律上来看，他们则拥有完全不同的身份——一个是尊贵的小主人，而另一个是连名字都没有的卑贱小黑奴。两个孩子的外表上的相似使罗克珊意识到，黑人和白人之间并不像她曾经想象的那样有天壤之别，于是她不再屈从于阻碍她和她的孩子获得和白人一样的主体性的随意的种族划分，看到了摆脱宿命的可能性，获得了"狸猫换太子"的灵感。当她用小主人的"长长的白色童装"替换掉自己孩子身上的"短小的灰色麻布衬衫"的时候，她惊讶地发现，"这可真是太漂亮了！我可从来不知道你这样漂亮，汤姆少爷一点儿也不比你好看，一点儿也不比你强。……谁会相信衣服有这么大的作用？好家伙，连我也只能凭着衣服把你们分别出来，更别说他老子了"（p.71）。

　　在一个把黑人看成丑陋和卑劣的代名词的种族语境中，罗克珊拨开种族主义者故意设置的迷雾，发现黑人和白人一样漂亮、一样高贵。而曾经遮蔽他们双眼的就是身上的衣服以及衣服代表的社会身份。曾几何时，衣服只是用来遮羞、御寒的工具，人类文明却赋予衣服不同的价值，它成了区分白人和黑人、男人和女人、上等人和下等人的身份标识，成了高贵与低贱的象征符号。正如罗克珊，虽然她和任何一个白人妇女肤色一样地白，长相一样地漂亮，气质一样地高贵，内心一样地丰富，可她穿着的棉麻衣服和头上佩戴的格子头巾一下子就把她和白人分隔在两个完全不同的世界。她给两个孩子互换衣服以后产生的效果，让我们看到衣服作为一种身份标识是何等地脆弱，何等地不堪一击。

　　"罗克珊给婴儿交换衣服，这看似一个简单动作，但这个动作本身负载了颠覆意义。"① 当她脱掉汤姆身上穿着的白色长裤，给他换上棉麻衬衫的时候，她已经将其从白人族群中剥离出来，褪掉了其白人身份所附带的社会优越性，将其置于黑人族群。而当她给黑奴小书换上丝绸衣服的时候，她也"把白人身份和种族优越性一并送给了他"②。这一颠覆性行为说明，白人和黑人并没有本质上的区别，真正把他们区别开来的是人为地强加给他们的种族身份。也就是说，是服饰、肤色这些外表特征以及附加在他们身上的身份符号而不是他们的内在本质决定了他们的身份地位。既然衣服是可变的、流动的，那么由此获得的身份也是如此，而不是像白人种族主义者所标榜的那样是由祖先的血统决定的，是一成不变的③。"调包计"的实施实现了汤姆和小书这两个原本属于不同种族的个体的身份互换，于是血统纯正的白人和混血的黑人变得无法分辨。"调包计"揭示了种族身份的含混性和不稳定性，证明种族身份不过是种族主义者为了巩固对黑人的统治，利用法律而进行的一种权力运作。它让读者在一个虚构的世界看到，所谓的种族属性只不过是白人利用自己掌握的话语权编造出来的一套谎言而已。

在实施"调包计"的时候，罗克珊还巧妙地借用了白人的话术，为自己的行为找到了充足的证据，以证明其合理性。她说："这不是罪恶——白种人干过的！这不是罪恶，天地良心，这不是罪恶！他们干过的。"（p.72）在她看来，凡是白人干过的事就是合理合法的，她只不过是用白人对付黑人的策略来对付白人而已。在白人价值观一统天下的

---

① 吴兰香."教养决定一切"——《傻瓜威尔逊》的种族观研究.外国文学评论，2009（3）：178.

② 吴兰香."教养决定一切"——《傻瓜威尔逊》的种族观研究.外国文学评论，2009（3）：178-179.

③ 小说中罗克珊为了逃命换上黑人男子的衣服，并且把脸涂黑；假汤姆为了行窃，时而装扮成流浪汉，时而化装成白种女郎、白人老太太，时而把脸涂黑，戴上面罩，装扮成黑人女郎。他们的易装主要涉及的是性别范畴的问题，也触及种族问题。被认定为黑人的罗克珊和假汤姆必须把脸"涂黑"才能让人把他们看成黑人，这本身就说明了种族划分的可笑性，尤其是假汤姆把衣服换来换去扮演不同的角色，更进一步地证明了用衣服来判定一个人的身份（无论是这里的种族身份，还是其他两章讨论的阶级身份或性别身份）的不可靠性。

伦理环境中，这既是罗克珊对白人价值观的认同和模仿，也是对白人价值观的利用和反击，她在白人的价值体系中为自己找到了开脱的借口。为了进一步证明自己行为的合理性，她要为自己的行为找到依据：

> 现在我找到它了，现在我记起来了。这是那个老黑人牧师说的，他从伊利诺斯州到这儿的黑人教堂里传教的时候说的。他说谁也不能使自己得救——靠信仰不行，靠工作不行，无论靠什么都不行。唯一的办法是靠老天的恩惠，这种恩惠除了上帝，谁也不能给；他爱给谁就给谁，不管是圣人也好，还是罪人也好——他都不在乎。（p. 72）

这原本是白人利用加尔文教义中的自由恩典和命定论来告诉黑人，他们是高高在上的主人，黑人是卑贱的奴隶，这都是上帝的安排，以此来愚弄黑人，让他们死心塌地地受自己的支配。罗克珊却巧妙地篡改了布道的内容："以其人之道，还制其人之身。""她对白人主子威胁要将黑奴们卖到大河下游的直接反应就是，模仿他神一样的权力，她的语言和行为推翻了南方种族主义辩护士用宗教为奴隶制进行的辩护。"① 尽管只是一个奴隶，在法律上从未被当成人看待，"罗克珊操控了布道的语言，将一直以来用于规定道生码头镇白人和黑人身份的种族文本进行了颠覆性的重写"②。虽然用的是黑人牧师使用的布道词，事实上她已经将其含义扩大，从而覆盖自己的处境。她的布道似乎变成了与白人观众的争论，"既然你们白人这样做了，我也可以"。罗克珊利用"上帝"恩赐给她的机会实施"调包计"，瞒天过海，不仅蒙骗了德列斯考尔家的其他仆人，也蒙骗了镇上那些"智力远远高过黑人"的世代白人，甚至蒙骗了镇上最有头脑的读书人威尔逊，她的行为是对种族优越论的有力回击。

---

① Robert Rowlette. *Mark Twain's Pudd'nhead Wilson*: *The Development-Design*. Ohio: Bowling Green University Popular Press, 1971: 92-93.

② Joe B. Fulton. *Mark Twain's Ethical Realism*: *The Aesthetics of Race*, *Class and Gender*. Columbia: University of Missouri Press, 1997: 125.

南北战争前后，蓄奴制拥护者为了维护奴隶主的利益，到处散布种族优越论的思想。他们声称：

> 黑人是一种缺乏人类思想情感的动物，是会说话的牲口，是货物。因为黑人没有通常人类慈祥和安全的天性，所以他们的母子、夫妻可以被活活拆散，可以一个卖到东，一个卖到西；因为黑人本性麻木，没有人类知晓痛苦和欢乐的感觉，所以他们可以被虐待、毒打，甚至处死。①

罗克珊和她的"调包计"给了这些种族主义者一记响亮的耳光。正是出于母亲对孩子的深爱，她才冒天下之大不韪铤而走险；也是这个被认为愚笨的黑奴儿乎愚弄了镇上所有自以为聪明的显贵，如果不是假汤姆行为不端导致事情败露，她或许会把他们愚弄到底；还是这个被认为缺乏人类慈爱的女奴为了保住儿子的地位，不惜牺牲自己获得的自由，宁愿再次卖身为奴以还儿子的赌债。罗克珊用自己的行动，同时也用语言明明白白地告诉白人，在人类情感上黑人和白人没有任何差距。"你不知道一个做母亲的对孩子，什么事不肯干吗？白种母亲有哪一件事不愿意替他的孩子干呀？谁使他们这样的呢？是上帝。谁创造了黑人呢？也是上帝。每个母亲的心都是一样的。是仁慈的上帝把她们造成这样的。"（p.174）这番话无疑是对种族主义者的有力回击。黑人不仅和白人一样是被上帝创造出来的，而且和白人一样有爱家人的情感。如果说他们在情感上有什么不同的话，那也是被不人道的奴隶制扭曲所致，是种族环境使然。

"调包计"实施后两个孩子的成长正好证明了环境在人格的形成和个体身份建构中所起的重要作用。在罗克珊将两个孩子调换之时，她已经把"身份从文化和种族的根系中拔出，使之成为一个充满绝对可能

---

① 转引自：侯吉昌. 译者序言. 选自：吴钧陶主编. 马克·吐温十九卷集（14）. 石家庄：河北教育出版社，2002：4.

性的动态的自我创造过程"①。在这个过程中，各种各样的外在因素共同作用，帮助他们形成对自我身份的认识和建构。

首先，作为两个孩子的母亲（当然是不同意义上的母亲）和看护人，罗克珊对待他们的态度是促成他们身份建构的非常重要的因素。身份调包后，为了适应与两个孩子之间新的伦理关系，罗克珊开始刻意训练自己用不同的语气来对待两个婴儿，最先参与到他们的身份建构中。她会轻声细语、低声下气地称呼自己的儿子"汤姆少爷"，而对另一个孩子却是恶声恶气地斥责，稍有不满就威胁要让他"吃一点苦头"。这些言语暗示帮助他们获取对自己身份的最初认识，成为他们身份建构过程中不可或缺的一部分。除了言语暗示以外，假汤姆受到的轻拍和爱抚、娇惯和纵容，真汤姆得到的巴掌和鞭打、侮辱和虐待，也都帮助两个孩子逐步建立起各自的身份意识，导致他们完全不同的个性的形成。

其次，作为伙伴（当然是不平等的伙伴），两个孩子之间的关系是他们各自身份建构的另一因素。随着身份的互换，两个孩子之间的主仆关系颠倒过来。实为少爷的"小书"成了伺候现在的小主子"汤姆"②的小黑奴，实为小黑奴的"汤姆"成了随心所欲欺凌"小书"的小主人。"汤姆"的任性、霸道和暴戾让"小书"的处境极为艰难，挨打挨骂成了家常便饭。不仅如此，"小书"还被德列斯考尔老爷警告，不管受到怎样的挑衅也只能忍受，绝对不准进行反击，否则得到的只能是难忘的鞭打。因此，"小书"从小就懂得，在对待"汤姆"的凌辱时，忍受侮辱比发泄愤怒是更为有利的策略。

结果，在"白人至上"的伦理环境中，真正的少爷在经历了长达二十三年的虐待和欺侮之后，为了避免更为可怕的厄运而不得不牢记奴隶与主人之间的等级关系，忍辱负重，早已变成了一个驯服、温顺而卑

---

① Derek Parker Royal. The Clinician as Enslaver: Pudd'nhead Wilson and the Rationalization of Identity. *Texas Studies in Literature and Language*, 2002, 44（2）: 427.

② 在文本中，随着身份的互换两个孩子的名字也进行了互换，原来的黑人小孩被称为"汤姆"，原来的白人少爷被称为"小书"，本书也援用了文本中的做法。

微的奴隶。在把黑色血统等同于低劣基因的社会环境里，他那纯粹的白人血统完全掩埋在后天的种族秩序中。而原来的小黑奴在他人的讨好和不知情的"父亲"的纵容下，则变成了一个不折不扣的白人少爷。两个孩子被调包后的身份建构证明，他们的区别并不是由生理因素决定的，而是社会文化下的伦理范式给予引导和暗示的结果，他们的行为以及伦理意识是由其生活环境所决定的。因此，种族身份只是一种社会建构，血统论根本就是无稽之谈。

在小说的结尾处，马克·吐温巧妙地设计了真假汤姆之间身份二次互换的情节再次证明了这一事实。真汤姆恢复白人身份后，又重新回到白人世界，然而，当他重获白人身份之后，尴尬也随之而来。做了二十余年的奴隶，这个白人少爷早已习惯了他的黑人身份，即便是"他那天生的贵族血统也无法改变他业已定型的黑奴形象"①，无法让他接受本该属于自己的身份，适应本该属于自己的环境。突如其来的自由和财富让他感到无所适从：

他既不会读书，也不会写字，他说的话是黑人区最粗鄙的土话。他的步法、他的态度、他的姿态、他的举止、他的笑声——一切都鄙俗而粗野；他的习气是奴隶的习气，金钱和漂亮的衣服都没法弥补这些缺陷，也不能把它们遮盖起来，反而使这些缺点更加刺眼，更加叫人难过。这个可怜虫承受不了白种人客厅中的种种可怕的礼仪，除了厨房，哪里都不能让他感到自在，感到安宁。他家在教堂里的座位，对他也是一种折磨，可是他已永远不能到"黑人座"上找寻慰藉了——那扇门对他已经永远关闭了。（p. 225）

真汤姆虽然血统纯正，属于高贵的白人，但是由于一直生活在社会的最底层，他最终被塑造成一个定式化的黑奴形象：愚钝、卑微、说话

---

①　吴兰香.“教养决定一切”——《傻瓜威尔逊》的种族观研究.外国文学评论，2009（3）：180.

粗鄙、举止不雅，重新返回白人世界也不能让他从心理上或行为上变成白人。如果真如白人优越论者宣称的那样，他必然能展示出白人所具备的智慧和高贵。然而，事实证明，他那白人高贵的血统既没有让他展示出白人的特质，也没有帮他适应新的环境。在"调包计"被识破以后，叙事者再也没有用"汤姆"或"小书"来称呼恢复身份的小少爷，而是称他为"遭受了二十三年奴役的年轻人""那位真正的继承人"。这种称呼颇有深意，揭示了他尴尬的身份。二十三年的奴隶生活已经对这位年轻人的言行产生了无法磨灭的影响，他作为白人的身份早已被周围的环境所抹去。无论是从外表还是从心理来看，他已经俨然是一个黑人奴隶了。突如其来的好运虽然让他重获白种主人的身份，但这种身份的改变就像一件白人的衣服穿在黑人的身上一样让他无所适从、不知所措。他既无法适应白人的身份，也无法恢复黑人的身份，从此陷入了既非白人亦非黑人的身份困境之中。这种结局安排凸显出种族歧视的伦理体制的非人道性，以及不合理的种族伦理对社会个体健康人格形成的阻碍。

"调包"后的小黑奴因为获得了良好的教育，成了一个十足的白人少爷，而原来的白人少爷却因为长期生活在黑人环境，按照对黑奴的伦理角色定位被塑造，最终变成了粗鄙、卑微、谦恭的奴仆。身份互换后两个孩子的身份意识的形成和身份建构打破了白人高贵、黑人鄙俗，白人聪慧、黑人愚钝的神话，建立在"白人至上"基础上的种族伦理也因此受到了质疑。马克·吐温在小说结尾处精心设计的白人少爷汤姆的悲剧结局，表明了他对于当时流行的"白人在体质和心智上都要优于黑人"的种族观念的怀疑。通过身份互换而进行的种族实验证明了"种族概念的不确定性和种族外在表现的不可靠性"[①]，说明了环境对个体身份意识的形成和身份建构的重要影响，揭示了种族身份的社会建构性。

---

① Randall Knoper. *Acting Naturally*: *Mark Twain in the Culture of Performance*. Berkley & Los Angeles: University of Californian Press, 1995: 95.

乔尔·威廉姆森（Joel Williamson）曾经指出："19世纪50年代作为奴隶的混血儿的增加意味着白人在将自己的孩子和孩子的孩子变成奴隶的同时，正在将自己沦为奴隶。"① 马克·吐温对此正好做出了回应。"聪明"的白人采用种种手段强化其权威和统治，最终导致了这种权威和统治的坍塌。基于血统论的荒唐的种族伦理不仅残害了黑人，也让白人自己在无意中作茧自缚，成了种族伦理的受害者。这可能是"白人至上"的维护者无论如何也没有料想到的后果。

二、"调包"后畸形伦理关系的形成

在奴隶制社会，当白人将黑人沦为可以买卖的物品、可以任意处置的牲畜的时候，黑人出于最基本的生存本能，必然不惜一切代价进行抗争。罗克珊的"调包计"就是这样一种抗争。然而，在既有的不合理、不公正的种族伦理体系里的抗争无异于困兽之斗，不仅不能摆脱困境，反倒被撞得遍体鳞伤。在罗克珊实施"调包计"的时候，她根本没有料到，她的行为最终导致的是畸形的母子关系，她对不公的社会伦理体制的对抗最终却演变成一场伦理悲剧。

伦理身份是伦理关系建立的基础，伦理身份的改变必然导致伦理关系的改变和身份次序的混乱。罗克珊和小书之间的关系是以血亲为基础的母子关系，但是，在罗克珊将儿子小书与白人少爷汤姆互换身份的时候，她也改变了自己和儿子之间的关系，将儿子推到了自己不可企及、只能仰望的白人少爷的位置。给儿子换上小主人的衣服的那一瞬间，罗克珊实际上也斩断了和儿子之间的母子关系。正如罗克珊在计划和儿子一起跳河时所说："可怜的妈妈须得把你杀死，才能挽救你啊。"（p.24）将小书变成汤姆，无异于杀死原来的小书，使其以汤姆的身份获得再生。这事实上彻底改变了罗克珊和调包后的汤姆之间的伦理关系，她不再是"汤姆"的母亲，而只是任由他驱使和使唤的黑奴保姆；

---

① Joel Williamson. *New People：Miscegenation and Mulattoes in the United States*. New York：Free Press, 1980：63.

"汤姆"也不再是他的小书，而是她的小主子"汤姆"。这种身份的转换和伦理关系的转变在故事的叙事中清楚无误地表现出来。

　　与《王子与贫儿》不同，在那个文本中，虽然两个孩子的身份进行了互换，叙事者自始至终都是用他们的真实身份和真实姓名称呼他们，暗示着身份恢复的可能性。在该文本中，自从身份调包以后，叙事者也将他们的名字完全互换。小书成了白人小主人汤姆，汤姆成了小黑奴小书。由于黑奴和白人之间的身份界限，罗克珊再也不能以母亲的身份打骂教训"汤姆"，而只能作为奴仆尽力伺候讨好他。为了适应这一角色转换，处理好新的伦理关系，罗克珊在实施"调包计"以后就开始演练，她会低声下气地称呼自己的儿子"汤姆少爷"，对他就像对待自己的主子一样谦恭。这种演练很快就产生了效果，她惊奇地发现："那种使她对主人说话恭敬、态度顺从的诚惶诚恐的心理，竟那么自然而然、实实在在地转移到冒牌少爷的身上去了。"（p.73）为了在外表上不露出马脚，她还必须尽量演戏去强化这种关系：

　　她非常勤勉而真诚地练习那些哄人的把戏，这种练习不久就成为习惯了，成了自动的不知不觉的行动了，接着习惯成了自然。本来打算光骗骗别人，结果渐渐地到了欺哄自己的地步，假的尊敬成了真的尊敬，假的奉承成了真的奉承，假的服从成了真的服从；那一道分隔冒充的奴隶和冒充的主人之间的小小的裂痕也越来越大，终于成了一道鸿沟，一道真正的鸿沟，鸿沟的这一边站着罗克珊——自己骗术的受骗人，另一边站着她的儿子。现在，在她的心目中，他不再是一个冒牌的主人，而是她心中承认的真正的主人了。他是她的宝贝，她的主人，她唯一的主宰，她真诚地崇拜他，已忘掉了她自己原来是谁，也忘掉了他原来的身份。（p.77）

　　这一段话与其说是描写了罗克珊和儿子之间伦理关系的转换过程，不如说是再现了种族主义者是如何将"白人至上"的种族伦理根植入奴隶的内心，导致黑奴谦恭、顺从的自卑心理的形成和自我卑贱意识的内化。它清楚地说明，就是在这种奴隶的自卑心理驱使下，罗克珊亲手将儿子一步步推到主人的位置，使自己沦落为他的奴隶。罗克珊原本只是为了掩人耳目，不让自己耍的把戏被人戳穿，结果却假戏真做，让"汤姆"离自己越来越远，她和儿子之间的母子关系完全变成了主仆关系，她作为母亲的天性也完全被对主人的畏惧和服从所取代。换婴原本是为了让儿子摆脱被奴役的命运，没曾料到，罗克珊费尽心机却被命运捉弄，最后将自己沦为儿子的奴隶。

这种伦理关系的改变在"汤姆"小的时候并未给她造成真正的伤害，随着"汤姆"年龄的增长和对自己身份认同的不断加强，他们之间的主仆关系开始带给罗克珊极大的痛苦和无尽的折磨。在"汤姆"眼里，罗克珊只不过是一个可以任他打骂的"黑鬼""黑婆娘""臭婊子"，而且他以公然地蔑视和羞辱罗克珊为乐。除了羞辱和蔑视，罗克珊再也无法从儿子身上找到一点慰藉。她偶尔表露的母爱只会让他厌恶，而她得到的回报只是警告她在主人面前要懂得分寸，记住自己的身份。"她眼看到自己从崇高的母亲的身份沦落到不折不扣的奴隶身份，如同由一座高峰坠入了黑暗的深渊一般。"（p.81）"现在她只是他的财产，他任意使唤的工具，他的走狗，他的卑贱无助的奴隶，是他反复无常的脾气和邪恶性格下饱受作践而不能反抗的牺牲品。"（p.81）罗克珊导演的"调包计"帮助儿子完成了种族身份建构，促成了他对白人少爷的身份认同，同时也将她和她的孩子分隔在截然不同的两个世界。她出于求生本能而做出的抗争让她作茧自缚，成了自己实施的"调包计"的受害者。

从上述论述不难看出，罗克珊的痛苦是由她和"汤姆"的双重伦理身份和伦理关系造成的。在她看来，自己虽然是奴隶，但也是"汤姆"的母亲，既是母亲就应该得到起码的尊重。况且是自己给了"汤姆"如今的身份和地位，他应该对自己有起码的感恩之心。然而，对于最初不知真相的"汤姆"而言，她的唯一身份就是黑奴，他们之间唯一的关系就是奴仆关系。既然如此，无论"汤姆"怎样对待这个黑奴都是理所当然的。这样一来，他们对彼此之间的伦理关系在认知上的差异就导致了这个含辛茹苦却屡遭欺凌的母亲的愤怒的爆发。正如当年反抗白种主子对黑人命运的安排一样，这一次她也不甘于做自己儿子的奴隶。在受到百般羞辱而忍无可忍的情况下，她撕开了穿在"汤姆"身上的"白色"外衣，揭开了他的真实身份，把"汤姆"从高高在上的位置上扯了下来。当她看到这个平日不可一世的少爷不得不向她这个黑婆子低头的时候，"这个承受了两个世纪的侮辱和摧残、从来没有得到补偿的民族的后裔"仿佛喝了美酒一样，尽量品尝着"快意的滋味"（p. 109）。在确认已经牢牢地控制住"汤姆"的时候，她坐到一只蜡烛箱上，"那得意洋洋、威风十足的胜利姿态简直使那只箱子成了一个帝王的宝座"（p. 114）。这种位置的颠倒让她感受到黑人终于把白人主子踩到脚下的快感，一种复仇后的满足，一种洗刷了多年屈辱的安慰。可见，处于不人道的种族伦理下的这对母子已经变成了博弈的对手，血肉相连的母子关系被扭曲成奴役与反奴役、控制与反控制的关系。

罗克珊既是"汤姆"的母亲又是"汤姆"的奴仆这对相互排斥的伦理身份构成了一个无法解开的伦理结，它们无法统一，也无法和解。调包后，由于环境的塑造，"汤姆"已经完成了白人少爷的身份建构，获得了强烈的身份意识和身份认同。虽然对于罗克珊来说，他仍然是她的黑人儿子，但他却是实实在在的白人少爷。如果说受到白人少爷欺辱、虐待，出于自保和对种族伦理的忌惮，她尚且可以忍受，但是被自己的儿子打骂、侮辱却让她难以接受，这导致她作出揭开真相，一洗多年屈辱的决定。然而，即使是真相揭开以后，这种双重伦理身份和伦理关系下的矛盾依然存在。因为在她的心理上，即使"汤姆"已经成为白人小少爷，她和"汤姆"之间的血缘关系永远无法斩断；而对"汤姆"而言，由于长期受到种族伦理的熏染，他已经完全被"染白"。并且出于对黑人种族的厌恶和重做黑人的恐惧，他是不会轻易放弃现有的一切的。这导致了他们之间畸形的关系。

第一次得知"汤姆"的偷窃行为时，罗克珊没有站在母亲的立场去制止他、管教他，而是出于黑奴心理支持他、帮助他。当得知儿子欠下赌债，有被取消继承权的危险时，罗克珊做母亲的慈爱又被唤醒，明明知道儿子是个奸诈之徒，无半点良心可言，可怜的母亲还是主动提出卖身为奴，帮儿子还赌债，结果却被背信弃义的儿子卖到她最惧怕的"大河下游"，目的只是为了得到更高的价码，并且彻底摆脱这个"黑婆子"的控制。她和"汤姆"的关系完全变成你死我活的较量，黑人和白人的伦理关系的翻版。这种畸形的母子关系既是畸形的种族伦理所致，也是畸形的种族伦理的反映。"基于亲情的母子情感"和"基于社会生活的奴隶心理"这两种互不相容的力量始终牵引着罗克珊[①]，母亲和奴仆这一内在对立的矛盾身份和母子与主仆这一颠倒的伦理关系，造成了罗克珊悲惨的人生。

罗克珊和"汤姆"之间扭曲的母子关系不仅让罗克珊深受其害，也成为"汤姆"成长过程中一个极为不利的因素。扭曲的母子关系、家庭教育的缺失、不人道的种族伦理及其影响下的大众心理共同作用，致使"汤姆"身上的兽性因子不断膨胀，最终导致其人格的扭曲和道德的丧失。自调包事件以后，"汤姆"就取代了小主人的身份，生活在舒适的白人世界里。按道理来说，安逸的生活和优越的环境应该让他成为一个知书达理、儒雅高贵的年轻人。然而，他不仅染上了喝酒、赌博等坏毛病，并且为了还赌债还干起了盗窃的勾当，最终为了掩盖盗窃的真相甚至不惜杀死收养他、疼爱他的伯父德列斯考尔法官。因为这起盗窃杀人案，他的黑奴身份终被揭穿，他母亲担心的命运不可逃避地落到他的头上。

正是由于这种结局的安排，这部作品以及马克·吐温本人常常受到攻击。因为，在白人自我神话的伦理语境中，黑人种族先天具有野蛮、暴力等卑劣的种族属性。对"汤姆"的命运的安排似乎恰好印证了这一神话，显示了黑人的卑劣和黑人不可逃避的宿命。因为这一安排超出了读者的期待，令人疑惑，难以接受，因此常常遭到诟病，在相当长的一段时间里不被看好。赫歇尔·帕克（Hershel Parker）认为这部作品

---

① Peter Messent. *Mark Twain*. Basingstoke：Macmillan, 1997：148.

"不合情理、自相矛盾""显然不值一读"①。约翰·沙尔（John H. Schaar）声称这部小说"说得客气点儿是格调低、无品位，说得不客气就是道德低下、粗俗不堪"，并进一步断言，"作品中的污点玷污了（马克·吐温）雪白的西装"②。劳伦斯·豪（Laurence Howe）也认为："在这部小说中，马克·吐温似乎对摆脱种族歧视，重建社会道德这一超越时代的社会目标感到恐慌和不安。"③

笔者对此不敢苟同。通过文本细读可以发现，正是这看似矛盾的安排恰恰说明了马克·吐温的匠心独运。这种结局的安排就像该文本中小镇静谧外表下的暗潮涌动，它是一种创作策略、一种障眼法，掩盖了马克·吐温的真正创作意图，因而导致了误读。

按照文学伦理学的观点，人是人性因子和兽性因子共同作用的结果，人性因子主要是指人类通过后天习得掌握的各种伦理道德观念，而兽性因子主要是指人类与生俱来的各种动物本能，以及由这些本能催生出的各种欲望。④ 人类作为一个生物个体，不可能灭绝自身的各种本能和欲望，但由于人类具有了人性因子，所以会运用自己的伦理道德观念对各种本能和欲望进行道德评价，懂得约束，而不是任意放纵自己的本能和欲望。于是，人性因子和兽性因子总是处于一种动态发展的过程，

---

① 参见：Hershel Parker. Exigencies of Composition and Publication：Billy Budd, Sailor and *Pudd'nhead Wilson. Nineteenth-Century Fiction*，1978，33（1）：131-143.

② John H. Schaar. Some of the Ways of Freedom in *Pudd'nhead Wilson*. In：*Mark Twain's Pudd'nhead Wilson：Race，Conflict，and Culture*. Durham & London：Duke UP，1990：213.

③ 参见：Lawrence Howe. Race, Genealogy, and Genre in Mark Twain's *Pudd'nhead Wilson. Nineteenth Century Literature*，1992，46（4）：495-516.

④ 在社会学的意义上，人性和兽性都具有两面性，人性中有恶的一面，兽性中也有善的一面。与人性和兽性不同，文学伦理学批评中的人性因子和兽性因子是两个更为狭义的概念，兽性因子强调人在没有理性约束的情况下，完全由本能和欲望驱使的一种行为取向，而人性因子则强调受到社会规范、伦理教化和道德引导以后的伦理选择。关于人性因子和兽性因子，详见：聂珍钊. 文学伦理学批评：伦理选择与斯芬克斯因子. 外国文学研究，2011（6）. 本书第一章第二节对这两个术语也有解释。

它们始终在争夺对人的控制权，此消彼长。在这样一个动态发展的过程中，各种外界环境因素，包括家庭教育，起着重要作用，影响着一个人的伦理选择，决定一个人道德的高下和人格的高低。

考察一下"汤姆"的成长环境就会发现，虽然他生活在一个物质富裕、生活舒适的环境中，可他本人并没有得到良好的伦理教诲。马克·吐温在小说中评价道："一开始冒名顶替，'汤姆'就是个坏孩子。"①（p. 75）但是，这种"坏"在互换身份之前并没有显露出来，而是从冒名顶替以后才开始表现出来。那么，为什么"汤姆"在调包之前没有表现出"坏"的一面呢？答案就是他的黑人身份使得他的言行时刻受到他人的管束和压抑，不允许他随心所欲。而调包后的身份转变给了他施展"坏"的机会和权利。"对于经过他面前的人，只要手指甲够得到，就会出于抓上一把，只要小拳头够得到，就会乱打乱揍一通。"（p. 30）暴躁任性的"汤姆"在无人管束的情况下，什么样令人讨厌、令人愤怒的事情都干得出，完全成了一个由本能驱使的小魔王。

由此不难看出，处于儿童期的孩子主要是由本能和欲望所驱使，无法保证向善。在此情况下，如果没有及时的伦理引导，自然天性就会失去管控和约束，导致非常恶劣的后果。事实上，本能并无所谓善恶，猛兽为了果腹而杀戮、婴儿因为饥饿而啼哭不休等行为，都是生命个体的本能行为，是不能用善恶作为评价标准的。但是，文明社会的人类个体必须学会用伦理道德观念来约束自己的本能。能否摆脱本能的控制，变成一个有理性、有道德的人，要依赖于后天所受到的伦理教诲。

社会个体主要从两种渠道获取伦理教诲：一个是家庭教育，一个是社会教育（包括学校）。对一个幼儿来说家庭教育至关重要。那么，"汤姆"处于一种怎样的家庭和社会环境呢？"汤姆"从小丧母，父亲整天忙于生意，根本无暇照顾他，更不要说管教他了，所以他从小就由罗克珊和家中的其他奴仆带大。显然，在他的成长过程中，本应给他伦

---

① 该句话的英语原句是："'Tom' was a bad baby, from the very beginning of his usurpation."

119

理教诲的父亲和母亲（从上面分析可以看出，罗克珊只是女奴而非母亲）都是缺失的。父亲给他的唯一教诲就是，无论他怎样地挑衅、欺辱陪伴他的小黑奴，小黑奴绝不能还手。所以，他从小就意识到，无论他怎样任性和无理取闹，身边伺候他的人都得对他百依百顺、有求必应。这种种族伦理下的唯我独尊在无形中就助长了他的任性和暴虐，为日后"汤姆"的堕落埋下了可怕的种子。

当然，在"汤姆"的堕落过程中，罗克珊也负有不可推卸的责任。在"汤姆"小的时候，尽管罗克珊清楚自己伺候的小主人就是自己的儿子，在扭曲的伦理关系下，因为心中根深蒂固的奴隶心态，她对"汤姆"百般顺从，无论"汤姆"如何作恶，她都像下人一样去迁就这个主子。当她发现自己的黑种儿子在白人面前耀武扬威的时候，心里还会暗暗高兴，因为在她看来，这是她的黑奴儿子在对白人虐待她的同族实施报复。更可悲的是，在得知儿子的不轨行为时，她不仅没有制止他、管教他，反而助纣为虐，为他提供作案的信息，成了他犯罪的帮凶。扭曲的母子关系使罗克珊在"汤姆"成长的过程中不仅没有起到好的作用，反而推波助澜，让"汤姆"的兽性因子不断地滋长、膨胀、失控，最终导致其道德的沦丧。

在实施"调包计"的时候，罗克珊原本希望通过改变自己孩子的身份来改变他的命运，然而"汤姆"并没有因为母亲给他争取到的富裕的生活和自由的环境而成为一个举止优雅、教养良好的绅士。相反，优越的环境、"父亲"的撑腰、罗克姗的纵容，这一切让他一步步堕落下去，最终变成一个贪婪无度、自私自利、道德低下的卑劣小人。在他的身份被揭穿以后，"汤姆"本来有一次华丽转身的机会，然而，由于伦理教诲的缺失导致的良知的丧失，再加上对奴隶制下黑人的悲惨遭遇的极度恐惧，他没能作出正确的伦理选择。在得知自己的真实身份后，"汤姆"对自己的母亲没有一点尊敬与感激，只是虚伪地应付着她，甚至想杀死她以解除身份暴露的危险。他对母亲曾经为她做出的一切并无半点感念之情，一心一意只想保住他的白人身份和地位。如果说，在得知自己的真实身份前他对罗克珊的态度是因为种族伦理使然，那么在这之后，他对待母亲的态度表明他已经完全丧失最基本的人伦，把自己完全降格为畜生。

在"汤姆"堕落的过程中，罗克珊对她的纵容固然是一个重要的因素，然而不难看出，她对"汤姆"的纵容不仅仅是母亲对儿子的溺爱，而是奴隶对奴隶主的无限服从，这是种族主义思想下产生的畸形的伦理关系。"汤姆"的道德堕落固然是扭曲的母子关系和家庭教育的缺失所致，白人至高无上的地位和权利、不平等的种族伦理关系却是这一切的基础。仔细考察"汤姆"的恶习和人格缺陷，如他的赌博、他对下层阶级的蔑视、他的自我为中心和自我放纵等，凡此种种无一不是白人的罪恶①，他的残酷更是白人奴隶主对待黑人奴隶的惯用手段。汤姆·奎克（Tom Quick）一针见血地指出："长期的蓄奴传统使人变得残酷，拥有不负责任的权利带来了难以改变的虐待他人的习惯。"② 不仅奴隶制本身是一种罪恶，它还是滋生种种罪恶的温床。③所以，"汤姆"的命运不是因为他的族群属性所致，而是因为生为黑人的他被抛到了白人世界而完全被染白所致。说到底，这场悲剧的始作俑者是残忍无道的奴隶制。

如果说白人利用自己编织的种族伦理神话将自己和自己的后代推到了奴役的位置，罗克珊也同样利用自己之手，将自己和儿子重新推到了被奴役的地位，最终成为自己导演的戏剧中的悲剧角色。这不仅是黑人的悲剧，也是白人的悲剧。这场悲剧说明，奴隶制是一个相互交恶的社会权力体系，在这个体系中人人都可能从施害者变成受害者，也会从受害者成为施害者。对假汤姆的命运安排恰好说明，一个人所处的伦理环境决定了他的伦理取向，畸形的伦理关系会限制人的人性因子，放大人

---

① Stanley Brodwin. Blackness and the Adamic Myth in Mark Twain's *Pudd'nhead Wilson*. *Texas Studies in Literature and Language*，1973，15（1）：173.

② 转引自：Tom Quick. *Mark Twain and Human Nature*. Columbia：University of Missouri，2007：215. 这是小说定稿前，马克·吐温曾为假汤姆设计的探讨种族和人性关系的一段话，但是在正式出版前，马克·吐温把这段话删掉了。

③ Stanley Brodwin. Blackness and the Adamic Myth in Mark Twain's *Pudd'nhead Wilson*. *Texas Studies in Literature and Language*，1973，15（1）：166.

的兽性因子。不人道的种族伦理及其导致的畸形的伦理关系才是造成
"汤姆"道德堕落的罪魁祸首，是这个故事中悲剧发生的根本原因。

综上所述，"调包计"是在极端恶劣的伦理环境下的一种求生策
略，是对种族伦理的一种颠覆性、报复性的伦理抗争。"调包计"的成
功实施暴露了种族划分的人为性和荒谬性，以及种族身份的虚假性和欺
骗性。"调包"后两个孩子的身份建构揭示了伦理环境对伦理身份形成
的影响，消解了建立在生理属性基础上的种族差异，从而颠覆了种族伦
理秩序。调包后罗克珊和儿子之间的畸形的伦理关系以及"汤姆"的
堕落，进一步暴露了奴隶制的不合理性和非人性，以及奴隶制带给黑
人，也带给白人的伤害。

第三节 种族身份的"识别"与种族差异的消解

除了罗克珊的"调包计"这条伦理主线以外，《傻瓜威尔逊》中还
有另一条伦理副线，那就是傻瓜威尔逊的故事。这一条伦理副线曾经困
扰了许多评论家。约翰·伯德（John Bird）曾说，这部书"让他同时代
的读者感到困惑，不知道该如何看待马克·吐温这部奇怪的新小说"①。
罗伯特·罗兰特更是断言："罗克珊和假汤姆的悲剧情节和威尔逊的闹
剧大相径庭。绝大多数读者认为该书缺少可以把这些截然不同的情节连
贯起来的大主题。"②乔治·图尔斯（George Toels）也认为，《傻瓜威
尔逊》这部作品本来是想通过一个稳妥的结构将读者从各种混乱和未
决的冲突中解放出来，但却未能做到。因为，故事结局的安排显然没有
把交织在文本叙事中的多种声音调和成一个整体③。总之，"威尔逊对

---

① John Bird. *Mark Twain and Metaphor*. Columbia & London：University of
Missouri Press, 2007：146.

② 转引自：吴定柏.《傻瓜威尔逊的悲剧》题疑. 上海师范大学学报, 1992
（1）：80.

③ Henry B. Wonham. The Disembodied Yarnspinner and the Reader of *Adventures
of Huckleberry Finn. American Literary Realism*, 1991（24）：117.

指纹的关注和用指纹破案是小说中低俗的闹剧，因为马克·吐温永远没有办法将它与罗克珊和她儿子的悲剧融合在一起，这成了对该小说的一种惯常的评价"①。

以上种种说法各有道理，但却忽略了威尔逊及其指纹术以及这条伦理线上的意大利双胞胎在该故事中所起的重要作用，误解了马克·吐温对整个故事的精心安排。在笔者看来，威尔逊的故事是该文本中不可缺少的一条伦理线，它和身份调包这条伦理线相得益彰，共同表达了马克·吐温对种族问题的看法。本节将聚焦于这条伦理线，探讨马克·吐温是如何通过它表达自己对种族划分、种族身份与种族关系的看法。

一、种族身份的"识别"

尽管常常被简称为《傻瓜威尔逊》，这部小说第一次在美国出版时使用的书名却是《傻瓜威尔逊的悲剧》。但是，威尔逊并不是小说中最主要的人物，他的起落也不是整个文本的中心。对此，马克·吐温在1894 年的一封信中讲得非常清楚："我从未将威尔逊当作故事中的一个人物，他只是机器的一部分———一颗扣子或一个曲柄或一个水平仪，在一架机器上发挥重要作用，仅此而已，不具任何尊严。"② 因此，把威尔逊的故事称为"悲剧"与将他称为"傻瓜"一样令人疑惑。因为作为一个从外乡来到道生码头镇"寻找好运"的年轻人，他凭借自己的"耐心和勇气"与"厄运和偏见"作斗争，最终在小镇获得成功。这应该是一个关于一名不文的年轻人实现"美国梦"的成功故事。那么，到底为什么马克·吐温将该书命名为《傻瓜威尔逊的悲剧》？这是一个值得深思的问题。

有关威尔逊的这条伦理副线主要交代了威尔逊"傻瓜"头衔的由来及摘除。威尔逊"出生在纽约""有着苏格兰血统"，是一位广泛涉

---

① Stanley Brodwin. Blackness and the Adamic Myth in Mark Twain's *Pudd'nhead Wilson. Texas Studies in Literature and Language*, 1973, 15（1）: 171.

② Mark Twain. *Pudd'nhead Wilson and Those Extraordinary Twins*. Sidney Berger, ed. New York: Norton, 1980: 18.

猎法律书籍的外乡人。刚到偏僻的道生码头镇时，要不是因为说了一句倒霉话，他只怕很快就会在小镇上发迹。不料，这一句致命的话却给他招来了晦气：

> 他刚和一群居民认识的时候，一只不知躲在哪里的狗又是狂吠，又是嚎叫，让人听着非常厌烦，于是这位年轻小伙子就憋不住了，自言自语道："我希望那只狗的一半是属于我的。"
>
> 为什么？"有人问。
>
> "因为我要杀死那半只狗。"
>
> 人们好奇地，甚至渴求地探索着他的脸，却找不出头绪，也看不出有什么表情。于是，他们好像避开一种不可思议的怪物似的，从他身边溜走，私自把他议论开来。
>
> ……
>
> "那个白痴，竟然说得出希望占有那只狗的一半！要是他把他的半只狗杀死了，那他有没有想过，另外半只狗会变成什么呢？你说，他有没有想过它还会活吗？"（p. 59）

镇上的居民没有听懂威尔逊的话，因为他们不明白威尔逊说这句话的时候到底是在开玩笑还是认真的。这像是一句玩笑话，但是威尔逊说这话的时候却非常认真；如果说威尔逊是认真的，他们更不明白其中的含义了。于是，威尔逊就被小镇上的人们冠以"傻瓜"的封号。

这一段关于半只狗的说法和讨论看起来是个笑话，但是在镇上居民的追问下，其中的深意已经比较明朗了。关于狗的归属和命运的讨论何尝不是对人的问题的追问？首先，就整个人类而言，本来是一个完整的共同体，却偏偏按照血统被分为白人和黑人、上层人和下层人、主人和奴仆。在白人将黑人沦为奴隶，并且像对待牲畜一样对待黑人的时候，他们何曾想到这样做也把自己沦为奴隶、沦为牲畜？在他们肆无忌惮地伤害黑人的时候，他们伤害的不仅仅是黑人，还有他们自己。其次，就个体而言，混血儿是黑人和白人结合的产物，身上流淌着黑人的血液，也流淌着白人的血液。按照法律，那些像罗克珊和"汤姆"一样的混血儿却被人为地划为黑人，并被认定遗传了黑人卑劣的种族属性。按照这种逻辑，"汤姆"的悲剧是因为他的黑人身份造成的。这是一件多么荒唐的事情！如果真要追究到底是"汤姆"身上的黑人血统还是白人血统导致了他的邪恶，他身上三十二分之三十一的白人血统更加难辞其咎。显然，道生码头镇的居民不懂得这个道理，可是威尔逊懂得。于是，尽管人人都知道"他是镇上最聪明的人"，他却被冠以"傻瓜"的封号，被边缘化。看来，这头衔的获得具有很大的任意性，傻瓜与否只是一个话语权的问题，并不能反映事物的本质，正如穿在小书和汤姆身上的衣服既没有反映他们的真实身份，也没有反映他们的真实本质一样。

"傻瓜"的头衔阻碍了威尔逊融入道生码头镇的权力层，但是这件倒霉事却为他提供了钻研一门新的科学——指纹识别术（Fingerprinting Identification）① 的闲暇时间。由于没有顾主请他办理法律事务，威尔逊就利用大量的空闲时间，搜集小镇居民的指纹。当然，他也收集了罗克珊和两个孩子不同时期的指纹，把他们印在他随身携带的玻璃板上，记下姓名、日期，并把它们和收集到的其他指纹储存在一起。"这些指纹绘制出每个个体基于生物特征而非身体外貌的差异"②，为他日后破获"调包计"和杀人案打下了基础。

"大卫·威尔逊花了二十三年为名誉和权力而战，在这场战斗中超

---

① 指纹识别术是通过手指纹路进行身份识别的一门技术。由于每个人的手指纹路具有唯一性和终生不变性，指纹识别术被广泛用于刑事侦探中，以确定嫌疑犯的身份。虽然现代科学已经证明指纹和种族是没有关联的，但是在 19 世纪，人们还不能认识到这一点，少数科学家就尝试着找到两者之间的联系，指纹识别术的先驱之一弗朗西斯·高尔顿——查尔斯·达尔文的表兄就是其中之一。他和他的学生曾经致力于寻找指纹与种族之间的关联性的研究，但是始终都没能得到他们期待的结果。

② Garrett Nichols. Clo'es could do de like o'dat: Race, Place, and Power in *Mark Twain's The Tragedy of Pudd'nhead Willson. The Southern Literature Journal*, 2013, 46（1）: 120.

凡的智慧和对人性的洞察是他战斗的武器。"① 老法官被害后，最先赶到犯罪现场的一对意大利双胞胎成了该案的最大嫌疑犯，因为丢弃在现场的杀人凶器正好是他们先前丢失的印度宝刀，而且他们还因为羞辱"汤姆"和政治竞选的原因与老法官结下过节。但是，威尔逊却发现留在凶器上的指印并不是这对意大利人的。这就让他的指纹识别术终于有了发挥作用，并为他赢得名誉和权力的机会。

与主线上的"调包"相对应，在这条副线上作者安排了"化装"这一情节元素。在窃案发生的那个晚上，威尔逊在不经意间看见了出现在"汤姆"卧室的陌生女郎，并且一直在琢磨"她"到底是谁，会不会与那天晚上人们看到匆匆忙忙离开法官家的老妇人是同一个人。但威尔逊充其量也只想到"她"是小偷的同谋，或者是化装成老妇人的小偷。也就是说，他想到化装的可能性，但从未想到"她"就是化了装的"汤姆"。由于衣服的标识功能，罗克珊通过调换两个婴儿的衣服把黑奴小书变成了白人少爷汤姆，少爷"汤姆"也通过变换衣服的方式，摇身一变成了威尔逊看见的那个"神秘女郎"。由于衣服的可置换性，借助衣服而确定的身份并不具有稳定性，这是基于外表特征决定一个人的身份的制度潜藏的一个弊端。正是利用这一点，罗克珊成功地实施了"调包计"。也是利用这一点，"汤姆"掩盖了自己的身份，骗过了眼光敏锐的威尔逊，因为按照小镇上的人们把衣服作为身份标识的惯性思维，威尔逊的注意力集中在那个出现在"汤姆"房间里的"女郎"而非"汤姆"。所以"汤姆"坚信，威尔逊永远也找不到这个女郎，因为"使'她'成为女性的衣服已经烧掉，灰也四散了"（p. 206）。

如果仅仅凭借衣服来决定一个人的身份，那个消失的女郎确实永远也找不到了，可是威尔逊的指纹识别术却让"她"得以现身。就在法庭审判的头天晚上，威尔逊发现"汤姆"无意间留在玻璃板上的指纹刚好与凶器上的指纹一致。刹那间，他恍然大悟："我真是个傻瓜！只

---

① Eberhard Alsen. Pudd'nhead Wilson's Fight for Popularity and Power. *Western American Literature*，1972（7）：136.

想到那是一个姑娘，竟没有想到是一个穿了姑娘衣服的男人。"
（p.209）按照思维惯式，威尔逊无法解开出现在"汤姆"房间的"女郎"的身份之谜，但是运用指纹识别术这一科学手段，通过生理层面而非外表特征，他确定了个体的差异，并且断定凶手是"汤姆"。根据这个发现，他又通过指纹的比对，顺藤摸瓜，揭开了二十三年前换婴的秘密。可见，指纹能够更准确地标示个体身份，弥补了衣服作为身份标识的弊端。但是，谙熟小镇权力运作的威尔逊没有像罗克珊那样，通过暴露身份的流动性而撕开这张权力运作网，而是提供了一套新的生物学策略，来证实小镇所公认的真理。"因为外表的易变性威胁到种族差异和社会差异这一'真理'，威尔逊通过改变身份划分的主要策略，强化了这一真理。"[1] 威尔逊"将科学引进身份对话，夺走了罗克珊用来颠覆伦理秩序的武器，稳定了小镇混乱的局面"[2]，巩固了已经摇摇欲坠的种族秩序。他的发现似乎以不可辩驳的事实说明黑人的命运是注定的，就像古希腊神话中的俄狄浦斯一样，罗克珊企图帮助儿子逃脱的命运最终还是落到了他的头上。

这也被相当一部分评论者看成作者马克·吐温想要表达的思想，然而，细读文本便不难发现这一情节安排背后的真正意图。盗窃杀人案的成功破获让威尔逊一举成名，成为小镇的英雄。他不再是"傻瓜"，而成了人们吹捧和崇拜的对象，被戴上了圣贤的光环，并被请上了神坛。"一群群公民朝威尔逊家里拥来，向他道贺，还请求他来一番演说，他吐出来的每一句话，都被视为金科玉律，显得神奇莫测，他跟厄运和长时间偏见的战斗终止了，他从此成了一个名人。"（p.224）这段评论极具讽刺意味，事实上，叙事者以一个旁观者观看闹剧的口吻将自己对这

---

[1] Garrett Nichols. Clo'es could do de like o'dat: Race, Place, and Power in *Mark Twain's The Tragedy of Pudd'nhead Willson. The Southern Literature Journal*，2013，46（1）：121.

[2] Garrett Nichols. Clo'es could do de like o'dat: Race, Place, and Power in *Mark Twain's The Tragedy of Pudd'nhead Willson. The Southern Literature Journal*，2013，46（1）：123-124.

件事的态度表露无遗。曾几何时，一个有思想、有独立见解的外乡人，因为一句半真半假的玩笑话而得了一个"傻瓜"的诨号。如今，他凭借超凡的智慧和对古老的弗吉利亚准则的谙熟，最终挤入主流社会，到达名誉和权力的顶端（因为成功破案，威尔逊被推举为道生码头镇新一届镇长），成了曾经受到威胁而摇摇欲坠的等级社会的主干力量。如果说威尔逊曾经的"傻瓜"称号名不符实，此时用来称呼被主流社会同化的威尔逊倒是实至名归。可是这个"傻瓜"已经不再被视为傻瓜了！由此可见，在道生码头镇，身份是模糊的、混乱的，因为在这里，黑人也是白人，白人也是黑人；聪明人被视为傻瓜，而傻瓜却成了圣贤。

"威尔逊收集指纹的实践把人类引入一个身份的生物学鉴定的新纪元，外表特征不再是身份和地位的唯一决定因素，生物特征将每个人与其社会地位紧紧捆绑起来。"① 威尔逊借助科学解决种族身份的方法，与19世纪种族主义者用来证明非洲黑人和非裔美国人从事奴隶劳动的合理性的手段有异曲同工之效。在《独特的制度》（*The Peculiar Institution*, 1956）一书中，肯尼斯·斯坦普（Kenneth Stampp）描写了内战后的种族主义者急切地用科学的方法证明奴隶劳动的合法性的战斗。"医生、科学家和伪科学家——骨相学家有很多追随者——在非裔美国人身上为脾性和智力差异找到了生理学基础，而其他人则在解剖、肌肉、腱部和黑人大脑找到了证据。"② 同样，威尔逊利用指纹术——一种通过个体的内在生物特征来进行身份识别的方法——断定是"汤姆"而不是双胞胎兄弟杀死了法官，并且用指纹取代了衣服这一不可靠的身份标识，"看出""汤姆"实际上是"黑人"。

那么，马克·吐温是否认为指纹和种族特征有一定的关联呢？在笔

---

① Garrett Nichols. Clo'es could do de like o'dat: Race, Place, and Power in *Mark Twain's The Tragedy of Pudd'nhead Willson. The Southern Literature Journal*, 2013, 46 (1): 122.

② Kenneth Stampp. *The Peculiar Institution: Slavery in the Ante-Bellum South.* New York: Alfred A. Knopf, 1956: 8.

者看来，其实马克·吐温是否认为指纹和种族特征有关联并不重要，重要的是：

> 他比弗朗西斯·高尔顿（Francis Galton）或者同时代的任何一个公民自由主义者和文化批评家对生物标示的重要性都要理解得更透彻，因为他看出来关键问题不仅仅是种族标示是否与种族现实相符。……马克·吐温知道一旦指纹和种族真正结合起来，就能够在所谓的生物性基础上制定法律法规；马克·吐温关注的是法律如何划定种族界限，又是如何在对种族的"科学"认识和"常识"性认识之间摇摆。他知道，对于统治者来说，法律要维护黑人和白人的稳定的划分策略，不让他们各自的不同特征因为划分的任意性而被颠覆是多么地重要。①

在《傻瓜威尔逊》中，身份的生物识别和法律的结合使种族划分得到强化，种族伦理被进一步合法化。威尔逊本来是一个有独立思想的外乡人，他利用自己超常的智慧和对人性的洞察最终跻身于小镇权力网，成了种族主义者的帮凶。这到底是喜剧还是悲剧呢？1894 年版的《傻瓜威尔逊的悲剧和一对怪异的孪生兄弟的喜剧》对此给出了很好的答案。从威尔逊来看，年轻的他从纽约漂流到一个偏僻的南方小镇，就是为了寻求发迹的机会。虽然一句不当的玩笑毁了他的名声，"靠了他那苏格兰人的耐心和勇气"，他最终"洗刷了他的名誉"，当上了小镇的镇长。从故事的结局来看，因为威尔逊成功破获凶杀案，揭穿"调包计"，被颠倒的身份得以恢复，杀人凶手得以伏法，小镇被暂时打乱的伦理秩序也重新恢复，小镇又回到了从前的静谧和祥和。因此，无论从哪一点来看，这都应该是喜剧而非悲剧。然而，马克·吐温却称之为威尔逊的悲剧。究其原因如下：首先，虽然威尔逊帮助恢复了小镇的秩

---

① Simon A. Cole. Twins, Twain, Galton, and Gilman: Fingerprinting, Individualization, Brotherhood, and Race in *Pudd'nhead Wilson*. *Configurations*, 2007, 15 (3): 238.

序，但是由于原有的秩序本身就是腐朽僵化的，它的恢复就有了悲剧色彩①，威尔逊的故事自然具有了悲剧性。其次，如果根据亚里士多德的悲剧说——悲剧是高贵的人物的堕落来看，威尔逊本来是一个具有独立思想和独立见解的知识分子，最终却和镇上的权贵达成一致，同流合污，成为种族主义的帮凶。这不能不说是威尔逊的悲剧。科学发现应该用于造福人类，而指纹识别术等生物科学却成了种族主义者用于巩固罪恶的奴隶制的手段，对马克·吐温来说，这不仅是威尔逊的悲剧，更是美国的悲剧。在结局部分的"傻瓜威尔逊格言日历"中，借助威尔逊的日历，马克·吐温表明了自己的立场："发现美洲固然是件了不起的事，假如当初没有发现，那就更妙了。"（p. 224）因为自美洲大陆发现之初，一直激励着美国人为自由和平等而奋斗的"美国梦"早已被奴隶制染黑。像威尔逊这样的有识之士也不得不屈服于强大的保守势力，和它结成统一战线，这不能不说是美国的悲剧。

二、种族差异的消解

通过威尔逊的故事这条伦理线，马克·吐温一方面表现出对科学被用作一个群体奴役和压迫另一个群体的工具的担忧，同时也借助指纹的意指和这条伦理线上的意大利双胞胎这一隐喻符号，拓展了该小说的种族主题，将视野从种族身份投向个体身份，从而进一步地消解了种族差异。

现代科学已经证明，指纹是人类的一种遗传性状特征，具有人各不同和终身不变两大特点。对于这一点，马克·吐温在文本中借用威尔逊之口已经表达得明明白白："每个人从摇篮到坟墓，身上都带着某些天然的标记，这些标记永不走样，也不会跟别人的标记混淆起来——这是

---

① 在谈及《傻瓜威尔逊》是如何打破侦探小说传统时，苏珊·吉尔曼也提出了类似的观点，参见：Susan Gillman. "Sure Identifiers": Race, Science, and the Law in *Pudd'nhead Wilson*. In: Susan Gillman & Forrest G. Robinson, ed. *Mark Twain's Pudd'nhead Wilson: Race, Conflict, and Culture*. Durham and London: Duke UP, 1990: 101.

千真万确、毫无疑问的。"（pp. 215-216）因此，指纹是一种个性化的
生物标记。即使是一对孪生双胞胎，他们的指纹也是不一样的。威尔逊
断言："那是他从生到死万无一失的与别人不同的特征。你只要懂得这
个差别，双胞胎中的一个就绝不可能冒充另一个，他骗不了你。"
（pp. 216-217）所以，当我们说威尔逊采用指纹识别术确认了"汤姆"
的黑人身份的时候，这只是就其目的和结果而言。事实上，细读文本可
以发现，指纹识别术既没有帮助威尔逊发现杀人犯的性别身份，也没有
帮助他发现其种族身份。指纹是个体身份的标识，它甚至帮助镇上的权
贵人士看见了两个长得几乎一模一样的双胞胎吕吉（Luigi）与安吉罗
（Angelo）以及面貌极为相似的汤姆和小书之间的个体差异。总之，威
尔逊并没有从指纹图谱上判断出受试者的种族身份，因为指纹指向的是
人的个体性，而"个体性又是对种族分类的最终挑战"①。因此，当我
们注意到指纹的个体性特征的时候，就会发现，马克·吐温通过采用指
纹识别术揭穿假汤姆的真实身份这一情节安排，似乎想要说明：是假汤
姆的本质而非其种族属性最终导致了他的悲剧命运。因此，与其说马
克·吐温为黑人"汤姆"安排悲惨的结局是出于对黑人族群的劣根性
的认同，是种族歧视的表现，不如说是马克·吐温对人的本性
（nature）的怀疑，是对后天教养（nurture）到底在多大程度上决定一
个人的本质（trait）的追问。这样一来，指纹不仅以其指向的个体性否
定了种族主义者宣扬的种族属性，也将该文本对种族问题的讨论引向对
个体身份的探讨。反过来，个体的独特性又进一步消解了种族属性和种
族差异。

　　在《傻瓜威尔逊》中，通过一对一对的人物的刻画，马克·吐温
让我们看到，黑人之间的差异甚至远远大于黑人和白人之间的差异。汤
姆和小书虽然分属不同族群，他们两人却极为相似，以至于调包二十多

---

①　Simon A. Cole. Twins, Twain, Galton, and Gilman: Fingerprint,
Individualism, Brotherhood and Race in *Pudd'nhead Wilson*. *Configurations*，2007，15
（3）：230.

年竟然无人知晓他们的真实身份，并且从故事的发展和最后的结局来看，所谓的"白人性"或"黑人性"在他们身上并没有得到证实。同为黑奴的母子俩，罗克珊机智敏锐、处事果断，富有自我牺牲精神，她的儿子却自私、残忍、寡情。作为女性，罗克珊遇事沉着、意志坚定，不愿听从命运摆布，性格上表现出较强的男性特质。假汤姆虽然残忍，但却极为懦弱，小时候需要"黑奴小书"的保护，长大后也未能摆脱在物质上和精神上对伯父和黑奴母亲的依赖。通过他们两人先后因为不同目的而装扮成异性——罗克珊为了逃脱种族迫害，假汤姆为了偷窃，马克·吐温似乎在暗示他们颠倒的性别气质以及人格上的悬殊。

　　马克·吐温对种族问题的看法和对个体人的认识在那对意大利双胞胎身上得到了最好的阐释。在《傻瓜威尔逊》中，马克·吐温没有花太多笔墨描写两人的性格特点，只是简单地将其外部特征一笔带过，"其中一个稍微白一点，除此之外，他们简直是一模一样"（p.89）。所以，这对双胞胎在该文本中似乎只是两个微不足道的配角。但是，如果将他们与马克·吐温的另一个故事《一对怪异的孪生兄弟》中连体的他们结合起来，这对双胞胎的意义就凸显了出来。

　　在《一对怪异的孪生兄弟》的开始，马克·吐温对这两个文本间的关系做了一个交代。他声称，自己开始的时候本来打算写一个关于两个意大利连体兄弟的闹剧，后来写着写着，一个故事变成两个，而且互相纠缠、互相妨碍，最后不得不做了一次"文学上的剖腹产"（p.230），"拔掉闹剧，留下了悲剧"（p.233），"拔掉"的是连体兄弟的故事，留下的是"调包计"的故事。这就是后来的《傻瓜威尔逊》和《一对怪异的孪生兄弟》。经过第一次"剖腹产"后，在《威尔逊的故事》中，马克·吐温又对这对连体双胞胎施行了"分体术"，把他们变成独立的双胞胎兄弟，但是却留下了连体的痕迹。这两次切分看起来风清云淡，实则回味无穷。考虑到马克·吐温一贯的亦庄亦谐的叙事风格，读者不禁要问：既然这两个故事已经被分开，那就让它们成为两个独立的文本，为什么马克·吐温要煞有介事地对它们之间的关系进行一番解释呢？马克·吐温为什么要把那两个看似无关紧要的双胞胎兄弟写进《傻瓜威尔逊》这个故事中呢？马克·吐温称他们的故事是"一个荒诞不经的故事"（p. 303），果真如此吗？针对这些问题的讨论，或许会帮助我们发现马克·吐温创作的真实意图。

马克·吐温声称，他做这个"文学上的剖腹产"目的只是不想把读者"弄得稀里糊涂"，因此"两者之间没有任何联系，互不依赖，各不相关"。在笔者看来，这种说法有欲盖弥彰之嫌。事实上，这两个被分开的文本有着密切的关联。

细读文本不难发现，这对双胞胎具有多重隐喻。在《一对怪异的孪生兄弟》中，这对连体兄弟初次出现时被描写成"一个叫人看得目瞪口呆的怪物——一个双头人长着四条胳膊、一个身体和两条腿"（p. 236），因而库伯大妈母女简直不知道该称其为"他们"还是"他"。他们自己也称，"我们是父母的唯一孩子（child）"（p. 90）。也就是说，这对双胞胎既是"他"也是"他们"。如果把这对连体双胞胎当成一个人来看，吕吉和安吉罗就像同时存在于一个人身上的两股力量、两种思想。他们有时能够互相包容，相安无事；有时候又互相排斥、互相斗争。例如，一个人明明知道抽烟、喝酒会遭罪，但还是会像安吉罗一样被迫"抽烟"，被迫"喝酒"；一个人原本并不相信上帝，但也会像吕吉一样，被安吉罗拖去参加洗礼；甚至对同一件事的判断，一个人明明有自己的看法，有时却不得不被迫人云亦云。总之，一个人往往抬腿往东却发现经常走向了西边。于是，像《化身博士》（*The Strange Case of Doctor Jekyll and Mr. Hyde*, 1991）中的哲基尔和海德一样，吕吉和安吉罗都想挣脱对方对自己的束缚和控制。在认识到这个愿望无法实现的时候，就努力争取对对方的控制权，因为他们认识到"如果我们这两条腿想要同时服从两个人的意旨，我们就什么地方都去不成"（p. 256）。最后，经过协商他们达成协议，采取"轮流掌握对肉体的全部的、无可争辩的控制权"（p. 257）的制度。由此看来，武断地将一个人置于非"黑"即"白"、非"男"即"女"、非"高贵"即"卑贱"的两端，而忽略其中间状态，这是多么荒唐可笑。通过对个体人的阐释，马克·吐温解构了二元对立的寓言，瓦解了阶级、种族和性别身份的二元划分基础。

如果把他们看成两个独立的个体，他们迥异的性格很好地体现了个体的独特性。虽共处一体，这对兄弟的思想、趣味和偏好却各不相同。吕吉皮肤稍黑，体魄强健，一眼就能看出"他小时候是个不听话的捣蛋鬼"（p. 237）。而且他处事果断，"富于男子气概，是一个有主见、有魄力的人"（p. 247）。相反，安吉罗皮肤略白，显得更为温和、细心、敏感、脆弱，受了委屈还会眼泪汪汪①。他们的兴趣爱好也各不相同。吕吉喜欢粗俗、嬉闹的歌曲，安吉罗喜欢低沉、悲哀的曲调；吕吉喜欢咖啡，安吉罗喜欢茶；吕吉好酒好烟，而安吉罗烟酒不沾。从信仰来看，吕吉是自由思想者，而安吉罗是新教教徒。他们之间的差异也导致了他们对同一件事或者同一个人的判断和看法的不同。在种族话语语境中，作者的这种安排耐人寻味。既然一对双胞胎的性格特征就有如此大的差异，那么按照种族身份而赋予各个族群的群体特征完全是不可靠的。

另外，他们不同的肤色以及他们之间的关系很容易让人联想到白人和黑人以及他们之间的关系。白人和黑人原本是上帝创造出来的两兄弟，一个肤色略黑，另一个肤色稍白。他们像这对孪生兄弟一样，呼吸与共，命运相连，其中任何一个人的自私和放纵都会祸及另外一方。例如，当吕吉抽烟的时候，安吉罗就会"有一种窒息的感觉"；当吕吉喝酒的时候，安吉罗就感到头痛欲裂。同时，他们中任何一个人的安危都和另一个人的安危息息相关，就像安吉罗的受伤会妨碍到吕吉的自由一样。在《傻瓜威尔逊》中，虽然这对连体双胞胎被分成两个独立的个体，他们之间还保留着连体双胞胎的痕迹，彼此之间息息相关，生死与共。吕吉在解释他为了救安吉罗而杀人的时候强调："假如我没法挽救安吉罗的生命，那我的生命将会遭到什么呢？要是我让那个人杀死他，

---

①　在某种程度上，吕吉更多地表现出男性气质，而安吉罗更多地表现出女性气质。这很容易让人联想到《一匹马的故事》中有着双性同体特质的小姑娘凯西。关于凯西，在第三章中将会论及。

难道他不会把我杀死吗?"(p.82)反观人类的种族问题,原本是兄弟关系的人类,却被划分成白人和黑人,成了奴役和被奴役的主仆关系。白人对欲望的放纵和不受限制的特权已经让黑人深受其害,正在影响整个社会机体的运行,而白人却不自知。德列斯考尔老爷可能永远都不知道,正是由于他的所作所为威胁到黑人孩子小书的命运,才导致自己儿子的悲惨境地;更不知道他抽打的那个小黑奴就是自己的亲生儿子。本是同根生,相煎何太急?"白人至上"的种族伦理还在导致一个又一个悲剧的发生,它终将让白人自己成为种族伦理的受害者。在这个被"拔去"的故事中,这对一"黑"一"白"的双胞胎性格各异,共享同一个身体,在那个被保留的故事中,他们却是两个除了肤色不同,几乎是"一模一样"的两个独立的个体。如果把他们看作黑人和白人的隐喻,一个强调的是他们各自的独特性,一个强调的是本质上的相似性。相似性揭示了黑白二元对立的谎言,独特性说明了无论是白人还是黑人,他们都各不相同,因为每一个个体都有各自的局限性。通过意大利双胞胎这一身份隐喻,马克·吐温用闹剧式的、近乎荒诞的形式,阐释了黑人和白人各自的独特性以及他们之间相生相济的关系。

在这个"闹剧"中,马克·吐温还详细描写了一场法庭审判,与《傻瓜威尔逊》中的杀人审判案彼此呼应、互相补充。这场审判案的被告也是这对意大利双胞胎(不过是连体的),他们的辩护人也是威尔逊。但是在这场审判案中,由于他们身份的特殊性,到底是谁踢了"汤姆"一脚,是安吉罗还是吕吉,或者是他们两人一起踢的,这就导致了定罪的困难。经过长时间的审问、讨论和争执,最后连陪审团也不得不承认:"犯罪人与其孪生兄弟为合二为一之连体人,两者融为一体,其身份难以确定。陪审团无法宣判两被告均犯有卜述罪行,因仅其中一人有罪。陪审团也无法宣判两被告皆为无罪,因仅其中一人为无辜。"(p.278)最后该案不了了之,两个被告被无罪释放。显然,这个法庭审判可以看成马克·吐温对到底是"汤姆"身上的黑人血统还是白人血统导致了他的邪恶的一个注解:既然"汤姆"身上既有白人血统,又有黑人血统,"谁属有罪,谁为无辜"(p.279)真是无法说清。

聂珍钊教授指出，在叙事上，"由于伦理副线的存在，伦理主线才变得复杂，更具有艺术性"①。马克·吐温精心设置的伦理副线与"调包计"这条伦理主线互相呼应，可谓独具匠心、意义深远。"调包计"这一伦理线下产生的伦理结（ethical knots）②，被威尔逊的指纹识别术所破解，威尔逊这个外来者和他者因此而得到认可，挤入主流圈。这条伦理副线的设置不仅没有像有些评论家认为的那样削弱了小说主题的表现力，反而强化了该小说的主题表达。首先，威尔逊"傻瓜"头衔的由来及摘除暗示了傻瓜头衔的获得和对黑人的界定与黑人的宿命之间存在的联系，烘托和突出了种族划分的荒谬性和可笑性。其次，对威尔逊的悲剧的揭示进一步表现了马克·吐温对种族问题的看法。另外，通过指纹识别术，马克·吐温不仅表达了对种族问题的看法，还将自己的视野从种族问题投向对个体身份、对人和人性问题的探讨。不仅如此，由于指纹凸显了人的个体差异，借用指纹作为身份的标识这一策略，马克·吐温巧妙地消解了种族差异。一如小说开始对小镇田园风光的描写，威尔逊的故事看似一个再普通不过的具有戏剧色彩的侦探故事，但事实上这个故事是马克·吐温设置的另外一个障眼术。它不仅增强了小说的艺术张力，还强化了作品的主题表达。多条伦理线的安排使该作品具有更为深刻的意义和更加深远的影响。由此看来，这部作品被誉为马克·吐温"新的经典文本""新的代表作"真是实至名归③。

虽然马克·吐温给《傻瓜威尔逊》和《一对怪异的孪生兄弟》这两个文本做了"剖腹产"，我们还是可以从中看出两个文本间的关联性。马克·吐温在讨论种族问题的同时，也对个体人及人的本质进行了探讨。这两个问题彼此关照，互相佐证。意大利双胞胎的多重隐喻一方

---

① 聂珍钊. 文学伦理学批评导论. 北京：北京大学出版社，2014：265-266.

② 伦理结是文学作品结构中矛盾与冲突的集中体现。伦理结构成伦理困境，揭示文学文本的基本伦理问题。伦理结与伦理线结合在一起，构成文学作品叙事的伦理结构。

③ Susan Gillman & Forrest G. Robinson. Introduction. In: Susan Gillman & Forrest G. Robinson, eds. *Mark Twain's Pudd'nhead Wilson: Race, Conflict and Culture*. Durham and London: Duke UP, 1990: xvii.

面对《傻瓜威尔逊》中主要讨论的种族问题进行了补充和进一步阐释，同时也将对种族身份的讨论扩展到对个体人的讨论，使这两个文本具有了多义性和多重主题。一个人身上有"黑"有"白"，"黑"和"白"无法剥离，也无法消除，以至于要杀死这个完整的个体的任何一半而不殃及另一半，并不比威尔逊杀死半条狗而不要整条狗的命来得更容易①。这是马克·吐温对种族关系，也是对个体人的认识。《傻瓜威尔逊》和《一对怪异的孪生兄弟》各有侧重，但是又同时讨论了相同的问题。这样一个故事最终被分成两个文本，这与其说是为了避免把读者"弄得稀里糊涂"而采取的一种"分体"方式，不如说是马克·吐温故意采取的一种文本策略。这一策略既可以在种族主义大行其道的情况下掩盖该小说的批判锋芒，也可以拓展其主题表达。更有意思的是，这种安排可以达到艺术形式与思想表达相统一的目的。正如那对双胞胎兄弟，经过"剖腹产"后的这两个文本中的任何一个虽然都是独立的文本，但它们仍然保留着"连体"的痕迹，其中任何一个文本缺少了"另外一半"就变得不够完整。这两个文本的切割正好与之表达的主题——种族划分与种族之间的差异互补相呼应，是形式和内容有机统一的杰作。

《傻瓜威尔逊》中的道生码头镇的白人与黑人的社会伦理关系就是美国社会的一个缩影。它充分地折射出美国黑人所生存的伦理环境以及他们必然的悲剧命运。或者说悲剧命运于黑人而言就是一种伦理。"对马克·吐温来说，"汤姆"和罗克珊的悲剧不是因为他们生来就是黑人，而是因为他们生在一个白人的世界，这才是悲剧所在。"②

通过小少爷和小黑奴之间的身份调换，马克·吐温巧妙地创造了一个悖论的世界，在这个世界里黑人可以成为白人，白人也同样可以成为黑人。无论是从字面意义还是比喻意义上看，没有人确定自己到底是白

---

① Joe B. Fulton. *Mark Twain's Ethical Realism*: *The Aesthetics of Race*, *Class and Gender*. Columbia: University of Missouri Press, 1997: 127.

② Stanley Brodwin. Blackness and the Adamic Myth in Mark Twain's *Pudd'nhead Wilson*. *Texas Studies in Literature and Language*, 1973, 15（1）: 173.

还是黑。交换身份后的两个孩子在不同的环境中完成了新的身份建构，这说明种族差异并不是由不同种的生理属性所决定，而是由他们所处的不同环境造成的。如此一来，白人高贵、黑人低劣的神话就不攻自破。马克·吐温对"汤姆"和罗克珊的命运的安排虽然打破了读者的期待和接受，却深化了作品的意义，拓展了作品的主题。斯坦利（Stanley Brodwin）在谈到《傻瓜威尔逊》中的"调包计"和威尔逊的侦破案时说，"在这部小说中，马克·吐温实现创造艺术和深刻的思想表达完美统一的重要技巧，是让主要人物成为外部力量和内在因素的受害者"①。这一技巧的使用扩展了作品的主题范围，实现了种族问题的探讨和人性问题的探讨的巧妙结合。

借助美国南方小镇——道生码头镇和镇上的居民，马克·吐温展示了一个有缺憾、不完美的世界。就族群而言，白人被根深蒂固的种族思想所遮蔽、所局限，无法对自己和黑人作出正确的判断和评价，无法公正、平等地对待自己的同类。他们在将黑人沦为奴隶的同时，也作茧自缚，害人害己；黑人也因为人本身的劣根性，在恶劣的伦理环境中任由兽性因子慢慢失控，从受害者变成施害者。就个体而言，也是如此。苦难让原来的白人少爷变成谦恭、温驯的黑奴，但同时也赐给了他一副结实的身体；优越的环境让原来的小黑奴成为尊贵、傲慢的少爷，但同时也让他成了一个懦弱、胆小的可怜虫。那对意大利双胞胎，一个结实，一个柔弱；一个大大咧咧，一个谨小慎微。

个体的独特性和局限性不仅反映在马克·吐温有关种族问题的文本中，也反映在他有关阶级问题和性别问题的文本中。例如分属不同阶级的贫儿汤姆和爱德华王子长相酷似，但环境的影响造就了他们性格、气质的迥异以及认知的局限。马克·吐温作品中众多的女性形象也是如此，她们各具特点，但却难以实现个体的完整性。马克·吐温笔下的人物似乎都无法按照美好的意愿达到至善至美的高度。但是，借助"双

---

①　Stanley Brodwin. Blackness and the Adamic Myth in Mark Twain's *Pudd'nhead Wilson*. *Texas Studies in Literature and Language*，1973，15（1）：169.

胞胎"模式，马克·吐温指出了弥补缺憾、达到圆满的可能性：法官无子，他的侄子汤姆无父，他们可以组成一个完整的家庭；意大利孪生兄弟虽然性格各异，却能够取长补短；罗克珊和"汤姆"这两个混血后代可以看成多元文化社会里的他者对主流文化的补充。通过展示一个有缺憾、不完整的世界，并提出达到圆满的方法，马克·吐温一方面表达了建立和谐、融洽的种族关系的理想，另一方面也表达了实现自我完善的理想追求，后者在有关性别问题的文本中表现得更为突出。

第三章　性别越界与完美人格的建构

19 世纪的美国处于一个社会高速发展时期，工业化和经济的发展为妇女带来了更多的就业机会，越来越多的女性已经不再满足于待在家庭扮演"家庭天使"（the angel in the house）的角色。她们开始挣脱束缚，意欲走出家庭，担当更多的社会角色，努力实现自我价值。现代新女性①的形象开始出现在美国历史舞台上。到 19 世纪末，美国妇女身上已明显地体现出新女性的独立自主性。不同于具有纯洁、善良、驯服、柔弱、忠诚、温顺、迷人、优雅、虔诚、富有同情心以及自我牺牲精神美德的理想化的传统女性，新女性的最大特征就是追求个性、向往自由、充满信心、敢于创新。显然，这些性格特征是传统意义上只有男性才具有的。所以，新女性的出现弱化了男女两性的性别差异，打破了性别的二元分化格局，冲击着人们对性别的固有认知。

作为一个目光敏锐、对社会问题极为敏感的作家，马克·吐温早在新女性刚刚出现的时候，就对性别问题表现出极大的兴趣，并开始了一生孜孜不倦的探讨。从创作初期一直到生命的最后几年，他创作了一系列反映性别问题的作品，刻画了众多性格各异的男女形象，对性别问题进行了多方位的探讨。

马克·吐温对性别问题的探讨主要是通过易装和其他形式的性别越界表现出来的。这里的性别越界主要是指马克·吐温作品中的个体（尤其是女性）越过性别界限，扮演传统意义上原本不属于自己的性别

---

① "新女性"这一术语是 19 世纪末英国的女权主义者首先提出来的，不久后便被用来专指那些新型的、富有自我意识的年轻女性。

角色，它包括性别错位、易装和双性同体等。性别越界强调主体在性别上的跨越以及这种跨越给主体带来的精神影响，是身份转换在性别问题上的一种表现形式。

从一定意义上来说，性别越界也是对马克·吐温作品中的阶级身份转换和种族身份转换的一种拓展和深化。因为，性别问题与阶级问题和种族问题一样，是马克·吐温所处的美国社会最普遍、最突出、最尖锐的社会问题。通过对性别问题的描述与思考，马克·吐温得以通过自己的作品，对美国社会进行一个全景式的反映和思考。更重要的是，性别问题相对于阶级问题和种族问题而言，不仅存在的时间更长，而且根植于人类固有的生理属性之中，因而更具普遍性。换句话说，在地球上的任何一个角落、在人类文明发展的任何一个阶段，性别问题都将会不可避免地存在。这也就使得马克·吐温可以通过性别越界这一切入点，进一步阐述自己通过阶级身份转换和种族身份转换所表达的关于人与人之间关系的思考，同时也更有利于马克·吐温阐述自己心目中的理想人格以及人与人之间的完美关系。

本章将以马克·吐温的长篇小说《圣女贞德传》以及几个易装故事①，如《中世纪传奇》《一匹马的故事》《南希·杰克逊娶了凯特·威尔逊》《地狱之火霍奇基斯》《沃平来的爱丽丝》和《一千零二夜》等为研究对象，按照马克·吐温展示的不同性别形象，从性别错位、易装和双性同体这三个方面，对其揭示的性别问题以及马克·吐温表达的性别观念和性别理想进行分析和讨论。这三个方面各有侧重，呈递进关系。性别错位是由性别二元划分基础上的非此即彼造成的，强调的是两性的对立关系；易装揭示的是两性的模糊性、开放性以及身份转换的可能性；双性同体则体现的是两性完美、和谐的统一，也是个体人格的完善。

---

① 在苏珊·吉尔曼的《神秘的双胞胎：马克·吐温作品中的冒名顶替与身份问题》(*Dark Twins*：*Imposture and Identity in Mark Twain's America*，1989) 中，她用"transvestite tales"来指马克·吐温的有关易装，或者性别气质颠倒的作品。

第一节　性别划分与性别错位

为了分析性别问题，首先要分清两个基本慨念，一个是性别（sex），另一个是社会性别（gender）。当我们在填写各种表格的"性别"一栏时，我们会不假思索地填上"男"或者"女"，这是我们与生俱来的生物属性的性别，也就是生理性别。生理性别是指人类生理上的事实，也就是解剖学意义上的男女，是一种生物学意义上的分类尺度。作为生命体，人们有共性也有差异。两性的差异表现在染色体、性腺、性激素、解剖结构、生理机能、身体形态、运动机能等方面。一个婴儿呱呱坠地的一瞬间，人们就可以判断是男还是女，这是生理性别。生理性别是最初的、最根本的性别标志，将伴随人的整个一生。①

除了生物属性，性别还具有社会属性，即社会性别。1955 年，性学家约翰·马尼（John Money）首次提出了"社会性别角色"（gender role）这一术语，并用它来区分传统的性别角色（sex role）。"'社会性别角色'这个词用来指认一个人所说和所做的能够揭示他或她的男孩身份或男人身份，女孩身份或女人身份的一切。"② 在此之前，人们很少用"gender"这个词对生理性别和社会性别进行区分。20 世纪 60 年代，心理学家在有关变性的著作中开始用它来指心理上或文化上的内涵及一个人身上的男性气质和女性气质，而用"sex"来指生物属性。"如果对性别（sex）的正确表述是'男性'和'女性'（'male'和'female'），那么相应地用来指社会性别（gender）的词就是'男性气质'和'女性气质'（'masculine'和'feminine'）；后者是独立于生

---

① 佟新. 社会性别研究导论（第二版）[M]. 北京：北京大学出版社，2011：2-4.

② John Money. Hermaphroditism, Gender and Precocity in Hyperadrenocorticism: Psychologic Findings. *Bulletin of the Johns Hopkins Hospital*, 1955, 91（1）：254.

理性别的。"① 尽管如此，直到 20 世纪 70 年代女权主义理论提出生理性别和性别的社会建构的时候，约翰·马尼对"gender"这个词的理解才被大家广泛接受，关于性别问题的术语在这个时期也有了进一步的发展。例如，葛尔·罗宾（Gayle Rubin）的"性体系"（sex/gender system）说明性别差异是人和社会干预的结果，而生理差异是固定不变的。"性别是性别，但是性别也同样是由文化决定的。"② 到 20 世纪 80 年代，大多数女权主义著作都统一将生理性别和社会性别区分开来，并且作为女性主义理论的基本框架，被越来越广泛地接受。

社会性别概念的提出将人的生理性别和社会性别区分开来。"生理性别是男人女人生理上的差异，身体构造的不同；而社会性别是指由社会形成的男性或女性的群体特征、角色、活动及责任，是社会对两性及两性关系的期待、要求和评价。"③ 社会性别概念的提出说明两性之间的差异不是生理上的，而是在社会文化中形成的。因此，所谓的男性气质和女性气质，以及男女两性的不平等都只是一种社会建构和社会规定。而且，社会性别不是固定不变的，而是随着社会文化制度的变迁而发生改变。社会性别概念的提出使性别问题成为一个错综复杂的问题，过去被看成天经地义的性别问题也不断受到质疑。

性别的存在是人的生存方式的一种体现。就个人而言，性别的划定由一整套十分完整的社会体系从其一出生就开始建构。在一个婴儿出生的那一刻，其性别就可以通过第一性征——外生殖器官得到确认，随后在其成长过程中通过男女不同的身体发育而完成他们的第二性征，最后在他们成人后，通过正确的性别取向选择自己的性别伴侣结婚生子。通

---

① Robert Stoller. *Sex and Gender*: *On the Development of Masculinity and Femininity*. New York City: Science House, 1968: 9.

② Gayle Rubin. The Traffic in Women: Notes on the "Political Economy" of Sex. In: R. Reiter, ed. *Toward an Anthropology of Women*. New York: Monthly Review Press, 1975: 165.

③ 王凤华，贺江平. 社会性别文化的历史与未来. 北京：中国社会科学出版社，2006：24.

过这一过程，一个人就完成了性别的二元分化体现——非男即女，而社会则要求每个社会成员的行为和角色都应与其性别相符。正如茱蒂思·鲁博（Judith Lorber）所言：“对大多数人来说，性别是我们日常生活的绝对基础，因此，对这种大家早已视为理所当然的假定和先决条件进行质疑，简直就像考虑太阳是否还会升起一样多余。社会性别的标志和信号无处不在，以至于我们经常注意不到，除非它们缺失了或含糊不清。这时我们会觉得乱套了。”①

在马克·吐温早年创作的《一千零二夜》和晚期创作的《地狱之火霍奇基斯》这两个短篇故事中，作者探讨了性别错位②问题。前者的背景是远古的东方，后者的背景是现实的美国。通过这两个故事中的两对性别错位的男女形象，马克·吐温展示了生物决定论下的男女二元划分，再现了社会对男女两性不同的性别期待，凸显了性别错位带给错位者的困惑和麻烦。通过分析这两个创作于不同时期的关于同一主题的文本，本节试图发现马克·吐温对该问题的看法及其动态发展。

一、虚构空间中的性别转换

《一千零二夜》是一个虚构的故事，也是马克·吐温早期创作的探讨性别问题的作品之一。在这个故事上马克·吐温倾注了很多心血，甚至为其亲自设计了131副插图。遗憾的是，这个故事在马克·吐温生前一直没有发表。其原因除了故事本身可能会引起争议以外，还因为一贯欣赏他、支持他的好友威廉·迪恩·豪威尔斯令人沮丧的评价：“整体来说，它不是你最好的，甚至算不上你的二流作品，它一直在规避你不

---

① Judith Lorber. Night to His Day. *Paradoxes of Gender*. New Haven and London：Yale UP，1994：13.

② 《地狱之火霍奇基斯》中，马克·吐温用“misplaced sex”来指故事中的主人公海尔菲尔的性别问题，笔者将其译为“性别错位”，用来指由于不同的原因，社会性别主体对自己的性别身份产生的认同困难，甚至意欲摆脱强加于自身的性别角色的现象。

能尽情表达的某种有趣的东西。"① 威廉·迪恩·豪威尔斯认为该作品中马克·吐温对性别身份的把玩以及男人生下双胞胎的荒谬情节安排会让读者无法接受②，它不仅莫名其妙，而且非常乏味。

该故事之所以被命名为《一千零二夜》是因为它是对《一千零一夜》的戏仿，是叙事者谢雷扎德（Scherezade）③ 为了延长性命而讲述的一个奇长无比的故事。该故事充满奇想，极具喜剧色彩。它不仅沿袭了《一千零一夜》的创作特色，充满丰富的想象力和近乎荒诞的夸张描写，同时也沿用了《一千零一夜》的一个重要主题，即对性别问题及性别角色的探讨。

《一千零二夜》讲述了一个令人难以置信的关于性别调换的故事。根据预言，古印度群岛的苏丹王即将得到一个梦寐以求的漂亮儿子，该国的大维齐尔（Grand Vizier），即宰相，也将得到一个盼望已久的漂亮女儿。预言很快就应验了，两个孩子在大家的期盼中于同一天出生。苏丹王和宰相接受众人的祝贺，整个王宫呈现出一派喜庆的节日气氛，一切似乎都非常圆满。不料，一个女巫在孩子出生的那一刻制造了一点麻烦。她通过改变发型让那个女婴看起来像个男婴，让男婴看起来像个女婴。于是女婴被当成男孩，取名为塞利姆（Selim）；男婴被当成女孩，取名为法蒂玛（Fatima）。他们的父母也完全被外在的性别标识所蒙蔽，从未注意到这是一个错误。于是两个孩子便在错误的性别身份下成长。但是，人们很快发现，被当成女孩的法蒂玛只对男孩喜欢的东西感兴趣，而被当成男孩的塞利姆只对女孩喜欢的东西感兴趣。随着两个孩子慢慢长大，他们对彼此产生了爱慕之情，请求苏丹王答应他们的婚事。他们的请求却遭到苏丹王的强烈反对，因为根据法律，苏丹王的女儿可

---

① 转引自：Franklin R. Rogers, ed. *Mark Twain's Satires and Burlesques*. Berkeley and Los Angeles：University of Californian Press，1967：89.

② 转引自：Franklin R. Rogers, ed. *Mark Twain's Satires and Burlesques*. Berkeley and Los Angeles：University of Californian Press，1967：89.

③ 叙事者 Scherezade 的名字也会让读者情不自禁地联想到《一千零一夜》中的叙事者山鲁佐德（Scheherazade）。

以继承王位，但是"如果她生下孩子，小孩必死，她也必死"
（p. 125）。不过，两个相爱的年轻人最终说服苏丹王答应了他们的婚
事，在十九岁那年喜结良缘，并且很快就要有自己的孩子了。就在大家
忧心忡忡，担心厄运马上就要降临到法蒂玛身上的时候，法蒂玛跑到父
亲的病榻前宣布，孩子的母亲是她的丈夫而并非她本人。正在这时塞利
姆也宣布，生下来的不是一个孩子，而是一对双胞胎。听了这个好消
息，国王如释重负，因为不仅"女儿"得救，王国也避免了毁灭的危
险。故事以圆满的喜剧结束。

在《一千零二夜》中马克·吐温已经开始尝试从性别的自然属性
与社会属性的趋同性与差异性的视角，来探讨个体的性别差异对其行为
取向和伦理选择产生的影响，并且初步探讨了性别错位对人物伦理身份
造成的困惑、迷茫，以及他们力图摆脱这种身份困惑的不懈努力。该文
本采用了马克·吐温惯用的主题选材——身份调换。不过这里的身份调
换不再是不同种族或阶级之间的身份调换，而是性别调换，这在一个生
理决定论占主导地位的性别环境下具有很强的挑战性。如果说在《傻
瓜威尔逊》中马克·吐温通过"调包计"进行了一次种族实验，那么
在《一千零二夜》中进行的则是一次性别实验。法蒂玛和塞利姆的性
别错误之所以会发生，是因为女巫清楚地知道发型是一种社会性别标
识，并且利用了其可变性。所以，像罗克珊利用衣服的种族标识实施调
包计一样，女巫利用发型的标识性，"将苏丹王的男婴的头发从中间分
开，让他看起来像个女孩儿，而把大维齐尔家女婴的头发从旁边分开，
让她看起来像个男孩儿。这样，他们不可思议的命运就决定了……"
（p. 101）。和前面两章的服饰作为阶级和种族身份的标志一样，这里的
发型成为性别身份的标识，揭示了性别的社会建构性。女巫之所以这样
做，是因为她想羞辱一下那些名为"智者"而实为傻瓜的人们，在他
们眼皮底下把两个孩子的性别进行交换，让他们永远也无法解决这个难
题。因此，女巫对两个婴儿的性别身份的调换形成了一个伦理结，她所
引起的性别身份错误导致了性别秩序的混乱，几乎引起苏丹王统治的王
国的毁灭。女巫的行为无疑是对权威的挑战、对原有秩序的破坏，和罗

克珊的换婴有异曲同工之妙。用国王山鲁亚尔（King Shahriyar）的话来说，"这的确是个大胆的、令人钦佩的想法"（p. 102）。

　　然而，如果把这里的性别调换看成一次性别"实验"，它却没有达到"调包计"这一种族实验的效果。虽然由于女巫的恶作剧两个初生婴儿被互换了性别身份，互换身份后的两人都表现出各自被预设的生理性别赋予他们的性别气质。① 而且随着他们的成长，这一点表现得越来越明显。本为男孩却被认定为女孩的法蒂玛每个星期六都会放下正在玩耍的游戏去看他的②父王为朝臣们发薪。苏丹王不禁感慨道："奇怪，太奇怪了，他怎么会和男孩一样对财务感兴趣呢！"（p. 106）不仅如此，"他一点都不喜欢娃娃，他讨厌娃娃，从来都不玩这些东西。他不喜欢会唱歌的鸟，也不喜欢小猫。最令人诧异的是，他养了一只凶猛的熊仔作宠物，并且一直把他当成自己的伙伴"（p. 106）。法蒂玛对女孩喜欢的童话故事也没有什么耐心，总是让母亲给他讲关于屠杀和后宫的故事。塞利姆和他恰恰相反。作为男孩，"他"却完全符合人们对女孩的期待。"他"只对娃娃感兴趣，而这对一个男孩来讲是"多么地难堪"。"他"也养了一只宠物，却是一只小猫，无论"他"走到哪里，都和这只小猫形影不离。在他们所处的性别伦理环境中，习武和剑术是男性必备的技能，而做针线活、刺绣则是对女孩的起码要求。因此，在他们的成长过程中各自必须习得这些基本技能。但是，塞利姆一点也不喜欢练习剑术和标枪，而是经常偷偷一个人躲到花园里，来来回回推一辆婴儿车作为娱乐。"他"的这一举止招来了非议，被看成"女人气"（p. 107）。因为婴儿车与育婴相关联，被看成女性的职责所在，推婴儿车自然被看成女性化的表现，有违社会性别角色划分。和塞利姆一样，法蒂玛也不喜欢强加在自己身上的性别角色，"她"不喜欢刺绣，一有

---

　　① 在文本中，马克·吐温始终没有明确地道出这两个男女主人公的生理性别，这在某种程度上也导致了该文本的模糊性和多义性。

　　② 这是马克·吐温玩的文字游戏，叙述者一直用代词"他"来指代假女孩法蒂玛，而用"她"来指代假男孩塞利姆。而从其他人物的角度来看，他们又分别变成了"她"和"他"。笔者在翻译的过程中也沿用了这一策略。

空就扔下手上的活计，一会儿来一个前手翻，一会儿来一个倒立。因此常常被人指责："真是有毛病，一点也不知羞耻。"（p. 108）因为对女孩来说，这种行为不雅观、不端庄，是有失体面的行为。

显然，这一实验结果不仅没有触动建立在本质主义基础上的性别观，反倒证明了它的合理性。按照性别本质主义或者生理决定论的性别观，男人和女人生来就具备不同的荷尔蒙、解剖结构和染色体。因此，男人和女人生理和心理构成的不同最终决定了他们思维方式和行为方式的不同，决定了他们在社会上表现出来的个性特征以及社会文化地位的不同。被理解为男性气质和女性气质的社会性别是对生理或生理性别在社会层面上的解读，即男人表现男性气质，女人表现女性气质，男性和女性各自表现出来的社会、心理和行为特征都能在生理上找到依据。例如，由于女性的荷尔蒙和生理特点，女人天生柔弱，适合生养孩子，适合主内；而由于睾丸激素，男人天生具有竞争力、聪明，适合主外，并在社会上处于统治地位。长期以来，生理决定论主宰着人们对性别的认知，决定了人们对男女两性不同的性别期待。男性必须胸怀宽广、勇敢、意志坚强、事业心强，而女性则善解人意、心地善良、性情温和、细心、善于操持家务。这就形成了性别角色的刻板印象（sex-role stereotype）。

法蒂玛和塞利姆表现的性别特征恰恰印证了这一观念。数字和财务代表的是智力和推理能力，驾驭凶猛的动物代表的是勇敢和冒险精神，这些都被看成男人的专利。而娃娃、小鸟和小猫则是女孩的玩偶，因为照顾和摆弄这些小东西彰显的是母爱和女性的温柔。象征着武力和征服的暴力故事是男孩的兴趣所在，充满幻想和浪漫色彩的童话故事则是女孩的专属。这是由他们不同的生理性别决定的。在生理性别的主导下，社会赋予男女两性不同的角色定位。男人被赋予卫护江山、保护家人的责任，舞刀弄剑是男孩必备的本领；女人的职责在于养儿育女、操持家务，所以做针线活是女孩必须习得的技能。

按照这种刻板印象，在他人眼中，法蒂玛和塞利姆显然都背离了自己的性别角色和社会对他们的性别期待，在一个本质主义性别观念大行其道的伦理环境中着实让人迷惑不解，难以接受。作为国王之女、宰相之子，虽然他们身份尊贵，但是，他们尊贵的身份并没有阻止人们对他们不符合性别规范的行为举止的非议。

尽管他们的性别本身就是一个错误，和社会强加给他们的性别角色发生了冲突，作为社会个体，他们也在不断地屈从和接受社会对他们的性别期待。尽管有违他们的天性，他们也在努力适应自己的性别角色，并且根据社会的性别要求约束自己的行为。通过这个虚构的故事，马克·吐温在一定程度上揭示了性别的社会建构性，指出了社会性别划分和性别定位对男女两性人格发展的束缚和阻碍。例如，从天性来看，法蒂玛与塞利姆相比更加积极、勇敢和主动，但是从他们爱上对方后的反应来看，不同的性别期待对他们各自的行为产生了很大的影响。他们在矛盾和挣扎中不断地改变自己，努力作出符合社会性别规范的选择。初次邂逅塞利姆，虽然法蒂玛很想多看一眼心中的"白马王子"，然而，出于"女性的"羞怯，他还是压抑住自己的感情赶快躲开，并且告诫自己，"作为一个女孩子，让男人看见并前来打招呼，这不合适"（p. 110）。在爱情煎熬下的他非常希望光顾偶遇自己"白马王子"的花园，但他也压抑着自己说："男人待的地方，一个姑娘家去那儿是不合适的。"（p. 111）而当一贯羞怯胆小的塞利姆偶遇法蒂玛并对他一见钟情的时候，她很快克服了胆小羞怯的天性，像一个男子汉一样鼓足勇气冲过去向自己心中的女神示爱，而"法蒂玛用衣服的一角遮住自己害羞的脸飞也似地跑开了"（p. 112）。最后，当他们终于得到父母的认可要成婚的时候，一直讨厌穿女装的法蒂玛任凭侍女给他穿上新娘装，把自己打扮得漂漂亮亮去作塞利姆的新娘。

这里，叙事者不厌其烦地、全方位地描述了建立在本质主义性别观基础上男女两性不同的性别气质与性别角色定位，呈现了法蒂玛和塞利姆所面对的性别麻烦，以及他们为了适应自己的性别角色而做出的努力。他们的努力说明，尽管处于特定性别伦理下的社会个体会遇到性别认同问题，在社会性别规范和性别期待的长期约束和影响下，他们会慢慢认同自己的性别身份，约束自己的行为，作出符合社会规范的伦理选择。这说明，性别差异并不完全由生理因素决定，社会传统观念对社会个体性别意识的形成有着深刻的影响，它制约着每一个个体，让他们按照社会期望的"模子"被他人和自我塑造。性别实际上是在伦理规范的约束下作出伦理选择的结果。用现代女性主义的话来说，性别实际上是一种社会建构，是操演的结果。

对于这样一个故事，批评家们似乎并没有表现出太大兴趣，对它的评论寥寥无几。即便如此，评论者对马克·吐温所表现的性别观的看法也不尽相同，有些观点甚至完全相反。探究起来，造成这种争议的原因除了评论者对文本解读的侧重点不同以外，还与马克·吐温所采用的微妙的文本策略有很大关系。

从文本细读可以看出，马克·吐温在探讨性别错位问题时所使用的一些文本策略确实令人迷惑，在一定程度上削弱了其挑战性。该文本中，虽然作者通过讲述法蒂玛和塞利姆的故事，触及生理性别和社会性别的统一问题，指出了性别问题的复杂性，但是马克·吐温对该问题的处理方式及表现的态度却较为暧昧。

首先，马克·吐温对文本的处理和情节的安排导致读者难以了解其真实意图。故事一开始就渲染了远古东方的神秘色彩。在用两个章节描写魔术师、神秘的巨型蛋和占卜者之后，叙述开始进入主题。作者将性别问题置于古老而遥远的东方，并且以虚构的寓言形式呈现出来，这样的处理方式固然便于更加大胆地探讨性别问题，但也削弱了其现实性。其次，法蒂玛和塞利姆的性别问题不是自然发生的，而是女巫从中作梗的结果，这无疑进一步削弱了其颠覆性。更为重要的是，通过不可思议的荒诞的手法，马克·吐温有意将两个主要人物的生理性别模糊化，在挑战人们的性别认知的同时，似乎又向读者传递了这样的信息：男性和女性是有差异的，而且这种差异是由生理因素决定的，是先天形成的。因此，生理性别是一个人社会性别的决定性因素。这一观点和生理决定论不谋而合。后者认为两性气质先天存在，男人和女人生理和心理构成的不同最终决定了男人和女人思维方式和行为方式的不同。

从故事的结局安排来看，马克·吐温采用了喜剧式的大结局。当灾难即将降临，苏丹王因为自己的爱女即将死去、自己的王国即将瓦解而耗尽心力躺在床上等待王国的灭顶之灾的时候，法蒂玛闯到父亲面前兴奋地喊道："醒一醒，噢父亲，因为奇迹中的奇迹，您的女儿和王朝都被拯救，看，孩子的母亲不是我而是我的丈夫。"（p. 131）随着这一消息的宣布，一切的麻烦都迎刃而解。女巫设置的伦理结终被解开，被打乱的秩序也重新恢复，故事最终以喜剧收场。正是由于这种故事情节和结局的安排，有论者认为该小说表现了马克·吐温对待性别问题的保守态度。

然而，当我们全面地考察这个文本的时候，却会发现事情并非如此简单。首先，这个故事采用的是框型结构（frame story），性别调换的故事是由谢雷扎德讲述。这种安排很容易将读者和评论者的目光吸引到故事中的故事，而往往忽略了故事外的故事。虽然谢雷扎德是以山鲁佐德的身份出现，她却完全摆脱了强加在她身上的性别角色，讲述了一个奇长无比的故事，以至于故事还没有结束，准备行刑的一个个刽子手就先后死去，最后国王自己也没有捱到故事结束，而王后谢雷扎德却"依然美丽、鲜艳如初"（p. 133）。她以女性的魅力和极强的生命力战胜了老迈而昏庸的国王。不仅如此，这个看似援用《一千零一夜》叙事模式的故事在最后为读者呈现了一个极具挑战精神的"山鲁佐德"。在国王驾崩以后，故事的讲述者谢雷扎德开始向男性实施复仇。她指定（order up）一个又一个国王：

如此接连不断，直到最后人们开始对王室香火的延续产生恐慌，因为此时的王室血脉已经大大减损。于是，举国的臣民跪倒在美丽的谢雷扎德的脚下，哀求她高抬贵手，别再把亡国灭种的故事讲下去了。但她拒绝了，发誓一直讲到被送进坟墓的国王的数量达到被前国王送上断头台的可怜无辜的王后的数量才肯罢手。她声称这是一个约定，不去改变它是最恰当的、最恭敬的做法。

她高贵地坚持着，直到王室的墓地新增一千零九十五座坟冢。这时她说，她为从前被屠杀的可怜的王后们报仇雪恨了，已经心满意足了。

随之，她收起武器，从此以后它和剩下的皇室血脉都得以休养生息。
（p. 133）

虽然面对暴君谢雷扎德表面上表现得极为谦卑、顺从，对前国王的意旨不敢有任何违逆，可事实上她却是男权统治的反叛者。她充满智慧，心如磐石，完全打破了定式化的女性形象。

　　其次，该文本所使用的文字游戏也增加了文本的复杂性和多义性。该文本中，叙事者指代法蒂玛和塞利姆时所使用的性别代词一直都是混乱的。在外聚焦全知视角下使用的是代词"他"和"她"来分别指代法蒂玛和塞利姆，也就是说，这个时候叙事者关注的是他们被预设的生理性别。而在有限的内聚焦视角下，叙事者使用的是"她"和"他"，也就是他们应该扮演的性别角色。尽管有论者认为这恰恰证明马克·吐温认为一个人的生理性别对其性别气质所起的决定性作用①，但是，两种视角下的不同代词的使用却同时揭示了性别的复杂性和社会建构性。苏珊·哈里斯（Susan K. Harris）解释说：

　　马克·吐温对性别代词的把玩说明，在某种程度上他认为文字塑造了性别，女性特质或男性特质是被语言所建构。写于创作的巅峰时期，并且是在马克·吐温自己的孩子年幼的时候，这是马克·吐温在质疑一种根深蒂固的文化预设，即男性和女性的差异不仅在于他们不同的生理结构，还在于他们与生俱来的行为举止。②

苏珊·哈里斯的解读揭示了语言对性别塑造所起的作用，指出了该文本在性别问题上表现的挑战性。

　　从上述分析可以看出，马克·吐温在《一千零二夜》中使用的微

---

① Susan Gillman. *Dark Twins: Imposture and Identity in Mark Twain's America*. Chicago: University of Chicago Press, 1989: 109.

② Susan K. Harris. Mark Twain and Gender. *A Historical Guide to Mark Twain*. New York: Oxford University Press, 2002: 166.

妙的文本策略导致了文本解读的难度，致使文本信息难以顺畅地传递给读者，掩盖了其真实的创作意图。然而，无论马克·吐温的创作意图如何，有一点是无法否定的，那就是该文本说明，在对社会个体进行严格的性别划分和定位的时候，性别错位和由其导致的性别认同问题在所难免，而且对男女两性不同的社会性别定位会束缚社会个体的全面发展。

二、现实空间中的性别错位

如果说，《一千零二夜》讨论的是虚构空间中的性别错位，《地狱之火霍奇基斯》讨论的则是现实空间中实实在在存在的性别错位问题。《一千零二夜》中的一对男女主人公在他人眼中是有性别问题的"另类"，实则是典型、标准的传统男女形象，但《地狱之火霍奇基斯》中的一对男女主人公却是名副其实的"另类"。这也是一个关于错误的性别带给性别主体身份困扰的故事，但是其背景从古老而遥远的神秘东方转移到了内战前密西西比河岸边一个叫作道生码头的小镇，也就是三年前马克·吐温创作的《傻瓜威尔逊》中发生换婴事件的地方。如果说《一千零二夜》展示的是一个虚幻、充满奇想的世界和难以置信的问题，《地狱之火霍奇基斯》再现的却是真实的现实世界和残酷的现实问题。正是因为《一千零二夜》是在虚构的寓言叙事模式下的叙事文本，它才可能有一个戏剧性的完美的结局。当这个问题被置于现实主义的叙事模式下，问题似乎就没有那么简单了。

该故事的主人公像是法蒂玛和塞利姆的翻版。他们一个是外号叫"地狱之火"的女孩雷切尔·霍奇基斯（Rachel "Hellfire" Hotchkiss，后文简称雷切尔），另一个是外号叫萨格的男孩奥斯卡·卡朋特（Oscar "Thug" Carpenter，后文简称奥斯卡）。和法蒂玛和塞利姆一样，他们的性格特征和行为举止完全背离了他们应该扮演的性别角色，甚至完全颠倒过来。马克·吐温采用对比的手法将两个性别错位者展现在读者眼前。雷切尔是一个地地道道的假小子（tomboy）。她遇事镇定沉着，做事讲求实际，具有商业头脑。而奥斯卡虽然生为男孩却像女孩似的生性敏感，性情多变，处事优柔寡断。

从一开始就可以清楚地看到，这个故事发生的背景也是以本质主义性别观为主导的性别伦理环境。由于没有兄弟姐妹的陪伴，雷切尔六岁的时候就开始到外面找玩伴。"起初她和女孩子们交往，但这令她非常失望，因为她发现她们的社交圈实在太乏味。她们喜欢娃娃，而她却觉得很无趣；她们被大头钉划破会大哭大叫，而她不喜欢这样；她们发生争执的时候会用互相辱骂来解决问题，而她觉得这太不够味儿了；她们不会从高处往下跳，不会爬高树；她们害怕打雷，害怕水，害怕牛；她们不愿参加冒险活动；不会因为某件事情危险而爱上它。雷切尔原本想要改变她们，结果却失败了，于是她只好去找男孩子玩。"（p. 62）起初，男孩子们也不愿意跟一个女孩子在一起，并且直言不讳地告诉她，"他们瞧不起女孩子"（p. 62）。雷切尔没有用女孩子的方式解决问题，而是用鞭子征服了他们，成为比她还年长一些的男孩子们的"头儿"。十岁的时候，迫于社会压力，雷切尔曾经尝试以女孩子们为伴，做一个"正常的"女孩子。可是这一次的努力却以失败而告终。因为在她看来，"这些（女孩子的）娱乐活动一点也不刺激，她们虽说不上让人昏昏欲睡，但也太乏味了点儿"（p. 64），而男孩子的游戏就有趣多了。在和男孩子的交往和游戏中，她如鱼得水，"在粗野的游戏、残酷的打斗和冒险的活动中她找到了渴望已久的满足和快乐。她全身心地投入到这些活动中，成了一个快乐的孩子"（p. 62）。

她钓鱼，划船，打猎，设卡子捕捉动物，在冰上打曲棍球，在陆地上进行其他球类活动，开展竞走活动。她把驯马当消遣、当刺激。十六岁的时候，已获得镇上最强壮的"男孩"、最出色的拳击手的殊荣。她是一个好斗而且无畏的战士，只要是她全身心投入的争斗，她都能赢。消防队接受她为荣誉队员，允许她掀掉着火的屋顶，帮忙控制水龙管，她对此乐此不疲。在危险的情况下她判断准确，沉着冷静，动作敏捷，精神充沛，在屋顶上能很好地完成自己的工作。（p. 64）

通过对雷切尔的性格特征的详细描述，叙事者将道生码头镇主流的性别话语做了清楚的交代。按照这种性别话语，雷切尔的性别气质和行为举止完全打破了传统社会性别角色划分模式，她的表现超出了当时人们对女性的认知，因此引起他人的困惑不解。例如，照顾她的女黑奴玛莎因为无法理解她喜怒无常的性格，迷信地认为她是魔鬼附身。尽管这个解释因其浓厚的迷信色彩而显得滑稽可笑，却道出了人们对不符合性别角色的行为的不解和担忧，反映了对性别问题的约定俗成的普遍看法。吴小英指出，"人类生活在一个性别化的世界中，男人和女人古老的对立两极构成了所有我们关于知识及人类思想、行为和组织的本质概念的基础"①。一旦在谁身上出现了"错误的性别信号"，他/她就会被看成不正常，或者病态。雷切尔就是定式化性别模式下的一个"另类"。作为女孩子，她无法认同和适应自己的性别身份，社会性别标准成了对她的束缚，她在这张无形的网中徘徊着、挣扎着。

和雷切尔形成对比的是塞利姆的翻版——奥斯卡。作为一个男孩子，他生性胆小，遇事优柔寡断，镇上的人都说他和自己的性别不符，"像个女孩子"。奥斯卡的性别错位主要是通过他的父母亲的一段对话反映出来的。故事一开始，就是奥斯卡的父亲詹姆斯和母亲萨拉之间关于奥斯卡的性格问题的一段长长的对话。这段对话将性别问题置于家庭框架之内，似乎在暗示家庭应该是成人规范孩子的性别行为的最佳场所。对话表现出父母对奥斯卡性别问题的担心和对他的未来的焦虑。他们之间诙谐的对话几乎占了整个故事的三分之一，而且中间没有插入叙述者的任何评论。卡朋特夫妇的第一轮对话就为整个故事定下了基调：

"但是詹姆斯，他是我们的儿子，我们必须容忍他。如果我们不能容忍他，你怎么能指望别人这么做呢？"

"我从来没有说指望别人会这么做，萨拉。也不会这样想。他是个让人讨厌的笨蛋。"

① 吴小英.科学、文化与性别——女性主义的诠释［M］.北京：中国社会出版社，2000：10.

"詹姆斯！他可是我们的儿子啊！"

"我们的儿子又怎么样？即使是我们的儿子也没有办法让我不这样看待他。"（p. 45）

出现在故事开头的这段对话开门见山地提出了奥斯卡的性别错位问题。母亲萨拉的态度较为温和，虽然担心他，却对他的性格问题表现得较为宽容。父亲詹姆斯的态度则非常强硬。他冷嘲热讽，甚至用异常残酷的语气挖苦讽刺奥斯卡，言谈之中他对儿子的性别错位的鄙夷毫不隐晦地表现出来。显然，詹姆斯对性别错位者的态度更具普遍性，因为在父权制社会，"娘娘腔"和"男人婆"一样，都被看成不正常的表现而遭到歧视，前者遭到的歧视往往更甚于后者。在定式化的性别角色定位影响下，奥斯卡父母秉持的性别观让他们对儿子的问题深感不安。事实上，詹姆斯对"有性别问题"的儿子的激烈态度反映的是人们普遍接受的性别观念，代表了大多数人对性别的看法，那就是，男人就应该具备阳刚之气，女性化的男性是不被社会认可和接受的，应该遭到鄙夷和蔑视。

文本中对奥斯卡的女人气的描述大多出自詹姆斯之口。他坚持认为，奥斯卡是一个激情泛滥的人，因而对任何一件事情都无法保持三个月的热情。当萨拉抗议说，那是因为父亲从来没有鼓励过他、表扬过他的时候，父亲反驳道："对男性而言，我讨厌这个词——鼓励。总是需要鼓励的男孩就是乔装打扮的女孩，应该穿裙子才对。表扬，只有在赢得的时候才有价值。如果不是赢得的表扬，男人应该鄙视它才对。当然，这要看他是不是还有一点点男子气。"（p. 48）詹姆斯的回答清楚地表明，善变和不专一、需要表扬和鼓励都是女性特有的气质，并被视为劣等。在父权社会，"petticoat"已经成为一种文化符号，是女性的代名词，所以当詹姆斯谈到奥斯卡因为对表扬的渴望而应该穿裙子的时候，事实上他已经将自己的儿子划入女性这个群体，这是对一个男人的最大贬损。

为了表现这两个人的性别错位，马克·吐温还安排了一场"英雄救美"的好戏。一天，奥斯卡和一群男孩在密西西比河上滑冰时，冰块突然断裂，来不及跳到河岸的奥斯卡被浮在水上的冰块带走而不知所踪。正当大家一筹莫展之际，"这时传来了马蹄嘚嘚的奔跑声，一位身材苗条、容貌姣好的年轻女子，头上没有戴头巾，骑在裸背的高头大黑马的背上电闪雷鸣般飞奔而至"（p.54）。这是作者对雷切尔第一次出现时的描写，一个生龙活虎、英姿飒爽的形象立刻映入读者的眼帘。雷切尔一来，片刻也没耽搁就开始查看冰面的裂缝，很快就发现远处趴在漂浮的冰块上的奥斯卡。她不顾众人的阻拦，脱下外套和鞋子，拿着自己带来的救生衣和一瓶威士忌跳进河里，游到奥斯卡的身边准备帮助他游回河岸。"在惊恐的状态下持续了一个多小时，奥斯卡已经筋疲力尽。他说他虚弱、寒冷、无助、不像个男子汉，他宁愿死在这里也不愿明知游到河岸无望还去碰运气——他知道他根本做不到。"（p.58）雷切尔则像一个兄长一样对他进行鼓励和引导："把你的右手放到我肩膀上，奥斯卡，和我一起划。无论发生什么都不要慌张。慢一点，不要慌张。"（p.59）这一幕将两人颠倒的性别角色表现得淋漓尽致。奥斯卡像个典型的女孩子：犹豫、胆小、无助，而雷切尔正像个男人那样：风风火火，果断坚决，临危不乱。一个村民这样评论他们："萨格和她之间差别太大了，傻瓜威尔逊说得好：如果不考虑性别而仅仅从处世风格来看，'地狱之火'是镇上唯一一个真正的男子汉，萨格是唯一一个真正的女孩子。"（p.56）这个评论非常准确地点明了他们两人的性格特点和性别错位。

显然，和《一千零二夜》相比，这个故事更为直接、更为大胆地提出了性别错位问题，并且表明了马克·吐温对这个问题的看法，尤其是对突破传统性别角色定位、具有鲜明个性特点的女主人公的认同。

首先，从故事情节和章节安排来看，雷切尔占据了主导地位。该文本共分为三章。第一章是奥斯卡的父母就奥斯卡的性别问题进行的讨论和争执，在篇幅上几乎占据整个文本的三分之一。它一方面表现了奥斯卡父母对儿子的性别问题的焦虑和担忧，也借助詹姆斯之口表现出以本质主义性别观为主导的社会对性别错位的困惑不解以及讥笑鄙视。在整个过程中，奥斯卡本人是缺席的存在。第二章是雷切尔跳进河水帮助奥斯卡返回河岸的一幕。这里的奥斯卡仅仅作为配角而出场，他的主要作用似乎是以自己的无能和懦弱凸显雷切尔的智慧和胆略。第三章的重心是雷切尔，奥斯卡又是缺席的。从这种文本安排来看，马克·吐温让女性在男权统治的话语中发出了自己响亮的声音。①

其次，相比《一千零二夜》中偶然的人为因素造成的性别互换来看，马克·吐温在这个故事中对性别错位的原因给出了一个更加大胆的解释。马克·吐温表明一个人的性别气质并不是必然地由其生理性别决定，并试图从天性和教养两方面来解释雷切尔的性别错位："她的一部分是先天就有的，剩下的部分则是后天环境和教育造成的。"（p.60）雷切尔的母亲久病体弱，不能忍受男孩子一样的雷切尔在家里制造的种种噪音、她的火爆脾气和不安分的行为，所以在她小的时候母亲很少陪伴她。她的父亲性格温和，也很爱孩子，却不知道怎样和女儿相处。于是照看女儿的责任就落在年轻的女黑奴玛莎身上。玛莎非常宠爱雷切尔，一方面是出于她那个种族热爱孩子的天性，一方面则是因为她的迷信思想。因为她无法理解这个孩子，因此认为凡是不能够遵从正常的性别行为规范的小孩子一定是"魔鬼附身"，于是就尽量宠着她以"安抚她身上的魔鬼"（p.60）。由于没有得到母亲应该给予的必要引导，再加上父亲的疏于看管，没有兄弟姐妹陪伴，雷切尔在和男孩玩耍的过程中，男性气质不断地被强化，最后越来越背离自己的性别角色。显然，这种认知是反本质主义的。它表明纯粹的生理性别并不能有效地保证一个女性展现其女性特质，一个人的性格特征在很大程度上是由其所处环境所致。

这两个性别错位的人物形象说明，虽然男女生理性别有异，但生理性别并不必然决定性别气质。借用弗吉尼亚·吴尔夫在《奥兰多》

---

① 参见：张军学. 马克·吐温狂欢话语研究. 北京：北京交通大学出版社，2015：143-49.

（*Orlando*，1928）中的话来说就是：女子可勇敢、直爽如男子，男子可
胆小、敏感如女子。① 不仅如此，通过叙事者在字里行间流露出来的对
雷切尔的赞美，读者可以发现马克·吐温对性别错位的包容，对雷切尔
的个性特点的欣赏，以及对其性别困惑的理解。

　　然而，无论作者或者读者的主观愿望如何，"社会的伦理规则是伦
理秩序的保障，一个人只要生活在这个社会里，就必然要受到伦理规则
的制约"②。作为社会个体，我们无论生活在哪个时代，都不可能完全
脱离所处时代的伦理规范要求。对于作为社会个体的男性或女性而言也
是如此。他/她的言行举止必然受到社会性别规范的影响和约束，一旦
偏离就会给自己带来麻烦，使自己陷入尴尬和困境。对于奥斯卡如此，
对于雷切尔也是如此。虽然镇上的人们对雷切尔的举止更加包容，甚至
有些赞许，这仅仅说明社会对一个无害的孩子的行为有较大的容忍度和
包容心。随着年龄的增长，来自外界的压力变得越来越大。在十五岁那
年，雷切尔就因为这个问题惹上了麻烦。由于得罪了镇上的恶霸兄弟，
他们在镇上散布关于她的流言蜚语，侮辱她的清白，让雷切尔一时成为
舆论的焦点。为此，好心的贝蒂大妈亲自登门，对雷切尔进行劝导。
"她（贝蒂大妈）不是某个人的大妈，她是镇上人的大妈。"（p. 66）
作为雷切尔已故母亲的朋友，贝蒂大妈象征着父权社会的家长，是父权
制的代言人和性别秩序的捍卫者。她一开始就提醒雷切尔，她已经成为
人们议论的对象。③ 然后，大妈警告雷切尔，她已经十五岁了，马上就

---

　　① 弗吉尼亚·吴尔夫. 奥兰多. 林燕，译. 北京：人民文学出版社，2003：
89，150.

　　② 聂珍钊. 文学伦理学批评：基本理论与术语. 外国文学研究，2010（1）：
19.

　　③ 琳达·莫里斯（Linda A. Morris）用伊芙·塞吉维克（Eve Sedgwick）在
《暗柜认识论》（*Epistemology of the Closet*）中提出的同性恋理论指出，叙事者在叙
事话语中突然插入一个重要的缄默和秘密，对人们是以怎样的方式议论雷切尔避而
不谈，这暗示该文本涉及同性恋问题。参见：Linda A. Morris. *Gender Play in Mark
Twain: Cross-Dressing and Transgression*. Missouri: University of Missouri Press, 2007：
138.

是一个女人而不是女孩子了①，行为应该更加检点。接着明确地告诉雷切尔，作为一个年轻女子，不能两腿分开骑跨在马背上；不能和男孩子们一起划船、射击、滑冰，等等。可见，在二元对立的性别社会中，性别是一种角色认同的社会分类，它代表了某种社会意义、某种标杆，它告诉我们两种不同的性别角色应该如何扮演，每个人都要按照性别规范这个"剧本"演绎性别化的人生。

　　总之，大妈此行的目的就是对离经叛道的雷切尔进行规训，把她拉回到正确的轨道。最后大妈说，虽然一直以来，雷切尔的行为受到一些非议，但她总能够得到人们的谅解，而这一次，她"走得太远了"。"从方方面面来看，这是一个公平公正的小镇，一直对你不错，从整体来说，可以说对你很不错了，因为你一直在制造麻烦，现在又是这样，不是吗？"贝蒂大妈的话似乎无可挑剔，但是读过《傻瓜威尔逊》的读者都清楚，在道生码头镇这个小镇宁静的外表下，紧张的社会二元关系在这里发生碰撞。在这里，一个外乡人因为一句令人困惑的玩笑话会被本地居民冠以"傻瓜"的称号；一个肤色白皙的女人因为十六分之一的黑人血统而被划为奴隶；分属白人和黑人的两个小男孩可以在襁褓中被调包，并且在长达二十多年的时间里无人知晓。也是在这里，性别看起来不再是简单、僵化的二元对立模式，但是性别错位却是这个秉持性别二元论的父权社会所无法容忍的，必须及时加以制止。

　　尽管雷切尔是个与众不同、独立特行的女孩子，她却无法摆脱社会性别伦理规范的束缚，无法忽视人们由于对女性行为的狭隘观念而形成的对她的看法。贝蒂大妈的"慈母形象"和真诚的关心显然说服和打动了她。对于镇上人们的议论，她虽然表示遗憾，但是不得不承认她的性别错位确实给她带来了很大的麻烦：

---

　　①　根据1900年美国法律规定，16岁是女孩子可以结婚和进行性行为而不触犯法律的最低年龄（age of consent），也就是说16岁以上的女性已经性成熟，而且在心智上也可以对自己的性行为负责。

"噢，一切似乎都乱套了，没有一件事可以按常规行事。萨格不能像男孩子一样生活，我也无法像女孩子一样，我们在生活中都很失败，总是被错位的性别所困扰、所束缚，最终被它打得一败涂地。如果我们能够改变我们的性别的话，我们会比镇上任何一个年轻人都棒。"（p. 68）

这是多年来雷切尔对自己性别错位的困惑和无奈。她最终认识到在一个对性别进行严格划分的社会，如果不能遵从性别惯例，最终只会碰得头破血流。虽然她渴望按照自己的本性自由发展，知道自己可以比镇上任何一个男人都优秀，可是她不是男性，而且无法改变自己的生理性别。因此，她决定改变自己，屈从于社会的性别规范。"一切都该结束了。"这是雷切尔无奈之中发出的感慨。经过长时间的思考，她最终决定：

"我不再和男孩子一起训练，也不再干不是女孩子该干的事情，除非那是职责所在，我应该义无反顾。我是说，我不会仅仅出于好玩去干那些事了。在此之前，我用马鞭抽打斯托弗兄弟纯粹为了好玩，现在只能出于更加高尚的动机——更加高尚的动机，不管怎样，只能在更值得去做的时候才会……"（p. 69）

做了这个决定以后，雷切尔心满意足地睡觉了。故事到此戛然而止。

细读文本，雷切尔的决定实际上是比较含混的。正因为如此，它引起了批评家们的不同看法。苏珊·吉尔曼认为，和马克·吐温创作的众多关于性别越界的故事一样，"它只是暂时打乱了性别的划分，最终性别的混乱得到了澄清，社会认同的性别身份得到了认同"①。劳拉·斯坎德拉·特伦布雷注意到了社会规训权力对性别越界的干预，声称它

---

① Susan Gillman. *Dark Twins*: *Imposture and Identity in Mark Twain's America*. Chicago: University of Chicago Press, 1989: 111.

"正在摧毁那些企图跨越严格性别划分界限的人们"①。库利对此则持不同观点。他认为，虽然"看起来在这个没有完成的故事的结尾'地狱之火'独立的翅膀就要被折断"，但是"她似乎比以往任何时候都更加坚定，在职责所需的时候，为了追求公平和正义，要像男人一样穿着和行事"②。琳达·莫里斯也表示，雷切尔是个胆量过人的女孩，不可能轻易顺从别人。而且她曾经两次尝试着改变自己，但并没有成功，因此她是否能够成功地扮演女性角色还是一个问题。另外，她的承诺也是有条件的，其中不乏文字游戏的成分，所以并不能当真。③

　　毫无疑问，这些论点都有合理之处，而且不同的解读还会继续。而不同的观点恰恰说明了结尾的开放性。这或许就是马克·吐温对故事结局安排的目的所在。雷切尔要么屈服于社会性别规范而放弃自己的本性，要么一意孤行而被社会遗弃。何去何从？这对她来说是一个两难的选择，对马克·吐温来说似乎也是个难解的命题。于是马克·吐温就把这个难题留给了读者，使之成为一个没有结局的故事。

　　从以上分析可以看出，《一千零二夜》和《地狱之火霍奇基斯》这两个故事虽然创作时间相隔十几年之久，却以不同的方式对同一个性别问题进行了探讨。前者滑稽幽默，后者严肃沉重；前者隐晦的文本策略使马克·吐温对文本讨论的性别问题的看法和态度显得颇为暧昧，后者则以更为直接的叙事方式传达了作者对性别错位者，尤其是对突破传统女性性别角色者的理解和认同；前者在一定程度上表现了对建立在生物决定论上的性别观的认同，后者却明显地对此提出了质疑。从这两个文本的比较分析可以清楚地看到马克·吐温在对待性别错位这个问题上的

---

　　① Laura Skandera-Traombley. Mark Twain's Cross-Dressing Oeuvre. *College Literature*, 1997, 24（2）: 92.

　　② 参见: Mark Twain. *How Nancy Jackson Married Kate Wilson and Other Tales of Rebellious Girls and Daring Young Women*. John Cooley, ed. Lincoln and London: University of Nebraska Press, 2001: 237.

　　③ Linda A. Morris. *Gender Play in Mark Twain: Cross-Dressing and Transgression*. Missouri: University of Missouri Press, 2007: 140-141.

动态发展和认识的加深。

这两个故事中探讨的性别错位是建立在性别二元划分、非此即彼的基础之上，反映的是两性的对立，以及性别对立带给性别错位者的迷茫、焦虑和挣扎。不仅如此，这两个文本中的性别错位都有身份逆转的可能，这和下一节要谈论的易装及其意义截然不同。

第二节　易装及其意义

"易装"一词源于病理学词汇"易装癖"（也称为"异装癖"或"变装癖"），其英文表述为 cross-dressing，也常常译成"异装"或"变装"。狭义上的易装指跨越性别改换装束，扮演异性角色，但是在中文语境中也可泛指"角色扮演"，与"跨越性别"与否无关。本节考察的对象主要是指狭义上的易装。

在西方，易装作为一种文学元素由来已久。易装首先是作为一种表演艺术而出现在戏剧舞台上。从古希腊开始，用穿异性服装进行乔装打扮扮演异性角色一直都是戏剧表演中很重要的一部分。文艺复兴时期，易装更是被大量运用在戏剧舞台的表演之中，因为那时的妇女不允许参与戏剧表演，所以男人往往穿上女人的衣服扮演女性角色。与此同时，易装也作为情节元素出现在戏剧、诗歌和小说之中，起到推动情节发展、表达主题思想的作用。

易装作为一种文学元素，也是马克·吐温采用的一种探讨性别问题的主要手段。他在创作中对易装的尝试早在 1868 年创作《中世纪传奇》的时候就已经开始。在其晚年创作的一系列作品中，他为读者呈现了众多易装者形象：装扮成女孩到镇上探听消息结果被识破的哈克；在戏仿的莎士比亚戏剧中扮演朱丽叶的骗子国王；在逃跑中扮成莎莉大妈的吉姆；为偷窃装扮成年轻姑娘或老女人的"汤姆"；为逃命而扮成男人的罗克珊；被迫女扮男装的南希；不知何故而男扮女装的爱丽丝；被宣布死亡后男扮女装的艺术家弗朗索·瓦米勒；身披铠甲驰骋战场，被俘后身穿男装囚于监牢的贞德；着军装、骑战马的凯西，等等。这众多的易装又可分为两类，一类是性别伪装（disguise），也就是通过穿异性服装再加以其他的手段而装扮成异性，完全把自己真实的性别身份隐藏起来；另一类虽然穿异性服装，但并不使用任何其他手段掩盖自己的真实性别身份。

本节将主要以《中世纪传奇》①、《南希·杰克逊娶了凯特·威尔逊》（1902）和《圣女贞德传》中的女扮男装为研究焦点，结合其他作品，如《沃平来的爱丽丝》（1898）、《他死了吗?》和《一匹马的故事》等，对其中的易装进行分析，以揭示易装在马克·吐温作品中所反映的性别问题，探讨马克·吐温借助易装所表达的性别观。

一、易装与挑战

马克·吐温在其作品中展示了动机各异，或主动或被动女扮男装或男扮女装的易装者形象，他们成为世界文学画廊中易装者形象的重要组成部分。考察这些易装作品，易装的主要原因归纳起来有以下几个方面：

第一，女扮男装进入不同的性别世界，获取只有男性才有的特权和社会利益。马克·吐温早期作品《中世纪传奇》就讲述了这样一位易装者的故事。这个故事发生在 1222 年日耳曼的一个城堡里，故事的主人公康拉德仪态高贵，全身披着骑士的铠甲，但"他"的父亲克卢根斯泰因老勋爵却称"他"为"我的女儿"。康拉德 28 岁的时候才被父亲告知身世之谜。老勋爵告诉"他"，"他"虽为女儿身，但从小就被当成男儿抚养，原因就是要争夺继承权。因为根据祖父的遗命，如果康拉德的叔叔乌尔里希大公爵没有儿子，爵位就传给老勋爵的儿子；如果他们都没有儿子，只有女儿，爵位就传给乌尔里希的女儿，但前提是乌尔里希的女儿必须是一位纯洁无瑕的姑娘。如果她不符合条件，爵位就传给老勋爵的女儿。也就是说在继承权上，康拉德被排在所有堂兄和堂妹之后。所以，为了争夺继承权，康拉德的父亲在女儿一出生就杀死所

---

① 《中世纪传奇》于 1870 年发表在《水牛城快报》（*Buffalo Express*）上，是三个故事中唯一一个在马克·吐温生前发表的故事。

有知情者，从此将其当成儿子抚养。现在大公爵年事已高，召唤"侄儿"到他那儿去履行公爵的职责，但是名义上"他"还不是公爵。正是因为这件事，父亲在康拉德临行之前召见"他"，以告知身世之谜和注意事项。

马克·吐温另一部小说中的贞德也是这样一位易装者。古往今来，战争常常被看成男人的冒险活动，女人被排斥在战场之外。但是，在民族危难之际，一些女性会打破性别禁忌参与这种冒险活动，如16世纪西班牙修女卡特琳娜在军队里服兵役长达14年之久，还获得了教皇准许她穿男装的特许；18世纪的妇女费格参加了拿破仑战争。和她们一样，在法国处于危难之际，贞德听从天主的召唤，冲破性别身份的束缚，获得教会准许她穿男装的许可，一身戎装打扮，以无与伦比的雄才伟略带领法国军队力战英国侵略者。

第二，由于突遭变故，生活常态被打乱，无奈之际只好改变性别身份走入另一个性别世界，从而摆脱困境。马克·吐温晚年创作的短篇故事《南希·杰克逊娶了凯特·威尔逊》中的南希就是这样。为兄弟报仇而杀人的南希被一群村民追赶而逃到托马斯·费隆（Thomas Furlong）家藏身，但由于托马斯·费隆和南希母亲之间的恩怨，托马斯·费隆早已伺机对其进行报复。作为杀人案的唯一目击者，托马斯·费隆假意提出帮助南希，却逼迫她女扮男装远走他乡。为了逃避死亡，南希不得不听从他的摆布，化名罗伯特·芬雷（Robert Finlay）逃到一个陌生的地方开始新的生活。

和南希的易装动机类似，米勒特是一位被公众看好的年轻画家，因生活所迫欠下巴斯蒂·安德烈的债务。卑鄙狡诈的巴斯蒂·安德烈威胁米勒特要么如期偿还债务，要么将心爱的女人转让给他。在走投无路的情况下，米勒特的朋友只好设计宣布米勒特身染重病，不久于人世，以此抬高他的作品的市场价格，从而帮助他及其朋友摆脱经济困境。米勒特在被宣布死亡之后以自己的寡妇表妹黛西（Daisy）的身份男扮女装继续生活。

第三，没有任何实际目的而仅仅出于性别倾向而易装。马克·吐温晚年创作的故事《沃平来的爱丽丝》就刻画了这样一个男扮女装者——爱丽丝。关于爱丽丝的易装动机，作品中没有任何明确交代。叙事者只是轻描淡写地将其一笔带过，"他为什么要阉割自己是他自己的事，在八月份事情发展到高潮时大家都因为兴奋不已而把这件事给忽略了，没有人追问他为什么要这样做"（p.84）。显然，作者是有意掩盖爱丽丝的易装动机。但是细读文本不难看出，爱丽丝的易装是出于他的同性恋的性别取向。

　　虽然形式不同、动机各异，通过易装，马克·吐温对以本质主义为基础的性别二元划分和性别观提出了质疑。"服装通常是人类性别身份的最初的最基本的确定和区别标志。着装是一种社会秩序，在古代更可能是权力的问题，体现着等级制度基本次序。"① 易装者利用着装这一性别身份标识，让性别身份变得复杂起来，从而打乱了男强女弱、男尊女卑的性别等级次序。生为女孩的康拉德自出生就被当成男孩抚养，经过多年的训练"他"成了一个地地道道的青年男子，"他"的性别身份蒙蔽了身边所有人。不仅如此，在履行公爵职责期间，"他"治国有方、论断精明、判决仁慈，受到民众的赞扬和拥戴。"他"的表现证明，女人不只是持家的能手，也能承担管理国家的责任。如果委以重任，她们的表现并不会逊色于男人。贞德也是如此。她披铠甲、跨战马，和男儿一样战斗在沙场上。她的表现更是令男权统治者迷惑不解，而且感到其地位岌岌可危。在男性被阉割，失去雄性、失去斗志的法国，贞德以外交家的辩才说服王太子让她担任法兰西武装力量总司令，领导法国军队；她以军事家的智慧和胆略制订作战计划，屡建奇功；她以指挥家的镇定和果敢统率群英。她领导的军队所向披靡，让敌人闻风丧胆。康拉德和贞德的易装挑战了传统的男女二元性别体系，逾越了性别身份的界限，打破了男尊女卑的性别等级次序，从而暴露了性别二元对立的荒谬性和性别角色划分的不公正。

---

　　① 鲍震培.真实与想象——中国古代易装文化的嬗变与文学表现.南开学报，2001（2）：68.

20 世纪以前，本质主义的性别观一直控制着人们对性别的认知。在本质主义者看来，一个人生下来以后非男即女，男性和女性有着本质上的差异，这种差异是自然的、天生的、不变的。在此基础上男女两性扮演着定式化的性别角色。虽然易装者挪用了性别角色的刻板化形象，他们的易装却暴露了社会性别本身的模仿性结构，揭示了性别的操演性（gender performativity）和流动性（fluidity），对建立在本质主义基础上的性别观是一个极大的冲击。由于一出生就被当成男孩抚养，按照性别规范进行操练，易装后的康拉德的真实身份在二十八年中竟然没有被任何人识破。南希的性别转换也非常成功。当她决定按照托马斯·费隆的安排女扮男装远走他乡以后，托马斯·费隆就着手把南希变成一个小伙子的工作。第一步是在外貌上对南希进行改造。他让南希换上了为她准备的一套男装，帮她修剪了头发，首先使她在外表上符合社会对男性在外貌上的规约。然后，托马斯·费隆告诉南希，"你每天都要练习"，直到"你能够完全不出差错，走路和行为举止都能够像一个男人那样的时候"，并且吩咐她"要称自己为罗伯特·芬雷"（p. 112）。在托马斯·费隆的指导下，经过外貌的改变、严格的行为举止操练，南希很快就变成罗伯特·芬雷，成功地回应了新的命名对他的"召唤"。

性别操演在《沃平来的爱丽丝》中表现得更为突出和直接。在爱丽丝和木匠乔金森成功结合，爱丽丝的真实性别身份暴露以后，叙事者仍然难以相信这是真的，不禁为自己辩护道：

就他的聪明智慧而言，七个半月里他在我们所有人的眼皮底下伪装成一个女孩子，而且从未引起任何人的怀疑，做到这一点是毋庸置疑的。这不能怪我们对他的信任有一部分出自于我们的愚钝，因为没有人会认为我们的朋友和邻居也是愚钝的，而他们也像我们一样完全被蒙骗了，他们几乎和我们一样了解爱丽丝，但是压根儿没有想到他玩了个骗人的鬼把戏。他一定是有过多年的训练，否则不可能在这方面干得如此得心应手。（p. 84）

这些易装者之所以能够扮演异性角色，就是因为存在着约定俗成的男性和女性行为规范。正如朱迪·洛芙特丝告诉哈克的那样：女孩子穿针的时候会把针捏得稳稳的，再把线头往针眼里穿过去，而男孩子则是拿着线头硬是往针眼里乱戳；有人向女孩子膝盖上扔东西的时候，她们总是分开两腿来接，而男孩子则会并拢双腿；女孩子用手臂投掷重物，而且往往掷得不准，而男孩则用手腕。朱迪·洛芙特丝之所以能详细地描述女性行为特征是因为她把它看成一种角色扮演①。这其中的逻辑就在于任何人，无论是男孩还是女孩，无论是男人还是女人，都知道游戏的规则，并且根据这些规则扮演着自己的性别角色。

易装可以让性别主体逃离（可能是暂时的，也可能是永远的）原有的性别身份，逃离原有的性别世界，从而帮助他们逃离程式化的生活轨迹。马克·吐温笔下的易装者康拉德、南希、爱丽丝和贞德等都按照异性的行为规范，成功地扮演了异性角色，建构了新的性别身份。他们的易装说明，经过操演，一个原本为"女性"的身体，也可以展现男性的气质；反之亦然。也就是说，所谓的男性气质或女性气质并不专属于男性或女性，一个人可以是具有男性特质的女性，也可以是具有女性特质的男性。"这些易装者解剖学上的身体与被操演的性别之间的差别说明生理性别与社会性别的一致性关系是建构的。"② 一个人的身体与其社会性别之间没有必然的联系。这就进一步证明了，本质性的性别身份根本不存在，性别身份只不过是性别行为反复表演的结果，是一种社会、文化建构。借用波伏娃的话来说："一个人不是生来就是女人或男人，而是变成的。"

易装的成功实施让男性和女性之间出现了一个可以互相流动的空间和可能，模糊了两性之间的界限，打破了性别的二元框架，同时对两性角色划分和对男女不同的性别角色定位提出了挑战。性别不再是固定不

---

① 参见：Laura Skandera-Trombley. Mark Twain's Cross-Dressing Oeuvre. *College Literature*, 1997, 24（2）：82-96.

② 都岚岚. 西方文论关键词：性别操演理论. 外国文学, 2011（5）：123-124.

变的，而具有了可变性和流动性。正如马克·吐温作品中的易装者，他们的性属虽是既成事实，他或她的性别身份却是开放的，是可以改变的。"虽然生理性别是天生的，但是社会性别既非内在的，也非固定的，而是与社会交互影响的产物。"① 易装以后，经过性别操练，这些易装者都成功地扮演了异性角色，康拉德和南希变成了不折不扣的男人，爱丽丝和米勒特则成了地地道道的女性。他们的扮装掩盖了他们的生理性别身份，甚至赢得了异性的爱慕。康拉德成为表妹康斯坦斯追逐的对象；罗伯特成为情场老手凯特的挑逗对象；爱丽丝也成功地赢得主人杰克逊的信任，让他一手操控促成自己和乔金森的婚姻。在《他死了吗?》中，性别的流动性更是表现得淋漓尽致。在喜剧的一开始，米勒特是一个虽然贫穷但身体健康、性情豁达的年轻人，被一群男性艺术家追随，可谓是男人中的男人；戏剧进行到一半的时候，他正处于性别转换期，以一个身着女装却吸着烟斗，行为举止还没有完全摆脱男性气质的易装者的身份出现；他再一次出场的时候已经没有了原来的样子，而是一个用女性的妩媚和充满激情的亲吻撩拨得安德烈不能自已的年轻寡妇；随后，"她"成了玛丽的亲密朋友，用女性的温柔安慰着失去心上人的姑娘；当他决定摆脱安德烈的纠缠后，又以一个令人厌恶的老妇人的形象出现；他最后一次出现时，又像第一次出现在舞台上一样，虽然身着女装，但是已经表明了自己的男性身份，当然这时他已经不再是年轻画家米勒特，而是另一个陌生男人普拉西德·杜瓦尔。米勒特在男性和女性之间、魅力十足的年轻女子和令人作呕的老妇人之间、自己和别人之间流动与穿梭，很好地阐释了性别身份的不确定性和流动性。这些易装故事说明，作为社会化的产物，性别是在不断重复操演之后慢慢稳定下来的。康拉德、南希、爱丽丝和米勒特是性别模仿者，所谓的真正的男性和女性又何尝不是呢? 不符合社会规范的易装对性别气质的错误表演揭示了性别的虚假性，易装者通过重复和操练而完成性别身份的

---

① 李银河. 总序：性、性别与社会建构论. 选自：宋素凤，译. 性别麻烦：女性主义与身份的颠覆. 上海：上海三联书店，2009：1.

华丽转变说明了男/女二元式性别身份的不稳定性。

易装打破了原本简单的性别二元划分，让性别变得复杂起来。为了表现性别的复杂性，马克·吐温再一次使用了他惯用的文字游戏。在解释爱丽丝的性别身份问题的时候，叙事者声称：

为了方便起见，现在，我将不再叫他"他"了。事实上，爱丽丝就是个戴着宽边帽子、束着飘舞的发带，穿着飘逸的裙装，长得白皙、娇羞、漂亮的女孩子。这种形象已经刻在我的记忆之中，如果不称其为"她"真的是非常难为情，非常不方便。（p.84）

这一段叙述充满性别游戏的色彩。一方面叙述者戏谑地将爱丽丝和"他"并置，但他严肃的口吻却使得这种并置一方面显得荒谬愚蠢，另一方面又似乎合情合理。那么，在这种情况下，到底应该用哪一个代词，用"他"还是"她"来称呼爱丽丝呢？从性别表演的效果来看，爱丽丝的女性形象"已经刻在我的记忆之中"了，所以对叙事者而言，爱丽丝既是男性，也是女性。在故事的结尾处，当问及爱丽丝为什么要无端地指控乔金森玷污了其女性的清白的时候，爱丽丝解释说是为了满足杰克逊先生希望让这一插曲"足够戏剧化"的愿望。叙事者不禁感慨道："哇，她的努力真没白费，你们看到了，你们都亲眼看到了。我一直称她为*她*——我情不自禁这么做了，我的意思是*他*。"①（p.104）这里，所谓"本真"的性别和"虚假"的性别之分不复存在，看似简单的性别问题变得复杂起来。他既是他，也是她；反之亦然。如此一来，性别的指称不再囿于非此即彼的话语模式，男女两性的界限也变得模糊不清，男女两性的二元划分遭到了质疑，性别的二分法也随之被解构。于是，看似可笑、荒谬的故事却引发出来一个关于性别的严肃话题，不能不引起读者对性别问题的重新思考。

以本质主义为基础的性别二元划分是 19 世纪性别伦理的基础，性

---

① 这里人称代词的斜体是对文本中原有斜体的保留，并非笔者所为。

别的流动性和表演性动摇了当时的性别伦理基础，对"男强女弱""男主外、女主内"等传统性别观和性别伦理提出了质疑。在这些故事中，易装后的女性也像男性一样独立自主，她们既可以养家糊口，也可以担当管理国家的重任；而女扮男装的爱丽丝和米勒特，既有女性的风姿魅力，又表现了女性的温柔贤良。这些易装者成功地扮演了异性的角色，这无疑是对传统性别角色划分的一个沉重打击。他们的易装反映了性别的表演性，消解了男女性别二元关系，揭示了性别本质论的荒谬性，是对传统性别观和现有性别秩序的毁灭性打击。同时，无论是出于何种动机的易装，都表现出社会个体摆脱现实危机，逃离以男性为主导的社会结构的愿望。

二、易装与惩戒

纵观马克·吐温的易装作品不难看出，易装往往伴随着死亡，可以说死亡总是笼罩着这些以易装为特点的故事。为了确保康拉德易装的成功，她的父亲在她一出生就杀死了所有的知情者，而故事的结尾康拉德也因为易装而面临死亡的威胁；《一千零二夜》中的性别错位者虽然没有死亡的威胁，但是讲故事的山鲁佐德却时时面临被斩头的危险；因为杀人而女扮男装的南希；被宣布死亡而男扮女装的弗朗索·瓦米勒；漂浮在密西西比河上被吉姆当成哈克的父亲的女扮男装的尸体；男扮女装实施偷窃而杀人的"汤姆"；被斗牛踩死的凯西；被施行火刑的贞德，等等。显而易见，在马克·吐温的作品中易装与死亡相伴而生。对易装与死亡的关系问题评论家已经注意到，但很少给予充分的重视①。在笔

---

①　琳达·莫里斯注意到易装与死亡和病态的关系，并对《哈克贝里·费恩历险记》中的易装和死亡作出了解释。她认为，首先，马克·吐温作品中易装和其他形式的性别越界明显地挑战了性别划分的社会建构本质，必然会产生并且表现出对肉体的深深的焦虑，因为性别操演是在肉体上而且是通过肉体完成的，这种焦虑就以病态和死亡的形式表现出来。当然，它也可以用来证明马克·吐温自己因为该小说涉足某些禁地而表现出的焦虑。第二个解释是用巴赫金狂欢理论中对生与死的共生性来解释易装及死亡的关系。参见：Linda A. Morris. *Gender Play in Mark Twain*：*Cross-Dressing and Transgression*. Missouri：University of Missouri Press, 2007：40-41.

者看来，死亡一方面揭示了易装对性别伦理和社会规范的破坏性①，另一方面暗示了易装者及其性别越界的悲剧性结局。

在文学伦理学批评理论体系中，伦理指已经形成并为人们所认同遵守和维护的集体的和社会的道德准则与道德标准。② 在父权制社会中，性别规范就是这样一套人们所认同和遵守的道德准则和规范。按照这套准则和规范，女性必须是顺从的、贞洁的。她们的主要价值应该体现在家庭中，因而操持家务、生儿育女是她们的主要责任。如果她们的行为违反了这种共同的行为准则，逾越了父权社会为她们划定的界限，则被视为越界，必然招致打压乃至惩戒。

考察马克·吐温作品中的易装者，尤其是女扮男装者会发现，她们最终的结局往往是不幸的，甚至是悲剧性的。在康拉德争夺继承权女扮男装的伦理主线下，有一条围绕着她的表妹康斯坦斯被诱惑失身、寻求出路被拒而实施报复的伦理副线。根据祖父留下的遗言，如果康斯坦斯被证明是一位"洁白无瑕"的女子，她才具有继承爵位的权利。因此，为了进一步巩固康拉德的地位，老勋爵暗地派一个恶棍德茨因伯爵（Count Detzin）去引诱康斯坦斯，最终康斯坦斯陷入圈套失身并怀孕，而德茨因却在事成之后逃之夭夭。为了摆脱困境，康斯坦斯曾一度向康拉德示爱，却遭到拒绝。根据该国古老的法律，未婚生子是要被处死的，除非康斯坦斯能够举报同犯才可免去一死。对康斯坦斯的审判恰好由康拉德主持，而对公爵家庭的任何成员的宣判，都必须是在公爵的宝座上进行，否则都是不合法的。这一规定将康拉德置于两难境地：坐到宝座上就意味着一旦自己的真实身份暴露，就必然面临死刑，因为在康

---

① 易装的破坏性不仅仅表现在对传统性别观和性别伦理的挑战和打击，也表现在对其他社会规则和规范的逾越，对现有社会秩序的破坏。例如，康拉德的易装是对继承权次序的干扰，对他人生命权的剥夺；南希的易装是对法律责任的逃脱；米勒特的易装是对艺术市场的竞争机制的干扰。因为本节主要研究易装以及易装揭示的性别问题，所以这里就不对以上问题进行论述。而易装对传统性别观和性别伦理的破坏在本节的第一部分已经有详细论证，这里也不再赘述。

② 聂珍钊.文学伦理学批评导论.北京：北京大学出版社，2014：254.

拉德临行时，老勋爵曾反复叮嘱"他"：在加冕前切不可坐公爵之位，因为"无论哪个女人，如果在她还不曾当众被正式立为君主之前，只要登上那崇高的公爵宝座——她就要被处死刑！"（p. 180）。但是，拒绝坐到宝座上必然引起别人对其身份的怀疑。在两难的情况下，康拉德只能选择在还没有施行加冕典礼的情况下坐到宝座上，要求康斯坦斯指认同犯。出乎所有人意料，康斯坦斯直指康拉德说："那个人就是你！"（p. 186）。这个令康拉德始料不及的指控一下子将"他"击倒，使其再一次陷入极其被动而且无法摆脱的困境："要反驳这项指控，'他'必须暴露自己是一个女人；而一个未经加冕的女人，只要一登上公爵的宝座，她就要被处死！就在那同一个时刻，'他'和'他'那冷酷无情的老父亲一起晕倒在地。"（p. 186）就这样没有一个真正的结局，马克·吐温将故事草草收尾，并告诉读者，不论是在本书中，或是在将来出版的其他书中，读者都不会看到故事的结尾了，因为他让故事的主人公处于一种永远无法摆脱的困境，只能"让'他'留在那儿了"。

这个围绕着继承权问题的故事道出了父权社会通过权力运作对女性实施的排斥和限制，也暗示了冲破限制所面临的危险。在父权制社会，为了维护男权统治，在继承权方面女性不具备和男性同样的权利，往往被排斥在继承权以外。即使她们有幸获得继承权，那也是有条件的，甚至是以死亡为条件、为代价。由于父权制下男人对权力的掌握和操控，妇女的地位极为低下。对于康拉德来说，不仅她的继承权受到限制，她选择自己的性别身份的话语权也被代表父权的老勋爵所剥夺。因此，在男性话语占据主导地位的社会文化中，这些易装者到底能够走多远，这是一个问题。马克·吐温的一句"原来我以为要解决那困难是很容易的，但现在看来并不是那么一回事"道出了女性想要争取身份认同和平等地位的艰难，也道出了作者对易装是否能够解决性别问题的怀疑。康拉德的父亲费尽心机不惜改变女儿的性别以达到夺取爵位的目的，康拉德也确实很好地代理了公爵的职责，但最终康拉德还是被身份问题所击倒，陷入两难境地。对马克·吐温来说，这就是无奈的现实。虽然对康拉德的境遇感到同情，他也无法为她找到更好的出路。所以，关于康拉德的故事只能这样被搁置下来。

十几年过去了，到了 1902 年，马克·吐温似乎又想起了这个曾被搁置的故事，创作了另外一个易装故事——《南希·杰克逊娶了凯特·威尔逊》。该故事被苏珊·吉尔曼和斯坎德拉·特伦布雷看成对《中世纪传奇》的续写，因为它援用了《中世纪传奇》的叙事模式：女扮男装—引诱导致的非婚生子—女人的复仇—指控为父亲。在该故事中，杀人后被迫女扮男装的南希远离家乡来到一个村庄，被好心的威尔逊夫妇收留并借居在他们家农场的一个小棚屋。威尔逊夫妇的女儿凯特年方十八，她以引诱农场和村子里的小伙子为乐，并在与其交往一段时间厌倦以后再将他们抛弃。后来凯特自食其果，被一个举止优雅的东部人所吸引，在坠入情网怀孕后被抛弃。于是凯特决定对所有男人实施报复，并选定罗伯特·芬雷（即南希）为第一个目标。在使用惯用的手段挑逗罗伯特·芬雷未果的情况下，凯特指控"他"为自己即将出生的孩子的父亲，以还击罗伯特·芬雷对她的冷淡和无情，这让罗伯特·芬雷也陷入了和康拉德一样的困境：如果要证明自己的清白就必须暴露自己的真实身份，接受死刑判决；如果不愿暴露身份，就只能默认自己是孩子的父亲，接受威尔逊夫妇的安排，和凯特结为夫妻。为了继续隐瞒自己的真实身份，罗伯特·芬雷最后答应与凯特结婚，但是坦言"我永远不会和她住到一起，哪怕是一天"。故事结尾的一句话是"最后孩子出生了——是一个男孩"（p. 123）。

与莎士比亚的喜剧中以身份的确定和由此引起的婚恋问题的圆满解决为结局的易装者相比，马克·吐温笔下的易装者都没有那么幸运。他们总是被身份问题所缠绕，很难有一个完美的结局。南希虽然借助易装逃脱了死亡的威胁，但是易装只是暂时为她提供了庇护，却让她陷入另一个身份困境，最终只能听任代表传统道德维护者的威尔逊夫妇的安排，与凯特结合。这种结局安排虽然将易装者从两难的境地解救出来，但易装者仍然没有真正摆脱身份问题的困扰。南希的故事给了被搁置十几年的康拉德的故事一个结局，然而它仍然是一个令人遗憾的结局。对于这种结局的安排也不难理解，因为在马克·吐温的作品中，身份的暴露往往意味着死亡，因而，易装者的身份改变是不可逆转的，由身份的改变所形成的伦理结也就成为一个死结，没有结局的结局成了最好的结局。这样的结局或许并不是马克·吐温想要的结局，但对此他也无能为力。这种结局的安排似乎在告诉读者，女性的命运是由一种无所不在而又看不见摸不着的传统势力所控制，个体的力量是难以挣脱的。

同样被这只看不见的手控制着命运的还有康斯坦斯和凯特。在父权社会双重道德标准下，女性的欲望被视为一切罪恶的来源，应该被严格控制。这种禁欲的道德观要求女孩从小就必须遵守女性的行为规范，压抑欲望，不能成为"放纵的女人"。虽然在某种程度上，康斯坦斯是受害者，但也不能因此脱罪。凯特更是一改传统女性纯洁、顺从的"家庭天使"形象，挑战传统道德规范，游戏于众多男人之间，将他们玩弄于股掌之中。她希望冲破性别束缚，像男人一样可以掌控自己的感情和生活，把握自己的命运和人生，最终正如她母亲所预料和担心的那样遭到了报应（p. 113）。一直以来不断玩弄并抛弃男人的人也遭到了始乱终弃的惩罚。不仅如此，在指控罗伯特·芬雷为即将出生的孩子的父亲后，她虽然报复了罗伯特·芬雷，却陷入无爱、无性的婚姻。一个以戏弄男性为乐的女人却被男人抛弃，最后又自设陷阱跳进尴尬的婚姻中，这不能不说是对不顺从的越界者最沉重的打击。这场同性婚姻将"南希的性别越位和凯特的性泛滥互相抵消，给越界者双重警告：因为她们的行为违背了社会认可的行为准则，必将导致她们无法结婚——至少从异性婚姻这个角度来说是这样"①。

在马克·吐温作品中，易装者陷入的身份困境、同性关系的纠结或者同性婚姻，乃至死亡的威胁，反映了父权社会强大的规训力量对女性命运的操控。这种力量就像一张无形的网，无论越界者如何挣扎都无济于事。因为，易装使性别界限变得模糊起来，是对性别伦理秩序的基础

① 　Mark Twain. Rebellious Girls, and Daring Young Women. In: John Cooley, ed. *How Nancy Jackson Married Kate Wilson and Other Tales of Rebellious Girls and Daring Young Women*. Lincoln and London: University of Nebraska Press, 2001: 241.

的瓦解，以及对以性别二元划分为基础的父权制的挑战。为了恢复和重申父权，维持现有性别秩序，统治者必然会对越界者实施惩罚，以惩戒其他越界者。马克·吐温的这些叙事文本一方面体现了对禁忌的僭越，另一方面又揭示了父权社会对越界的压制、规训和惩罚。无论是康拉德、南希、凯西，还是贞德，对于父权制统治者来说，她们都是令人不安的形象，因为她们不符合既有的性别模式。与约定俗成的刻板的妇女形象不同，她们属于越界者，打破了她们生活的那个时代的性别秩序而极具危险性，因此不得不被打压、被消灭。康拉德陷入了无法摆脱的困境，继续隐瞒自己的真实身份就无法驳回对自己的指控而脱罪，否定自己是孩子的父亲就必须承认自己为篡位而女扮男装。南希也是如此。要么公开自己的性别身份，驳回凯特对自己的指控，要么默认指控，和凯特结婚。凯特虽然以叛逆者形象出场，却以妥协者形象落幕，不得不听从父母安排，与一个对自己毫无感情的人结婚以保全自己和家庭的荣誉。兼具两性气质的凯西虽然深得作者和读者喜爱，她的存在也是对主流性别观念的威胁，"因为在 18 世纪和 19 世纪占主体地位的性别观念中，界于两性之间的人或者说一种不同于男女性别的规定表现的另类是不存在的"①，所以凯西最终死于象征男性暴力的斗牛的踩踏下。

如果说马克·吐温在以上这些叙事文本中展示的对易装者的惩戒还是隐晦的、温和的话，《圣女贞德传》就是一个关于易装、越界和惩戒的文本，也是马克·吐温最长、最完整的一部对易装和性别越位进行探讨的作品。

在进行写作的准备工作时，马克·吐温在所参考的两本贞德的传记②中做了大量的旁注，这些旁注表明他对书中关于服饰的描写极为关注。在 Chabannes 所写的传记中，马克·吐温在涉及贞德的服饰的六个

---

①　格尔特鲁特·雷娜特. 穿男人服装的女人. 张辛仪，译. 桂林：漓江出版社，2000：64.

②　Chabannes's *La Vierge Lorraine Jeanne d'Arc*；Marius Sepet's *Jeanne d'Arc*. 参见：Linda A. Morris. *Gender Play in Mark Twain：Cross-Dressing and Transgression*. Missouri：University of Missouri Press，2007：91.

地方做了旁注。在阅读 Marius Sepet 写的传记后所做的笔记中，有贞德将女装和男装混穿的插图①。马克·吐温还将其中的一段文字译成了英语，说明贞德将男装穿在里面，女装穿在外面。可以说，创作伊始，马克·吐温就对贞德无论是作为平民还是后来作为军人的衣着表现出极大的兴趣。仔细研究马克·吐温创作的《圣女贞德传》中多处有关服饰的描写，就会发现他对服饰的关注绝非偶然，也不仅仅是出自好奇，而是有一定的深意的。

马克·吐温在该小说中对服装的描写不下十处，除了一处是描写武士穿着的雅致、神气的骑士套装外（p. 124），主要是对贞德的服装和国王及身边随从和卫士的服装的描写，这些描写赋予服装以特别的意义。贞德第一次觐见时看见国王坐在"装饰豪华的御座"上，"头戴王冠、身着华服、珠光宝气、手持王杖"。他身边的卫士们"色彩缤纷、雍容华贵的服装把大厅的两边打扮得像花园一样"（p. 119）。马克·吐温对第二次国王在图尔接见贞德时所穿的服装也有非常详细的描写：

> 他（国王）坐在御座上，衣着华丽的势利小人和浪荡公子围在他的身旁。他腰部以下紧紧绷在身上，看上去像只分叉的胡萝卜；他穿的鞋子有三公分长的柔软尖头，像根绳子，为了不妨碍走路不得不将其折系到膝上；他披着深红色的天鹅绒斗篷，不过没有披到胳膊肘以下；他头上顶着个高高的粘毛做的东西，像只套筒，嵌着珠宝的袋子里面竖着一根羽毛，像只笔从墨水瓶中竖起；他那灌木丛似的硬头发从那套筒的下面伸出披到肩上，发梢向外卷起，于是，帽子和头发合在一起使他的头像只羽毛球。他的衣服全部用贵重衣料制成，各自色彩都很明亮。（pp. 219-210）

马克·吐温对国王及其随从们华丽的服装的描写颇具深意。身处高

---

① 有马克·吐温标注的这两本书法语版的贞德传记被加利福尼亚大学图书馆收藏。

位的达官贵人们在自己的国家处于危难之中仍然不思进取，过着醉生梦死的奢靡生活。穿着紧身衣和无法走路的鞋子的国王俨然像一个小丑，被一群穿得花里胡哨的人围着。华丽的服饰、明亮的色彩常常用来描写女人的穿着，对国王及其随从乃至士兵们的女性化服装描写，再加上依偎在国王膝上的小灰狗，都暗示了这些人的男性气质的丧失，难怪贞德称奥尔良的参议会是"乔装妇人的女佣"（p. 220）。显然，象征父权制家长的王太子已经被阉割，不再是一个合格的家长。这些大人物们面对英军入侵，已经丧失锐气和斗志，导致法国大半国土沦丧。

　　贞德的服装与国王及其随从的服装形成巨大反差。第一次觐见国王时，王后为她设计的是简朴、迷人的裙装，因为在贞德看来，朴素的衣服"适合于天主的仆人，适合于一个被派来履行某种严肃而且具有重大政治意义的使命的人"（p. 118）。马克·吐温没有对贞德的服饰做过多的细节描写，而重点突出这套简朴的裙装所具有的内在含义及传递出来的精神，与国王及随从的服装形成对比。被任命为法兰西武装力量总司令后，为了符合自己的身份，贞德在出征打仗时身着男装，佩戴盔甲，而且至此贞德一直是男装打扮，她的衣着赋予她男性的魅力和地位。被俘以后的贞德仍然"穿着男人的衣服——一身黑色，衣料是深黑色的柔然羊毛，呈现出丧服的黑色，从她的脖子到地面，衣服上没有一块明快的颜色"（p. 346）。黑色是丧服的颜色，贞德入狱后穿着的黑色长袍预示着她的悲惨结局。

　　"衣服不只是社会和性别秩序的标志，它还创造并维护了社会秩序和性别秩序。"① 服饰的不同是区别男女两性的重要手段，而男女有别的实质是建立男尊女卑、男外女内的性别秩序。在以男性为中心的父权社会，当女性仍然屈从于男性、隶属于男性的时候，易装是一种禁忌，因为它有危害等级制度、"颠覆"现存秩序的危险。《圣经·旧约》强调："妇女不可穿戴男子所穿戴的，男子也不可穿妇女的衣服，因为这

---

　　① 格尔特鲁特·蕾娜特. 穿男人服装的女人. 桂林：漓江出版社，2000：40.

样行都是耶和华你神所憎恶的。"自然的、神赋的秩序保障了这种社会等级秩序。正是因为衣服隐含的社会阶层属性，在 20 世纪以前，男女通穿一种服装，甚或女扮男装、男扮女装都被看成有悖伦理的破坏社会秩序的行为加以禁止。也正是因为这样，贞德起初要求着男装的请求遇到了种种阻碍，几经周折才得到允许。两位学者和神学家作出的裁决是：既然贞德"必须去做男人和军人所做的事，穿上适合那种场合的服装是正当的、合法的"（p. 140）。即便如此，贞德的着装问题在后来的审判中还是被纠缠不休，紧抓不放。她被指控"放弃女性的端庄和礼仪，不恭敬地穿上男装去从事士兵的行当"（p. 405），"在战争中做男人的事情，抛弃了适合于女人的活计"（p. 406），"胆敢违反天主及其圣徒的戒律骑到男人的头上"（p. 408）。显然，对贞德着装问题的指控已经远远超出着装本身。琳达·莫里斯在解读贞德的易装时指出："无论在战场上还是后来在监狱里，贞德的男性装束都象征着作为法国军队总司令的她对男性权威的争夺，突破了男性和女性的传统定义，模糊了男性气质和女性气质的划分。"① 克里斯蒂娜（Christina Zwarg）也断言："服装是判断贞德的行为的唯一重要形式……她既着男装又着女装，显示了她性格的多面性，同时这也是通过对服装的微妙的操纵逾越传统规范的手段。"② 审判贞德的法官们自然不会放过贞德的着装问题，因为他们清楚，无论贞德易装的目的为何，易装可能造成的潜在危险是存在的。

法庭对贞德的指控表明了统治者对易装及其可能导致的结果的恐惧和不安。首先，贞德的表现突破了对女性的角色定位，对父权制统治造成了威胁。长期以来，西方本质主义的性别观念控制着人们对性别的认知。本质主义的性别观是以菲勒斯为中心的逻各斯二元划分。它认为男性和女性生来就有差异：男人是规范的、积极的、优越的，具有理智思

---

① Linda A. Morris. *Gender Play in Mark Twain*: *Cross-Dressing and Transgression*. Missouri: University of Missouri Press, 2007: 90.

② 参见: Christina Zwarg. Women as Force in Mark Twain's *Joan of Arc*: The Unworkable Fascination. *Criticism*, 1985, 27（1）: 67.

维，而女人是失常的、消极的、低劣的，具有直觉思维①。基于这种观念，和男性相比，女性在智力上要愚笨一些，在体质上柔弱一些，所以女性需要受到男性——父亲、丈夫和儿子的保护。又因为女性具有生育能力，所以被上帝和自然赋予了神圣的做母亲的使命，生儿育女、照顾孩子、打理家务自然而然地成了她们的职责。因为她们迟钝的头脑和孩子式的秉性致使妇女不应该进行更高的思想活动，追求更高的理想，从事紧张的日常工作，或者从事肮脏的政治活动，因为这将有辱她们的声誉。在本质主义性别观的主导下，女性的位置被完全限制在家庭，而且她们混乱的头脑、柔弱的体质，使得对女性的角色定位变得天经地义、无可辩驳。当贞德的父亲得知女儿要去打仗，他不仅把女儿的想法看作异想天开，而且火冒三丈地说，他宁可让她的两个哥哥把她淹死，也不愿让她一个姑娘家像个男人那样从军去（p. 74）。因为他相信，女人的位置在家庭，缝纫、刺绣、做家务才是她们的本分，抛头露面、行军打仗是男人的天职。当贞德跨出家门投身到战场上的时候，她就跨越了属于女性的私人领域而侵入了专属男人的公共领域。

其次，贞德不仅进入了男性的领域，她的突出表现还打破了男尊女卑的性别次序。达兰松在贞德被审判时的一份证词中提到，贞德在雅尔诺所作的军事部署不像出自一个新手，而"像个具有二三十年经验的身经百战的老将所作的稳妥而精明的决定"（p. 243）。而且她有一双"具有洞察力的眼睛"和"万无一失的判断力"，有化腐朽为神奇的天赋，她能让懦夫成为英雄，让一群大吵大闹的乌合之众成为无敌之师，连高高在上、桀骜不驯的拉伊尔也在很大程度上被驯服，变得温顺、和蔼（p. 154）。贞德在长途行军中不知疲劳，在战场上勇敢无畏，在法庭上同欲将其置于死地的人斗智斗勇，她的表现证明了女人不仅能够像男人一样从事复杂的智力活动和繁重的体力活动，她们甚至可以比男人做得更好。在解救奥尔良、挽救法兰西以后，处于这个身份地位的小姑

①　参见：玛丽·伊格尔顿. 女权主义文学理论. 胡敏, 陈彩霞, 林树明, 译. 长沙：湖南文艺出版社, 1989：357.

娘受到了感恩戴德的乡民的欢迎和拥戴。"他们围住贞德摸她的脚、她的马、她的铠甲，甚至跪在路上吻贞德的马蹄印。"（p. 219）她受到的这种崇拜是对男权统治的威胁，对教会所拥有的神权的致命打击。这是等级森严、代表父权制统治的教会所不能容忍的。在他们看来，贞德的行为无疑是对上帝赋予他们的神权的蔑视，对男性权威的挑战，对社会秩序的破坏，贞德必须受到惩戒，以消除他们的恐惧心理。所以，在贞德被俘以后，他们竭力网罗证据企图置贞德于死地，以惩戒越界者，维护既有的性别伦理秩序。

为了达到目的，他们首先指控贞德为"女巫""魔鬼"。因为这样一来，他们既可以合理地解释贞德超乎异常的才能，又能够以异端之名打击贞德，从而消除她对既有社会秩序造成的威胁，进一步树立教会的权威，巩固父权统治。可是贞德对天主的忠诚没有让他们找到可以证明她和魔鬼有任何关系的证据。于是，他们便在她的着装上大做文章，因为贞德的着装是他们唯一可以用来打击贞德的把柄。着装问题最终成为教会审讯她的焦点，成为设计陷害她的阴谋。他们设下计谋引诱她脱下男装，并承诺今后再也不穿男装，然后又伺机偷走她的女装，迫使她不得不再次穿上男装，从而置她于死地。如果说服装是权力和身份的象征，那么脱下男装的贞德完全落入企图暗算她的人之手，成为任人屠宰的羔羊。

在男权社会，男女不公是一个不争的事实。作为家庭成员，婚前女性必须服从父亲，婚后服从丈夫；作为社会一员，她们的权利受到各种各样伦理规范和法律条款的限制。她们的行为一旦越界，必将受到严厉的惩罚。当然，惩罚的效果并不仅仅局限在个体身上。它会扩展到有同样企图的社会成员身上，在处罚机制的背后隐藏着规训的力量。父权制统治者借助人类对惩罚的恐惧，既要达到控制越界者的思想，摆脱隐约可见的"犯罪诱惑"的目的，又要唤起试图越界的人对于惩罚的强烈恐惧感，消除他们的越界念头，遏制潜在的越轨，达到规训社会成员、维护统治、巩固秩序的目的。因此，在父权制统治下，贞德的死亡是必然的。她的命运不是个案，而是父权制社会性别越界者共同的命运，贞德的受难指涉着女性共同命运的悲剧性质。

从上述分析可以看出，马克·吐温在其创作的或严肃或轻松的易装故事中，表现了他在新旧伦理交替时期对性别问题的思考和对性别伦理的关注。这些易装作品触及了性别越位、婚前性行为、未婚生子、同性婚姻等伦理问题，它们的出现使处于转型期的性别伦理受到了前所未有的冲击。马克·吐温用易装这种对性别规范的暂时"偏离"，揭示了正统规范的局限性和传统性别观的危机，从而引发读者对这些问题的关注、思考和追问。

易装虽然在一定程度上动摇了性别二元划分的基础，挑战了男尊女卑的性别秩序，但是紧紧戴在易装者头上的死亡的紧箍咒似乎在告诉读者：性别的本源坚不可摧，要改变根深蒂固的性别观念，彻底挣脱不人道的性别伦理的约束，实现两性的平等并不是一朝一夕的事情，而且需要付出沉重的代价。马克·吐温易装故事中紧紧跟随着易装者的死亡阴影不仅揭示了性别身份转换的不可逆转性，也隐含了作者对易装及性别越界所表现的既欣喜又不安的复杂、矛盾的心理。

第三节　双性同体：完美人格理想

"双性同体"（androgyny）源自希腊文"andro"（雄）与"gyn"（雌），因此又译为"两性同体""雌雄同体""雌雄同体性"。它在生物学意义上指同一个体身上既有成熟的雄性性器官，又有成熟的雌性性器官；在体形构造及生理特征方面，表现为雌雄双性的混合物。在心理学上，指同一个体兼具男女两性人格心理特征，即兼有强悍与温柔、果断与细致等性格。该词最早出现于古希腊神话中。赫马佛洛狄忒斯（Hermaphrodite）是赫尔墨斯（Hermes）与爱神阿佛洛狄忒（Aphrodite）之子，因其长相俊美而受到仙女萨尔玛西斯（Salmacis）爱慕。赫马佛洛狄忒斯知道后拒绝了仙女，可是仙女并不死心，在赫马佛洛狄忒斯游泳时钻入其体内，并祈求众神不要将他们分开。柏拉图在《理想国·会饮篇》中也提到了"双性同体"。作为女性主义批评的一个重要概念，双性同体"用来指涉一种或多种综合了传统意义上的男性气质和女性气质的新型文化性别"①。弗吉尼亚·伍尔夫（Virginia Woolf）最早将这个概念引进文学批评与创作，在古希腊神话的基础上提出人类的理想形态是"双性同体"的。她解释说："我们每个人都受两种力量制约，一种是男性的，一种是女性的……正常的和适宜的状态是，两人情意相投，和睦地生活在一起。如果你是男人，头脑中女性的一面应当发挥作用；如果你是女性，也应与头脑中的男性的一面交流。"② 弗吉尼亚·伍尔夫强调，一种更为理想化的人格应该是男性化的女人或女性化的男人③。这种角色设计将性别的划分与生理性别分离，女性可以涉足原本属于男性的精神领域，而男性也可以具备传统的女性气质，男女之间取长补短，建立一种兼具两性优点的更完善、更和谐的人类。因此，双性同体是一种超越传统性别分类的、更具积极潜能的理想的人类模式。

早在弗吉尼亚·伍尔夫之前，马克·吐温就在自己的作品中创作出"双性同体"的女性形象，并且通过自己独特的创作方式表达了对双性同体少女的钟爱，寄托了自己的性别伦理理想及对完美人格的追求。

一、兼具两性气质的新女性

尽管马克·吐温研究专家和学者们一致认为，马克·吐温晚年表现出极端的悲观主义倾向，但是我们同时也发现，他并没有被残酷的现实彻底打垮，直到生命的最后几年还在始终如一、孜孜不倦地追寻理想和完美。这可以从他晚年创作的两部作品《圣女贞德传》和《一匹马的故事》中的两个双性同体的女性形象贞德（Jeanne d'Arc 或 Jeanne la

---

① 石平萍.超越二元对立：双性同体与《紫色》.选自：文学论文集（下）.北京：外语教学与研究出版社，2001：684.

② 弗吉尼亚·伍尔夫.一间自己的房间，本涅特先生和布朗太太及其他.贾辉丰，译.北京：人民文学出版社，2003：85.

③ 弗吉尼亚·伍尔夫.一间自己的房间，本涅特先生和布朗太太及其他.贾辉丰，译.北京：人民文学出版社，2003：91.

Pucelle，1412—1431）和凯西（Cathy Alison）得到证实。这两个女性形象互相呼应、互相补充，一起构建了一个超越地域、超越时代的完美人格形象。

众所周知，贞德是大家耳熟能详的一个历史人物，是英法百年战争中的法国传奇女英雄。几百年来，以她为原型，艺术家们用自己的想象力创作了一个又一个"贞德"。马克·吐温用十二年的时光，倾注无限的热情，给读者呈现了一个双性同体的贞德形象。"大多数评论家对这部作品即使不感到生气，也感到疑惑不解，因为该书的语气——理想主义的、令人振奋的、至少是含糊的虔诚的语气实在是与他们认识的马克·吐温不符。"① 不仅如此，较之马克·吐温的其他作品，评论界对这本书的反应可谓冷淡，但马克·吐温自己对它却喜爱有加，推崇备至。在完成这部小说后他说："这是一本私密性甚强的书，写出来不是为了印刷出版。它是为爱而写的，不是为了赚钱。"② 在评价这本书时他声称："在我创作的所有作品中，我最喜欢《圣女贞德传》，它是最好的一部，我非常了解它。此外，它所给予我的喜悦和满足，比其他任何一部作品多七倍：十二年的准备和两年的写作。而其他作品不需要准备，也没有作过任何准备。"③ 在这部小说中，马克·吐温一改一直以来驾轻就熟的幽默或者讽刺、嘲讽的语气，以贞德的侍从兼秘书路易·德·孔泰爵士（Sieur Louis de Conte）的口吻、以自述的方式讲述了发生在贞德身上的故事，字里行间充满对贞德的赞赏。虽然是在 15 世纪

---

① 参见：Wilson Carey McWilliams. Divine Right：Mark Twain's "Joan of Arc"．*The Review of Politics*，2007，69（3）：329-352. 类似的观点参见：Maxwell Geismar. *Mark Twain*，*American Prophet*. Boston：Houghton Mifflin，1987：148，152. Bernard Devoto. *Mark Twain's America*. Boston：Little Brown，1932：280. James Cox. *Mark Twain*：*The Fate of Humor*. Princeton：Princeton University Press，1966：264. Guy Gamfield. *Sentimental Twain*：*Mark Twain in the Maze of Moral Philosophy*. Philadelphia：UNiversity of Pennsylvania Press，1994：201. William Dean Howells. *My Mark Twain*：*Reminiscences and Criticisms*. Marilyn Austin Baldwin，ed. Baton Rouge：Louisiana State University Press，1967：129-135.

② Louis J. Buddy and Edwin H. Cady. *On Mark Twain*. Duke UP，1987：71.

③ Louis J. Buddy and Edwin H. Cady. *On Mark Twain*. Duke UP，1987：73.

英法百年战争的真实历史背景下描写事件和刻画人物①，作者在叙述中，尤其是对贞德童年生活的描述中，充分发挥想象力，加入了很多超自然的、理想化的元素。通过对贞德这个形象的刻画，马克·吐温探讨了人类完美的性别模式。

长期以来，女性常常被看成情感动物，她们和孩子一样，缺乏理性和知识，思维混乱，容易被情感所控制。贞德却迥异于父权制下刻板的传统女性形象，她头脑敏锐，处事果断，在面临危急状况时表现得头脑清醒、沉着冷静、镇定自若，这更是很多男人都望尘莫及的。这些气质在贞德还在家乡的时候就表现出来。有一天，一群孩子正聚集在一起讨论法兰西的命运及自己的选择，这时被关在笼子里的疯子伯努瓦逃了出来，举着一把斧头向孩子们冲过来。见此情景，所有的人都四散而去，落荒而逃，姑娘们还发出尖叫和哭泣的声音，只有贞德没有逃跑。"她面对那个疯子挺身站着，一动也不动"（p.44），后来甚至迎着他走过去。面对疯子的威胁和警告，"她毫不理会，仍然坚定不移地向前走"（p.45），并且开始和他对话，最终制服了疯子。面临危局，贞德表现的勇敢、沉着丝毫不亚于男人，甚至让其他男人汗颜。

作为法兰西武装力量总司令，贞德更是打破传统意义上对女性的性别角色定位，从家庭走向社会，从女性的私人领域走向被男人占据的公共领域②，成为一个称职的军人和指挥官。在战场上，她领导群雄，判断准确，运筹帷幄。"她的伟大的勇气、坚韧、毅力、耐性、信念和对所有职责的忠诚——的确，她具备了能造就一个优秀的、可信赖的军人完美履行职责的全部品质。"（p.115）在她的指挥下，曾经毫无斗志的法国军队鼓起了斗志，取得了一个又一个重大胜利，为最终将英国人赶

---

① 参见：聂珍钊．论虚构小说．中南民族学院学报，1989（6）：124．在该文中，聂珍钊教授将这部小说划为虚构的历史小说，并指出：这些小说"主要以虚构的手段，在真实的历史背景下描写事件和刻画人物。小说中的事件和人物同纯虚构小说比虽然往往确有其人，确有其事，但在小说中已被作者的想象大加修改了，事件往往也变得面目全非"。

② 关于这一点见上一节，这里就不再详述。

出法国铺平了道路。

思辨能力常常被看成男人独有的，但贞德从小就表现出"评理和规劝的天赋"（p. 24）。为了千百年来住在一颗仙女树（fairy tree）下的一群仙女被驱逐出栋雷米的遭遇，小小年纪的贞德不惧权威，跑去与弗隆特神父评理。她缜密的逻辑思维、无懈可击的说理和雄辩的口才让神父也不得不折服，最后只能承认由于自己的"粗心大意、没有头脑"而"做了不公正的事"（p. 25）。在希农，她不顾身份的低微，以一个农家女的身份与国王辩理，并在国王的大臣们和军事参议会的百般阻挠下说服国王授予她头衔，派给她军队，以解奥尔良被围之困。在初战告捷之后她再一次击败参议会的重重阻挠，说服国王到兰斯接受加冕授职。最令人难忘的是，被俘以后在法庭上她在势单力薄的情况下，以大将风度和大无畏的气概与由学识渊博、经验丰富的法官和神学大师组成的一个又一个审判团据理力争，在没有律师和顾问的情况下，以一己之力为自己辩护，挫败他们的奸计，让他们的暗算落空，阴谋无法得逞。

然而，这并不是贞德的全貌。在她勇敢、坚强、无畏、执著的背后，是一颗柔善的心。她"高尚、纯洁、诚实、勇敢、富有同情心、慷慨、无私、谦虚，就像田野中的鲜花那样无可挑剔——生来雅致美丽，具有高尚的品德"（p. 404）。她之所以能够说服神父承认驱赶仙女的错误，除了她的思辨能力外，还因为她的善良和博爱。在她看来，虽然仙女是魔鬼的亲属，她们自己并没有伤害任何人，她们也应该拥有自己的权利。正是因为她们得不到人们的同情和友情而得不到超度，"人们更应该怜悯她们，尽力做各种人道、仁爱之事，使她们忘却自己的悲惨命运"（p. 30）。同样，她能够不畏危险制服疯子，也是因为她的爱心和牺牲精神。当问及别人都跑，她为什么不跑时，她说："因为有必要把他送回笼子里去，要不然他会杀人的，他自己也会跟着受到类似的伤害。"（p. 47）这说明在面对危险时，贞德想到的是保护他人而完全忘记了自己的安危，在她男性气概背后涌动的是女性的细腻、温柔和母亲般无私的爱。

除了被称为"勇敢女"以外，因为她那女孩的娇羞、善良和柔弱，她还被小伙伴们称为"羞姑娘""倩姑娘"。她"动不动就会脸红"，在陌生人面前就会"局促不安"（p.39）；她是"这么个温柔的小姑娘，连只苍蝇也不愿意伤害，害怕看到血，有着十足的女孩子气"（p.44）。虽然身为军人，并且以赶走英国人为己任，贞德并不以残酷的战争为乐，目睹流血和痛苦会使她心如刀割，哪怕是看到敌人死去，她都会痛苦、流泪。事实上，她不喜欢战场，渴望同性的陪伴，渴望和母亲在一起纺织、做针线，在父亲面前撒娇。

总而言之，贞德集男性和女性的优秀品质于一身。她不仅具有传统意义上被看成女性所不具备的两种才干——伟大的军事天才和更加伟大的、不可思议的政治论战天赋，同时具备叙事者人加赞赏的女性气质——最伟大的坚忍不屈和刚强意志。在小说的"原译者序"① 中，马克·吐温指出，"要公正地评价某一名人的声望，应该用他/她所处时代的标准，而不是我们这个时代的标准"。因为，"以某个时代的标准来判断，前一世纪最出名的人物也会黯然失色；以今天的标准来判断，四五个世纪前的名人的声望恐怕不能在各个方面都经得住考验"（p.7）。但是，马克·吐温非常有把握地告诉读者，"贞德的声望是无与伦比的。她的声望可用各个时代的标准来衡量，其结论却不会引起担忧。不管是用一个时代的标准来衡量，还是用所有时代的标准来衡量，她的声望依然无懈可击，依然完美无瑕，十全十美"（p.7）。也就是

---

① 这部小说的原名为《关于贞德的个人回忆录》，署名作者为路易·德·孔泰爵士，其身份是贞德的侍从和秘书，也是小说的叙事者。但实际上这本书是马克·吐温本人撰写的，故此次的"原译者"——原书中所署的让·弗朗索瓦·阿尔登（Jean Francois Aulden）也是马克·吐温本人。据德·兰西·弗格森（De Lancey Fergusen）所言，因为担心以"马克·吐温"之名写这样一部严肃的作品会让读者对其价值大打折扣，甚至会不喜欢它，马克·吐温原来并不打算用真实身份发表。后来出于经济压力，才以让·弗朗索瓦·阿尔登翻译的路易·德·孔·泰爵士的回忆录的形式出版。参见：Mark Twain. *Man and Legend*. Indianapolis：Bobs Merrill，1943：260.

说，贞德的人格超越了时代的局限，她体现的是完美的人格。"她无疑是人类所创造的、迄今最杰出的人物。"①

时隔十年，马克·吐温在《一匹马的故事》中又刻画了一个在性别气质方面兼具男性和女性的长处和优点的小女孩凯西。如果把贞德看成"青年版"的双性同体的年轻女子，凯西则是一个"少年版"的双性同体女孩。正如约翰·库利所言，"凯西在西部要塞从事的军事活动让这个九岁的小女孩笼罩在马克·吐温给予贞德的光环之中"②。由于是一个短篇故事，受篇幅的限制，也因为年龄的原因，《一匹马的故事》对凯西的描写主要集中在对她的双性性格的刻画上，可以说，在某种程度上凯西的形象是对贞德形象的补充。

《一匹马的故事》最早于1906年以连载的形式发表在《哈波斯月刊》（*Harper's Monthly Magazine*）上。马克·吐温曾向出版商透露，热情、活泼的凯西是他在不知不觉中以自己的女儿苏西为原型创作的。但是约翰·库利却认为，凯西更像马克·吐温任性的女儿克莱尔（Clara），当然还有小女儿珍妮（Jean）的影子，珍妮一直和马克·吐温住在一起，是个出色的女骑手，而且和故事中的主人公一样热爱动物③。可以说，凯西是马克·吐温三个女儿融合而成的一个人物形象，对这样一个人物的刻画饱含了一个父亲对女儿的全部情感，对完美人格的赞美。

故事开始时凯西还是个只有九岁的小女孩，因为失去双亲被送到美国西部边疆的帕克斯顿要塞（Fort Paxton）由伯父埃里森上将（General

---

① 马克·吐温. 马克·吐温文论集. 选自：吴钧陶主编. 马克·吐温十九卷集（19）. 石家庄：河北教育出版社，2002.

② Mark Twain. *How Nancy Jackson Married Kate Wilson and Other Tales of Rebellious Girls and Daring Young Women*. John Cooley, ed. Lincoln：University of Nebraska Press, 2001：125.

③ 参见：Peter Stanley. *Mark Twain and the Feminine Aesthetic*. Cambridge：Cambridge University Press, 1992：111. John Cooley. Mark Twain's Transvestite Tragedies：Role Reversals and Patriarchal Power. *Overhere*, 1995（15）：34-48, 42.

Alison）监护。凯西是"她靓丽母亲的小型复制品"①，有一种无与伦比的美貌；她单纯、可爱，是个"讨人喜欢的小精灵"。她到要塞的第一天就"征服了要塞"（p. 136），征服了那里的所有人，甚至连男子气十足、平时严肃拘谨的军人们也被她独特的魅力所深深吸引。

凯西的独特魅力就在于和传统意义上的女孩不同，"她继承了母亲的迷人、优雅、善良和正义感，又沿袭了父亲的活泼、开朗、勇敢和进取心，同时又拥有双亲的爱心和真诚"（p. 134），原本不可调和的男性气质和女性气质在她身上达到了完美的结合。"她很有个性，既不缺少敏捷也不缺少创造力。"（p. 135）她虽然很有爱心，但却有一种火爆脾气，"有时一触即发，什么离她最近，什么就遭殃"（p. 136），所以当地印第安人雷鸟（Thunder-Bird）为她起名为"萤火虫"（Firebug），因为萤火虫"像夏天的夜晚，有时安静，有时柔美；一旦发疯，就会燃烧"（p. 137）。她嫉恶如仇，不能容忍任何形式的残忍和压迫，一旦让她遇到这种事情，她一定会不计代价地奋起抵制。

凯西最为明显的男性特质就是对军旅生活和冒险活动的热爱。到要塞之后，在野牛比尔（Buffalo Bill）的指导下，凯西开始学习骑马、射箭，很快成为要塞里孩子中最棒的骑手和射箭能手，可以战胜要塞里与她同龄的所有白种男孩。成为第七骑兵队和第九重骑兵队的编外骑兵后，她获准参加各种冒险活动和危险的训练。"刺激的冒险是男人的行为，如果一位妇女进行这种努力，她至少必须穿着像男人。"② 为了符合军人身份，凯西穿上了专门为她手工缝制的军装，据缝制军装的女人们说，军装的"式样从一本书上照搬下来，模仿中世纪军服的款式，由红、蓝、白三色绸缎与丝绒制成，紧身内衣，紧身长裤，佩剑，紧身外套，其袖口开叉，短斗篷，还有一顶饰着一根羽毛的鸭舌帽"

---

① Mark Twain. A Horse's Tale. In: John Cooley, ed. *How Nancy Jackson Married Kate Wilson and Other Tales of Rebellious Girls and Daring Young Women*. Lincoln: University of Nebraska Press, 2001: 134. 对该故事的引用皆出自该书，后文只标注页码。

② 卡罗尔·吉利根. 不同的声音. 北京：中央编译出版社，1999：11.

（p. 151）。穿着军装的凯西俨然就是一名军人，她穿着的军装充分地展示了她的男性气质，同时也帮助她更好地扮演男性角色。不同于维多利亚时期斯文和拘谨的女性，凯西活泼好动、大方直率、坦诚公正；不同于维多利亚时代女性单调乏味的生活，她的生活充满刺激和冒险，在荒蛮的西部要塞，她接受了传统意义上只有男人才会享有的"上等教育"和艰苦训练。在这个属于男人的世界里她如鱼得水，自由自在，快乐无比。

　　然而，这一切并没有让她失去丝毫女性魅力。凯西身上最为突出的女性气质就是她的善良和博爱。"她对朋友的爱心、她的高尚、她的善良很少有人可及，更谈不上有过之者。"（p. 135）她对身边的每个人、每件事都表现出浓厚的兴趣，并且像太阳一样温暖着身边的每个人，甚至包括小动物。"她对每一种生命都爱意无穷，不管那些生命是高级还是低级的，是基督徒的还是异教徒的，是生羽毛的还是长长毛皮的。"（p. 136）也就是说，她尊重一切生命形式，不分贵贱和高低，无论是对与她朝夕相处的骑兵战士，还是对住在要塞附近的印第安人，她都充满爱意，甚至任何一种动物，如猫呀、狗呀、乌鸦呀等，都是她的好朋友，更不用说她的坐骑"小斗士"（Soldier Boy）了。故事结尾处，"小斗士"在西班牙被偷以后，她像找寻失去的朋友一样，到马市、到马群聚集的地方搜寻。在斗牛场发现小斗士以后，她不惜冒着被斗牛践踏和撕碎的危险冲进斗牛场，为的是最后看一眼自己的坐骑。对暴力的憎恨、对弱小生命的关爱是女性温柔、善良的表现。凯西对各种生命形式的尊重和怜悯表现了她母亲般的温柔和博大胸怀，她对各种动物的宽容和关爱彰显了女性特质的至善至美。

　　正如玛莎对雷切尔的性别取向感到迷惑不解，用魔鬼附身之说对其进行解释一样，杜卡斯大妈对凯西的双重性格同样也感到不可思议。她坚持认为，凯西是双胞胎，一半是女孩儿，一半是男孩儿，可惜男孩儿的那一半"没能成功地分离出来而被隐匿了"，她对上校说：

　　　　"你看她，她爱布娃娃，爱玩女孩子的游戏，以及所有女孩子钟爱的玩意儿。她温柔可爱，对不会说话的动物都从不粗暴——那是女孩子的一半。但她也喜欢男孩子的游戏，喜欢鼓、横笛，喜欢当兵，爱驯马，对一切人一切事都无所畏惧——那是男孩子的一半。你不用告诉我她是单胞胎，不，先生，她是双胞胎，其中一位被隐匿起来看不见了，虽然看不见，那也没有关系，男性的一半就藏在她的身体里面，每当她发怒时，你就可以在她的眼睛里看到那一半。"（p. 143）

　　杜卡斯大妈的"双胞胎"之说恰到好处地反映了人们心中根深蒂固的性别二元论观念。男性和女性分别属于不同群体，他们各自具有不同的性格特征和兴趣爱好。正是对这种传统性别观念的执著，人们才会杜撰出一套理论，对超出他们理解范围的性别现象进行解释。彼得·斯通利在阐释这个问题时曾说，"当马克·吐温思考关于女性具有传统男性特质这个问题的时候，他并不会因此而相信女性的潜能被整体低估了、被束缚了或者被误导了，这只会让他相信这只不过是一个特例而已。可以说，他以这种方式将人们的注意力吸引到这个问题上来，反倒强化了传统上男女性别的差异"①。这种阐释不无道理，但是马克·吐温并没有明确地表明自己对"双胞胎"之说的看法，而是借助叙事者之口，表现了对具有两性气质特征的凯西的赞美和欣赏。

　　《一匹马的故事》是以第一人称叙事的形式展开的，其中有埃里森上将写给母亲的信、上将和弟妹及妹夫之间的信件、凯西写给在西班牙的姨妈的信；上校和女仆杜卡斯之间的对话，"小斗士"的自述及"小斗士"和墨西哥老马、和谢克尔斯之间的对话等。作者通过不同的视角不厌其烦地对凯西的双性性格进行了非常详细的描述。在写给母亲的信中，埃里森上将赞叹道："她真漂亮，妈妈，漂亮得像一幅画；在她的脸上有您的影子，也有她父亲的——可怜的乔治！她那一刻不停地忙碌，无所畏惧的神态，时而阳光灿烂，时而阴云密布，总是将乔治展现

---

　　① Peter Stoneley. *Mark Twain and the Feminine Aesthetic*. Cambridge：Cambridge University Press，1992：113.

在我面前。"（p.137）像这样的赞誉在文本中比比皆是，作者通过第一人称叙事手法，通过不同叙事者之口，将对凯西的喜爱、赞美之情表露无遗，表达了对完美人格的赞美。用她的坐骑"小斗士"的话来说，凯西"可谓上帝的杰作，无所不知，无所不能，会讲所有的语言，通晓各类科学。眼界开阔，心地善良，她是人类的荣耀"。类似的赞誉之词也常常以叙事者的口吻出现在《圣女贞德传》中，甚至常常给读者一种错觉：他们谈论的是同一个人！

无论是贞德还是凯西，她们都集男性和女性的魅力于一身，不仅拥有女性的美貌和端庄、善良和温柔，而且兼具男性的勇敢和坚毅、执著和顽强。她们是马克·吐温作品中最具魅力的两个女性形象，是完美人格的体现。她们一反刻板的传统女性形象，独立、坚强、睿智，同时又不乏女性的善良、温柔和博爱，阳刚与阴柔、威凛与妩媚在她们身上达到了完美的结合。从对凯西和贞德的刻画及叙事者不时流露的赞叹和喜爱之情可以清楚地看到马克·吐温对双性同体理想人物的热爱和赞赏，借助这两个双性同体的女性形象，马克·吐温表达了对完美人格的赞美和孜孜不倦的追求。

二、遵循性别伦理的好女子

同为双性同体的女性形象，凯西和贞德都具有近乎完美的人格。虽然她们身上都具有明显的男性气质，但这些气质无损她们的女性魅力。马克·吐温对凯西，尤其是对贞德的热爱绝非仅仅是因为她们的勇敢、坚强、无私、博爱，更不是她们的性别越界和对性别伦理的挑战，更让他欣喜和为之倾倒的是她们的端庄和优雅，天使般和孩子气的纯洁无瑕。在论及贞德时，苏珊·吉尔曼指出，通过贞德"马克·吐温建构了他自己的女性崇拜，更确切地说是少女崇拜"①。

因为年龄的不同和环境的迥异，凯西和贞德这两个双性同体的女子

---

① Susan Gilman. *Dark Twins: Impostare and Identity in Mark Twain's America.* Chicago: University of Chicago Press, 1989: 111.

各自有着截然不同的生活经历和心路历程。因为凯西还是一个理性尚未完全成熟的小女孩（故事讲述的是她从九岁到十一岁的生活），她的行为主要是由孩子的天性①（human naturality）所驱使，行事全凭自己的好恶，自由意志在她身上占据着主导地位。另外，由于她生活的环境——美国西部要塞是一个尚未被文明侵蚀的地方，这无疑给她提供了一个绝佳的成长空间，使她能够按照自己的天性自由发展，而无须受到任何约束。而贞德则不同。她生活的环境是 15 世纪等级森严的法国，宗教和社会习俗对每一个社会个体都有着严格的束缚和禁锢。而且，作为一个已经完全具备伦理选择能力的理性成熟的年轻女子，她的行为主要由其理性意志②（rational will）所控制，严格地受到社会主流的伦理道德观念的约束。从贞德的言行可以看出：她是一个具有极强的伦理意识的女性。虽然走出了家庭，踏进了划定为男性的领域，贞德却具有超强的性别伦理意识和伦理自觉，她的性别伦理自觉和伦理选择在整个作品中起着至关重要的作用，对理解这个人物形象及作者的创作意图具有非常重要的意义。

在不顾个人得失和安危的情况下拯救了法兰西之后，贞德被俘入狱，反遭奸人暗算，最终惨死在火刑柱下，而将她置于死地的指控主要是她的性别越界，这虽然有"欲加之罪何患无辞"之嫌，但也并非完全无中生有。因为她的行为打破了男女界限，僭越了社会对女性的规范与约束，她所取得的成就是对男尊女卑思想的沉重打击，颠覆了父权制下的性别伦理。因此，对她的指控和迫害反映的是男权秩序维护者对性别越界的恐慌。

但是，细读文本不难发现，无论客观上贞德的行为导致了或可能导致怎样的结果，在本质上，贞德是一个具有很强的性别伦理意识的女子，对男性和女性的角色定位和性别期待非常清楚，而且始终选择顺应

①　聂珍钊. 文学伦理学批评：人性概念的阐释与考辨. 外国文学研究，2015（6）：15.

②　关于自由意志和理性意志，详见：聂珍钊. 文学伦理学批评导论. 北京：北京大学出版社，2014：282，253.

和遵循父权制文化下的性别伦理规范。

这一点首先体现在她对即将去执行的任务和需要完成的使命表现出的忧虑和不安。作为一个处世不深的年轻女子，当她被天主选定去拯救法兰西的时候，最令她不安的不是个人安危，而是她的性别身份问题。"啊，我怎么能和男人交谈，和男人共事呢？——他们是些军人！这会使我受到侮辱，受到粗鲁的对待和蔑视。我怎能参加大战、统帅军队呢？——我是个姑娘……不过……如果这是命令……"（p. 64）显然，天主的召唤让贞德陷入伦理两难的境地，面对世俗伦理，她对自己将要和男人一起同吃同住，像男人一样去完成伟大的事业心存顾忌。因为她非常清楚，这样抛头露面不符合性别规范，有损女性的端庄。而且在一个男尊女卑的社会，领军打仗是男人的特权，作为女性，领导和统帅男人更加是违背伦理、不可思议的事情。她说："其实我倒是情愿和贫苦的母亲一起纺纱织布，因为那（领军打仗）不是我的职业；但是我必须去，因为这是我的主的意愿。"（p. 85）由此可见，贞德完全认同对男性和女性的性别角色划分，并且认同自己的性别身份，甘愿做一个普通女子。但是，领导法国军队，赶走侵略者是天主的旨意，她必须听从她的"声音"（Voice），正如她相信"神父的职位是天主威力无比的手赐予的，通过他在地球上的指定代表授予他。这种受职是终结性的，无法予以取消，无法予以解除"（p. 271），她的职责和权利也是神授的，无法取消，不能拒绝。尽管有些顾虑，她还是义无反顾地遵从了天主的旨意。她看似离经叛道的决定却从另一方面表现了她作为女性的传统美德：虔诚和顺从。在监禁期间，当贞德被指控"胆敢违反天主及其圣徒的戒律骑到男人头上，而自封为总司令"时，贞德的回答是："如果我是总司令，这是为了战胜英国人！"（p. 408）虽然贞德没有对"骑到男人头上"的指控做出正面的回答，此回答的含义不言而喻，做总司令统帅法国军队是天主的旨意，贞德只是听命行事；挑战性别伦理、将自己凌驾于男人之上并非她的本意。赶走英国人，完成天主交给自己的使命才是她唯一的想法和目的。如果在完成任务的过程中，她的行为有违伦理，那也是不得已而为之。事实上，在领导法国军队抗击英国人的整个过程中，无论是对昏庸的国王，还是对听命于她的将领，贞德都是恭敬有加，从未将自己凌驾于他们之上。当屡立战功且身负重伤的贞德在查理国王陛下面前跪下时，连国王都为之动容，声称"你不必对我下跪"（p. 220），但是，贞德从来都只是把自己当成一个来自栋雷米的小姑娘看待，始终保持谦恭的美德。

后来，无论她的身份和地位发生怎样的变化，贞德始终谨记自己女性的身份，除了在战场上，她表现得就像一个小女人。行军打仗时的贞德和战事停息后的贞德俨然是两个人。战场上的贞德是一个思维敏捷、处事果断的统帅，完成任务之后的贞德立刻从统帅军队的总司令回归到女性的身份，她成了·个"想家的姑娘"（p. 303），并且决定回家履行做女儿的职责。她向国王请求道："请您赐予我安宁，让我回到母亲的身边。她很穷，而且已经年迈，需要我的照顾。"（p. 285）对于贞德来说，家庭才是她的领域，照顾年迈的母亲才是她的职责所在。这对于男人来说是不可理解的，因为贞德的表现已经为她赢得了尊重，赢得了荣誉，也赢得了地位，回家则意味着对已经获得的地位的放弃，意味着过平凡的日子，可她却说：

> "我从来不喜欢受伤和受苦，从我的天性来说也不愿意让别人受伤或受苦。争论总是使我烦恼，喧哗和战乱并不是我的喜爱。我的性情偏爱和平和宁静，喜爱所有具有生命的东西……噢，我现在得到了解脱，不再目睹这些残酷的事，也不再遭受精神上的折磨，知道这一切是多么大的快乐！那么，我为什么不应该回到家乡的村庄，恢复到原先的样子呢？这就是极乐世界！我想这么做，你们却觉得奇怪。啊，你们这些男人——只是些男人！母亲会理解我的。"（p. 293）

由此可见，贞德珍重生命，热爱和平、安宁、祥和的生活，她厌恶战争，讨厌武力。如果可以用和平的方式解决问题，她绝不会选择使用武力。贞德也不是一个有抱负、希望建功立业的"男儿"，她自始至终是一个把家庭放在第一位的小女人。是民族的命运迫使她走出家门，是天主的安排让她走向战场。她选择了顾大家而舍小家，为民族的利益而舍弃个人的得失。

作者在小说中安排的超自然的"声音"强化了贞德对宗教的虔诚和对天主的顺从，从而削弱了她对性别伦理的挑战。作为一个虔诚的天主教徒，她相信从军是天主对她的召唤，拯救法国、拯救处于水深火热之中的法国人民是她义无反顾的责任，在世俗伦理和宗教伦理相冲突的情况下，她选择了服从宗教伦理；在国家安危和个人得失面前，她选择了国家利益。在民族面临生死存亡之际，这种选择是符合伦理的，也是被以国王为代表的父权社会所认可的。

贞德是马克·吐温作品中最重要、最完整的一个易装者形象。她的易装最终成为被指控的一个焦点，被暗算定罪的关键。琳达·莫里斯认为，"贞德身穿铠甲领导法国军队战胜英国人，极大地挑战了传统的性别观念"①。这种阐释只注意到贞德易装的一方面，而忽略了另一面。在贞德身上，看似打破性别二元划分和性别期待的易装，同时也恰恰是对父权制下性别伦理的遵从。

首先，虽然客观上易装对性别伦理具有颠覆性，但是贞德的易装是得到神的启示和教会的认可的，既然贞德"必须去做男人和军人所做的事，穿上适合那种场合的服装是正当的、合法的"（p. 140）。这是当时最伟大的两位学者和神学家对她着装问题的裁决，这一裁决赋予贞德女扮男装以合理性和合法性。

其次，通过女扮男装，女性可以获得某种男性特质，这种男性特质帮助她们挣脱社会规范中有关性别的羁约。贞德之所以易装是因为她需要获得只有男人才有的统治地位，也就是说，在社会伦理规范内确立自己的地位，做到名正言顺，更好地履行天主交给她的神圣职责。因此，她的女扮男装看似打破了性别伦理禁忌，但恰恰是对性别规范的认同和屈从，是以男尊女卑为前提的，是在性别伦理森严和男尊女卑的社会得

①　Linda A. Morris. *Gender Play in Mark Twain*: *Cross-Dressing and Transgression*. Missouri: University of Missouri Press, 2007: 100.

到一种身份认可。正如她竭力劝说国王去参加王冠加冕仪式一样，贞德的女扮男装和国王加冕的意义同等重要，"对于教区的神父和国家的臣民来说，一个未加冕的国王就像是一个已被提名去执行神圣的命令但尚未被授权的人。他没有官职，尚未被任命，另一个人可能受到任命而取代他。总而言之，未加冕的国王是个有疑问的国王"（p. 271）。国王加冕这条伦理线再清楚不过地告诉读者，一个人的身份和行为的合法化是何等重要。对于贞德来说也是如此，作为法兰西武装力量总司令，她的衣着必须符合这样的身份，因为衣服的功能不仅是御寒，"衣服能改变我们对世界的看法，也改变世界对我们的看法"①。贞德的易装是对天主赐予她的身份的进一步合法化，正如加冕、涂油后的国王才是名正言顺的国王，身着男装、像男人一样统帅军队的贞德才是真正的总司令。正是因为她的女性气质，更需要用男装来削弱它，以适应她领军打仗的身份，这进一步地反映出女性主体在男权社会中生存的无奈与困惑，她们希望通过重构自身形态来改变自己在社会中的弱势地位。贞德通过着装的"男性化"来改变自己的性别形象，这既是对男性在社会中的优越性的承认，又是对女性气质的否定，对"女性是劣等的"这一男权思维的认可。这种做法本身就说明：在尚未实现两性平等的时候，女性不得不用屈从的策略来获得生存空间和社会地位。从某种意义上来讲，贞德的女扮男装和维多利亚时期女作家化名男性进行创作具有同样的意义，它是对男性优越性的认可和屈从。

再次，穿男装不仅没有破坏贞德的女性形象，反而是对贞德女性身份的一种保护。当"她和男人一起作战被指责为不雅之举"的时候，她回答道："我一有机会就和女人在一起——在城市和住宅里。在战场上我总是裹着铠甲睡觉。"（p. 408）显然，审判中对她的指控正是她接受命令时所担心的问题。正是因为她有强烈的伦理意识，在非常恶劣的环境下，她始终都没有忘记自己作为女性的性别身份，她珍视自己的身份，并且小心翼翼地保护着自己作为女性的端庄和贞洁。在监禁期间她

---

① Virginia Woolf. *Orlando*. New York：RosettaBooks LLC，111.

坚持穿男装的原因之一就是"不管她睡觉还是醒着，卫兵总是在她的房间里，所以男装比起其他衣服能更好地保护她的端庄"（p. 396）。这一点无疑削弱了易装可能带来的破坏性力量。所以，正如兰德尔·诺帕（Randall Knoper）所言，贞德的易装与其说标志着性别二元划分的危机，倒不如说是一种"服从性易装"（"obedient transvestism"），它证明了贞德的"从属性和女性气质"①。"圣女贞德""天主的女儿""胜利的心上人"，这是热爱她的法国人对她的称呼，也是他们对她的性别认同。

虽然身着男装领军打仗，终日与士兵为伍；虽然在被俘以后依然坚持着男装，并以非凡的智慧和胆识以一己之力对抗教会的威势，和博学、睿智的陪审团唇枪舌战，——驳回他们强加在自己身上莫须有的罪名，贞德女扮男装既未像她的父亲担心的那样"给自己的名声和家庭带来耻辱"（p. 299），也不像指控她的那样，让她失去女性的本色。因为无论她做了什么，有两点永远没有改变。第一，贞德始终都是虔诚的，相信自己听到的"声音"，而且无条件地服从于这个"声音"，因为她相信这个声音来自天主。第二，她始终保持着女性的纯洁。因此，她的虔诚和纯洁将她和其他易装者区分开来。贞德虽有越界之举，却无越轨之心，她的气质的内涵是遵从二元性别规范的。身为军人，她并不留恋战场，也不喜欢战争，流血和牺牲总让她痛苦和悲伤，离开战场对她而言是一种解脱，回归家庭是她最大的愿望。在别人眼中，她是一个驰骋沙场的英雄，对她而言，她却一直是从前的那个小女孩，渴望父母的宠爱和同性的陪伴，希望回家做一个平凡的女儿，伺候在母亲身旁。虽然在很多方面表现出男性气质，在本质上她还是一个女性，而且是一个非常传统的女性，对社会奉行的性别观念高度认同，严格秉承女性的行为规范，把家庭当成自己的理想归宿。除去她身上的男性气质，她是一个符合当时社会期盼的女性形象，是父权制下传统女性的道德典范。

---

① 参见：Randall Knoper. *Acting Naturally*：*Mark Twain in the Culture of Performance*. Berkeley and Los Angeles：University of California Press，1995：176.

正如萧伯纳所言，马克·吐温笔下的贞德是"一位美丽而十分具有淑女风范的维多利亚女子"①。

19世纪后半期，美国的资本主义经济发展迅速，工业化不断向前推进。随着社会、经济的发展，意识形态领域也正在进行悄无声息的变革，社会的进步和科学的发展也在慢慢改变人们对性别及两性关系的认识，不断冲击着传统的价值观念和道德观念。作为一个敏感且具有洞察力的作家，马克·吐温将发生在身边的这些变化看得清清楚楚，并在其作品中进行了纪录，借此反映了那个时代的性别伦理和自己的性别观念。他笔下的贞德活泼欢快、热情开朗；她思维敏捷、能言善辩，有着与年纪不相符的睿智、不同于常人的洞察力以及高尚的品质。和凯西一样，她兼具男性的勇敢、坚强、刚毅和女性的温柔、贤良、柔弱，她们集美貌、智慧、品德于一身，是完美人格的体现，寄托的是作者对完美人格理想的追求。这种双性同体的女性形象超越了传统的性别范畴，是一种更具积极潜能的理想的人类范式。马克·吐温曾在自己的笔记中写到，"只有实现真正的男女平等，文明才能走向真正的完善"②。通过这种双性同体的人物形象的刻画，马克·吐温不仅建构了完美的人格模式，也建构了平等、和谐的性别伦理，表达了对平等和谐的两性关系和对至善至美的理想人格的追求。

但同时，通过对她们的刻画，马克·吐温也反映了处于变革时期占主流的传统性别观念和性别伦理。虽然在贞德和凯西的身上明显具有美国19世纪末新女性的特征，但她们又不乏19世纪所倡导的"真正女性"的所有美德，对贞德来说更是如此。虽然贞德身上表现出坚强、独立的特点，她在本质上却符合对传统女性的要求。如果说，贞洁、顺从、从属、持家是女性最重要的美德，贞德具备了所有这一切。她的两

---

① 转引自．译者序言．选自：吴钧陶主编．马克·吐温十九卷集（12）．石家庄：河北教育出版社，2002：4.

② 参见：Notebook, November 6, 1895, Mark Twain Project Collection. Mark Twain. *Mark Twain's Speeches*. New York: Harper and Brothers, 1910: 103. Louis J. Budd & Edwin H. Cady. *On Mark Twain*. North Carolina: Duke University Press, 1987: 188.

面性和看似矛盾的性格正是社会变革期复杂的性别伦理环境和伦理冲突的真实反映。马克·吐温借助自己敏锐的洞察力捕捉到了19世纪末期社会变革对女性的影响，通过双性同体女性人物的刻画，展示了新女性身上散发出来的光芒。他赋予贞德和凯西新女性的特点，并将自己对她们的欣赏不遗余力地通过自述者的口吻表现出来。然而，在惊喜于"新女性"的出现，表达对她们的赞赏之情的同时，作为处于主流性别意识下的男性作家，马克·吐温又表现出对正在发生着变化的性别伦理的焦虑和担忧。他把贞德刻画成有高度伦理意识和伦理自觉，具备传统女性美德的女性形象，从中流露出对正在削弱的传统女性特质的留恋。借助贞德这个历史人物的形象，马克·吐温再现了他那个时代美国的性别伦理，也表现了变革时期人们对正在逝去的传统伦理道德的担忧和留恋。

长期以来，基于生物决定论的性别二元划分，女性一直被认为是感性的、柔弱的、细腻的，而男性则被认为是理性的、刚强的、粗犷的。这种固化的性别观念和定式化的性别模式极大地阻碍了人的本性发展和自由个性的形成。其实，每一个个体都是独特的，也是复杂的。在马克·吐温创作的一系列关于性别问题的作品中，他为我们展示了一系列性格各异的男女形象，对传统的性别二元论提出了质疑和挑战。

马克·吐温笔下的男男女女让我们看到，世界上不仅仅有纯粹的男性和女性，如法蒂玛和塞利姆；还有具有女性特质的男性（或称为娘娘腔、奶油小生或伪娘），如奥斯卡，或者具有男性特质的女性，如假小子雷切尔；以及兼具男女两性特质的雌雄同体的女性，如凯西和贞德。他塑造了不同个体身上复杂且复合的性别气质，并通过他们身上表现出来的自然性别属性与社会性别期待之间的矛盾来探讨性别气质对人格发展多元化的可能。马克·吐温所塑造的新型性别形象使其小说人物形象，尤其是女性形象变得更加立体丰满。他们不仅揭示了随着时代发展固有的性别身份与性别伦理对人的束缚这一事实，还进一步表达了那个时代的人们对发展个性、走向多元化的诉求。

"每个个体生命的独特性和丰富性绝不能被某种同一性要求所强制

性地取消，恰恰相反，个体生命的独特性和丰富性正是这个世界存在和发展的基本条件。"① 事实上，每个人都具有与他人不同的个性特点，他们完全可以自由地去塑造自己的个性，从而达到丰富和完善自我的目的。然而，在旧的性别分工和不平等的性别伦理下，男性和女性都不堪重负，种种性别规范的束缚导致他们个性的扭曲和性别的异化，致使他们的人格无法得到自由、全面的发展。

马克·吐温在其作品中刻画了不同类型的男女形象，对性别问题进行了全方位的探讨，引发读者对性别二元论的重新审视和思考。这些性格各异的形象打破了维多利亚时期刻板的性别模式，呈现了不同个体性别气质的多元化的可能。他们超越传统狭隘的性别角色定位，对传统的男女性别范畴和父权制社会男女性别角色二元对立的等级模式提出了质疑，表明男女两性之间并不存在不可逾越的界限，"二元对立"一说不过是为了维护男性统治而编造出来的神话，纯粹的男性气质和女性气质只是父权制设计出来的理想状态。通过刻画双性同体的女性角色，马克·吐温表达了对平等和谐的性别伦理理想及对完美人格的追求。

但必须承认，由于时代的局限和主体身份的限制，马克·吐温在作品中也表现出对伦理变革的担忧，流露出对正在削弱乃至消失的传统女性美德的留恋，对正在发生的变革表现出喜忧参半的复杂心理。作为一个具有强烈社会责任感的作家，马克·吐温将自己的观察和疑问付诸笔端，呈现给广大读者，以期引起更多的关注和思考，这或许就是马克·吐温创作的有关性别探讨的作品要么是悲剧结局，要么是开放式结局的原因吧。

---

① 贺来. 宽容意识. 长春：吉林教育出版社，2001：46-47.

第四章　身份乌托邦

作为批判现实主义的伟大作家，马克·吐温的作品不仅仅是对美国现实社会中种种不平等现象的批判，更重要的是表现了对人类共同面对的问题，如种族、性别、阶级问题的思考。通过把美国社会存在的现实问题作为一个观察点，马克·吐温抓住了人类迈向现代化进程中所面临的共同问题，那就是在一个以经济利益为目标的现代社会，如何实现人类的平等、公正的问题。不仅如此，马克·吐温的批判性以现实为根基，开启了对现实世界批判的未来维度，彰显了其作品的独特价值与艺术魅力。通过其作品，马克·吐温不仅揭露了 19 世纪现实社会中的种种不公，还表达了改善人类环境、完善自我、建构一种良好的社会关系的愿望。因此，身份转换既是马克·吐温批判各种社会不公的策略，也是身份建构的设想和实现身份乌托邦①的通途。

第一节　身份乌托邦下的文化环境构建

良好的社会环境是社会个体得到充分发展的基础。环境决定人生，这是马克·吐温在其作品中反复强调的一个重要观点。对环境决定论的

---

① 这里的身份乌托邦主要是指马克·吐温的社会个体身份平等和人格完善的理想。一方面，这种理想需要由国家进行文化环境的改造，以及人际关系的改善来实现；另一方面，它也为和谐的社会关系和良好的社会秩序的建立起到助推作用。因此，在某种意义上来讲，身份乌托邦既是个体身份理想，也是国家身份理想，二者共同构成一个乌托邦王国。在这个理想王国中，社会个体能够得到自由、全面的发展，不同的个体和群体之间虽有差异，却能够平等对待、取长补短、和谐共处。

诠释，在马克·吐温的作品中时有体现。在其哲理性对话《人是什么》一文中，马克·吐温借助老人之口表明："一个人到底成为什么样的人要看他是何种材料，要看他受到的影响，他的遗传因素、生活环境以及他跟什么人交往。"① 他进一步指出："从躺在摇篮之日起到进入坟墓，人处于外界的影响和训练中。在一个人的训练过程中，联系（association）排第一。人的外界环境（human environment）影响着他的思维和情感，丰富他的灵感，为他设定道路并保证他一直在其中……他是一条变色龙，按照本性固有的法则换上经常出没之处的颜色。"② 马克·吐温认为，一个人的爱憎、趣味，乃至政治态度、道德和宗教信仰等都是所受"外界影响"的结果。这里的外界影响泛指一个人所处的一切社会关系。在马克·吐温看来，人在很大程度上是环境的产物，与社会个体所处的外界环境息息相关。

正是这种认识促使马克·吐温不断地探讨环境，尤其是文化环境③对个体的影响。马克·吐温的一系列作品，在再现 19 世纪恶劣的文化环境及其危害的基础上，表达了力图改善人类文化环境，建构一个更加平等、合理、公正的文化环境的愿望和设想。

一、WASP 文化：白人父权伦理

虽然美国是一个多元文化社会，但是在美国社会占主导地位的却是"白肤色-安格鲁-萨克逊-清教徒"（简称 WASP）文化。作为美国文化的核心，它决定着人们的价值取向，控制着社会道德的方向，形成以上

---

① Mark Twain. What is Man？. *The Complete Essays of Mark Twain*. Charles Neider, ed. New York：Dacapo Press，1991：337.

② Mark Twain. What is Man？. *The Complete Essays of Mark Twain*. Charles Neider, ed. New York：Dacapo Press，1991：161.

③ 文化有广义和狭义之分。广义的文化包括物质文化、制度文化和精神文化形态。由于本书主要是从伦理的角度讨论阶级问题、种族问题和性别问题，所以该节讨论的文化主要是指制度文化。制度文化既是伦理现实化的可能条件，也是维系伦理体系的现实力量。参见：魏则胜，李萍. 文化伦理的逻辑. 天津社会科学，2006（2）：42-47.

等白人为中心的父权伦理体系。

为了维护这套伦理体系，白人首先根据生物属性将其他种族，如棕色人种、黄种、非黑色的其他有色人种和黑人他者化，并将黑人作为典型置于白人父权等级体系的最底层。然后在白人内部进行分层。基于父权制，白人男性首先将女性他者化，再在男性群体内部以血统、宗教和阶级进行再次分层，从而确保了 WASP 伦理体系在大众文化传播过程中改变意识形态，并达到改变社会伦理观念和引导伦理取向的同质目的。

早在殖民地时期，新大陆的白人殖民者就开始从非洲贩卖黑人到北美种植园从事生产劳动，以达到降低成本、攫取最大经济利益的目的。为了维护利用黑人廉价劳动力获取高额利润的经济模式，他们首先利用自己在政治上的话语权，以立法的形式在新大陆重新确立了在英国早已废除的奴隶制，将白人奴隶主对黑人奴隶的拥有权和支配权合法化。

除了使用立法手段以外，种族主义者还通过操纵意识形态，试图使大众认可这种统治与被统治、奴役与被奴役的社会关系。他们将白人和黑人群体的先天体质特征与他们的心理或智力特征相联系，并由此划分出优等种族与劣等种族，其目的就是构建一个将自己的肤色、种族和宗教信仰结合起来，以"白肤色-安格鲁-萨克逊-清教徒"为最高统治者的白人父权等级社会。为了强化自己的权力与既得利益，白人统治者还在审美心理、文化期待等方面，将所有与白色相关的概念美化，从而使得白色成为一种符号，其所指直接指向了优越的智力、高贵的身份以及被先天赋予的社会权利，并借助审美活动的普及和文化的传递日渐使其成为一套为白人利益服务的伦理代码，保障了"白人至上"的公民优先权。与此同时，他们还从审美到文化认同上，将黑人的肤色和他们的奴隶身份等同起来。他们将黑人贬斥为尚未完全进化的"幼年种族"（child race），认为他们智力低下、蒙昧未开，没有能力参与到国家政治活动之中。如果这一思想意识被白人与黑人共同接受，那么，白人把黑人奴隶看作孩子并对其进行严加管教，帮助他们实现自助，就变得合情合理，而且是再仁慈不过的了。事实证明，这一意识形态的确得到了广泛的认可，不仅白人，很多黑人，甚至一些黑人领袖都认同了这一意识形态中的思想和观念①。渐渐地，白人与黑人之间就形成一种特殊的、类似于家长与孩子的社会伦理关系②。于是，在白色权力的凝视下，黑人丧失了其主体性，被异化成白人眼中的"黑鬼""孩子"，最终被迫接受"黑孩子"亚成熟的伦理身份③。

事实上，WASP 文化模式是英国"安格鲁-萨克逊"文化殖民的延伸。早期北美洲的殖民者中有很大一部分是来自英国的清教徒。他们深受"安格鲁-萨克逊"殖民文化的影响，将自己看成"上帝的选民"，肩负着拯救新大陆，乃至拯救人类的使命。因此，拯救包括印第安人、非裔黑人等"非文明群体"自然也就成了他们自命的神圣使命。19 世纪末的英国著名作家拉迪亚德·吉卜林（Rudyard Kipling）在他的诗歌《白人的负担》（White Man's Burden）中就反映出了白人对自己崇高地位和使命感的认识。"上帝的选民"和"白人的责任"等天赋使命思想为美国种族主义意识形态的建立和维持提供了宗教基础，因而在早期广为欧陆移民所接受，成为绝大多数白人的价值取向，也渐渐成为政府制定、执行种族政策的意识形态基础。直到今天，这种思想在美国仍然有广大的市场，反映出盎格鲁-萨克逊文化中的种族优越心理和上帝选民思想。因此，在美国，基于清教文化和安格鲁-萨克逊白人家长制的社

---

① 例如，被誉为"民权抗议运动之父"的布克·华盛顿（Booker. T Washington）便深受这种观点的影响，将其视为改善黑人境况的"灵丹妙药"。他认为黑人不应该反对种族主义，而应该首先改变自身的愚昧与无知。

② 最早用"家长制"一词来描述美国早期种族关系及白人对黑人态度的学者是史学家菲利普斯（Ultrich B. Philips）。在他看来，"家长制"只是一种生活方式，并不是以追求利润为目的的。当然，他的这一观点后来遭到了强烈的反击。20 世纪六七十年代，范·登·伯格和奴隶制种植园研究专家吉诺威塞（Eugene Genovese）在菲利普斯的观点的基础上，对其进行了新的探索。关于"家长制"和白人父权统治，参见：石毅. 从家长制到自由放任——美国政府种族政策研究. 中央民族大学博士学位论文，2003：32-55. 李怡. 布鲁斯化的伦理书写——理查德·赖特作品研究. 北京：中国社会科学出版社，2016：102-105.

③ 李怡. 布鲁斯化的伦理书写——理查德·赖特作品研究. 北京：中国社会科学出版社，2016：103.

会文化伦理也就为将黑人他者化、妖魔化的文化内部殖民模式提供了思想上的坚实基础。

"白人种族优越论"从本质上说是一种文化驱动力①，这种驱动力从意识形态上将美国社会伦理关系织成了一张人对人的压迫统治的人伦秩序大网。在这张等级分明的人伦秩序网中，白人家长处于中心地位，对其他种族拥有绝对的支配权。而黑人在这个大家庭中被边缘化，他们被视为"永远长不大的孩子"（perpetual children），需要白人家长永远的照顾——当然，这种照顾主要是以管教的形式进行，在不服从管教的情况下白人家长便施以严厉的惩罚，如鞭挞、阉割等私刑都是再正常不过的事情。白人在将自己与其他种族的关系家庭化、责任化的过程中，他们越是强调自己对黑人负有责任，黑人是劣等种族的文化理念就会进一步地得到强化。久而久之，黑人就只能以家庭成员的方式采取被动适应的态度，渐渐地习惯自己的卑贱地位，在白人家长面前保持顺从、谦卑。就这样，"家长制种族主义"的文化殖民机制不断得到内化，成为美国文化的核心价值。它从意识上、心理上到社会现实的方方面面都保障了白人的权力空间，在这个空间里，白人将他们对黑人的控制有效地转化成为有责任的家长对可能误入歧途的孩子行使监管权的一种家长权力机制。家长制的文化机制是白人自编的一套权力话语代码，"凝结在控制这个国家黑人与白人关系的美国传统之中，并生根、发芽、蔓延至今"②。家长制也成为看似合理的、白人规训黑人的一套伦理法则。

在这套白人父权制等级体系中，白人内部又按照性别进行分层③。分层的结果是，白人女性也同样被父权制下的白人男性家长他者化。

在19世纪，伴随工业化革命的进程，越来越多的女性从家庭生活

---

① 李怡. 布鲁斯化的伦理书写——理查德·赖特作品研究. 北京：中国社会科学出版社，2016：104.

② Richard Wright. *12 Million Black Voices*. New York：Thunder's Mouth Press，2002：18.

③ 事实上，在各个阶层都存在着男性和女性之间的分层。但是，由于马克·吐温作品中主要表现的是白人男性和白人女性之间的关系，所以此处主要讨论白人内部的性别分层。

中解放出来，进入社会生产的不同领域，她们拥有了更为广阔的生活场景，经济上也开始独立起来。然而，她们的生活处境却没有因此得到根本的改善，社会地位也没有得以提高。相反，工业化进程使妇女的社会地位越发低下①。对于这一吊诡的现象，戈尔达·雷纳尔教授是这样解释的：在殖民地时期，美国妇女人数相对较少，并且在以农业为主的经济生活中发挥着巨大的作用。所以，尽管在男权社会的伦理秩序中，她们的身份只是女儿、妻子和母亲，并没有被当作独立的个体看待，但实际上，她们还有很多机会到家庭以外的场所活动，其权益在一定程度上也受到法律保护。但是，进入 19 世纪之后，工业革命带来了公共领域和私人领域的划分，而妇女则被更多地限制在家庭这一私人领域之中，参与公共领域事务的机会变得越来越少，她们本来就少得可怜的政治权利也进一步受到限制②。"到 19 世纪中叶，美国妇女仍然没有选举权，婚后也无法控制自己或者子女的财产，不能立遗嘱，未经丈夫的许可，不可签署法律文件或提出诉讼，其地位只相当于未成年人或者奴隶。"③

　　美国妇女被他者化的过程与黑人被他者化的过程如出一辙，主要是以意识形态渗透的方式进行的。首先，在西方，基督教文化奠定了女性从属于男性的伦理关系的基调。在人们生活中拥有绝对权威地位的《圣经》把女性描述成上帝用男人的肋骨做成的，将女性视为男性的附庸，为"男尊女卑"提供了神圣的依据。女性没有独立的身份，依靠与父亲、丈夫的关系获得自身的身份和阶级地位。其次，为了让女性心甘情愿地留在家庭，接受屈从的地位，父权社会从生理上来解释男女两性的差异，声称一个人的个性、智力水平是由其生理因素决定的，人为地制造出不同的性别气质，并对其进行优劣的划分。这样一来，女性因

　　① Gerda Lerner. The Lady and the Mill Girl: Changes in the Status of Women in the Age of Jackson. In: Ronald W. Hogeland, ed. *Women and Womanhood in America*. Lexington, Massachusetts: D. C. Heath, 1973: 90.

　　② Gerda Lerner. The Lady and the Mill Girl: Changes in the Status of Women in the Age of Jackson. In: Ronald W. Hogeland, ed. *Women and Womanhood in America*. Lexington, Massachusetts: D. C. Heath, 1973: 101.

　　③ 金莉. 美国女权运动·女性文学·女权批评. 美国研究, 2009 (1): 63.

其体格弱小的生理因素和温柔、服从等气质特点被认为更适合待在家庭中，而男性拥有的生理优势和勇敢、进取等气质特点则成为其走向社会的优越条件。而且，根据性别气质而形成的刻板性别角色把男性定义为家长、丈夫、父亲、保护者，而把女性定义为辅佐者、妻子、母亲、受保护者。父权社会通过这样一种话语方式，将男女两性之间主动/被动、被依赖/依赖、保护/被保护的伦理关系确定下来，并且让其作为一种伦理导向，约束着女性的思想和行为方式。19 世纪盛极一时的真正"女性崇拜""家庭里的天使"与 18 世纪末的"共和国母亲"（republican mothers）①一样，都是对女性进行规约的一种策略。这种规约不是强制性的，而是通过将两性关系伦理化，甚至通过将女性的性别角色进行美化来实现的，这比对黑人的规约更具隐蔽性和欺骗性。

当然，在美国白人父权等级社会中，并不是所有的白人男性都能成为父权制家长。处于社会顶端的永远只是少数上层白人男性，他们像高高在上的君主一样，是这个父权伦理体系的最高统治者，统治着美国社会各个阶层，其目的是保护少数上层白人的利益。广大的中下层白人在这个白人父权家庭中，也只不过是卑微的、无足轻重的家庭成员，或听命于白人家长的支配，或受制于命运的摆布。这种白人内部的阶级分层与种族、性别划分在本质上是一致的。事实上，种族关系和性别关系是阶级关系的反映，或者说，是阶级关系以种族和性别的外衣得以体现的一种形式。从本质上说，白人父权社会中的种族关系和性别关系，都是为少数上层白人的利益服务的。而白人父权社会中不同种族和不同性别群体之间的不平等的伦理关系的构建，其实是以精神生产的方式为统治者的利益做合法性阐释和论证，为剥削关系的合法化进行辩护。黑人女

---

① 19 世纪 80 至 90 年代，美国妇女，尤其是美国中产阶级妇女被赋予"共和国母亲"的社会角色，肩负着将虔诚、克己和崇高理想等美德灌输给她们的孩子，为共和国培养优秀儿子的责任。这一角色分配凸显了传统性别角色的主要悖论：弱者被赋予重任，而强者被免去责任。但是，当时的英国和美国道德家都声称，对男性施加影响给了妇女改革社会习俗和社会道德的权利。详见：Marilyn French. *From Eve to Dawn*: *A History of Women*（Vol. II）. New York：The Feminist Press，2004：340-341.

权主义者贝尔·胡克斯指出："所有形式的压迫都是相互关联的，因为它们都受到类似的制度和社会结构的支持。"① 在阶级、种族、性别关系的相互关联中，阶级关系始终处于核心地位，是理解其他关系的关键，种族、性别和阶级之间相互勾连、相互强化的关系，揭示了种族歧视、性别压迫的实质。

"父权制是一种权力等级结构体系，其基本特征就是等级制。"② 为了维护不同阶级、不同种族和两性之间的等级化的伦理关系，以及建立在这种伦理关系上的伦理秩序，身份的确认就变得至关重要。身份的确认实际上是对每一个体在这种等级体系中的定位，因为只有通过身份的确认，社会个体才能被赋予与其身份相对应的权利和义务，同时在具有等级差属的社会关系网络中形成"支配—服从"的社会秩序。所以，对身份的确认或认同是在这个等级体系中的地位和价值的确认，在一定程度上，身份变成了一种"地位符号"或者"社会分层符号"，决定了每一个体与其他个体或者群体间的伦理关系。因此，种族身份、性别身份和阶级身份实际上都是伦理身份，是白人父权伦理体系下身份伦理的基础。一旦伦理身份出现混乱，就会导致既有的伦理秩序遭受冲击，甚至导致伦理体系的坍塌。

在白人父权等级体系中，阶级、种族和性别身份的区分、不同的身份在等级体系中的位置，都是通过差异来确定的。19世纪末的"一滴血法则"与对所谓的"男性气质"和"女性气质"的划分就是为了加强和完善既定的身份秩序，从而确保既有的伦理秩序不会遭到破坏。因此，身份的划分不仅仅是对不同群体拥有财富的多寡、肤色等显性特征、生理特征的区分，而是将不同的群体按照"法定的价值"排列于社会等级之中。父权制的身份伦理最明显的特征是等级制，它显示了人与人之间人格不平等的内涵。

---

① 贝尔·胡克斯. 女权主义理论：从边缘到中心. 南京：江苏人民出版社，2001：43.
② 梁理文. 拉链式结构：父权制下的性别关系模式. 广东社会科学，2013（1）：250.

与等级制相适应，父权制的思维模式主要表现在二元对立的逻辑思维，即非此即彼的思维方式，将所有的事物分为黑白两极，而忽略中间状态。等级思维置权力于等级结构体系中，把不同族群之间、性别之间的生理差异转化为族群属性和社会性别差异，把原本并无等级差异的人和事物按照优／劣、尊贵／卑贱、主动／被动、积极／消极等二元对立结构进行强行的、人为的划分。用法侬（Frantz Fanon）的话来说，这种划分只不过是一种"善恶对立寓言"，在这种话语表达的背后，是权利关系和支配关系①。

根据以上分析可以看出，美国 19 世纪的白人父权制伦理体系具有以下特征：第一，建立在种族、性别与阶级关系上的社会伦理规范都具有浓厚的等级制色彩。第二，这种伦理体系以黑人对白人、女性对男性、下层阶级对上层阶级的服从为伦理标准。第三，这种伦理体系强调伦理规范所具有的约束性，但轻视了伦理规范对社会个体道德完善所应具有的作用，它强调人对等级与规范的遵从，但无助于社会个体的道德观念向合理化的方向发展。

显然，马克·吐温看到了这种白人父权制社会存在的严重的政治权利、经济权利及人格的不平等，这些不平等体现了社会公正伦理的缺失，对社会个体乃至整个社会机体产生了极大的危害。其危害主要表现在以下三个方面：

第一，在对阶级的观察中，马克·吐温看到了不同阶级中典型人物所面临的富贵与贫贱的对立。虽然自启蒙运动以来，"人人生而平等"逐渐成为西方思想界的共识，并被写进《独立宣言》，但是只要人类被划分为不同的群体，每个人必定从属于某一特定群体，而不同的群体占有不同的社会资源与社会权利，这势必造成不同群体的差异和不公，从而导致一系列的社会问题。阶级的分层导致了贫富的分化，大量社会财富集中到少数人手中，广大的平民阶层却陷入赤贫，只能挣扎求生。在

---

① 爱德华·萨义德. 东方学. 王宇根，译. 北京：生活·读书·新知三联书店，1999：8.

《王子与贫儿》《申请爵位的美国人》和《亚瑟王朝廷上的美国佬》等小说中，马克·吐温就用对比的方式展示了不同阶级之间的巨大鸿沟。爱德华王子一出生就绫罗绸缎裹身，他的出世让全体国人欣喜若狂；而同一天出生在穷人家的汤姆·康第则浑身裹着破衣烂衫，全家因为多了一张吃饭的嘴而愁不堪言。奴隶主和贵族奢侈无度、骄横跋扈，奴隶和平民则穷困潦倒、唯命是从。社会不公造成的极度贫穷往往导致人类兽性因子的膨胀和失控。在贫儿居住的垃圾大院里，酗酒、争吵和打架是家常便饭，偷窃、行骗和乞讨是下层平民的主要营生手段。为了生存，这些人到处游荡生事，成为社会治安的一大隐患。

第二，在对种族的观察中，马克·吐温看到的是不同种族典型人物所面临的高贵的白人与卑贱的黑人的对立。按照血统论，黑人天生愚笨、懒惰、下贱，他们只配做白人的奴隶，受白人驱使。殊不知，种族隔离和种族歧视让白人和黑人都成为受害者。长期的蓄奴制让种族主义者变得残酷无情、铁石心肠，对同类的遭遇视而不见，造成他们人格的扭曲。不合理的种族伦理将黑人沦为可以买卖的财产、任意驱使的牲畜，导致黑人主体性丧失。在极为恶劣的种族环境中，黑人求生的本能甚至导致理性的丧失和道德的崩溃。在这种情况下，白人自己也作茧自缚，从施害者变成受害者。在《傻瓜威尔逊》中马克·吐温就通过罗克珊的掉包计将白人少爷变成黑人奴隶，呈现了一个白人和黑人互相交恶的社会权力体系。

其三，在对性别的观察中，马克·吐温看到的是不同性别的典型人物面临的掌控权力的男性与缺少权力的女性的对立。父权制下严格的性别规范和性别角色定位，束缚了社会个体的全面发展，阻碍了他们的潜能的发挥。如雷切尔本来是一个很能干的假小子，她性格直爽，处世不惊，还爱见义勇为，打抱不平。但她必须按照社会对她的性别定位行事，否则就会给自己带来麻烦。奥斯卡虽为男性，他也遇到同样的困扰。因为，在父权制性别角色定位下，无论是男性还是女性都必须按照强加给他们的性别角色进行表演，这在很大程度上阻碍了社会个体的健康发展。

建立社会制度、社会规范的目的原本是为了建立良好的人与人之间的关系，使社会个体能够得到健康、全面的发展，然而阶级、种族和性别的二元划分以及建立在二元划分基础上的不合理的等级秩序不仅导致这个社会的平等观念和公正观念的缺失，还造成处于弱势群体的社会个体的主体性丧失，潜能无法得到充分发挥，这极大地阻碍了社会进步。因此，对文化伦理环境进行改造就成为必然。

二、文化环境改造

马克·吐温敏锐地意识到，尽管已经迈向现代化进程的美国建立起了具有"民主意识"的国家，但是，在其文化机制中，依然存在着严重的不平等。在富人眼中，富人天生高人一等，而穷人理当卑贱地活着；在白人眼中，白人天生是"上帝的选民"，而黑人理当是需要白人拯救的贱民；在男人眼中，男人理当是世界的主宰，而女人理当是男人的附庸。这些理所当然的"真理"使民主与平等成为空话。因此，马克·吐温在其作品中，表现出积极的改造文化环境的思想。

首先，以身份转换为切入点，马克·吐温用极为巧妙的方式消解了不同阶级、不同种族和男女两性之间的二元对立，解构了建立在父权等级制基础上的身份等级、伦理关系和伦理秩序。马克·吐温笔下的众多易装者穿上异性的服装，再加上巧妙的表演，便可以成功地扮演异性角色，他们是男是女难以辨别。在马克·吐温的文学世界里，女性可以表现出男性气质，也可以兼具两性的优点，男性同样也可以表现出女性气质。他们谁优谁劣、谁强谁弱难以说清。高贵的王子和卑贱的贫儿脱掉衣服以后就像一对双胞胎，没有任何差异。身份改变后贫儿的举止和表现让人无法相信他就是从前的流浪儿，而穿上贫儿衣服的王子无论如何申辩再也无人相信他就是爱德华王子。混血儿小黑奴和白人小少爷可以互换身份，无人质疑他们身份的真假；伯克利子爵扔掉证明自己身份的一切以后，就成为一个为一日三餐发愁的普通平民。亚瑟王脱去高贵的服饰，在他的王国中便没有人认识这位流浪的君王，几乎丧命在自己的官吏手上。如此等等，不一而足。马克·吐温在自己的文学世界里，让笔下的主人公在不同的阶级、种族和性别间进行身份转换，从而让读者看到，他们之间并不存在不可逾越的天然鸿沟。这促使读者不得不重新审视身份的二元划分，重新审视身份"话语"，包括我们平时用以考察和把握阶级、种族、性别的种种观念和分类原则。

马克·吐温用身份转换展示了一个狂欢化的世界，在对阶级身份、种族身份和性别身份的二元划分进行解构的同时，对其进行了去等级化。在马克·吐温看来，按照身份将人分为三六九等的等级秩序是对民主、平等和公正的破坏。他断言："把人类的衣服脱光，完全一丝不挂，那将是真正的民主。但是，哪怕穿上一片虎皮，或粗糙羊毛，差异的标识就出现了，君主政治也从此开始。"①马克·吐温的作品在"恳求人们重新思考、重新评价、重新构建人们常常用来界定个人身份和民族身份的那些词汇"②。黑人小书僮和白人小主人被罗克珊调包以后，原本应该是聪明、高贵的白人成了愚钝、卑微、顺从的黑奴，打破了"白人高贵，黑人低贱"的神话。王子和贫儿互换衣服以后，无论王子如何声称自己是当今国王（老国王驾崩以后），只能被人当成笑柄；而贫儿很快就习惯了宫廷礼仪，表现出王者的气质，并且在老国王驾崩以后成功地扮演了国王的角色。性别错位者、易装者和双性同体者都不同于刻板的、定式化的男性或女性形象。这些身份转换和身份重构说明，阶级、种族和性别身份差异只是某种"话语"的产物，它既不是先天的，也不是固定不变的。"阶层的划分是人为的，又被社会惯例和权力强化并固定下来。这种划分有违人的本性，导致了对身份的错误认知。"③

其次，身份转换作为一种创作策略，为我们考察身份的本质提供了

① Mark Twain. *Mark Twain's Notebook*. A. B. Paine, ed. New York：Harper, 1953：337. Van Wyck Brooks. *The Ordeal of Mark Twain*. New York：E. P. Dutton, 1920：231.

② Shelley Fisher Fishkin. *Lighting Out for the Territory*：*Reflections on Mark Twain and American Culture*. Oxford：Oxford University Press, 1998：203.

③ Bradford Smith. Mark Twain and Mystery of Identity. *College English*, 1963, 24（6）：425.

一种维度。通过身份转换，让不同阶级、不同种族和不同性别的社会个体逾越他们之间原本划分得非常清楚的界限。马克·吐温让我们看到，身份作为一个人的标识、一个人在社会中的定位，如同服装一样，可以随时穿上，也可以随时脱下，具有虚假性、欺骗性和流动性。根据种族、性别和阶级所确定的个体身份并不能反映人的本质，也不是固定不变的。

马克·吐温笔下的人物在身份转换后的身份重构说明，人是环境的产物，身份只是一种社会和文化建构，并不是与生俱来的。血统、肤色、性别都不是界定个体优劣之要素，一个人的真实品性与皇冠、财富无关，与种族、性别无关，决定一个人高贵与否的是在各种身份面具背后真实的自我。一个人所处的伦理环境和与之相关的伦理规范在一个人的身份建构过程中起到决定性作用。这种对人与环境之间的关系的阐释消解了不同阶级、不同种族和男女两性之间存在的本质上的差异，说明阶级、种族和性别差异并不是由群体特征所决定，而是由他们所处的伦理环境决定的，是受外界引导的结果。因此，身份是一种社会建构、文化建构，也是一种心理建构。既然环境在塑造社会个体的人格形成过程中起着如此重要的作用，那所谓的基于生物属性、生理特征而赋予不同群体的群体属性也就不攻自破了。在马克·吐温看来，"所有的高贵都是华而不实的欺骗，所有的世袭制度都是一种骗局，所有等级上的不平等都是一种合法化的犯罪和丑行①"。这种认识无疑动摇了维持白人父权统治运行机制的意识形态基础。

马克·吐温对阶级、种族和性别身份等级等问题的看法证明了皮特·伯格（Peter L. Berger）和托马斯·拉克曼（Thomas Luckmann）的观点，即社会现实其实是人类社会建构活动的产物，那些被我们视为理所当然的价值观念、行为模式和社会习俗其实是由人类刻意建构而成的。也正因为社会现实是人为建构的产物，缺乏内在的必然性，所以，

---

① 马克·吐温. 申请爵位的美国人. 选自：吴钧陶主编. 马克·吐温十九卷集（11）. 石家庄：河北教育出版社，2002：374.

"一切社会现实都是不稳定的"①。通过身份转换，马克·吐温巧妙地将身份的不确定性，以及那些关于社会现实的所谓真理从思想的牢笼中解放出来，为重估价值打下基础。

在解构白人父权制等级体系的同时，马克·吐温表达了改革文化环境的主张和愿望。这种主张与愿望从身份的转换得到了体现。从表面上来看，身份转换是身份的改变，但事实上身份转换改变的是一个人所处的伦理环境，因为说到底，身份转换改变的是身份主体与他人的伦理关系，改变的是附加于身份的价值。在《傻瓜威尔逊》中，罗克珊将儿子小书与白人小主人汤姆调包以后，因为获得了白人小主人的身份，原来的黑孩子小书随之获得了新的身份带给他的一切，包括他与罗克珊、与白人奴隶主德列斯考尔以及与周围的其他所有人之间的新的伦理关系。因此，他是在新的伦理环境中才完成了身份的转换。这一点在《王子与贫儿》中表现得更为突出。贫儿汤姆梦想成为王子，但真正吸引他的并不是王子身份本身，而是附加在王子身份上的优越的环境、无上的权力、受人拥戴的地位。一旦成为王子，他就可以摆脱所处的恶劣的生活环境。初到王宫时，贫儿汤姆处处表现出贫儿的思维和贫儿的举止，他并没有在一夜之间成为真正的王子，是环境的改变使他最终完成了"贫儿"向"王子"的转变。因此，我们有理由说，身份转换实际上表达的是改变环境的愿望。

不仅如此，身份转换还蕴涵着改革不平等的等级模式，建构平等、公正的文化环境的设想。这种设想在马克·吐温的作品中时有体现。让贫人变为富人，让"卑贱者"变为"高贵者"，让女人变成男人，或者让女人具有男人一样的勇武和智慧，这都是马克·吐温对文化环境进行改造的设想。或者说，在马克·吐温看来，通过身份转换，贫穷的下层人、卑贱的黑人和依附于男人的女人，同样可以创建与高贵的上层人、白人和男人同样的功业，可以展示同样的人格、同样的智慧。这就否定

---

① Peter L. Berger and Thomas Luckmann. *The Social Construction of Reality*. New York：Anchor Books，1966：103.

了天命论、出身论和性别论中的不公平的社会伦理原则。通过文学艺术的形式，马克·吐温诠释了"人人生而平等"的理念。

当然，一个社会的主流文化体系（无论是父权制，还是 WASP 文化）一旦形成，就会具有强大的势力，并且在很长的一个时期具有相对的稳定性，对社会的影响极其深远。在《亚瑟王朝廷上的美国佬》中，虽然汉克意在推翻亚瑟王朝的君主政体，但在此之前，他实施了一系列社会改革计划，其中包括开办学校、创办报纸。因为亚瑟王国被具有强大势力的教会所控制，这里的百姓受控于当时的意识形态，完全失去独立的判断能力。所以，汉克设立"造人厂"，对他选中的可造之材进行思想启蒙和教化，改变他们的观点，将他们从麻木状态中唤醒，从而追求作为人的自由和权利。报纸这一舆论工具则将先进的思想传播给更广泛的民众。这些措施对他推行的社会改革起到了很好的推动作用。

然而，他建立民主政体的理想最终破灭，其中一个重要因素就是，他没有成功地根除已经内化到民众骨髓里的意识形态，没有让他们真正接受他的变革理念。他虽然开办了学校，但正如前文所示，他只是对少数可造之材进行了启蒙，这批人后来成为改革的骨干力量。但是广大民众的思想并没有得到改造，他们仍然被教会牢牢地控制着，处于摇摆不定的状态。因此，当他们曾经顶礼膜拜的汉克与教会势力发生冲突时，他们立刻倒戈，站在了教会的一边。由此可见，思想的启蒙不是一朝一夕就能完成的。而且，要破除根植于民众思想中的固有观念，必须改变整个文化环境。

贞德的悲剧则说明，在整个文化环境没有得到根本改善的时候，个体的对抗，无论是有意的还是无意的，最终只能以悲剧结束。虽然贞德对法军的指挥权是王太子授予的，她着男装的权利也曾得到教会的认可。但是，这最终构成她的主要罪行，并让她丧生于熊熊的烈火之中。贞德在法庭上的势单力薄和无助，与由专家、法官、神职人员组成的一个又一个审判团的强大形成鲜明的对比，凸显了面对强大的社会体系时个体力量的弱小。贞德的命运还说明，在社会处于危机时期，女性可以暂时突破性别伦理，建功立业，但是女性要想真正摆脱父权制压迫，得到彻底的解放，必须依赖于文化环境的改善。

马克·吐温虽然深知改革制度文化的重要性，他也没有能够提出很好的改革措施，而是把制度改革的希望寄托在社会个体身上。通过对社会个体的改造，最终实现社会文化环境的改造这一理念在《王子与贫儿》中有很好的体现。在这部小说中，马克·吐温通过身份互换，把两个分属不同阶层的孩子置于对方的位置，在让他们摆脱环境的困扰，实现自我完善的同时，赋予他们进行社会改良的重任。这里的身份互换为统治阶级和被统治阶级间的沟通和对话搭建了平台。掌握话语权的王子在"脱冕"以后，体验了平民的悲惨生活，也感受到专制统治的不合理和不人道，因此，在"加冕"以后开始了英国历史上一段较为仁慈的统治。由此看来，马克·吐温似乎把制度改革的希望寄托在贤明、仁慈的君主身上。

每一个社会在特定时期的文化体系都是对过去文化的继承和发展的结果，美国也不例外。美国的文化与欧洲文化有着千丝万缕的联系。作为出生在新大陆的欧洲移民的后代，马克·吐温对新大陆和旧大陆之间的关系表现出浓厚的兴趣。在其小说中，有很多是以欧洲为创作背景的，如《王子与贫儿》《亚瑟王朝廷上的美国佬》《圣女贞德传》《中世纪传奇》（《申请爵位的美国人》中也有欧洲背景和美洲背景的转换）等。这种异域背景的设置和马克·吐温的易装一样，不仅仅是故事情节发展的需要，更是表达思想的工具。这些小说看似是对欧洲君主专制下的社会问题的揭露和批判，事实上，作为批判现实主义作家，马克·吐温更多的是借助欧洲问题讨论美国社会的现实问题。当汉克穿越时空来到6世纪的亚瑟王朝的时候，他看到的君主统治下贵族和平民或者奴隶的生活，尤其是奴隶的悲惨遭遇，与16世纪的英国平民的遭遇几乎如出一辙，与19世纪奴隶制下的黑奴的生活又是何其相似。《中世纪传奇》《圣女贞德传》与《地狱之火霍奇基斯》的背景虽然不同，但在这几个故事中，男性和女性的身份、地位和角色定位并没有根本的不同。在《王子与贫儿》的结尾中，马克·吐温安排爱德华从祖先的坟墓中爬出来，接受加冕仪式。这种情节安排既象征性地说明爱德华将要施行的统治与父辈的统治之间千丝万缕的关系，也暗喻经过道德自新的爱德华国王将要摆脱祖辈对他的束缚，成为民主政体下的"总统"，而非专制政体下的君主。正如马克·吐温作品中的身份转换一样，通过旧大陆和新大陆的"身份转换"，马克·吐温希望透过历史反观当下的美国，从而对美国以及美国人有一个更清楚的了解，以实现华丽转身的目的。

那么，和欧洲文化有紧密联系的美国是否真的能够脱胎换骨，完成自己的蜕变呢？在《瑞普·凡·温克尔》中，华盛顿·欧文以象征性的手法表明，美利坚合众国虽然经过了改头换面，实际上只是英国的翻版，换汤不换药。马克·吐温也表达了类似的担忧。在迈向现代化的进程中，从旧世界的阴影中真正地摆脱出来，转换国家身份，成为真正的民主共和国，从而使得每一个美国人都能够在这个民主共和国里实现自我完善，这是马克·吐温表达的社会建构和自我建构的理想。

第二节　身份乌托邦下的自我完善

19世纪美国社会严重的不平等给社会个体造成了精神伤害和人格残缺，对此，马克·吐温表现出强烈的不满和愤慨。因此，重构美国公民的新身份，便成为时代赋予他的重要使命，也是马克·吐温努力搭建的梦幻之城的一部分。当然，重构美国公民的新身份，不仅要进行制度的改革，更要进行个体人的自我完善。

"自我完善"是人类耳熟能详且频繁使用的一个词汇。顾名思义，自我完善就是以一个完美的自我作为目标，不断地弥补自己的不足。但是，什么是完美？是否真的存在一种"完美的人"可以作为自我完善的目标和模板？这是我们必须认真思考的问题。

事实上，"自我完善"并非一个一成不变的概念，而是一个随着人类历史发展而不断生成发展的概念，不同时代的人对自我完善的理解并非全然相同。丹尼尔·贝尔（Daniel Bell）在《后工业社会的来临》（*The Coming of Post-Industrial Society*, 1973）一书中对这个问题进行过探讨。在书中，丹尼尔·贝尔将人类社会的发展进程划分为"前工业社会"（农业社会）、"工业社会"和"后工业社会"三个阶段①，并在此基础之上指出，不同阶段人类的自我完善其实是不一样的。在农业社会，由于生存需要，人类的自我完善主要以获取大量的物质为目的，带有很强的现实性和功利性；在工业社会，由于专业化社会大生产占据了社会经济的主导地位，人类的自我完善主要以获取尽可能多且尽可能熟练的技能为目标；而在后工业社会，由于对物质利益的过度追求而导致内在精神的沉沦，人类的自我完善主要以获得意义为目的②。

当然，以上划分只是一个大概划分，在每一个阶段的不同时期，自我完善的含义也不尽相同。由于 19 世纪美国特定的社会历史环境，马克·吐温对自我完善也有自己独到的理解与不同的侧重点。他利用文学形式，从以下两个方面表达了人的自我完善的愿望，指出了实现自我完善的途径，构建了自我完善的理想人格。

一、追求人格完整理想

人类或许永远都不可能实现绝对的自我完善，但是，人类却始终在以自我完善为目标，不断地学习和发展。"人永远不会变成一个成人，他的生存是一个无止境的完善过程和学习过程。人和其他动物的不同点主要就是由于他的未完成性。"③ 由此可见，自我完善其实是一种持续的、动态的、永无止境的成长过程。舒尔兹（Duane Schultz）也曾说，我们永远不停顿地生长，这最理想不过了④。这个论述一方面肯定了自我完善的持续性和未完成性，但同时告诉我们，自我完善只是人类的一种理想、一种愿望，甚至是一种需求，但是受到某些因素的影响和制

---

① 丹尼尔·贝尔. 后工业社会的来临. 高铦，王宏周，魏章玲，译. 上海：生活·读书·新知三联书店，1982：126-127.

② 肖凯. 数字化成长中的自我完善及其教育. 华中师范大学博士学位论文，2014：18-19.

③ 联合国教科文组织国际教育发展委员会. 学会生存——教育世界的今天和明天. 北京：教育科学出版社，1996：196.

④ 舒尔兹. 成长心理学. 李文湉，译. 上海：生活·读书·新知三联书店，1988：47.

约，这种自我成长在某个阶段，或者对某些人来说会遇到阻碍，甚至停顿下来。

那么，究竟哪些因素制约和影响着人的自我完善呢？对于这个问题，哲学家、心理学家、社会学家、人类学家和教育学家都力图给出一个科学而且全面的答案。早期的教育学和心理学认为遗传在人类完善与发展方面起着决定性的作用，后来环境决定论和教育决定论又成为学术界的主流思想。到了 20 世纪中叶，随着行为主义心理学派的兴起，西方教育学和心理学又倾向于认为遗传与环境的共同作用决定了一个人的成长。时至今日，这个问题仍然处于争论之中。但不管如何争论，有一点是不容置疑的，那就是环境是影响自我完善的因素之一，而且是一个非常重要的因素。

当然，制约人的发展的环境是多种多样的，它既包括社会经济条件、社会政治制度、民族文化心理和文化传统，整个国家和民族的科学文化水平、思维方式、生活方式、价值观念等大的社会环境，也包括学校、社区、家庭等小的社会环境。马克·吐温清楚地认识到，由于父权制下的身份二元划分，以及由此形成的不平等的身份伦理，每一个具有各自独特性的不同个体，被人为地划归为不同的群体，贴上不同的标签，让本应属于整个人类特性的一半赋予一部分人，另一半赋予另一部分人，人为地把他们分隔开来。这种分隔阻碍了社会个体自由而全面的发展。《王子与贫儿》中的汤姆出生于一个被称作"垃圾大院"的贫民区。那里的贫民居住在被喻为"蜂巢"的狭小、肮脏的空间。对于生活在这种物质环境极度恶劣、精神条件极度缺乏的环境中的穷人来说，活着就是生活的唯一目的，填饱肚子已经是奢望，他们又何谈自我完善？虽然爱德华王子从小生活在王宫之中，享受着锦衣玉食，接受了很好的教育，但是这种教育仅仅是智力上的。他的眼界因为其所处的环境而变得狭窄，他完全不知道皇宫之外还有人整天在为一日三餐发愁。他的情感也不健全，因为唯我独尊的生活让他缺乏对他者的尊重、对弱者的同情和怜悯。在奴隶制社会，由于奴隶主和奴隶（或者白人和黑人）之间经济、政治权利和接受教育的权利的极度不平等，奴隶连基本的生存权都无法保障，更不用说追求个性的自由和完整的发展了。与此同时，长期的蓄奴制常常让奴隶主变得贪婪、残酷，将奴役、压迫他人当成天赋的权利，丧失了平等、公正的思想。在父权制下，无论是男性还是女性，他们都必须按照固定的模式扮演规定的角色，男性必须勇敢、坚强，女性一定温柔、顺从，因此，无论是男性还是女性都无法按照本性的召唤自由地发展个性、完善自我。在这种社会环境影响下，每一个社会个体都成为一种不完整的存在。

对此，马克·吐温不仅深切地了解，也感到深深的不安。他一直努力，试图寻找实现个性完整的方法，并身体力行，不断地进行尝试和探讨。

马克·吐温的一生是漂泊的一生，也是不断寻找自我、完善自我的一生。马克·吐温的漂泊既是对自我身份的寻找，也是对现实身份的超越；"既是一种规避、一种逃离，又是一种追求、一种探寻"①。他规避和逃离的是单一文化话语的束缚，追求和探寻的是完整的人格和完善的自我。在密西西比河上做领航员是他漂泊人生的起点。在这里，他首次找到了自我，愉快地度过了四年领航员的生活。可惜好景不长，内战的爆发结束了他的领航员生活。于是，他参加了南方游击队，几个星期以后又选择离开，因为这并不是他寻求的自我形象。所以，他到了西部，成了一个企图一夜暴富的淘金者。然而，他没有淘金者的执著和运气，只好去做记者、幽默家、演讲家。他到夏威夷，到欧洲，到圣地。在成为一个幽默作家以后，他似乎找到了自己，在爱情的感召下，娶了一个体面的富家姑娘，并决定结束漂泊生涯，从此安定下来。结果却发现这种生活让他窒息，因为他想成为一个不同凡响的人，一个更高大、更独特的人，他需要扮演一种角色，可以让他的个性和身份进入公众的视野——被认可、被羡慕。所以，他成了一个借助幽默让更为广泛的观众注意他、爱慕他的作家和演讲家。

---

① 张军学. 马克·吐温狂欢话语研究. 北京：北京交通大学出版社，2015：26.

马克·吐温在人生漂泊的过程中，接触到形形色色的人，从而加深了他对人生的认知程度。他在追寻人生的意义之时，发现了现实中存在的阶级、种族、性别这三大社会问题。而这三大问题集中体现在个体人的身份之中。似乎人之初生，已定格为固定的阶级、固定的种族和固定的性别，从此再无改变之日。而且，这种身份的限制让人变得残缺不全。这是马克·吐温难以接受的现实，也是在现实中他无法解决的问题。

柏拉图在谈及男人和女人的时候指出："人本来是雌雄同体的，终其一生，我们都在寻找缺失的那一半。"马克·吐温在文学创作中也在帮助人类寻找他们缺失的另一半。在其虚构的文学世界中，马克·吐温不断尝试着寻找摆脱身份束缚的道路，以实现自我完善。这种自我完善虽然与身份相关，但又企图摆脱身份的牢笼。

在其文学文本中，马克·吐温找到了自我完善的途径，指出了弥补缺憾、达到圆满的可能性。从小生活在皇宫之内的爱德华王子虽然出身高贵、天性良善，但是他的阶级局限性导致了他对平民生活状况的无知，因而无法体谅平民百姓的疾苦，这也将阻碍他获得仁慈之心。从小生活在垃圾大院的贫儿汤姆虽然整天可以自由自在、无拘无束，但艰苦的生活和艰难的环境迫使他只能为了一日三餐而活着，不可能受到良好的教育，更无法彰显自己的潜能。他们的身份互换让他们各自摆脱原有身份的束缚，最终成为完整的人。塞利姆和法蒂玛、雷切尔和奥斯卡俨然是另外两对可以通过取长补短而达到完整的"双胞胎"。通过这些身份游戏，马克·吐温表达了人类冲破环境的束缚和自身的局限，认识自己，弥补不足，从而实现自我完善的愿望。因此，挣脱环境和身份的束缚，体验不同的生活，成为解决个体局限性的有效方式。因为受到身份的限制，个体在看待问题的立场、视角和出发点等方面都存在盲区，当身份改变之后，就能站在一个新的角度来看待社会、看待自己，并且从新的身份立场出发，反思并发现由旧的身份立场所导致的种种偏狭，进而更有助于跨越身份牢笼，形成更为宽阔的视野和更为理想的人格①。

通过塑造贞德和凯西，马克·吐温表达了对完美人格理想的追求。凯西就是一个将两股完全不同却又互补的力量和谐地统一于一体的完美形象。贞德也是如此。对马克·吐温来说，人的个性应该是自身的本性，不应该受到阶级属性、种族属性和性别属性的限制和束缚，每个人都可以按照自身的特点自由地发展个性，从而达到丰富和完善自身的目的。马克·吐温笔下的贞德虽然出生低微，却有高贵的气质；既有男性的勇敢、果断，又不失女性的温婉、贤淑；在家庭里她是母亲的好帮手，在战场上她是无畏的战士，睿智的指挥官。她打破了阶级属性和性别属性的束缚，超越地域和时代，成为世界文学画廊中一个至真至善至美的人物形象。在她身上体现的是马克·吐温对完美人格的追求。

摆脱身份和环境的束缚并拓展自我，既表达了人的自我完善的愿望，也成为身份建构的主要途径。然而，马克·吐温虽然表达了人类挣脱束缚、趋向完整的愿望，构建了完美的人格形象，却对人是否具有主观能动性表示怀疑，这在一定程度上导致了他晚年的悲观思想。马克·吐温晚年一改他创作小说的热情，开始从哲学的角度探讨人的本质。1906年他私自出版了《人是什么》一书。在这本被马克·吐温视为自己的《圣经》的对话录中，他借助老人之口告诉年轻人，人只是一台身不由己的机器，他的一切都源于外界的影响，人类永远不能有创意思维。在这个似乎是替马克·吐温代言的老人看来，人类没有自由意志，并且为他先天的、遗传的和后天训练等因素所控制着②。由此可见，马克·吐温对人类社会的改良不再具有乐观的情绪，产生了深深的悲观思想。

---

① 关于这一点，下一小节会进一步地阐释。

② Mark Twain：*What is Man? And Other Philosophical Writings*. In：Paul Baender，ed. *The Works of Mark Twain*（Vol. 19）. Berkeley：University of California Press，1973：210.

二、摆脱一元文化束缚

多元化是美国文化的一个明显特征。美国是一个移民国家，来自不同国家的移民带来了多样化的语言、风俗、宗教信仰、历史文化背景、经济环境和生活方式。即便是在移民到达美洲之前，古老的印第安人也分成诸多部落，不同部落之间也存在着相异的风俗习惯、宗教信仰、价值观念和行为方式等。这就意味着，自殖民地时期开始，美国文化的多元文化状态①已经成为一种客观事实。

但是，长期以来，盎格鲁-撒克逊新教文化作为美国的主流文化，在美国社会生活和价值体系中占有绝对的主导地位，形成文化上的一元权威。一元文化在美国建国之初确实促进了美国公民的民族认同，但是随着源源不断的移民的涌入，一元文化，尤其是强制性的一元文化（即让所有美国人都统一在盎格鲁-撒克逊的传统之下）带来的问题也是显而易见的。说到底，一元文化是建立在盎格鲁-撒克逊文化的优越性的基础之上的，它将非盎格鲁-撒克逊移民看成低等民族，这是对其他民族和族裔的排斥和歧视。因此，在这种文化语境下，马克·吐温设计的身份转换包含着由一元文化身份向多元文化身份转换的思想。

---

①　根据《韦氏大学词典》(*Random House Webster's College Dictionary*. New York：Random House Inc.，1992：889)，"多元文化"是指在一个社会、国家或民族中所存在的多种文化的总称。"多元文化"这一术语在 20 世纪 20 年代的西方就已经出现。20 世纪 50 年代前后，随着现代化理论的产生，"多元文化"指代两种文化现象：一是殖民地和后殖民地社会的文化；二是不同民族的文化。20 世纪六七十年代后，在后现代理论的推动下，多元文化含义开始扩大化。不但殖民地国家存在着统治文化与被统治文化的分野，世界上其他国家同样也存在着这种文化差异。可以说，几乎任何一个国家都存在着多元文化；并且，价值体系、思想观念上的差异也不只是在民族间才存在，在各社会阶层、地域之间、年龄之间、性别之间、群体之间和宗教之间等同样存在。在此以后，"多元文化"的含义开始由只关注宏观层面——种族、民族差异，逐渐进展到涵盖微观层面——价值规范等的差异，开始越来越多地与"文化"自身的含义相对应。也就是说，多元文化指的是人类群体之间价值规范、思想观念乃至行为方式上的差异。详见：郑金洲. 多元文化教育. 天津：天津教育出版社，2004：1-3.

"人作为社会性存在，总是生活于一定的文化情境之中，并时时受到这种文化情境的制约和指引。"① 长期生活在一定的文化环境之中，一个人会慢慢习得代代相传的准则、规范、思维模式、行为方式，并在头脑之中形成很多先入为主的成见。成见是不可避免的，它是构成人类认识世界、接受新知的基础，但是，过于强烈且缺乏自觉意识的成见会对人类认识事物的效率，以及认识新事物的准确性造成很大的负面影响。如果囿于自己的成见，人们就会将自己的习俗看成他人的习俗，自己的信仰当成他人的信仰，自己的价值观看成普遍的价值观，并用自己的价值判断对他者进行道德绑架。这种偏狭不仅阻碍一个人的认知，还会导致具有不同文化背景、不同宗教信仰的群体之间的误解、矛盾，甚至冲突。因此，摆脱单一、固有的文化模式，走出固化的樊篱，悦纳异质文化便成为马克·吐温追求的自我完善的另一个重要内容，也是马克·吐温为美国公民形成文化多元意识、构建多元文化身份提供的有效途径。

马克·吐温对这个问题的认识主要来自他的亲身经历，并且反映在他的作品中。马克·吐温的一生是漂泊的一生。在早年的漂泊和后来的国外旅行中，他接触了形形色色的人群，也体验了不同的文化、习俗，见识了各地不同的风土人情。这一切开阔了他的视野，增进了他对不同文化的理解。尤其是在世界各地的旅行时时给他带来冲击，让他惊叹不已。因为空间的移动，他有机会从本土文化进入异域文化，领略大千世界中文化的多样性，体验不同文化带来的冲击和惊喜，从而得以从狭隘的一元文化中解放出来。他承认，在旅行中，他兴趣的焦点是新奇的事物。在《赤道环游记》（*Following the Equator*, 1897）中，马克·吐温就对各地土著居民，尤其是锡兰居民穿着的"艳丽的服装和丝绸面料"表现出浓厚的兴趣，并进行了详细的记录。他是这样记录一次旅行中的所见所感的：

一月十四日。布里斯托尔旅馆。仆人名叫布郎配。他是个难得的年

---

① 单波，王金礼. 跨文化传播的文化伦理. 新闻与传播研究，2005（1）：36.

轻小伙子，肤色棕黄，又机警、又斯文，满面笑容，很招人喜欢。闪闪
发光的漂亮黑头发向后梳着，在脑袋背后挽个髻，像个女人似的——发
髻上有一把龟壳制的梳子，这表示他是个锡兰人；身材苗条，模样儿长
得很好看；穿着短上装；这件衣服底下是一件不系腰带的、宽松的白棉
布长衫——从颈部一直到脚跟；他和他的服装简直没有男子气。在他面
前连脱衣服都感到别扭。①

　　对于当地人来说，布郎配的穿戴司空见惯，是再正常不过的了，它
何以引起马克·吐温的"大惊小怪"呢？最早研究马克·吐温对服饰
的关注的学者之一——苏珊·吉尔曼对此给出了自己的解释。在她看
来，马克·吐温之所以对途经各地的男性穿着的鲜艳服饰表现出极大兴
趣，是因为对他来说，这些当地人穿着的服装以及他们美好的面容赋予
了他们女性特质，弱化了他们与女性之间的性别差异。从西方人的视角
和认知来看，这些服装体现的是双性性格和性别跨界，这使马克·吐温
为之兴奋不已②。虽然苏珊·吉尔曼是从性别的角度来解读马克·吐温
对他者服饰的关注的，但从中可以看出异质文化对马克·吐温产生的文
化冲击，以及他对异质文化表现出的浓厚兴趣。正是对异质文化的兴趣
促使他在作品中不断地探讨语言环境的转换给人带来的影响，探讨如何
通过身份转换形成"第三视角"（the third perspective）③，从而更加全

---

① 马克·吐温. 赤道环游记. 张友松，译. 南昌：百花洲文艺出版社，
1996：261.

② Susan Gillman. *Dark Twins*：*Imposture and Identity in Mark Twain's America*.
Chicago：The University of Chicago Press，1989：97，99.

③ 第三视角是跨文化交际中的一个术语。人们在看待问题的时候，都会有一
个立足点。就文化而言，既可以从共时的角度，也可以从历时的角度来认识；既可
以从局外人的角度，也可以从局内人的角度来认识；还可以两者兼而有之，这就是
所谓的第三视角。关于第三视角，详见：L. Damen. *Culture Learning*：*The Fifth
Dimension in the Language Classroom*. MA：Addis on-Wesley，1987. C. Handy. *Inside
Organizations*. London：BBC，1990. Claire Kramsch. *Context and Culture in Language
Teaching*. Shanghai：Shanghai Foreign Language Education Press & Oxford University
Press，1999.

面、客观地看待异质文化和己文化。

在 1869 年出版的第一部作品《傻瓜国外旅游记》(*The Innocents Abroad*) 中，马克·吐温已经注意到改变语言环境给人带来的变化。在旅行初期，和马克·吐温同行的旅客就慢慢学会了水手的行话，并且用它们来表达日常事务："六点半钟不再是六点半钟，而是'七击钟'；八点钟，十二点钟，四点钟全是'八击钟'；船长不在九点钟测量经度，而在'两击钟'。他们流利地说着'后舱''前舱''左右舷'和'前甲板'等行话。"① 马克·吐温有意地提到这些游客来自不同地域，表明他对环境的变化是如何影响个体的语言所表现出的浓厚兴趣。因为这些游客使用了其他语言，他们就和对方进入了一种对话关系，开始将异质的元素纳入己文化之中②。这些异域旅行就像一次次朝圣，让马克·吐温获得了对这些国家的全新认识，也从他者的眼中看清了自己和美国。他说："到处都有人瞪着眼看我们，我们也瞪着眼看他们。通常总是瞪得他们感到非常渺小才罢休，因为我们拿美国的伟大来压倒他们，压得他们无地自容。不过，我们对所访各地民族的风俗习惯倒有好感，对服装尤其有好感。"③ 从这段描写可以看出，这些美国游客与当地居民之间的互动是有等级差别的，他们是以一种居高临下的姿态在凝视对方。但是，当说到他和他的同胞让当地居民"感到非常渺小"的时候，马克·吐温指出，这种凝视主要还是一种"独白"。即使是在创作的早期，马克·吐温在凝视他者的时候，"他意识到异质的存在和自己作为异质的存在"。他会像外国人看他那样看自己，这让他对自己的本质、对美国的本质有了更为深刻的理解。当站在对方的角度看问题的那一瞬间，马克·吐温体会到对方的感受，看到美国游客的主要特

---

① 马克·吐温. 傻瓜国外旅游记. 选自：吴钧陶主编. 马克·吐温十九卷集(4). 石家庄：河北教育出版社，2002：32.

② Joe B. Fulton. *Ethical Realism: The Aesthetics of Race, Class and Gender.* Columbia: University of Missouri Press, 1997：142.

③ 马克·吐温. 傻瓜国外旅游记. 选自：吴钧陶主编. 马克·吐温十九卷集(4). 石家庄：河北教育出版社，2002：601.

征——沙文主义的盲目自大。

这可以说是马克·吐温转换身份来看待问题的初次尝试。当然，在《傻瓜国外旅游记》中，这种尝试还没有达到后来的一些作品的深度，但毕竟这是一个好的开端。在之后的一系列作品中，如《傻瓜威尔逊》《王子与贫儿》《哈克贝里·费恩历险记》《亚瑟王朝廷上的美国佬》等作品中，马克·吐温不断地尝试让小说中的人物或互换身份，或转换身份，以更好地了解他者和自己。这种尝试一直持续到他去世之前。

马克·吐温离世的前几年，他开始着手创作《无家可归者的避难所》（The Refuge of the Derelicts），可惜后来没有完成。在这部作品中，主人公乔治·斯特林（George Sterling）是一位画家，在反思艺术上失败的原因时，他认识到，在一个人真正了解他人之前，往往会给他人贴上"平凡"和"低于你的水准"的标签。这不仅是他一生中在艺术上，也是在道德上所犯的错误，因为他忽视了与自己不同的人。在进入对方的内心世界之前，每个人都是自己在言说，是用自己熟悉的话语在讲故事，因此看到的往往只是事物的一面，或者虚假的表象，只有进入对方的内心，才能了解事物的本质。正如在《一个真实的故事》中，"我"对雷歇尔大娘的认知，是她生性快乐开朗，从来没有烦恼。可是，雷歇尔大娘却讲述了一个完全不同的故事，一个在奴隶制下，黑人夫妻和黑人母子被生生分离的凄惨故事。

在《圣女贞德传》中，贞德的旗手武士曾经这样评价贞德："普通的眼睛只能看到事物的外部并以此作出判断，可是具有洞察力的眼睛（seeing eye）能看透和了解内心和灵魂，发现没有在外部表现出来或显示预兆的能力，而其他类型的眼睛是看不出这一点的。"[1]

那么，如何练就一双具有洞察力的眼睛呢？在马克·吐温看来，通过与他人，尤其是与处于种族、阶级和性别界限的另一边的他者易位而

---

[1] 马克·吐温. 圣女贞德传. 选自：吴钧陶主编. 马克·吐温十九卷集（12）. 石家庄：河北教育出版社，2002：148.

处，感同身受，就能获得一双具有洞察力的眼睛。由于人们所处的位置不同，看待问题的角度不同，对客观事物的认识难免有一定的偏差和片面性。要想认识事物的真相与全貌，必须超越狭隘的自我，摆脱主观成见。贞德之所以具有这样一双眼睛，就是因为她永远都是站在别人的立场看待问题。她为仙女树下的仙女被驱逐与神父理论，是因为她认为这些仙女对人类的冒犯并不是明知故犯，而且，由于这些仙女是魔鬼的亲属而得不到超度，她们更应该得到人类的同情和友情；她冒着生命危险接近村里的疯子，是因为她害怕疯子会伤害他人，并因此受到伤害；在战场上，她甚至会为敌人的死去而痛苦流泪，那是因为从对方的遭遇她看到了和自己一样的鲜活生命的逝去。贞德那双具有洞察力的眼睛，以及由此而生的包容和悲悯就是易位而处、换位思考的结果。

一般情况下，人类的思维方式和行为方式都会受到本族文化的影响，因而，在审视异质文化时，会不自觉地带有一种"文化过滤"（cultural filter）的心理，这就必然会影响到个体对异质文化在认知上失真。德国学者阿尔弗雷德·舒兹（Alfred Schutz）认为，理解他人其实是基于对自我的理解，与此同时，理解他人也有助于人类加深对自我的理解。身份互换实际上就是参与到异文化，从异文化持有者的角度认知异文化，从而实现移情。与此同时，也从异文化持有者的角度反观己文化，从而重新审视、评价己文化。身份转换所提供的第三视角有助于形成文化上中立、开放和批判的态度，克服本民族中心论的狭隘观，尊重其他文化传统，消除偏见，形成包容和悦纳异文化的文化态度，是形成多元文化意识和健康的文化伦理的有效手段，也是构建多元文化身份的基础。

总之，人类的历史在一定意义上就是一部自我完善的历史。而自我完善则成为西方一些思想家们实现社会改革的重要内容①。致力于自我

---

① 如美国作家、哲学家亨利·戴维·梭罗（1817—1862）就主张通过"自我完善"进行社会改革。参见：陈乐福. 亨利·戴维·梭罗"自我完善式"社会改革研究. 南京大学博士学位论文，2010.

完善，在人类历史进程中的元典创制期就已经有着突出的理论成就。在中国的春秋战国时期，儒家对人的认识最为深刻和全面，儒家学说的精华就在于进行人的自我教育和完善，并达到不朽①。在西方，无论苏格拉底还是亚里士多德，他们也都相当重视人的自我教育和自我完善②。自我完善的过程是伦理选择的过程，而"伦理选择是人择善弃恶而做一个有道德的人的途径"③。自我完善也是摆脱束缚，得到自由而全面的发展，成为一个人格完整的人的过程。而对于走向现代文明的美国公民来说，自我完善还是接纳多元文化、消除偏见，变得更加博爱、包容的过程。

因此，从表面上看，马克·吐温只不过是希望通过身份转换，让不同阶级、不同种族，或者不同性别的人设身处地地感受他者的生活，从而产生移情，以达到自我完善的目的。但事实上，他提出的自我完善在表达个体人的自我完善的愿望的同时，也具有社会改革的特点。因为，马克·吐温提出的自我完善本身就包含着对不平等的一元文化霸权的批判和挑战，对更加公平、更加合理的社会环境的期待和建构。更为重要的是，对马克·吐温来说，自我完善是社会改革的基础，他希望通过个人的提升实现社会改革的目标，这一点在《王子与贫儿》中得到了很好的反映。

---

① 《左传·襄公二十四年》："大上有立德，其次有立功，其次有立言，虽久不废。此之谓不朽。"

② 西方自我思想道德教育的观念发端于古代，以苏格拉底"认识你自己"和亚里士多德"实现幸福"的自我思想道德教育观念为代表；形成于近代，以康德的"道德主体性"和费希特的"自我完善"的自我思想道德教育观念为代表；深化于现代，以杜威的新教育观和罗杰斯的"学生为中心"教学观的自我思想道德教育观念为代表。见：杜凯. 西方自我思想教育观念的历史发展. 河南师范大学学报，2007（3）.

③ 聂珍钊. 文学伦理学批评导论. 北京：北京大学出版社，2014：6. 择善弃恶是自我完善中非常重要的一点，在马克·吐温的作品中也有体现，但因其不是本书讨论的重点，本章没有作详细阐述。

第三节 身份乌托邦下社会伦理关系的建构

自从人类出现的那一刻起，就产生了人与人之间的联系。而且，随着社会的发展，这种联系会不断呈现出新的形式，例如从原始社会简单的劳动合作到现代社会各种复杂的社会关系。从这个角度来看，人与人之间的关系与社会形态之间存在着紧密的联系，换句话说，有什么样的社会，就会产生怎样的人与人之间的关系。因此，人与人之间的关系是具有社会历史属性的。

马克·吐温时代的人与人之间的关系仍然没有摆脱与封建社会相适应的等级制和不平等。马克·吐温对此了然于心，并且甚为不满。然而，他不是政治家，更不是思想家和哲学家，作为现实主义作家，他只能以文学的方式，用生动而离奇的故事，来展示他对现实的不满和批判，并通过文学想象，来描绘其理想国的蓝图。马克·吐温设计的阶级身份的互换/转换、种族身份的互换以及易装，无不体现出他所具有的进步阶级观、种族观和性别观。因为在马克·吐温的小说故事情节中，身份转换已然成为其设想的摆脱束缚、打破局限的一种途径。身份转换在让社会个体摆脱原本熟悉的环境、摆脱身份的束缚、得到自由而全面发展的同时，又让社会个体离开原本熟悉的环境，以一个全新的角度去看待他者（有时候只是他人），也从他者眼中反观自己，从而实现异质文化之间的对话，建构良好的社会关系和社会秩序。

一、阶级身份转换下的体验与理解

南北战争之后，美国南方的黑人奴隶获得了解放，这为美国社会的工业发展提供了必需的劳动力，美国社会也从此进入了资本主义高速发展阶段。资本主义社会的社会矛盾与奴隶制社会不同，但却依然尖锐。一方面，由于工业化程度的提高，机器操作取代了原始的手工劳动，导致大量的工人失业，无数城市平民因失业而陷入赤贫；另一方面，工业化社会高度发达的生产力水平为金融和工业巨头的出现提供了肥沃的土壤。面对巨额物质财富的诱惑，大公司疯狂地集聚资本、掠夺财富，不惜代价地击溃并吞并小公司，成为早期的垄断资本家。然而，他们巨额财富的积累是以不择手段地榨取广大工人的劳动果实为代价的。因此，资本家积累财富的过程便是中产阶级纷纷破产，工人阶级被剥削程度加深的过程。资本家的形成伴随的是工业无产阶级的产生。这个阶级的成员处于社会最底层，受到资方和机器的制约，成为资本主义社会机器和大企业生产机器的组成部分。他们不仅丧失了经济上的独立性和自主权，也丧失了做人的基本尊严，只能生活在拥挤和肮脏的贫民窟里，像动物一样，为填饱肚子而奔忙。不仅如此，资产者还以社会进化论为依据，将居于社会底层的无产者定义为低劣的、不适合生存的群体，将他们生活中的苦难解释为愚蠢、邪恶与懒惰的产物。因而，他们不配得到任何的同情和帮助，只能在弱肉强食的社会环境中自生自灭①。

马克·吐温创作的反映阶级问题的小说——《王子与贫儿》(1882)、《亚瑟王朝廷上的美国佬》(1889)、《申请爵位的美国人》(1891年完稿，1892年出版)——就是在这样的社会历史背景下完成的。虽然这三部小说的背景设置都是欧洲或者部分涉及欧洲，但可以说，它们，尤其是《王子与贫儿》，在某种程度上，就是19世纪末期美国的阶级矛盾和阶级关系的反映。《王子与贫儿》中汤姆生活的"垃圾大院"就是当时随处可见的平民窟的真实写照。

在其反映阶级问题的作品中，马克·吐温采用了多种形式的身份转换，如王子与贫儿的身份互换，经历大火后的伯克利子爵改名换姓变成一介平民，微服私访的亚瑟王乔装成平民，美国工匠汉克"穿越时空"摇身一变而成为宰相。马克·吐温利用这些身份转换对不同阶层之间的不平等、对社会底层阶级遭遇的不公正进行了揭露和批判。虽然从表面看来，马克·吐温小说中的欧洲背景设置削弱了其批判锋芒，致使其批判缺少了现实价值指向，但如果把这种策略与马克·吐温惯用的嘲讽的

---

① 张祝祥，杨德娟. 美国自然主义小说. 上海：复旦大学出版社，2009：1-15.

批判风格结合起来，掀开表面那层温情的面纱，我们就会发现，马克·吐温在借古讽今，他对高举平等、民主大旗的民主国家存在的严重不平等现象的揭露可谓是淋漓尽致、入木三分。

当然，批判并不是他的唯一目的。在批判社会不合理现象的同时，马克·吐温也在探讨缩小阶级差距、化解社会矛盾的途径。身份转换使得不同阶级，甚至是对立的两个阶级的成员，具有了充分体验对方身份所具有的社会地位的机会。尽管这种机会在现实中没有普遍性，甚至难以实现，但是，马克·吐温却在文学世界里使之成为可能。通过身份转换，处于不同阶级的社会成员有了一个感受对方生活的机会，从内心对彼此的境遇，尤其是上层阶级对下层阶级的境遇感同身受。身份的转换必然会产生新的体验，体验的过程正是彼此产生"了解之同情"的过程。这种身份的变化，与中国古代儒家创始人孔子所倡导的"己所不欲，勿施与人"具有异曲同工之妙。身份互换—彼此体验—彼此理解，这就是马克·吐温倡导的填平不同阶级之间的天然壕沟的主要方法。

在这些通过身份转换实现体验—理解的尝试中，有失败的教训，也有成功的经验。伯克利子爵的体验因为个体力量的弱小，也因为他的认识不足，最终导致无功而返；亚瑟王的体验因为总有宰相为他逢凶化吉而没能达到理解的目的。只有王子与贫儿的身份转换让身为统治者的爱德华王子/国王有了深入了解底层平民的苦难的机会，懂得了什么是"痛苦和压迫"，从而促使他为平民"多造一些福利"。从身份的互换到道德的提升，从利己到利他（至少是一定程度的利他），最终实现解决阶级矛盾的目的，这就是马克·吐温的美好愿望和设想。

通过国王/王子/贵族的平民化、贫儿的王子化的叙事模式，马克·吐温将居高位者拉下圣坛，让高贵者变得低贱；同时，他将处于社会底层者置于高位，让低贱者变得高贵。这种身份转换不仅是缩小差距、化解矛盾的策略，它本身也是一种平权思想的表达，是平等关系的建构。

马克思指出，是私有制的出现导致了阶级和阶层的产生和等级分化，从而在人与人之间形成了阶级之间的对立。拥有物质生产资料的阶级占有对劳动的支配权、占有劳动者，于是，在生产资料占有者和劳动者之间就形成了剥削和被剥削、奴役和被奴役、统治和被统治的关系。因此，只有通过无产阶级革命，消除统治阶级，才能实现人与人之间的真正平等，这也是人类社会历史发展的必然趋势。当然，马克·吐温的思想还无法达到这种高度。他的阶级观是温和的阶级观。从《亚瑟王朝廷上的美国佬》中汉克改革的失败也可以看出，马克·吐温对暴力革命是持否定态度的①。他看到了阶级之间存在的不平等，并且认为这种不平等可以通过彼此感受和体验得到解决。因此，马克·吐温虽然看到了阶级之间存在的天然壕沟，却没有寻找到填平这条壕沟的最佳手段。他只能寄希望于上层社会能够体验到社会下层人民生活的艰难，进而产生改变不平等的慈悲心肠。如此这般，便可以解决不同阶级之间的矛盾了。事实上，马克·吐温是把社会改良的重任放在"贵族""王子"之类的统治者的良心发现上，希望他们了解平民的疾苦，调整统治策略，改善被压迫、被剥削阶级的处境。

马克·吐温的平等思想和解决社会矛盾的策略在资本主义社会发展的特定时期具有一定的进步性，但是在私有制已经成为社会机体的一个毒瘤，严重地阻碍着生产力的发展和社会的进步的时候，这种温和的改良措施就无法真正地解决问题了。

二、种族身份转换下的差异互补

自从 1619 年第一批黑人被贩卖到弗吉尼亚的詹姆斯敦（James Town）开始，美国的种族问题就已存在，并且伴随着美国的成长而发展着。直到现在，它依然困扰着这个标榜以自由与平等为其基本信仰的国度。

作为一个典型的移民国家，美国聚集了来自世界各个不同国家和地区的人们，因此国内种族与民族群体众多，各个种族之间的关系甚是复

---

① 关于这一点，可参考：吴兰香. 被吹灭的工业文明之灯. 外国文学评论，2012（2）. 在该文中，论文作者将汉克的改革失败归因于：第一，对美国文明的简单复制。第二，错位的改革理念（包括汉克的暴力革命观）。第三，建立在科技权威基础上的专制统治。

杂，而白人和黑人的关系问题尤为突出。长期以来，黑人及其他少数民族群体（主要是有色人种）始终处于弱势地位，受到歧视、排挤和不平等的对待。经过长期艰苦的斗争和不懈的努力，他们虽然在一定程度上改善了自身所面临的困境，但是种族歧视的观念在美国社会根深蒂固，种族主义一直存在。

正如前述，19 世纪的美国是一个种族主义盛行的社会，19 世纪 80 年代以前种族主义是以家长制的形式而存在①，这种家长制的种族主义与早期种植园经济的运作模式相适应。白人奴隶主和黑人奴隶之间虽然存在着悬殊的社会地位，而且彼此之间存在着无法调解的阶级矛盾，但是他们共处于一个相对狭小的生活空间之中，彼此之间的生活多有交集，在日常生活场景之中容易建立起较为紧密的人际关系，因此，这种以家庭为单位的经济模式就形成了一种特殊的白人种植园主对黑人实行家长式统治的"种姓"制度（caste system）②。这种统治制度以种植园生产为经济基础，以"种族优越论"为意识形态基础，而且处于法律法规的保护之下，确定了白人和黑人之间表面上的家长式的支配与被支配的伦理关系，尽管这一关系实质上是一种奴役和被奴役的统治关系。内战后，随着资本主义大工业生产的迅速发展以及废奴运动等因素，家长制统治关系逐渐解体，并被另一种更加明显的统治制度，即制度化种族主义（institutional racism）所取代。"制度化种族主义"是指种族主义被根植于社会的主要制度之中，种族歧视已经不再单纯的是白人种族

---

①　事实上，在 19 世纪 80 年代前，制度化种族主义已经存在，但是在南方种植园社会，家长制种族主义更为突出。

②　"种姓"也是一种社会分层形式。人类学教授杰拉德·伯利曼（Gerald D. Beerrman）是这样定义它的：种姓是"按内婚制进行等级分层的社会制度，因此个体的社会分层属性是与生俱来且无法改变的"（Gerald D. Beerrman. *Caste in India and the United States.* Englewood Clisff, N. J.：Prentice-Hall，1969：226.）。在此基础上，其他人类学家和社会学家总结出了构成"种姓"制度的三个必要条件：内婚制、群体属性与生俱来且终生不变、每个群体相对于其他群体而言都有自己的等级地位。详见：Van Den Berghe. Paternalistic Versus Competitive Race Relations：An Ideal-Type Approach. In：Norman R. Yetman & C. Hoy Steele，eds. *Majority and Minority.* Boston：Allyn and Bacon, Inc.，1982：121-130.

主义者个人的行动，而成为了一种社会制度①。无论是制度化种族主义还是家长制种族主义，它们都是以生物种族主义为其意识形态基础，即将进化论的原理应用到不同种族的比较之中，相信不同种族在进化序列上有先有后、有优有劣，从而使"优等种族"对"劣等种族"的统治具有了理论上的依据。

为了建构一种新型的种族关系，马克·吐温在其作品中首先用身份转换的策略动摇了白人和黑人之间统治与被统治关系的基础——种族优越论。他让两个在同一天出生的、外表极为相似但分属于两个种族的孩子进行身份互换。从此，具有黑人血统的黑孩子成了白人小主人，而真正的白人的白种儿子则成了小黑奴，两个孩子在新的伦理环境和伦理关系下完成了新的身份的构建。原来的小黑奴具有了白种人可以具有的"白人性"；与此同时，真正的白种小少爷也渐渐成长为一个黑人，有了黑人具有的一切"黑人性"。通过这个种族实验，马克·吐温向世人证明，"种族"只是一种"虚幻般的分类"（fiction）。血统论没有任何依据，所谓的黑人性和白人性都是白人将奴役黑人合理化的托辞和谎言，是维护白人利益的"真实的虚幻"。马克·吐温对种族优越论的虚妄性和欺骗性的揭露，为建构一种新的、良性的伦理关系在意识形态上扫清了障碍。

西方学者为建构良性的种族关系进行了大量的研究工作②，其中最

①　Stokely Carmichael & Charles. V. Hamilton. *Black Power：The Politics of Liberation in America*. New York：Vintage Books，1967：4.

②　对种族关系的研究常常和民族问题联系在一起。对此，西方学界主要提出了两种理论：冲突理论和同化理论。前者主要是从经济和阶级划分的角度对种族和民族关系进行阐释，后者主要集中于对民族、族群关系的探讨。同化理论的首倡者是美国社会学家罗伯特·帕克（Robert E. Park），他在《种族与文化》（*Race and Culture*）一书中阐释了自己的理论模式。在同化理论研究中最著名的学者当属米尔顿·M. 戈登了。关于冲突理论和同化理论的综述，参见：石毅. 从家长制到自由放任. 中央民族大学博士论文，2003. 王坚. 评《美国生活中的同化》中的美国同化理论模式. 世界民族，2015（4）. 赵全全. 美国关系研究——透过"奥巴马现象"的理性分析. 华东师范大学硕士论文，2012.

著名的成果是美国社会学家米尔顿·M. 戈登（Milton M. Gordon）提出的同化理论（assimilation theory）。米尔顿·M. 戈登以美国社会种族关系与民族关系的历史演变为依据，概括出同化理论的三种模式。第一种模式（从殖民地时期开始到 20 世纪初）是盎格鲁遵从（Anglo-Conformity）论，它"要求移民们接受美国的盎格鲁-撒克逊核心群体的价值观念与行为方式，彻底放弃自己祖先的文化"[1]，即用盎格鲁-萨克逊文化去同化其他民族的文化。第二种模式（从 20 世纪初至 20 世纪 60 年代）熔炉（melting pot）论的设想是，通过吸纳各国移民文化，最终形成"一种全新的美国本土文化模式"[2]。第三种模式（从 20 世纪 60 年代开始至今）文化多元主义（culture pluralism）以文化的多元性和丰富性为特点，提倡各个种族与民族"在政治上和经济上被整合进美国社会"[3] 的同时，能够保持自身的文化传统。这三种模式既是对美国种族与民族关系的发展过程的归纳总结，也是美国政府在不同阶段处理种族与民族关系的社会目标。

在美国这样一个移民国家，种族繁多，各种族之间在生理特征、文化、宗教、习俗方面各不相同，各有特点。因此，差异是客观存在的。正是这种差异性构成了文化的多样性和丰富性。那么，如何看待种族差异，并且在差异的基础上形成一种平等的、公正的种族关系呢？马克·吐温根据自己的观察和思考，提出了在承认和尊重差异的基础上，建构彼此互补、相互依存的种族关系的构想。

马克·吐温借助肤色上一白一黑的意大利连体双胞胎这一身份隐喻形象地展示了种族的差异性，以及不同种族间的互补和依存关系。这对意大利连体双胞胎兄弟，无论是从体质上来看，还是从性格上来看，都

---

① 米尔顿·M. 戈登. 美国生活中的同化. 马戎，译. 南京：译林出版社，2015：77.

② 米尔顿·M. 戈登. 美国生活中的同化. 马戎，译. 南京：译林出版社，2015：77.

③ 米尔顿·M. 戈登. 美国生活中的同化. 马戎，译. 南京：译林出版社，2015：77.

截然不同。他们的爱好和信仰、行为方式和价值判断也各不相同。但这并不影响他们同处一体。他们的不同有时候确实给彼此带来了一些困扰，但同时又帮助他们弥补了彼此的不足。颇有意思的是，马克·吐温有意地安排这两兄弟中一个是"黑皮肤的"（dark-skinned one），另一个是"白皮肤的"（blonde-skinned one）。其深意不言自明。这一对连体兄弟是白人和黑人兄弟关系的隐喻。白人和黑人如同一对孪生兄弟，呼吸与共，命运相连，其中任何一方的自私和放纵都会殃及另一方，其中任何一方的安危也会影响到另一方。在《傻瓜威尔逊》中，马克·吐温还用"杀死半条狗"和混血儿这一身份隐喻，进一步阐释了黑人和白人之间共生与共存的关系。

马克·吐温从小就生活在种族主义猖獗的南方，与黑人存在着密切的接触。这使他对于身边的黑人表现的优良品德和他们遭受的不公待遇有着深刻的了解和真切的体验。他以独特的创作手法，表达了自己对合理的、平等的、公正的种族伦理关系的追求，表现出深刻的人文主义思想。

三、性别身份转换下的自由和谐

自从有了人类，就有了男人和女人，他们共同繁衍人类，创造了人类历史和人类文明。可以说，两性关系是人类最原初的，同时也是伴随人类社会发展的最漫长的人际关系，它超越时空，超越种族，是不同时代、不同地域、不同民族的人都必须面对的问题。而且，正如有研究者指出的，"几千年以前人与人关系的大变局即由伙伴关系到统治关系，就是从两性关系的变化开始的"，所以，"两性关系的变化深刻影响着其他各种人际关系的变化，而人际关系的变化又制约着两性关系的变化"①。毫不夸张地说，和谐的两性关系是建构和谐社会的一个重要内容，也是人类的永恒追求。

---

① 刘思谦. 我们距两性和谐还有多远. 南开学报（哲学社会科学版），2008（2）：56.

　　然而，自从人类进入男权社会之后，和谐的两性关系顶多只是一种理想化的存在，在现实生活中，女性总是处于弱势的一端，依附于男性。"丈夫在家中掌握了权柄，而妻子则被贬低、被奴役，变成丈夫淫欲的奴隶、变成生孩子的简单工具了。"①马克·吐温生活的时代，正值工业革命突飞猛进，工业化生产一方面不再片面倚重男性在体力上的优势，同时又需要大量的劳动力，这就促使众多以家庭为中心的妇女走出家庭，成为社会生产劳动大军中的一员。妇女获得了参与社会生产的权力，也就在一定程度上获得了经济的独立，男女平等的实现也就具有了可能。但是，值得注意的是，妇女的社会地位并没有因为她们获取了经济上的独立性而发生质的改变。相反，工业化大生产使性别分工更为明显。公共领域和私人领域的划分促使一部分女性完全家庭化，女性气质又被重新提出并加以强调。所以说，即使是到了 19 世纪末，父权制意识形态仍然左右着人们的性别观念，男主女从，男主外、女主内仍然是女性必须遵守的行为准则和伦理规范。

　　马克·吐温就是在这样的背景下，着手于他的"新女性"形象的塑造的。不过，马克·吐温并没有对参与工业革命大机器生产中的女性产生浓厚的兴趣，而是把眼光聚焦在一群跨越两性界限的性别越界者身上，以此表达自己对自由和谐的两性关系的呼唤。

　　两性和谐是人类社会追求的理想，不过，在不同的时代，人类对和谐的理解也是有区别的，因此，两性和谐的概念也有不同的内涵。在原始的采集社会，男女两性劳动能力的互补是一种和谐；在封建社会，男主女从也是一种和谐；在现代社会，男女平权也是一种和谐，这些内涵不同的和谐是由不同的社会条件决定的。现代社会强调的是男女之间的"自由和谐"。所谓自由和谐，是指男性与女性在尊重彼此性别差异前提下所呈现的和谐状态，是在追求自由个性过程中所表达的丰富人性，

---

　　①　恩格斯. 家庭、私有制与国家的起源. 选自：马克思恩格斯选集第四卷. 北京：北京人民出版社，1972：52.

是在超越男女平等基础上所体现的性别公正①。因此，它是在个人自由和两性平等二者统一的基础上建立起来的两性关系，既保证了人的自由个性的实现，又不使两性之间产生对立，"体现的是男女两性内在统一的一体性关系"②。可见，马克·吐温对两性关系的追求和建构，其实与现代人主张的"自由和谐"是有着深度的契合的。

马克·吐温对两性关系的探讨主要是通过各种形式的易装来进行的。易装之所以成为世界文学史上探讨性别问题的一种常见形式，其原因就在于服饰除了保暖、装饰和遮羞等功能之外，还是一种社会符号，这种符号的重要功能之一便是作为性别身份的标识。正因为服饰标示着性别身份，它所表达的信息便不仅仅局限于两性在外观上的区别，更意味着不同性别对应的价值与能力，以及在社会中承担的角色。从这个意义上说，"服饰实际上就是一个性别秩序的表征"③。所以，性别间的易装行为便不仅是在服饰上掩饰了自己的性别身份，更是颠覆社会对男性和女性的固定化认知和森严的性别秩序。在马克·吐温的作品中，作为易装的一种形式，女伴男装更为突出和重要。在这种"易装"的背后，是女性希望能真正成为平等公民，并且拥有与男性相同的政治权利和社会地位的渴望。通过易装这一文学形式，马克·吐温对建立在性别二元划分基础上的性别秩序提出了挑战。

在马克·吐温的作品中，无论是易装者，还是其他形式的性别越界者，他们都试图摆脱性别身份的束缚，在一个更加宽广的空间发展自己的个性，发挥自己的潜能，实现自我价值。马克·吐温笔下的康拉德在男性身份的帮助下，不仅获得治国的权力，还表现出治国的才能。圣女贞德摆脱了性别的羁绊，表现出超乎寻常的勇气与胆略、才能与智慧。在争取到领军打仗的权力后，她和热血男儿一样奔赴战场，保家卫国。假小子雷切尔在进入公共领域后如鱼得水，使自我价值的实现成为可

---

① 胡晓红. 走向自由和谐的两性关系. 吉林大学博士论文，2004：23-29.
② 胡晓红. 走向自由和谐的两性关系. 吉林大学博士论文，2004：22.
③ 汤晓燕. 易装、性别与权力. 史学历史研究，2015（4）：65.

能。通过易装和其他形式的性别越界，马克·吐温表达了男女两性摆脱性别身份束缚、追求自由与全面发展的诉求。

马克·吐温笔下的男男女女让我们看到，世界上不仅有典型的男性和典型的女性，如法蒂玛和塞利姆；还有具有女性特质的男性（或称为娘娘腔、奶油小生或伪娘），如奥斯卡、男扮女装的爱丽丝，或者具有男性特质的女性，如假小子雷切尔；以及兼具男女两性特质的雌雄同体的女性，如凯西和贞德。他赋予不同性别个体复杂或者复合的性别气质，并通过他们身上表现出来的自然性别属性与社会性别期待之间的矛盾来探讨性别气质对个性发展多元化的可能。马克·吐温所塑造的新型性别形象使其小说人物形象，尤其是女性形象变得更加立体丰满。通过这些性别气质各异的人物的塑造，马克·吐温展示了性别气质的多样性和丰富性，不仅揭示了随着时代发展固有的性别身份与性别伦理对人的束缚这一事实，还进一步表达了男女两性对发展个性、走向性别多元化的诉求。

尊重性别差异是两性和谐的一个前提条件。在承认并且尊重两性差异基础上的两性和谐应该达到这样的境界：在尊重差异的基础上实现两性平等、和谐、互相谅解、互相支持的关系。马克·吐温作品中"成对"的人物形象和"双性同体"就是这种和谐关系的体现。雷切尔和奥斯卡、法蒂玛和塞利姆，这两对性别气质完全颠倒过来的男女，虽然他们的个性迥异，却互相吸引、互相帮助。法蒂玛和塞利姆最终冲破阻力，如愿以偿地结合到一起，成为一对和谐的伙伴。凯西本人就是一个"双胞胎"存在，她身上既有温柔、博爱等被公认为女性常常具有的气质，又有勇敢、爱冒险等被认为男性常常具有的气质。而这两者和谐地统一在凯西身上，在不同的时间、不同的场合，这两种气质适时调整，应对生活中的种种问题。贞德更是一个将两性优秀品德集于一身的典范，不仅阐释了完美人格，也是两性和谐关系的隐喻。

马克·吐温对自由和谐两性关系的构建，是美国 19 世纪末社会变革的体现和要求。随着工业化的进程，越来越多的女性开始走向社会，成为独立自主的个体。"新女性"的出现挑战了原有的性别秩序，呼唤新的性别关系的形成。马克·吐温作品中不同于刻板的传统性别角色的男女形象，是男女两性（尤其是女性）渴求一种新的性别发展模式的表达。他们希望在这个新的发展模式下，男性和女性都不再有过多的羁绊，能够真实地面对自己、展现自己，最终实现男女两性自由而全面的发展，形成和谐的两性关系。

德里达指出："在传统的哲学对立中，并没有对立双方的和平共处，而只有一种暴力的等级制度。其中，一方（在价值上、逻辑上，等等）统治着另一方，占据着支配地位。消解这种对立首先就是在某个特定的时刻颠倒那个等级关系。"① 马克·吐温就是利用独特的叙事技巧——身份转换巧妙地颠倒了阶级之间、种族之间和性别之间的等级关系。在其作品中，身份转换成为其批判社会、诠释社会和改造社会的有效手段，在一定程度上实现了批判社会不公，建构以自由与平等为主要特征的和谐社会的目的。从这个意义上说，马克·吐温是一个批评家、一个梦想家，也是一位天才的小说家。

通过身份转换，马克·吐温旨在用文学艺术的方式，在一个充斥着种种不平等现象的社会，建立一个乌托邦王国。这个乌托邦王国表现在：第一，它为社会个体的健康发展提供了良好的社会文化环境。第二，在这个良好的环境中，社会个体可以得到自由而全面的发展，最终成为道德完善、个性完整并且具有多元文化意识的世界公民。第三，在这个乌托邦中，不同阶级之间可以相互理解，不同种族之间相互包容，男女两性之间彼此平等。不仅如此，在这个乌托邦王国里，不同民族、不同文化之间在保持自己独特的文化的同时，互相理解，互相包容，和谐共存。遗憾的是，这只是人类一直追逐的梦想，它因其完美而无法实现。

事实上，马克·吐温建构的乌托邦是"美国梦"的延续和超越。"美国梦"这一概念最早是由詹姆斯·亚当斯在《美国的史诗》（*The Epic of America*，1931）一书中提出。在该书的序言中，詹姆斯·亚当斯

---

① J. Derrida. *Positions*. Paris：Minuit，1972：56-57.

指出："美国梦给各阶层的美国人民，提供了一个更加圆满、富足而又幸福的生活，它是美国为世界思想和福祉作出的最大贡献。"①从詹姆斯·亚当斯对这一概念的界定可以看出，"美国梦"主要具有两个方面的文化内涵。第一是个人的成功，即每一个美国人都可以依靠自己的勤奋和才智，通过平等的社会竞争实现财富的增加，追求个人价值的最大化。第二是个人的自由，即无论一个人地位多么地卑微，国家都必须为他提供实现梦想的均等机会。也就是说，"美国梦"始终具有物质和精神两方面的内涵。然而，19世纪中后期，由于工业化进程，对物质财富的过度追逐渐渐取代了人们的精神需求。在这种历史语境中，马克·吐温用文学家的天才建构了新的美国人的身份和美国国家身份。

在以经济利益最大化为目标的现代社会，如何将物质需求与精神需求和谐地统一起来，这不仅是美国社会的问题，也是人类所面临的共同问题。因此，马克·吐温的"美国梦"不仅仅是美国人的梦想，也是希望在一个更大的空间实现自我的人类的梦想。马克·吐温关注的不仅仅是美国的问题，也是对整个人类生存境况的关注。从这个角度来看，马克·吐温实际上将"美国梦"提升到了一个更高的层面，使其成为人类共同追逐的梦想。今天，"美国梦"之所以在美国文化中影响至深，其重要原因就是因为它表现的是一种人文关怀，也就是，在一个良好的社会秩序下让每一个社会成员都有平等的发展机会，从而达到自我实现。

不可否认，虽然马克·吐温对美国社会种种不平等现象表现出强烈的不满，对社会弱势群体表现出强烈的同情，并且有着着力解决这些问题的设想，但却因为时代的局限和自身身份的局限，不可能设想出一整套改革的措施。也就是说，马克·吐温虽然揭露了阶级对立、种族对立以及性别对立等社会问题，却不可能开出一副彻底消除社会疾病的药方。这是因为马克·吐温还无法看清社会严重不公后面的制度问题，因此，不可能提出大刀阔斧改革美国现行政治、经济等制度的一系列构

①　James Adams. *The Epic of America.* Piscataway：Rutgers，2012：XX（Preface）.

想，而是把改革的重点放在意识形态的变革，把希望寄托在上层社会个别人的良心发现和社会个体的自我道德提升和认识提高之上，而没有触及现行制度的本质。《亚瑟王朝廷上的美国佬》是马克·吐温唯一一部涉及政体改革的作品，但是，汉克的尝试最终却以失败而告终。从中可以看出马克·吐温的改革理念，那就是，他反对激剧的社会变革和暴力革命，提倡一种渐进式的社会改良，而且这种社会改良是以对人的思想启蒙为基础的。在马克·吐温的作品中，没有"革命"的观念，也缺乏"民主"的宣传。他只是希望通过渐进性的改革，来改造这个不合理的社会，实现社会各个阶层、不同种族和不同性别之间的平等，并使之和平共处，从而建立起一个高度和谐的社会。也正是因为这个原因，马克·吐温常常受到评论界的诟病。甚至他的好友威廉·迪恩·豪威尔斯也不得不承认："马克·吐温只是理论上的社会主义者，实际上的贵族。"①

尽管如此，马克·吐温改善人类的生存境遇的人道宗旨却是有目共睹的，他对阶级之间、种族之间以及两性之间的二元对立的解构足以使建立在一元权威基础上的白人父权等级体系出现致命的裂隙，使"以白为贵，以黑为贱""男尊女卑""男主女从"等曾经被公认为人类普遍的真理之说不再冠冕堂皇、言之凿凿。

---

① 转引自：徐宗英，郑诗鼎. 马克·吐温再研究. 西南师范学院学报，1983（3）：82.

结　语

从 1835 年到 1910 年，马克·吐温的一生是美国在社会、文化、政治和技术方面经历一系列翻天覆地的变革时期。他出生于一个蓄奴家庭，成年后目睹奴隶制在美国的废除，从前的奴隶在法律上被赋予公民身份，与白人享有同等的公民权，但内战以后发生的一切却让他看到这个国家并未如其承诺的那样给予非裔美国人公民身份和公民权。马克·吐温出生时，"真正的女性崇拜"正处于支配地位，主导着人们对性别的认识，而他辞世的时候，"新女性"已经蔚然成风。随着工业化进程，马克·吐温在目睹巨大财富逐渐积聚到少数人手中，大企业以排山倒海之势迅猛发展起来的同时，也看到被剥削的大批产业工人陷入赤贫，被迫举行数量空前的大罢工。

社会变革也带来了意识形态上的变化，改变了人们对于阶级、种族和性别问题所普遍持有的态度和观念。美国虽然是一个多元文化社会，但是内战前后，在美国社会生活中占统治地位的却是"白肤色-安格鲁-萨克逊-清教徒"文化。作为美国文化的核心价值体系，它决定着人们的思维方式、行为方式和价值取向，形成以上等白人为最高统治者的父权伦理体系。这个伦理体系的意识形态基础就是生物决定论和血统论。按照生物决定论，生物的本质差异决定了男女天生是不平等的，两性被赋予不同的性别角色，划归不同的社会等级。按照血统论，黑人天生愚笨、下贱，他们是劣等人种，只配做白人的奴隶，受白人驱使；上等人和下等人、贵族和平民之间的差异也是由于他们的出生和本质所决定的，下等人是低劣的、不适合生存的群体，理当自生自灭。然而，19世纪末，随着美国社会、经济、文化正在发生的巨大变化，人们的思维模式和行为举止也在悄悄地发生着转变。这种转变最终导致社会公众对原有的一些观念的质疑，他们开始对人的本质问题进行追问，从而推动了社会科学的诞生。社会科学的发展帮助大众重新认识性别划分、种族划分和阶级划分，对建立在二元对立基础上的性别、种族和政治伦理提出质疑，对整个白人父权伦理体系提出挑战。

马克·吐温曾经说："一个（本土）小说家几乎所有的资本就是在不知不觉中对观察—吸收到的事物的慢慢积累。"① 了解一个民族的"灵魂、生活、语言和思想"只能通过"年复一年的不知不觉的吸收；年复一年与生活的接触；甚至年复一年生活在其中；亲自分享它的耻辱和自豪，它的快乐与悲伤，它的爱与恨，它的成与败……"②。马克·吐温对美国生活的参与就是他创作的基础和源泉。他积极投身到19世纪后半叶美国轰轰烈烈的社会生活中，用一生中超过三分之一的时间在全国各地漂泊，一边体验美国社会正在发生的变革，一边不断地寻找着自我。在印刷工、领航员、联邦游击队员、淘金者、耽于幻想的乐天派、语言尖刻的讽刺家这些不同身份的转换中，他不断地完善着自我；在文化的对比中，他调整着自己对人类和世界的认识。作为具有深刻的人文情怀和强烈的责任感的作家，他用自己独特的方式记录下社会生活已经或正在发生的转变，表达他面对变革的欣喜和焦虑、期待和担忧，也在追问着"我是谁""人是什么"等哲学问题。不仅如此，在展示各种社会问题的同时，他也在不断寻找解决社会问题的途径，并且通过文学想象建构自己的理想世界。

为了展示马克·吐温对社会问题的看法以及马克·吐温的理想建构，本书主要从阶级、种族和性别三个不同方面对以下问题进行了论述

---

① Mark Twain. What Paul Bourget Thinks of Us. In: Shelley Fisher Fishkin, ed. *How to Tell a Story and Other Essays* [1897]. New York: Oxford University Press, 1996: 186.

② Mark Twain. What Paul Bourget Thinks of Us. In: Shelley Fisher Fishkin, ed. *How to Tell a Story and Other Essays* [1897]. New York: Oxford University Press, 1996: 187.

和阐释：（1）白人父权伦理体系下的身份二元划分及其危害。（2）马克·吐温对身份二元对立的消解以及对父权伦理体系的质疑和挑战。（3）马克·吐温对文化环境、个体身份以及和谐的社会关系的建构。通过这些分析，本书力图挖掘马克·吐温是如何通过身份转换的策略来表达自己对现实问题的看法，对身份乌托邦的建构。

　　分析发现，马克·吐温所处的时代正是美国从传统农业社会向现代工业化转型的时代。在这种社会转型期，原有的伦理观念和价值判断开始遭到冲击和质疑，新的观念和价值体系尚未形成。马克·吐温认识到白人父权伦理体系下的阶级、种族和性别的二元划分与二元对立，以及原有的伦理体系对社会个体的束缚和残害以及对社会进步的阻碍，所以他在文学世界里呈现了现实伦理环境造成的诸多问题，通过文学想象复原了更加真实的社会关系以及在这种关系中挣扎的个体，展望了一个更加平等、和谐、多元、多彩的美好世界。他采用身份转换策略让其作品中的人物获取本不属于自己的特权和地位，或者体验不同的生活，以此表达自己对现实问题的看法，对美好未来的展望。通过各种各样的身份转换，马克·吐温揭示了旧的伦理体制对人的束缚，表达了人类摆脱现实生活困扰，冲破个体身份的局限，扮演不同角色、体验丰富人生、实现个体完整的愿望。通过身份转换，马克·吐温还构建了一种新的、更符合人的发展的社会环境，以及基于个性差异的人与人之间平等、和谐、包容的关系，表现了对平等、公正等伦理的颂扬与追求。在 21 世纪的今天，当我们从文学伦理学的角度重读马克·吐温的小说时，仍然会发现阶级、种族、性别问题一直是文学探讨的一个主题，是一个重要的书写题材，也是迈向现代化过程中，人类共同面对的问题。

　　总之，身份转换是马克·吐温创作小说的重要手法，是其小说情节设置的重要特点。将身份转换作为一种情节元素运用到小说创作之中并非马克·吐温的原创，事实上，马克·吐温使用的身份转换是对东西方文学创作传统的继承和发展，其独到之处在于，在马克·吐温的作品中，身份转换策略的使用并不单纯是为了制造更为离奇的故事情节，而是一种思想表达方式。它不仅燃烧着浓烈的现实批判主义的火焰，而且蕴涵着对未来和谐社会的不懈追求；它是对现有秩序的调解，也是对未来秩序的展望。因而，马克·吐温设计的身份转换是现实批评与未来追求的统一，是审美艺术与思想表达的结合。

　　然而，由于时代的局限和主体身份的限制，马克·吐温在惊喜于社会变革的同时，又表现出对变革的担忧，对正在发生的变革表现出喜忧参半的复杂心理、进步与保守的两种倾向。在阶级问题上，他虽然提出了解决矛盾的途径，却将变革的希望寄托于少数明君的自省上，表现出维持现有阶级秩序的改良主义倾向；在种族问题上，他虽然认识到种族划分的荒谬性，揭露了种族压迫对黑人的残害，但最终却无法摆脱宿命论的影响；在性别问题上，他虽然承认了性别和性别角色划分的荒谬性，却时不时地在不知不觉中流露出对正在削弱，乃至消失的传统女性美德的留恋。他建构的身份乌托邦虽然美好，却因为缺乏现实基础而显得遥不可及。

　　19世纪特殊的社会环境造就了一个复杂的、矛盾的马克·吐温。他既是一个喜剧家又是一个道德家；既是一个浪漫主义者又是一个现实主义者。与他笔下的小说人物一样，马克·吐温不断地在这两种身份之间进行着转换，游走于想象世界和真实世界、理想世界和现实世界之间。他身上的浪漫主义使他渴望完美，但现实主义又告诉他完美是不可企及的。他在作品中使用的游戏式策略和幽默的语气就像一个调节阀，阻止浪漫的火焰和愤怒的蒸汽完全失控。马克·吐温的作品展示了性别、种族和阶级等二元划分身份之间的域界和跨越的可能性，但同时又表明身份之间的流动只可能在一定的界限内实现，要想彻底打破身份的束缚和藩篱，实现种族之间、性别之间和阶级之间的完全融合还有很长的路要走。他帮助小说中的人物从约定俗成的惯例、规范和规则中挣脱出来的尝试一次又一次以失败而告终，但是这并不意味着他们的努力毫无意义。正如王子和贫儿、汤姆和小书，虽然他们最终恢复了各自原有的身份，他们已经不再是原来的他们，马克·吐温冲破禁锢的尝试和努力虽然失败，但它们一定会在社会发展的进程中留下痕迹，在一定程度上使原来牢不可摧的文化壁垒有所松动。

　　一般说来，作家都是按照各自时代的伦理观念或感性认识处理作品中的伦理问题，具有明显的时代特色。但是马克·吐温不尽如此。他在艺术处理中重点不在于坚持自己时代的伦理观念，而是把观察到的、感知到的游离于这些观念以外的新的现象以及获得的新的认知，以独特的方式呈现在自己的作品中，并试图构建一种全新的、符合人的全面发展的种族、性别和政治伦理。在一个二元对立的社会，马克·吐温所倡导的是一个"和谐"的、"无差异"的世界，他超越自己所生活的时代和地域的限制，将视野投向人类所关注的共同问题。他作品中的身份转换不仅仅是对阶级、种族、性别问题的重新认识，而且强调了人际关系和谐的主体间性问题，身份转换的背后是更为深厚的人文关怀。虽然他的认知还有一些局限性，他建构的身份乌托邦因太过理想而显得不太现实，但他却通过文学想象的方式表达了对公平、正义与平等的追求，并为读者开启了一扇认识自我和他人的窗口。

　　中国少数民族作家阿来在谈到文学对自己的影响时曾经说过：

　　"文学的教育使我懂得，家世、阶层、文化、种族、国家这些种种分别，只是方便人与人互相辨识，而不应当是树立在人际之间不可逾越的界限。当这些界限不只标注于地图，更是横亘在人心之中时，文学所要做的，是寻求人所以为人的共同特性，是跨越这些界限，消除不同人群之间的误解、歧视与仇恨。文学所使用的武器是关怀、理解、尊重与同情。文学的教育让我不再因为出身而自感卑贱，也不再让我因为身上的文化因子，以热爱的名义陷于褊狭。"①

用阿来这段话来概括马克·吐温作品带给读者的思索和启迪是再好不过的了。

---

　　①　阿来. 看见. 长沙：湖南文艺出版社，2011：165.

参 考 文 献

一、马克·吐温作品（作品和译著）

［1］ Twain, Mark. *The Adventures of Huckleberry Finn* ［M］. New York：Charles L. Webster and Company, 1885.

［2］ Twain, Mark. *The Autobiography of Mark Twain* ［M］. New York：Harper Trade, 1959.

［3］ Twain, Mark. *The Complete Essays of Mark Twain* ［M］. Charles Neider, ed. New York：Dacapo Press, 1991.

［4］ Twain, Mark. *The Complete Letters of Mark Twain* ［M］. New York：Echo Library, 2007.

［5］ Twain, Mark. *The Complete Short Stories of Mark Twain* ［M］. New York：Bantam House, 2005.

［6］ Twain, Mark. *How Nancy Jackson Married Kate Wilson and Other Tales of Rebellious Girls and Daring Young Women* ［M］. John Cooley, ed. Lincoln and London：University of Nebraska Press, 2001.

［7］ Twain, Mark. *How to Tell a Story and Other Essays* ［M］ . Shelley Fisher Fishkin, ed. New York：Oxford University Press, 1996.

［8］ Twain, Mark. & A. B. Paine. *Mark Twain's Autobiography：In Two Volumes* ［M］. New York：Harper & Brothers, 1924.

［9］ Twain, Mark. *Mark Twain's Notebook* ［M］. A. B. Paine, ed. New York：Harper, 1953.

［10］ Twain, Mark. *Mark Twain's Satires and Burlesques* ［M］. Franklin R.

Rogers, ed. Berkeley and Los Angeles: University of California Press, 1967.

[11] Twain, Mark. *Personal Recollections of Joan of Arc* [M]. New York: Harper & Brothers, 1908.

[12] Twain, Mark. *The Prince and the Pauper* [M]. London: Penguin Classics, 2004.

[13] Twain, Mark. *Pudd'nhead Wilson and Those Extraordinary Twins* [M]. Malcolm Bradbury, ed. London: Penguin Books Ltd, 1894.

[14] Twain, Mark. *Pudd'nhead Wilson and Those Extraordinary Twins* [M]. Sidney Berger, ed. New York: Norton, 1980.

[15] Twain, Mark. *What Is Man? and Other Philosophical Writings* [M]. Berkeley and Los Angeles: University of California Press, 1973.

[16] 马克·吐温. 马克·吐温回忆录 [M]. 谭惠娟, 陆萍, 胡跃明, 译. 北京: 团结出版社, 2006.

[17] 马克·吐温. 马克·吐温十九卷集 [M]. 吴钧陶, 主编. 石家庄: 河北教育出版社, 2002.

[18] 马克·吐温. 马克·吐温自传 [M]. 朱攸若, 译. 杭州: 浙江文艺出版社, 2011.

[19] 马克·吐温. 傻瓜威尔逊 [M]. 张友松, 译. 南昌: 百花洲文艺出版社, 1996.

[20] 马克·吐温. 王子与贫儿 [M]. 张友松, 译. 上海: 上海译文出版社, 2008.

二、学术专著

[1] Adams, James. *The Epic of America* [M]. Piscataway: Rutgers, 2012.

[2] Baetzhold, Howard G. *Mark Twain and John Bull: The British Connection* [M]. Bloomington: Indiana University Press, 1970.

[3] Baldanza, Frank. *Mark Twain: An Introduction and Interpretation* [M]. New York: Barnes and Noble, 1961.

[4] Bassett, John E. *"A Heart of Identity in My Realism" and Other Essays*

on Howells and Twain [M]. West Cornwall, Conn. : Locust Hill Press, 1991.

[5] Bayor, Ronald H. *Race and Ethnicity in America: A Concise History* [M]. New York: Columbia University Press, 2003.

[6] Beerrman, Gerald D. *Caste in India and the United States* [M]. Englewood Clisff, N. J. : Prentice-Hall, 1969.

[7] Berger, Peter L. & Thomas Luckmann. *The Social Construction of Reality* [M]. New York: Anchor Books, 1966.

[8] Bird, John. *Mark Twain and Metaphor* [M]. Columbia and London: University of Missouri Press, 2007.

[9] Blair, Walter. *Mark Twain and "Huck Finn"* [M]. Berkeley: University of California Press, 1962.

[10] Brooks, Van W. *The Ordeal of Mark Twain* [M] . New York: E. P. Dutton, 1920 (revised 1933).

[11] Budd, Louis J. & Edwin H. Cady. *On Mark Twain* [M]. North Carolina: Duke University Press, 1987.

[12] Budd, Louis J. , ed. *Critical Essays on Mark Twain* [M]. Boston: G. K. Hall & Co. , 1982.

[13] Bush, Harold. K. *Mark Twain and the Spiritual Crisis of His Age* [M]. Tuscaloosa: The University of Alabama Press, 2007.

[14] Butler, Judith. *Gender Trouble: Feminism and the Subversion of Identity* [M]. New York: Routledge, 1990.

[15] Camfield, Gegg. *The Oxford Companion to Mark Twain* [M]. Oxford University Press, 2003.

[16] Carmichael, Stokely & Charles. V. Hamilton. *Black Power: The Politics of Liberation in America* [M]. New York: Vintage Books, 1967.

[17] Cox, James M. *Mark Twain: The Fate of Humor* [M]. Princeton: Princeton UP, 1966.

[18] Craft, William & Ellen Craft. *Running a Thousand Miles for Freedom* [M]. New York: Arno, 1969.

[19] Damen L. *Culture Learning: The Fifth Dimension in the Language Classroom* [M]. MA: Addis on-Wesley, 1987.

[20] Derrida, J. *Positions* [M]. Paris: Minuit, 1972.

[21] Devoto, Bernard. *Mark Twain's America* [M]. Westport: Greenwood Press, 1978.

[22] Dominguez, Virginia R. *White by Definition: Social Classification in Creole Louisianna* [M]. New Brunswick, N. J. : Rutgers UP, 1986.

[23] Emerson, Everett M. *Mark Twain: A Literary Life* [M]. Philadelphia: University of Pennsylvania Press, 2000.

[24] Fishkin, Shelley Fisher. *Lighting Out for the Territory: Reflections on Mark Twain and American Culture* [M]. Oxford: Oxford UP, 1998.

[25] Fishkin, Shelley Fisher. *Was Huck Black? Mark Twain and African-American Voices* [M]. Oxford: Oxford UP, 1993.

[26] Fishkin, Shelley Fisher, ed. *A Historical Guide to Mark Twain* [M]. New York: Oxford UP, 2002.

[27] Fredrickson, George. *White Supremacy* [M]. New York: Oxford University Press, 1981.

[28] French, Marilyn. *From Eve to Dawn: A History of Women* [M]. New York: The Feminist Press, 2004.

[29] Fulton, Joe B. *Mark Twain's Ethical Realism: The Aesthetics of Race, Class and Gender* [M]. Columbia: University of Missouri Press, 1997.

[30] Garber, Marjorie. *Vested Interests: Cross-Dressing and Cultural Anxiety* [M]. New York: Routledge, 1992.

[31] Gates, Henry Louis, Jr. , ed. *Classic Slave Narratives* [M]. New York: Penguin. 1987.

[32] Gates, Henry Louis, Jr. *Figures in Black: Words, Signs, and the "Racial" Self* [M]. New York: Oxford UP, 1987.

[33] Gilbert, Sandra & Susan Gubar. *No Man's Land: The Place of the Woman Writer in the Twentieth Century* (Vol. 2): *Sex Changes* [M]. New Haven: Yale UP, 1989.

[34] Gillman, Susan. *Dark Twins: Imposture and Identity in Mark Twain's America* [M]. Chicago: University of Chicago Press, 1989.

[35] Gillman, Susan & Forrest G. Robinson, eds. *Mark Twain's Pudd'nhead Wilson: Race, Conflict, and Culture* [M]. Durham and London: Duke UP, 1990.

[36] Graff, Gerald & James Phelan, eds. *Adventures of Huckleberry Finn: A Case Study in Critical Controversy* [M]. Boston: St. Martin's Press, 1995.

[37] Gribben, Alan. *Mark Twain's Library: A Reconstruction* [M]. Boston: G. K. Hall, 1980.

[38] Handy, C. *Inside Organizations.* London: BBC, 1990.

[39] Harris. Susan K. *Courtship of Olivia Langdon and Mark Twain* [M]. New York: Cambridge University Press, 1997.

[40] Harris, Susan K. *Mark Twain's Escape from Time* [M]. Columbia: University of Missouri Press, 1982.

[41] Hill, Hamlin. *Mark Twain: God's Fool* [M]. Chicago & London: The University of Chicago Press, 2010.

[42] Hogeland, Ronald W. , ed. *Women and Womanhood in America* [M]. Lexington, Massachu-setts: D. C. Heath, 1973.

[43] Howells, William Dean. *My Mark Twain: Reminiscences and Criticisms* [M]. New York and London: Harper & Brothers Publishers, 1910.

[44] Hutchinson, Stuart, ed. *Mark Twain Critical Assessment* [M]. New York: Routledge, 1993.

[45] Hutchinson, Stuart. *Mark Twain: Humor on the Run* [M]. Amsterdam: The Netherlands, 1994.

[46] Jacobs, Harriet. *Incidents in the Life of a Slave Girl* [M] . Jean Fagan

Yellin, ed. Cambridge: Harvard UP, 1987.

[47] Kaplan, Fred. *The Singular Mark Twain: A Biography*. New York: Doubleday, 2003.

[48] Kaplan, Justin. *Mark Twain and His World* [M]. California: Harmony Books, 1974.

[49] Kaplan, Justin. *Mr. Clemens and Mark Twain: A Biography* [M]. New York: Simon and Schuster, 1966.

[50] Knoper, Randall. *Acting Naturally: Mark Twain in the Culture of Performance* [M]. Berkeley and Los Angeles: University of California Press, 1995.

[51] Kramsch, Claire. *Context and Culture in Language Teaching* [M]. Shanghai: Shanghai Foreign Language Education Press & Oxford University Press, 1999.

[52] Lecky, William Edward Hartpole. *History of European Morals from Augustus to Charlemagne* [M]. New York: D. Appleton and Company, 1900.

[53] Lentricchia, Frank & Thomas McLaughlin, eds. *Critical Terms for Literary Study* [M]. Chicago: U of Chicago P, 1990.

[54] Levy, David W. *Mark Twain: The Divided Mind of America's Best-Loved Writer* [M]. London: Prentice-Hall, 2011.

[55] Lorber, Judith. *Paradoxes of Gender* [M]. New Haven and London: Yale UP, 1994.

[56] Loving, Jerome. *Mark Twain: The Adventures of Samuel L. Clemens* [M]. Berkeley: University of California Press, 2010.

[57] Lystra, Karen. *Dangerous Intimacy: The Untold Story of Mark Twain's Final Years* [M]. Berkeley: University of California Press, 2004.

[58] Mandia, Patricia M. *Comedic Pathos: Black Humour in Twain's Fiction* [M]. Jefferson, North Carolina and London: Mcfarland, 1991.

[59] Matthews, Brander. *Biographical Criticism to Mark Twain's Works*

(Vol. 1): *The Innocents Abroad* [M]. New York and London: Harper & Brothers, 1899.

[60] Messent, Peter. *Mark Twain* [M]. Basingstoke: Macmillan, 1997.

[61] Messent, Peter. *The Short Works of Mark Twain: A Critical Study* [M]. Philadelphia: University of Pennsylvania Press, 2001.

[62] Messent, Peter & Louis J. Budd, eds. *A Companion to Mark Twain* [M]. Malden: Blackwell Publishing, 2005.

[63] Morris, Linda. *Gender Play in Mark Twain: Cross-Dressing and Transgression* [M]. Missouri: University of Missouri Press, 2007.

[64] Newton, Adam Zachary. *Narrative Ethics* [M]. Massachusetts: Harvard University Press, 1997.

[65] Omi, Michael & Howard Winant. *Racial Formation in the United States, from the 1960s to the 1990s* [M]. New York and London: Routledge, 1994.

[66] Paine, Albert Bigelow. *Mark Twain, A Biography* [M]. New York: Harper & Brothers, 1912.

[67] Parrington, Vernon Louis. *Main Currents in American Thought* [M]. New York: Harcourt, Brace and Co. , 1958.

[68] Poovey, Mary. *Uneven Developments: The Ideological Work of Gender in Mid-Victorian England* [M]. London: Virago Press, 1989.

[69] Quinn, Arthur Hobson. *American Fiction: An Historical and Critical Survey* [M]. New York: D. Appleton-Century, 1936.

[70] Quirk, Tom. *Mark Twain and Human Nature* [M]. Columbia: University of Missouri, 2007.

[71] Rasmussen, R. Kent. *Mark Twain A to Z* [M]. New York: Facts on File, Inc. , 1995.

[72] Regan, Robert. *Unpromising Heroes: Mark Twain and His Characters* [M]. Berkeley and Los Angeles: University of California Press, 1966.

[73] Reiter, R. , ed. *Toward an Anthropology of Women* [M]. New York:

Monthly Review Press, 1975.

[74] Rowlette, Robert. *Mark Twain's Pudd'nhead Wilson: The Development-Design* [M]. Ohio: Bowling Green University Popular Press, 1971.

[75] Salomon, Roger. *Twain and the Image of History* [M]. New Haven: Yale University Press, 1961.

[76] Shakespeare, William. *The Merchant of Venice*. In: G. Blakemore Evans, ed. *The Riverside Shakespeare* [M]. Boston: Houghton Mifflin, 1974.

[77] Shelden, Michael. *Mark Twain: Man in White: The Grand Adventure of His Final Years* [M] . New York: Random House, 2010.

[78] Skandera-Trombley, Laura. *Mark Twain's Other Woman: The Hidden Story of His Final Years* [M] . New York: Vintage Books, 2010.

[79] Skandera-Trombley, Laura. *Mark Twain in the Company of Women* [M]. Philadelphia: University of Pennsylvania Press, 1994.

[80] Smith, Henry Nash, ed. *Mark Twain: A Collection of Critical Essays* [M]. Englewood Cliffs, N. J. : Prentice- Hall, 1963.

[81] Smith, Henry Nash. *Mark Twain: The Development of a Writer* [M]. Cambidge: Harvard UP, 1962.

[82] Smith, Henry Nash & William M. Gibson, eds. *Mark Twain-Howell's Letters: The Correspondence of Samuel L. Clemens and William Dean Howells, 1872-1910* [M]. Cambridge: Harvard UP, 1960.

[83] Stahl, John Daniel. *Mark Twain, Culture and Gender: Envisioning America Through Europe* [M]. Georgia: University of Georgia Press, 1994.

[84] Stampp, Kenneth. *The Peculiar Institution: Slavery in the Ante-Bellum South* [M]. New York: Alfred A. Knopf, 1956.

[85] Stoller, Robert. *Sex and Gender: On the Development of Masculinity and Femininity* [M]. New York: Science House, 1968.

[86] Stoneley, Peter. *Mark Twain and the Feminine Aesthetic* [M].

Cambridge：Cambridge University Press，1992.

[87] Sundquist, Eric J. , ed. *Mark Twain：A Collection of Critical Essays* [M]. Eaglewood Cliffs：Prentice-Hall，1994.

[88] Wiggins, Robert A. *Mark Twain：Jackleg Novelist* [M]. Seattle：University of Washington Press，1964.

[89] Williamson, Joel. *New People：Miscegenation and Mulattoes in the United States* [M]. New York：Free Press，1980.

[90] Willis, Resa. *Mark and Livy：The Love Story of Mark Twain and the Woman Who Almost Tamed Him* [M]. New York：Routledge，2004.

[91] Wright, Richard. *12 Million Black Voices* [M]. New York：Thunder's Mouth Press，2002.

[92] Wurmser, L. *The Mask of Shame* [M]. Baltimore：Johns Hopkins UP，1981.

[93] Yetman, Norman R. & C. Hoy Steele, eds. *Majority and Minority* [M]. Boston：Allyn and Bacon, Inc. 1982.

[94] 阿拉斯代尔·麦金太尔. 伦理学简史 [M]. 龚群，译. 北京：商务印书馆，2003.

[95] 阿来. 看见 [M]. 长沙：湖南文艺出版社，2011.

[96] 贝尔·胡克斯. 女权主义理论：从边缘到中心 [M]. 南京：江苏人民出版社，2001.

[97] 布鲁姆. 影响的焦虑 [M]. 徐文博，译. 南京：江苏教育出版社，2006.

[98] 丹尼尔·贝尔. 后工业社会的来临 [M]. 高铦，王宏周，魏章玲，译. 上海：生活·读书·新知三联书店，1982.

[99] 丁则民. 美国通史（第三卷） [M]. 北京：人民文学出版社，1993.

[100] 董衡巽. 马克·吐温画像 [M]. 上海：上海文艺出版社，1991.

[101] 福柯. 规训与惩罚 [M]. 刘北成，杨远缨，译. 北京：生活·读书·新知三联书店，2003.

［102］高兆明．伦理学理论与方法［M］．北京：人民出版社，2005．

［103］格尔特鲁特·雷娜特．穿男人服装的女人［M］．张辛仪，译．桂林：漓江出版社，2000．

［104］贺来．宽容意识［M］．长春：吉林教育出版社，2001．

［105］亨利·斯蒂尔·康马杰．美国精神［M］．南木等，译．北京：光明日报出版社，1988．

［106］利德基．美国特性探索［M］．龙治芳，译．北京：中国社会科学出版社，1991．

［107］李怡．布鲁斯化的伦理学书写——理查德·赖特作品研究［M］．北京：中国社会科学出版社，2016．

［108］李剑鸣．美国通史（第一卷）［M］．北京：人民出版社，2002．

［109］联合国教科文组织国际教育发展委员会．学会生存——教育世界的今天和明天［M］．北京：教育科学出版社，1996．

［110］梁隽，朱海峰．自由神和物质王的角逐——美国文化的面貌与精神［M］．北京：中国水利水电出版社，2006．

［111］列宁选集（第4卷）［M］．北京：人民出版社，1972．

［112］林语堂．论幽默［M］．西安：陕西师范大学出版社，2002．

［113］刘小枫．沉重的肉身——现代性伦理的叙事纬语．北京：华夏出版社，2004．

［114］刘祚昌．美国内战史［M］．北京：人民出版社，1978．

［115］露丝·本尼迪克特．文化模式［M］．王炜，译．北京：生活·读书·新知三联书店，1988．

［116］罗钢，刘象愚．后殖民主义文化理论［M］．北京：中国社会科学出版社，1999．

［117］马克思恩格斯选集（第四卷）［M］．北京：北京人民出版社，1972．

［118］玛丽·伊格尔顿．女权主义文学理论［M］．胡敏，陈彩霞，林树明，译．长沙：湖南文艺出版社，1989．

［119］米尔顿·M.戈登．美国生活中的同化［M］．马戎，译．南京：

译林出版社，2015.

[120] 聂珍钊．文学伦理学批评导论［M］．北京：北京大学出版社，
2014.

[121] 波布洛娃．马克·吐温评传［M］．张由今，译．北京：作家出版
社，1958.

[122] 沈奕斐．被建构的女性［M］．上海：上海人民出版社，2005.

[123] 舒尔兹．成长心理学［M］．李文湉，译．上海：生活·读书·新
知三联书店，1988.

[124] 佟新．社会性别研究导论（第二版）［M］．北京：北京大学出版
社，2005.

[125] 王凤华，贺江平．社会性别文化的历史与未来［M］．北京：中国
社会科学出版社，2006.

[126] 韦恩·布斯．小说修辞学［M］．华明，胡晓苏，周宪，译．北
京：北京大学出版社，1987.

[127] 吴小英．科学、文化与性别——女性主义的诠释［M］．北京：中
国社会出版社，2000.

[128] 曾虚白．美国文学 ABC［M］．上海：世界书局，1929.

[129] 詹姆士·O. 罗伯逊．美国神话 美国现实［M］．贾秀东等，译．
北京：中国社会科学出版社，1990.

[130] 张军学．马克·吐温狂欢话语研究［M］．北京：北京交通大学
出版社，2015.

[131] 张祝祥，杨德娟．美国自然主义小说［M］．上海：复旦大学出
版社，2009.

[132] 郑金洲．多元文化教育［M］．天津：天津教育出版社，2004.

[133] 朱迪斯·巴特勒．性别麻烦：女性主义与身份的颠覆［M］．宋
素凤，译．上海：生活·读书·新知三联书店，2009.

三、硕博论文

[1] 陈乐福．亨利·戴维·梭罗"自我完善式"社会改革研究［D］．

南京大学博士学位论文, 2010.

［2］胡晓红. 走向自由和谐的两性关系［D］. 吉林大学博士学位论文, 2004.

［3］石毅. 从家长制到自由放任［D］. 中央民族大学博士学位论文, 2003.

［4］肖凯. 数字化成长中的自我完善及其教育［D］. 华中师范大学博士学位论文, 2014.

［5］于健. 中国古典意象视域中的马克·吐温小说意象研究［D］. 东北师范大学博士学位论文, 2019.

四、学术论文

［1］Alsen, Eberhard. Pudden'nhead Wilson's Fight for Popularity and Power［J］. *Western American Literature*, 1972 (7): 135-143.

［2］Bird, John. Mark Twain and the Conflicted Metaphor of Nature［J］. *The Mark Twain Annual*, 2019, 17.

［3］Brand, John. The Incipient Wilderness: A Study of *Pudd'nhead Wilson*［J］. *Western American Literature*, 1972 (7): 125-134.

［4］Brodwin, Stanley. Blackness and the Adamic Myth in Mark Twain's *Pudd'nhead Wilson*［J］. *Texas Studies in Literature and Language*, 1973, 15 (1): 167-176.

［5］Cole, Simon A. Twins, Twain, Galton, and Gilman: Fingerprinting, Individualization, Brotherhood, and Race in *Pudd'nhead Wilson*［J］. *Configurations*, 2007, 15 (3): 227-265.

［6］Cooley, John. Mark Twain's Transvestite Tragedies: Role Reversals and Patriarchal Power［J］. *Overhere*, 1995 (15): 34-48.

［7］Fender, Stephen. The Prodigal in a Far Country Chawing of Husks: Mark Twain's Search for a Style in the West［J］. *The Modern Language Review*, 1976, 71 (4): 737-756.

[8] Foucault, Michael. On Revolution [J]. James Bernauer, Trans. *Philosophy and Social Criticism*, 1981, 8 (1): 5-9.

[9] Harris, Helen L. Mark Twain's Response to the Native American [J]. *American Literature*, 1975, 46 (4): 495-505.

[10] Havard, William C. Mark Twain and the Political Ambivalence of Southwestern Humor [J]. *Mississippi Quarterly*, 1964, 17 (2): 95-106.

[11] Howe, Lawrence. Race, Genealogy, and Genre in Mark Twain's *Pudd'nhead Wilson* [J]. *Nineteenth Century Literature*, 1992, 46 (4): 495-516.

[12] Howells, William Dean. Mark Twain [J]. *The Century*, 1882, 24: 780-783.

[13] Jones, Alexander E. Mark Twain and Sexuality [J]. *PMLA*, 1956, 71 (4): 595-616.

[14] Money, John. Hermaphroditism, Gender and Precocity in Hyperadrenocorticism: Psychologic Findings [J]. *Bulletin of the Johns Hopkins Hospital*, 1955 (96): 253-264.

[15] Moore, Scott. The Code Duello and the Reified Self in Mark Twain's *Pudd'nhead Wilson* [J]. *The American Transcendental Quarterly*, 2008, 22 (3): 499-512.

[16] Morris, Linda A. Beneath the Veil: Clothing, Race, and Gender in Twain's *Pudd'nhead Wilson* [J]. *Studies in American Fiction*, 1999, 27 (1): 37-52.

[17] Nichols, Garrett. Clo'es could do de like o'dat: Race, Place, and Power in Mark Twain's *The Tragedy of Pudd'nhead Willson* [J]. *The Southern Literature Journal*, 2013, 46 (1): 110-126.

[18] Parker, Hershel. Exigencies of Composition and Publication: Billy Budd, Sailor and *Pudd'nhead Wilson* [J]. *Nineteenth-Century Fiction*,

1978，33（1）：131-143.

[19] Pettit, Arthur G. Mark Twain and the Negro [J]. *The Journal of Negro History*, 1971, 56 (2)：88-96.

[20] Royal, Derek Parker. The Clinician as Enslaver：Pudd'nhead Wilson and the Rationalization of Identity [J]. *Texas Studies in Literature and Language*, 2002, 44 (4)：414-431.

[21] Ryan, M. Ann. The Voice of Her Laughter：Mark Twain's Tragic Feminism [J]. *American Literary Realism*, 2009, 41 (3)：192-208.

[22] Skandera-Traombley, Laura. Mark Twain's Cross-Dressing Oeuvre [J]. *College Literature*, 1997, 24 (2)：82-96.

[23] Smith, Bradford. Mark Twain and the Mystery of Identity [J]. *College English*, 1963, 24 (6)：425-430.

[24] Stahl, John Daniel. American Myth in European Disguise：Fathers and Sons in *The Prince and the Pauper* [J]. *American Literature*, 1986, 58 (2)：203-216.

[25] Towers, Tom H. Mark Twain's Once and Future King [J]. *Studies in American Fiction*, 1978, 6 (2)：193-202.

[26] Vogelback, Arthur. *The Prince and the Pauper*：A Study in Critical Standard [J]. *American Literature*, 1942, 1：48-54.

[27] Wonham, Henry B. The Disembodied Yarnspinner and the Reader of *Adventures of Huckleberry Finn* [J]. *American Literary Realism*, 1991, 24：2-22.

[28] Wright, Daniel L. Flawed Communities and the Problem of Moral Choice in the Fiction of Mark Twain [J]. *The Southern Literary Journal*, 1991, 24 (1)：88-95.

[29] Zwarg, Christina. Women as Force in Mark Twain's *Joan of Arc*：The Unworkable Fascination [J]. *Criticism*, 1985, 27 (1)：57-72.

[30] 鲍震培．真实与想象——中国古代易装文化的嬗变与文学表现

[J]．南开学报，2001（2）：68-75，80.

[31] 崔丽芳．马克·吐温的中国观［J］．外国文学评论，2003（4）：
123-130.

[32] 董衡巽．马克·吐温短篇小说三篇［J］．外国文学，1988（1）：3.

[33] 董衡巽．马克·吐温的历史命运［J］．读书，1985（11）：20-28.

[34] 杜凯．西方自我思想教育观念的历史发展［J］．河南师范大学学
报，2007（3）：202-205.

[35] 都岚岚．西方文论关键词：性别操演理论［J］．外国文学，2011
（5）：120-128.

[36] 金莉．美国女权运动·女性文学·女权批评［J］．美国研究，
2009（1）：62-79.

[37] 梁理文．拉链式结构：父权制下的性别关系模式［J］．广东社会
科学，2013（1）：242-250.

[38] 刘莉，夏怡．经济全球化时代民族、阶级和性别的三维关系
［J］．江西社会科学，2007（1）：64-67.

[39] 刘思谦．我们距两性和谐还有多远［J］．南开学报（哲学社会科
学版），2008（2）：56-62.

[40] 聂珍钊．人性概念的阐释与考辩［J］．外国文学研究，2015（6）：
10-19.

[41] 聂珍钊．文学伦理学批评：基本理论与术语［J］．外国文学研究，
2010（1）：12-22.

[42] 聂珍钊．文学伦理学批评：伦理选择与斯芬克斯因子［J］．外国
文学研究，2011（6）：1-13.

[43] 聂珍钊，黄开红．文学伦理学批评与游戏理论关系问题初探——
聂珍钊教授访谈录［J］．江西师范大学学报（哲学社会科学版），
2015（3）：53-61.

[44] 单波，王金礼．跨文化传播的文化伦理［J］．新闻与传播研究，
2005（1）：36-42.

[45] 沈培. 马克·吐温创作的三个时期 [J]. 外国文学研究, 1986 (3): 60-65, 59.

[46] 苏晖. 纪实与虚构的互应——从马克·吐温的自传看其小说黑色幽默特点的形成原因 [J]. 广播电视大学学报, 2011 (3): 100-110.

[47] 王坚. 评《美国生活中的同化》中的美国同化理论模式 [J]. 世界民族, 2015 (4): 107-108.

[48] 魏则胜, 李萍. 文化伦理的逻辑 [J]. 天津社会科学, 2006 (2): 42-47.

[49] 吴定柏.《傻瓜威尔逊的悲剧》题疑 [J]. 上海师范大学学报, 1992 (1): 80-82.

[50] 吴兰香. 被吹灭的工业文明之灯 [J]. 外国文学评论, 2012 (2): 82-92.

[51] 吴兰香. "教养决定一切"——《傻瓜威尔逊》的种族观研究 [J]. 外国文学评论, 2009 (3): 175-184.

[52] 徐宗英, 郑诗鼎. 马克·吐温再研究 [J]. 西南师范学院学报, 1985 (3): 79-84, 135.

[53] 杨金才, 于雷. 中国百年来马克·吐温研究的考察与评析 [J]. 南京社会科学, 2011 (8): 132-138.

[54] 于雷. 催眠·骗局·隐喻——"山家奇遇"的未解之谜 [J]. 外国文学评论, 2009 (2): 70-81.

[55] 于雷. 马克·吐温的东方主义再思考——以《马克·吐温的中国观》为例 [J]. 南京理工大学学报, 2009 (2): 21-24.

[56] 汤晓燕. 易装、性别与权力 [J]. 史学历史研究, 2015 (4): 65-76, 159.

[57] 张聚国. 一部研究美国黑人政治思想历程的力作 [J]. http://www. eol. cn/, 2005-12-25.

[58] 张立新. 难言之痛——美国文学与文化中的黑人文化身份焦虑与

自我憎恨 [J]. 山东外语教学，2008（3）：89-95.

[59] 张廷琛. 梦中醒来的悲哀——论马克·吐温晚年悲观情绪产生的原因 [J]. 国外文学，1987（3）：97-106.

后　记

　　本书稿是在博士论文基础上修改而成，是我过去十年对马克·吐温其人以及作品的研究成果。在这十年中，作为一名高校教师、一个妻子、一个母亲，我不断地在多重身份所赋予的责任中平衡、挣扎，在繁忙的教学工作、琐碎的家庭生活和紧张的学术研究中不断地转化身份角色，终于完成了最初看来似乎不可能完成的这项工程。

　　学术研究虽然很苦，但幸运的是，我并不是孤立的，在书稿撰写期间，我的亲人和朋友、老师和同学给了我无私的帮助和默默的支持。因而，当这部书稿最终完成的时候，除了一丝欣慰，我心中更多的是感动、感激和感恩。

　　首先感谢恩师聂珍钊教授当年将我收入门下，让我有机会与华中师范大学再度结缘，重返母校圆我博士之梦。恩师的谆谆教诲和悉心指导将我一步步引上学术之路，并使我不断前行。这部书稿饱含着恩师的心血，没有恩师的悉心指导，就不会有这部书稿的最终出版。恩师严谨的治学态度、不懈的创新精神、儒雅的学者风范一直引导和激励着我，也将成为伴随我一生的精神财富！

　　对我的硕士导师任晓晋教授我也一直感念于心。他的睿智和他对文学的感悟吸引我步入文学殿堂，并得以徜徉其中，体味文学的深邃与精妙。虽然毕业多年，他亦师亦友，时时关注着我的学术成长，并给予我适时的鼓励和帮助。

　　在完成书稿的过程中，我也有幸得到胡亚敏教授、苏晖教授、李俄宪教授、杨建教授、罗良功教授、黄晖教授等的指点，他们渊博的学

识、敏锐的思想、精彩的授课令我受益匪浅。同时，我也十分感激
《外国文学研究》编辑部的其他诸位老师和同门的师兄、师弟、师姐、
师妹们多年来的陪同、守望与相助。特别感谢和我同一年入校的李纲和
李怡，他们既是我的师弟、师妹，也是我终生的朋友。难忘在学业上我
们一起讨论、分享，相互学习；生活中我们互相帮助，互相扶持；更难
忘在我书稿撰写遇到瓶颈的时候，他们抽出时间和我一起讨论解决，给
予我宝贵的建议和无私的帮助。他们的友谊是我在学术之路和人生旅程
中的一笔宝贵财富。

　　这里还要特别感谢我的一位高中同学——付开镜教授。他以跨学科
的视野，对我的书稿的结构和行文提出了很多宝贵的建议。在我撰写书
稿遇到困难向他请教的时候，他总是停下自己手上的工作，与我进行讨
论，在他身上我看到了一个学者博大、无私的胸怀。

　　这部书稿最终得以完成，还和父母的教诲和家人的支持密不可
分。我出生于教师家庭，父亲和母亲为我提供了良好的学习环境。母
亲虽然过世多年，但她的谆谆教诲和对我的期待让我始终不敢忘怀。
父亲去世前还在惦记着我的书稿进展情况，让我在学术之路上不敢有
丝毫的懈怠。在我的书稿撰写期间，公公和婆婆虽已年迈，却帮我承
担了大部分的家务，尤其是婆婆不仅承担了日常的家务劳动，还帮助
我照顾年幼的儿子，多年如一日，任劳任怨，无怨无悔。我先生始终
是我的精神支柱和强大的后盾，面对创业的压力，他始终保持乐观向
上的精神，给我树立了很好的榜样。年幼的儿子从小就非常懂事，知
道"妈妈辛苦，不能给她添麻烦"。儿子是我学术追求的精神动力，
多少次当我面对各种困难想要放弃的时候，一想到儿子在注视着我，
我就会咬紧牙关，坚持下去，因为我想让孩子看到一个积极向上、永
不言弃的母亲。

　　最后还要感谢华中科技大学外国语学院的领导、同事和朋友，感
谢他们以不同的形式给予我的关心、照顾和帮助。

　　千言万语难以表达我对曾经帮助过我的老师、朋友和家人的感激，

我会将这份感激永远铭记于心！在这里，惟愿我亲爱的老师、朋友和家人永远平安，永远幸福！

郭晶晶

2020 年 8 月

于武汉喻家山